유홍종 장편소설

슬픈 쁘띠의 노래

유홍종

유홍종은 서울에서 태어나 연세대학교 국문학과를 졸업하고 기독교방송 프로
듀서와 동아일보 기자를 지냈다. 〈현대문학〉의 소설 추천으로 문단에 나온
유홍종은 〈월간문학〉에서 '달빛소리'로 시 부문 신인상을 받기도 하였다. 유
홍종은 장편소설 『불의 회상』으로 대한민국 문학상 소설부문 신인상을 받았
고, 중편소설 『서울에서의 외로운 몽상』으로 소설문학 작품상을 수상했다.
주요 작품으로는 몽상과 판타지의 관념 세계를 현실과 접목시켜 구상화한 『불
새』와 『죽은 황녀를 위한 파반느』 『북가시나무』 『슬픔의 재즈』 등 창작집이
있고, 장편소설에는 구조적 폭력에 희생되는 인간상을 휴머니즘의 시각으로 다
룬 『서울무지개』를 비롯하여 『카인의 도시』 『조용한 남자』 『유리 열쇠』 『아사
의 나라』 등이 있다. 또한 그는 인간 붓다의 생애와 가르침을 쓴 『논픽션 붓
다』와 한국의 초기 천주교회사를 다룬 『한국천주교회사 왕국의 징소리』 등 본격
적인 논픽션 작품들을 내놓기도 했으며, 구한말 명성황후의 비극적 사건을 추적
한 다큐멘터리 소설 『명성황후』도 냈다.

유홍종 장편소설 슬픈 쁘띠의 노래

2011년 7월 1일 초판 1쇄 찍음 | 2011년 7월 1일 초판 1쇄 펴냄 | **지은이** 유홍종 |
펴낸이 이향원 | **표지** 김동연 | **펴낸곳** 소이연 | **전화** 031)603-5328 | **등록** 제
311-2008-000019호

판매처 시간여행 전화 070-4032-3665 팩스 02)332-4111

ISBN 978-89-957477-5-9 02810
© 소이연 2011, Printed in Seoul Korea

* 값 8,900원

이 도서의 국립중앙도서관 출판시도서목록(CIP)은 e-CIP홈페이지(http://www.nl.go.kr/ecip)와
국가자료공동목록시스템(http://www.nl.go.kr/kolisnet)에서 이용하실 수 있습니다.(CIP제어번호 :
CIP2011002400)

슬픈 뻐꾸기의 노래

유홍종 장편소설

소이연

은빛연어들의 추억에 바친다

내가 오래 전 네덜란드에 갔을 때 튤립과 풍차의 나라 국민들이 한국에 관해서 알고 있는 지식이라고는 바이올리니스트 정경화, 소녀합창단 리틀엔젤스, 그리고 입양고아의 나라 세 단어밖에는 없었다. 그때 나는 네덜란드와 벨기에 두 나라에만 무려 6천여 명의 한국 입양고아들이 있다는 사실을 알고 큰 충격을 받았었다. 그것은 훗날 한국 입양아 출신의 레이든대학 교수를 만나 '서울에서의 외로운 몽상' 이라는 소설을 쓴 계기가 되었다. 부모를 찾기 위해 서울에 온 소설의 주인공 레오는 안개 자욱한 서울을 내려다보며 T.S. 엘리엇의 시 '황무지' 의 첫 구절처럼 잔인한 어린 시절의 기억을 되살린다. '4월은 가장 잔인한 달/라일락꽃을 죽은 땅에서 피우며/추억과 욕망을 뒤섞고/봄비로 활기 없는 뿌리를 일깨운다…' 오랜 망각의 겨울잠에 빠졌던 레오에게 모국이라는 현실은 잔인한 슬픔의 황무지를 연상시킬 뿐이었다.

그 후 30여 년이 흐른 지난 해 나는 뉴욕에서 네덜란드의 레오와 똑같은 해외입양아의 운명과 만났다. 그날 우리는 교포 청년들과 함께 맨해튼의 코리아타운 한 바에서 TV중계로 한국과 나이지리아의 월드컵 예선전을 보면서 응원전을 펼쳤는데, 우리와 함께 '오! 필승 코리아' '대~한민국!' 을 외친 한 여자의 고백은 오랜 가수면 상태에 빠져있던 나의 창작 욕구에 불을 질렀다. 세계적인 무역 강국이자 한류문화대국을 자처하고 있는 한국은 지금도 해마다 1천여 명의 어린이들을 해외에 입양시키고 있다. 내가 그 당시 네덜란드에서 목격했던 비극이 지금도 계속되고 있다는 현실에 나는 적잖은 충격을 받았다. 그것이 뉴욕에서 내가 이 소설을 쓰게 된 모티브이다.

우랄 알타이어계의 몽고반점을 가진, 미국에서 콧대 높은 조선 왕조의 공주처럼 자란 이 소설의 주인공 지니. 그녀는 기적적으로 친엄마와 두만강을 사이에 두고 만난다. 엄마는 지니에게 '진희야, 내가 엄마여서 너무너무 미안해!' 라고 말한다. 이산과 입양의 이중 고통을 모질게 견뎌내는 이들 모녀의 슬픈 사랑 이야기는 그녀가 끝내 은빛연어처럼 귀향의 꿈을 이루고, 떳떳한 한국인 이진희의 이름으로 복원되면서 끝난다. 나는 이 소설을 통해 한반도의 분단으로 빚어진 이산가족의 고통과 해외 입양고아의 깊은 슬픔을 함께 성찰해보고 싶었다. 아울러 지니의 기나긴 사랑과 미움의 세월을 함께하고 싶었다.

이제 나는 내 소설들의 모티브가 되었던 암스테르담의 레오, 브뤼셀의 베르띠에, 비엔나의 장 루불리에, 그리고 뉴욕의 지니를 비롯한 전 세계의 입양아들을 우리가 꼬옥 끌어안고 눈물을 닦아주고 위로해 줄 수 있는 날이 오기를 기대한다. 그리고 저들이 진심으로 모국을 사랑할 수 있게 되기를 진정으로 바란다.

끝으로 이 소설을 쓰는데 큰 영감과 모티브를 준 미국의 앤 까뜨린느 여사와 그녀의 쁘띠, 그리고 어려운 소설의 시대에 이 책을 기꺼이 펴내주신 출판사 소이연에 특별히 감사드린다.

2011년 여름

우호종

미움을 가슴에 품었다가 꽃으로 피워 드리겠습니다.

1

지니를 처음 본 순간 왠지 내 여자라는 느낌이 들었다. 내 직감이 거의 적중했다는 것을 깨닫는 데는 그리 오랜 시간이 걸리지 않았다. 무슨 근거로 그런 결론을 내렸느냐고 묻는다면 할 말은 없다. 직관이란 수학공식처럼 정답이 산출되지 않기 때문이다. 우리는 만나자마자 아주 오래된 연인이기나 한 것처럼 얽혀들면서 서로 놀라고 당황했다. 오랫동안 깊이 사귀지 않고도 익숙한 상대가 나도 모르는 세상의 한 구석에 살고 있었다는 사실이 무척 경이롭게 느껴졌다. 문득 레바논 시인 칼릴 지브란이 연인 메리 헤스켈에게 쓴 편지 구절이 떠올랐다. '때때로 그대가 말하기도 전에 나는 그대의 마지막 대답을 듣곤 했습니다.' 그 말은 텔레파시라기보다 사랑과 갈망이 너무 큰 나머지 조건반사처럼 저절로 이루어진 것이라는 생각이 들었다.

내가 지니를 만난 것은 2006년 10월의 어느 초가을 아침 맨해튼 21번가에서였다. 뉴욕에 도착한 후, 숙소로 예약된 데이지 타워의 음산한 복도에서 방을 찾느라 헤매고 있을 때, 복도 저쪽에서 하이힐 소리가 또각또각 굉음처럼 울렸다. 그 순간 언젠가 여름에 본 한국 괴담영화의 한 장면이 떠올랐다. 영화에서는 복도천장에서 소복차림의 산발귀신이 거꾸로 나타나서 간담을 서늘하게 했지만 이번에는 머리를 깔끔하게 뒤로 묶고 슬랙스차림에 산뜻한 보라색 머플러를 맨 동양계 여자였다. 나이는 어림잡아 이십대 중반쯤. 여자는 나와 눈이 마주치자 서양인들이 이

옷에게 으레 하는 식으로 하이! 하고 목례를 보내왔다. 바로 그
때 나는 여자의 눈빛과 마주치면서 가슴이 덜컥 내려앉았다.
　뉴욕에 갓 도착한 서울촌닭이었던 나는 미국식 인사법에 즉
각 대응하지 못하고 ‘저어, 말씀 좀…묻겠는데요.’ 하고 엉겁
결에 한국말을 불쑥 건네고 말았다. 뉴욕 한복판에서 국적불
명의 여자에게 한국말을 꺼낸 것은 잘못이었지만 인연이 교묘
하게 얽히느라고 그랬는지 여자가 발길을 멈추더니, ‘아! 한국
에서 오셨나보군요.’ 하고 활짝 웃었다. 여자의 입에서 한국말
이 나온 순간 나는 숨통이 탁 트였다.
　“방 찾기가 정말 어렵네요.”
　“여긴 첨엔 누구나 헷갈려요. 제가 찾아드리죠.”
　여자는 내가 방 호수를 알려주자 뜻밖이라는 듯 ‘잇쯔 어메
이징(놀랍군요)! 제 방에서 아주 가깝네요.’ 하더니 오던 길을
되돌아 친절하게 방을 안내해주었다. 여자의 한국어는 영어억
양에 실려서 까다롭고 불규칙했지만 목청만은 맑고 신선했다.
한국어 말투로 미루어 보면 여자는 토종국산은 아닌 것 같고,
붙박이 재미교포나 이민 3세쯤 되어 보였다. 그녀 덕분에 퍼
즐처럼 복잡하게 얽힌 복도를 구불구불 돌아 한국식 원룸에
해당하는 스튜디오를 쉽게 찾을 수 있었다.
　“하도윤입니다.”
　“아임 지니, 해버 굿 데이.”
　지니는 아쉬운 듯 손을 흔들며 돌아섰다. 그녀가 아쉬운 듯
손을 흔들었다는 것은 순전히 나의 일방적인 추측이었을 뿐,
바쁜 출근시간에 우연히 마주친 나에게 그녀가 아쉬운 감정을
가질 이유가 없었다. 서울촌닭이 생면부지의 뉴욕에서 고향 닭
과 비슷한 모양새를 보자 반갑게 느껴졌고, 좀 더 얘기를 나누

고 싶은 아쉬운 감정이랄까, 그와 유사한 기분이 다소 복잡하게 얽혔던 것은 사실이었다. 물론 뉴욕에는 지니 같은 한국계 이민 3세들이 득시글거린다는 것을 뒤늦게 알았지만.

내가 서울에서 인터넷으로 예약한 맨해튼의 숙소 데이지타워는 생뚱맞게도 퇴락한 건물이었다. 맨해튼에는 백년도 더 된 빌딩들이 수두룩하다. 이 빌딩은 현관 입구 쪽 인테리어만 눈요기처럼 산뜻하게 단장했을 뿐, 복도 코너만 돌면 너저분하게 슬럼화 된 분위기로 확 바뀐다. 낡은 엘리베이터도 몹시 흔들린다. 나는 엘리베이터를 탈 때마다 덜컥 멈추는 것이 아닐까 싶어 조마조마했지만 불안해하는 사람은 나 혼자였다. 누런 계란껍질 색깔로 도배해 놓은 것 같은 벽과 리노륨 바닥, 창문 옆에 놓인 싱글베드와 옷장 하나 달랑 놓인 작은 방은 천장은 물론이고 스튜디오의 내벽과 화장실 세면대 벽은 동굴 속처럼 검버섯 얼룩들이 크게 번져 있었다. 창에 드리운 빛바랜 비로도 커튼 역시 옛 중세기의 소극장 무대의 막처럼 크고 두텁기만 하다. 창문은 아귀가 안 맞는지 여닫을 때 뻑뻑거리고, 배수관 어디선가 물새는 소리가 들리고, 옆방의 변기 물 내리는 소리며, 한 밤중에 여자가 질러대는 간헐적인 욕망의 소프라노도 내 신경을 곤두세웠다. 하지만 무엇보다 고약한 것은 방을 아무리 환기시켜도 퀴퀴하게 절은 곰팡내가 좀처럼 가시지 않는다는 점이다. 그래도 이 퇴락한 건물에서 젊은 뉴요커들이 아침마다 무공해에서 살아남은 투구벌레들처럼 싱싱하게 기어 나오고 있다는 것은 경이로울 뿐이었다. 건물은 마치 폐기용 콘크리트 쓰레기더미처럼 보여도 한두 꺼풀만 벗겨보면 연둣빛 속살을 드러내는 배춧속 같다고 해야 할까.

맨해튼은 아무리 싼 아파트라도 월세가 억 소리가 나올 정도로 비싸다. 그래서 이곳에서 월세를 내고 살 정도라면 연봉 수준도 대강 짐작이 간다. 로비를 드나드는 젊은 뉴요커들은 귀에 이어폰을 꽂고 힙합시늉을 내며 걷거나, 휴대폰을 뺨에 바짝 붙이고 쉴 새 없이 새소리처럼 재잘댄다. 불어, 스페인어, 중국어, 아랍어 등등 각종 말들이 새소리들처럼 한꺼번에 뒤섞여 들리는 것도 신기했다. 나는 맨해튼 생활을 시작하면서 길도 잘 몰랐고, 지하철 타기도 겁이 났다. 한국에서는 자신 있었던 영어회화도 혓바닥을 깊게 굴리는 원주민들의 거친 입담을 따라잡기가 버거웠다. 첫날 나는 현금만 취급하는 슈퍼에 잘못 들어가 카드를 냈다가 카운터의 배불뚝이 여자가 까슈온(현찰만 받아요)! 하고 질러대는 말을 못 알아듣고 당황한 후로는 영어마저도 주눅이 잔뜩 들어버리고 말았다. 게다가 홈시크까지 겹치면서 힘겹고 우울한 나날이 계속되고 있었다. 그런데도 나는 바로 앞집에 사는 지니에게 도움을 청할 만한 넉살도 용기도 없었다. 나는 그저 지니를 복도에서 우연히 마주치기를 기다리는 도리밖에는 뾰족한 수가 없었다.

2

　뉴욕시립도서관 뒤에 있는 브라이언트파크는 고층빌딩을 가릴 만큼 키 높은 나무들이 가을채색으로 짙게 물든 한 폭의 캔버스 같다. 내가 화사한 봄날보다 우울한 가을을 편애하게 된 것은 이 공원에서 낙엽들이 와아와아 소리를 질러대며 지상으로 낙하하면서 석양의 햇살에 금 부스러기처럼 반짝거리는 광경을 본 후부터다. 봄꽃들은 낙엽처럼 처연하게 무너지지 않는다. 벚꽃이나 목련은 떠날 때를 미리 알고 재빨리 흔적을 감추고 이별의 슬픔도 훌훌 털어버리지만 가을의 느티나무나 굴참나무 잎들은 가지가 앙상한 뼈를 드러낼 때까지 작은 추억의 미련조차 쉽게 떨쳐내지 못하고 이별의 아픔도 끈질기게 놓지 못한다. '떠날 때를 알고 돌아서는 이의 뒷모습은 얼마나 아름다운가. 하롱하롱 낙엽이 지는 어느 날' 학창시절에 읽었던 이별의 시 한 구절이 입가에 계속 맴돌았다.

　오래 전 리처드 기어와 위노나 라이더가 사랑을 속삭이던 '뉴욕의 가을' 영화 테마곡을 떠올리고 있을 때 도서관 열람실에서 놀라운 얼굴 하나가 얼핏 눈에 잡혀왔다. 데이지타워의 지니였다. 그녀는 테이블 위에 책을 펼쳐놓고 노트에 뭔가 열심히 쓰고 있었다. 그 순간 나는 뭔가 감췄던 마음을 들킨 것처럼 화끈 달아올랐다. 이게 무슨 낮도깨비지? 사춘기 때나 느끼던 증세가 지금 오다니. 지니는 낙엽 빛깔의 가죽점퍼에 보라색 머플러차림이었다. 긴 머리 사이로 드러난 이마가 오후의 창에 빗겨든 햇살에 에나멜처럼 반짝거렸다. 내가 쑥스러워서 선뜻 나서지 못하고 있을 때 지니가 나를 먼저 알아보고 또각또각 다가왔다.

"왓어 스몰 월드(세상 좁네요)!"

지니의 놀란 눈이 당혹한 내 눈과 마주쳤다. 데이지타워 복도에서의 첫 만남은 우연이었지만 이번에 도서관 열람실에서 만난 것은 우연이 아니었다. 시골마을도 아니고 대도시에서 사전에 한 마디 약속도 없이 마주친다는 것은 허드슨 강이 거꾸로 흐르는 일처럼 확률이 없는 일이다.

"인크레더블(믿기지 않아요)! 어떻게 이럴 수가 있죠?"

그녀 역시 놀라서 믿을 수 없다는 눈치였다.

"글쎄, 정말 놀랍습니다."

"암튼 반가워요. 참, 뉴욕생활은 잘 적응하고 계신 거죠?"

"네, 그럭저럭…잘 부딪치고는 있습니다만…….."

"그간 무척 바쁘셨나 봐요. 한국에서는 이사 온 사람이 옆집에 떡 돌리고 먼저 인사하곤 하잖아요? 그런 한국말이 따로 있던데……?"

"집들이 말입니까?"

"맞아요, 집들이. 그거 왜 안 하나 하고 기다렸어요.."

지니는 이사 온 사람이 이웃에 떡을 돌리고 인사를 대신 하던 한국의 옛 시절의 미풍양속을 들먹이면서 내가 집들이를 안 한 것을 원망하는 투로 말했다. 하지만 요즘 한국도 주거환경이 크게 바뀌고 인심도 각박해져서 대도시 이웃들 사이에서는 그런 풍습들이 사라진 지 오래되었다고 말하려다가 나는 입을 다물었다. 그녀에게 집들이를 안 하겠다는 말로 비칠 수도 있기 때문이었다.

"집들이는 조만간에 제가 꼭 하겠습니다."

"정말이죠? 기대하겠어요."

지니는 내 말에 다짐이라도 받으려는 기세였다. 그런 줄 알았다면 진즉 떡 한 접시 사 들고 가서 안면 트고 지낼 걸, 왜 그렇게 혼자 외롭게 그리워하며 가슴만 조렸는지 후회가 되었다. 우리는 곧 브라이언트파크로 자리를 옮겼다. 공원잔디에는 가을햇살을 즐기려는 사람들로 가득 차 있었다. 세상의 모든 여유가 브라이언트파크에 머물러 있는 것 같았다.

"여긴 도서관 덕분에 책 읽는 사람들이 유독 많아요. 작가들도 자주 찾는 곳이기도 하죠. 으음, 가만있자, 조오기, 스페인 여자 둘이 수다를 떨고 있는 자리는 베스트셀러 작가 수잔 여사가 습작 시절에 단골로 정해놓고 글을 쓰던 자리였대요."

지니가 팔을 들어 한쪽을 가리킨다. 그 말을 듣고 보니 공원이 더욱 그럴싸하게 보였다. 나도 노트북을 들고 여기 와서 글이나 써 볼까? 훗날 나도 유명작가가 되면 호사가들의 입에 그런 에피소드가 오르내릴 수 있을지도 몰라. 나는 평일 오후에 도서관에서 시간을 보내는 지니가 도대체 무슨 일을 하는 여자일까 궁금했다. 겉보기로는 궁기가 보이지 않고, 떠돌이 백조거나 도서관 책 지기는 아닌 것 같은데 대낮에 여유를 즐기는 모습이 무척 편안해보였다. 그러자 여자는 이미 내 마음을 염탐이라도 한 듯 가방에서 신문을 꺼내 내 앞에 불쑥 내밀었다. 놀랍게도 신문은 동양신문 뉴욕판 시사매거진이었다.

"신문을 읽다가 모르는 말이 나왔어요."

그녀의 은색 매니큐어 손톱 끝이 가리킨 곳은 '남북이산가족상봉'이라는 제목이 붙은 특집기사이다. 나는 잠시 문맥을 살펴보았다. '한국이 일본으로부터 해방된 이후 한국전쟁 전까지 약 3백50만여 명이 남쪽으로 이주했다. 전쟁 우에도 약 1백만여 명이 월남했고, 그밖에 대략 30여만 명의 행불자가 추가로 발생되었다.' 지니는 기사 중에 나온 '행불자' 라는 단어를 가리키고 있었다. 한자 복합어로 된 두 낱말을 약자로 쓸 때 흔히 혼동하기 쉬운 단어였다. 나는 지니에게 행불자란 행복한 자와 불행한 자의 약자가 아니라, 영어로는 미씽(missing)에 해당되는 말, 즉 없어져서 보이지 않게 되다, 혹은 실종자를 뜻하며, 행방불명의 약자로 쓰인다고 일러주었다. 우리 둘 사이에는 그것을 계기로 자연스럽게 대화의 물꼬가 트였다. 우리는 서로 공감대가 형성되는 데이지타워에 대한 불만을 늘어놓았고, 뉴욕의 높은 물가와 지독한 날씨 얘기를 하다가 다시 화제가 동양신문 기사로 돌아왔다. 그쯤 되자 나도 내 소개를 해야 했다.

"저는 동양신문 임시 뉴욕특파원입니다."

"어마! 어쩐지 예리하다 싶었는데 역시 저널리스트셨군요."

지니는 앞으로도 신문을 읽다가 어려운 한국말이 나오면 계속 조언을 부탁한다고 말했다. 웃을 때 살짝 드러나는 그녀의 치열이 희고 단아해 보였다. 지니가 도서관에서 빌린 책이며 노트에 기록한 참고자료들은 한국의 분단 문제와 이산가족상봉에 관한 것들이 대부분이었다. 나는 지니가 왜 난해한 퍼즐처럼 풀기 어려운 한반도의 분단문제에 관심이 많은지 이상한 생각이 들었다. 물론 기자로서의 호기심 탓도 컸다. 내가 지니에게 혹시 한국의 분단 문제에 관한 논문을 쓰거나, 아니면 한국 관련 정보를 수집하는 CIA의 아르바이트생은 아니냐고 농담을 하자 지니는 간략한 자기소개를 했다.

그녀의 한국 이름은 이진희(李眞晞), 미국에서는 한국의 발음표기 그대로 지니로 불린다. 나이는 스물일곱, 미혼이며, 미국의 한 제약기업이 지원하는 세포공학연구센터에서 바이오테크놀로지를 연구하는 과학도이다. 내게는 다소 생소한 직업이다. 지니는 현대의 생명공학이 인류에게 끼친 업적들에 관해 잠깐 설명해주었다. 얘기 도중에 생명공학에 관련된 전문용어의 한국어 표현능력에 한계를 느꼈는지 그녀의 말은 영어와 한국어가 비빔밥처럼 섞이기 시작했다. 그 바람에 나는 정작 바이오테크놀로지와 한국의 이산가족상봉이 어떤 연관이 있는지에 대해서는 들을 시간이 없었다. 지니가 연구소에 들어가야 할 시간이 되었기 때문이었다. 그녀는 자리에서 일어나면서 말했다.

"이렇게 일벌처럼 늘 바쁘게 붕붕거리기만 합니다. 그럼 집들이 하실 때 다시 뵙겠습니다. 안녕!"

지니는 내게 손을 흔들며 다음 약속을 기약했다. 문득 지니의 말 가운데 일벌처럼 붕붕거린다는 말이 입에서 뱅뱅 맴돌았다. 그녀가 자신의 삶을 꿀벌로 비유한 것을 보면 그녀의 언어감각이 상상력에 의존하고 있다는 것을 엿볼 수 있었다.

그 후로 오랫동안 나는 지니를 만나지 못했다. 나 역시 뉴욕의 생활이 점차 일벌처럼 붕붕거리며 바빠지기 시작했다. 신문사 특파원의 취재작업들이 톱니바퀴처럼 맞물리면서 세월은 하루가 주간 단위로 훌쩍훌쩍 건너뛰고 있었다. 그런 중에도 나는 집들이를 핑계로 틈틈이 지니의 방을 노크했지만 그녀는 늘 부재중이었다. 그녀의 우편함에 넣어두었던 '집들이 초대장' 조차도 그대로 오랫동안 방치되어 있었다. 어디 멀리 출장이라도 간 걸까. 바로 이웃에 살고 있다는 이유로 지니의 연락처를 미리 알아두지 못한 것이 후회가 되었다.

나는 늦은 귀가 때마다 그녀의 우편함을 확인하고 불 꺼진

창을 실망어린 눈으로 바라보았다. 그러는 동안 나는 어느덧 심리적으로 그녀의 스토커가 되어 있었다. 내가 왜 그녀에게 혼을 빼앗긴 것처럼 깊은 집착을 보이는 걸까. 아무리 생각해도 나 자신이 이해가 안 되었다. 집에서 원고를 쓰는 동안에도 나는 혹시 지니가 귀가했는지 알아보기 위해 불쑥 밖으로 나가 창에 불이 켜져 있는지 확인하는 일도 잦았고, 복도에서 발자국 소리가 나면 예민하게 귀를 곤두세우기도 했다. 그런 날들이 일주일 내내 계속되면서 나는 내 열망을 시기하는 귀신들이 시샘을 해서 나와 지니를 일부러 격리시키거나 만남을 훼방 놓고 있는 것이 아닐까, 그런 허튼 생각에 빠지기도 했다. 한밤중에 기사를 쓰다가 노트북에서 오타가 속출하면 침대에 벌렁 누워서 뇌리에서 제멋대로 굴러다니는 그녀와의 어지러운 성적판타지와 겨루기를 할 때도 있었다.

나는 요즈음 뉴욕에서 성공한 재미교포를 취재해서 서울의 동양신문사로 송고하는 작업을 계속하는 중이다. 취재지역은 뉴욕이었지만 때로는 멀리 시카고와 버지니아까지 가야 할 때도 있었다. 그렇게 럭비공처럼 종잡을 수 없이 뛰다가 파김치가 되어 귀가하면 밤 새워 원고를 써야 하는 고단한 작업들이 이어졌다. 인터뷰 상대들은 대부분 뉴욕에서 출세한 유명 인사들이어서 취재시간을 잡기가 별 따기처럼 어렵다. 그나마 서울 중앙지의 위력을 무시하지 못한 그들이 겨우 짬을 내주는 인터뷰시간에 생활 사이클을 맞추다 보니 어느 때는 끼니도 걸러야 할 만큼 바쁘다가도 어느 때는 한 사나흘씩 빈둥거려야 할 만큼 시간이 휘휘 남아돌기도 했다.

게다가 서울 동양신문사에서 보내주는 생활비와 취재비는 너무 각박해서 아침은 시리얼과 커피로, 점심은 거리에서 런

치세트로 때워야 하는 수준이었으며, 디너는 최소한 스테이크쯤은 먹어줘야 했지만 웬만한 식당에서 텍스며 팁과 음료수를 포함하면 식비가 너무 버거워져서 엄두도 못 낸다. 상황이 이러하니 와인 한 잔에 70달러가 웃도는 재즈 바를 기웃거릴 형편은 더더욱 못 되었다. 그 날도 나는 인터뷰 약속이 펑크가 나서 백수처럼 뉴욕거리를 어슬렁거리다가 유니온스퀘어파크에 있는 반즈앤노블즈를 찾았다. 서점 3층의 북 카페는 나 같은 사람들에게는 천국의 안락의자와 같은 곳이다. 나는 그곳에서 세계적인 작가 카프카, 네루다, 타고르며, 나보코프의 벽그림이 그려진 카페에서 독서 삼매경에 빠진다. 그러다 나는 톰 크랜시의 소설을 한 권 달랑 사들고 나왔다. 귀가 길에 이스트빌리지에서 가까운 폼므프리츠를 찾아가 감자튀김을 먹기로 했다. 마침 부슬비가 술렁술렁 뿌리는 저녁시간이어서 가게는 빈자리가 없었다. 가게 입구에 놓인 간이의자를 차지하고 튀김 포테이토에 망고소스를 먹으면서 비가 그치기를 기다렸다. 튀김집에 비치된 26가지나 되는 소스를 다 맛보려면 매일 와도 넉 달은 족히 걸릴 것이다. 혼자 먹기에 양이 너무 많아 포장해서 캔 맥주를 사들고 집으로 돌아왔다.

저녁식사는 초라했지만 한인슈퍼에서 컵라면을 사거나 화이트캐슬의 햄버거와 파이로 때우는 것에 비하면 꽤 사치스러운 식사에 속한다. 그 다음 순서는 줄거리가 뻔하다. 나는 스누피가 앙증맞게 그려진 머그잔에 코나커피를 타마시고 구두도 벗지 않은 채 표백제 냄새가 찌든 침대시트 위에 벌렁 눕는다. 일본 히사이시 조의 뉴에이지를 들으며 톰 크랜시 소설의 백미로 손꼽히는 '붉은 폭풍' 의 통독에 빠져든다. 세계 제3차대전을 가상소재로 쓴 소설에는 최첨단 무기들이 등장하고,

전쟁 신은 종군기자의 생중계처럼 숨 가쁘다. 작가가 CIA와 해군사관학교에 출강을 하기도 하고, 미국 대통령 군사자문까지 담당할 정도로 빡센데다가 해전소설을 쓸 때는 해군함정을 집필실로 빌려 쓸 정도라니, 작가로서 그보다 더 이상 부러울 것이 없다. 나도 톰 크랜시 같은 테크노스릴러를 써 보고 싶지만 어림도 없다는 생각을 해본다. 능력과 꿈은 늘 딴 손처럼 논다.

내가 마지막으로 남은 캔 맥주를 마신 순간, 놀랍게도 노크소리가 똑똑 들려왔다. 내 방에 노크할 사람이 누굴까. 갑자기 토끼 귀가 된 순간, '저요…지니예요. 계세요?' 하는 목소리가 들린다. 나는 벌떡 몸을 일으키고 득달같이 달려가 문을 열어젖혔다. 지니였다. 그녀는 가벼운 차림으로 여행 백을 끌고 있었다. 어딘가 먼 여행에서 막 돌아온 것 같았다. 지니는 도착하자마자 자기 방에 들르지도 않고 나부터 찾았던 것이다. 손에는 내가 우편함에 넣어둔 집들이 초대장이 들려있었다.

"저어…괜찮으시다면, 오늘 제가 집들이를 해드릴까요?"

집들이는 이사 온 사람이 해야 하는데 주객이 뒤바뀐 말이다.

"아닙니다. 그건 제가 해야 합니다."

그러자 지니가 내 말을 끊고 자기 말을 잇는다.

"파티는 제게 맡기고 제 방으로 건너오세요. 알겠죠?"

지니는 약간의 권유와 강압적인 말투로 말했다. 그녀는 내게 대답할 틈도 안 주고 돌아섰다. 집들이를 대신해주다니. 너무 엉뚱한 제안이어서 당황했지만 거절할 이유도 없었다. 행운에도 날벼락이 있다면 이런 경우에 해당될 것이다. 문득 아침에 인터넷에서 찾아본 오늘의 내 운세 한 구절이 떠올랐다. '귀인의 부름을 받으니 막힌 길이 트인다.' 나는 혼자 쿡쿡 웃었다. 뉴욕에서 귀인이 나타났군. 우리 목숨을 주관하시는 조물주가 사람의 평생운세를 하루하루 그물처럼 촘촘하게 짜놓았다면 걱정도 팔자라는 말이 우스워진다. 나는 역학박사라는 필자에게 불평을 잔뜩 늘어놓았는데 다 늦은 밤에 신령의 계시로 행운의 요령이 흔들린 것 같았다. 내 점괘가 족집게 귀신이 되는 날도 있었다.

3

　세상의 모든 방들이 열쇠로 열리는 것 같지만 사실은 주인의 마음에서 먼저 열리고 닫힌다. 서울촌닭이 지니의 닭장에 들어가 홰를 치게 된 것은 그녀가 나에게 마음의 빗장을 연 탓이었다. 닭들은 해가 저물어 닭장 안에서 홰를 치면 갑자기 조용해져버린다. 그처럼 내가 지니의 방에 들어가 자두색 가죽소파에 앉는 순간, 우리 둘 사이에는 무거운 정적이 끼어들었다. 서로 조금은 낯설고 어색해서 눈빛이 마주칠 때마다 얼굴을 붉혔다. 지니의 방은 내 방과는 비교도 안 될 만큼 깔끔하고 화사했다. 연두색 벽지가 아늑함을 더해주는 방에서는 지니의 살내가 향내처럼 솔솔 풍긴다. 갑자기 여자의 속옷 속에 기어든 것처럼 수줍어졌다. 숫기가 없어서 낯가림이 심한 내 고질병이 다시 도지기 시작했다. 테이블에는 초코시럽으로 하트를 마블링 한 생과일케이크와 말로만 듣던 와인 사토마고가 올려 있고, 촛불이 크리스털 잔 앞에서 가물거렸다. 스피커에서는 앙드레 가뇽의 '바다 위의 피아노' 가 흘러나왔다. 내가 즐겨듣는 음악이다. 지니가 내 음악취향을 알 리가 없었으니 지니와 나의 음악적 기호 역시 우연의 일치라고 말할 수밖에 없다. 전원스위치를 내리자, 우리는 곧 일렁거리는 촛불 그림자 속에 갇혀버렸다. 지니가 대신 치러주는 집들이가 내게는 무척 호사스러웠다.

　"제 생일에 초대받은 첫 남자예요."

나는 그녀의 말에 약간 놀랐다.

"제 집들이가 아니고 생일잔치입니까?"

"맞아요. 집들이 겸 제 생일파티, 경사가 둘 겹친 거죠."

지니가 나를 바라보며 후훗 웃는다. 지니의 스물일곱 번째 생일에 초대된 첫 남자, 하도윤. 나는 집들이라는 사실을 잊고, 생일에 초대된 사실에 감격할 뿐이었다. 내가 지니의 생일파티에 초대된 행운의 첫 주인공이 되다니, '아임 워너드(영광입니다)!' 나는 와인 잔을 받으며 처음으로 지니에게 영어로 말을 건넸다. 생과일케이크 위에 촛불을 켜놓고 지니는 성호를 그었다. 나는 지니가 가톨릭이라는 사실에 놀랐다. 내가 지니를 따라 성호를 긋자, 지니 역시 놀라는 눈치였다. 우리 둘이 가톨릭이라는 것도 우연의 일치였다. 이어 지니는 그리스어로 기도를 했다.

'호스 엔 우라노, 카이 에피 게스, 아멘(하늘에서 세운 당신의 뜻을 나를 통해서 이루소서).'

기도를 마치자 지니가 말했다.

"듄씨도 가톨릭이어서 좋아요. 생일축가는 불러주시겠죠?"

지니는 도윤이라는 말이 발음이 잘 안 되는지 나를 계속 듄이라고 불렀다. 나는 구태여 그녀의 발음을 정정해주지 않았다. 듄이라는 발음이 도윤보다 간결하고 이국적이었다. 그날은 그녀가 요청하지 않아도 생일노래를 불러줄 사람은 나밖에 없었다. 나는 그녀를 위해 생일축가를 불렀다. 해피버즈데이투유를 부르는 동안 자연스럽게 그녀는 내가 사랑하는 여자가 되고 말았다. 지니는 감동을 받았는지 얼굴이 잔뜩 상기되었다.

"오늘 생일축가를 캔자스의 마미나 내 친구들이 불렀다면 사랑하는 나의 마르셀 쁘띠라고 말했을 거예요."

쁘띠는 프랑스어로 어린 혹은 꼬마나 귀여운 연인의 뜻으로도 쓰인다. 프랑스계 미국엄마에게는 지니가 여전히 쁘띠였다. 내가 지니를 쁘띠라고 부르면 지니에게는 멋진 애칭이 될 수도 있다. 블랙 미라지 스피커에서 흘러나오는 피아노곡이 분위기를 더욱 우울하게 만든다. 와인의 여왕 사토마고의 부드러운 맛과 향이 목 줄기를 따끈따끈하게 감아 내려갔다. 작가 헤밍웨이가 너무 좋아해서 자기 손녀의 이름까지 마고 헤밍웨이로 지었다는 와인 사토마고가 스펀지에 스며드는 물처럼 내 몸의 세포 구석 구석까지 스멀스멀 채워졌다. 나는 지니의 젖은 눈을 바라보았 다. 자두색 가죽소파에 등을 깊이 묻고, 다리를 한껏 쪼그리고 앉아서 와인 잔을 들고 있는 지니의 모습이 벽에 커다란 촛불의 실루엣을 만든다. 지그시 감은 눈, 짙은 속눈썹, 뺨으로 흘러내 린 콧날의 등고선이며, 머리발의 흔들림이 스톱모션으로 내 망 막의 초점에 스냅사진들처럼 한 장씩 찍혔다. 지니는 그나마 내 가 있어서 외로운 생일을 다소 위로받을 수 있었을 것이다.

"제가 케이크 촛불을 끄면서 무슨 기도를 했는지 아세요?"

지니는 잠시 후에 감정수습을 끝냈는지 비로소 입을 열었 다. 그런 질문에는 본래 정답이 없다. 내가 세계의 평화를 위 해서 기도드렸을 거라고 말했더니 지니는 와락 폭소를 터뜨린 다. 지니는 앞으로 자기 생일날에는 오늘처럼 늘 누군가가 곁 에 있게 해달라고 빌었다고 말했다. 그래서 나는 지니에게 뉴 욕에서는 촌닭이지만 늘 곁에 있어주어도 되겠느냐고 물었다.

"아임 올 훠릿(물론이죠). 촌닭이 진짜 토종이죠."

"아시고 계시군요."

그녀는 내 말에 또 웃는다. 지니의 웃는 모습이 너무 곱다. 누가 뭐래도 나는 그녀의 생일에 처음 초대되어 생일축가를 불러준 최초의 아담이 된 것이다. 성경의 에덴동산에서 이브의 생일에 노래를 불러준 남자가 아담이었다면 지금 뉴욕에서 지니의 아담이 될 남자는 듄 밖에 없다. 나는 너무 성급하게도 지니와의 생일을 함께한 내 운명을 믿고 싶었다. 나는 염세주의자는 아니지만 운명을 믿는다. 인간의 의지는 운명을 이긴다고 말하지만 나는 그 말에 회의적이다. 본래 피조물에게는 타고난 운명을 좌지우지 할 힘이 없다. 우리는 태어나면서 부모가 정해졌고, 사랑하는 사람과 사랑할 수 없는 사람도 정해졌다. 건강도 재물도 출세의 유전자도 갖고 태어났다. 우리는 태어나기 전에 세상 살 동안의 모든 운명을 미리 정하고 세상에 나왔다. 원하거나 원치 않거나, 행운이나 악운도 이미 자기 운명의 공식 속에 정해놓고 태어났다고 나는 믿는다.

나는 기침조차도 원하는 시간을 정해서 할 수 없고, 대소변도 원하는 시간을 정해서 할 수 없는 철저한 피조물이다. 더구나 나는 반드시 죽는다는 운명을 전제로 살아간다. 내 생애의 처음과 끝이 정해졌는데 운명을 극복할 수 있는 어떤 의지가 끼어들 수 있단 말인가. 그래서 죽음을 초월하는 의지는 말의 수사에 불과하다. 삶과 죽음이 그처럼 내 의지로 된 것이 아니라면 세상에는 내가 자초한 행운도 불행도 없다는 뜻이다. 모든 개인의 사소한 일상조차도 정해진 수순에 따라 진행된다. 그것은 모든 곤충들이 장구벌레처럼 유충 때 물속에서 살 수 없는 이치와 같다.

나 역시 지니의 닭장에 발을 들여놓는 순간 장닭이 된 것처럼, 지니 역시 나의 암탉이 되었다. 지니와 나는 태어나기 전에 정해진 대로 한 울타리의 닭이 된 것이다. 나는 정해진 운명의 시간에 맞춰 뉴욕의 데이지타워에 오게 되었고, 지니는 오래 전부터 내가 오기를 기다리고 있었다. 그게 아니라면 어떻게 내가 낯선 혹성이나 다름없는 뉴욕에서 그녀를 처음 보고 그토록 가슴이 설렐 수가 있으며, 그녀의 생일에 초대받은 첫 남자가 될 수 있겠는가. 우리는 불교에서 말하는 시절인연의 커다란 연꽃을 이곳에서 피우게 된 것이다. 나는 우리가 사랑을 선택한 것이 아니라 사랑이 우리를 선택한 것이라고 지니에게 말해주었다. 지니는 내 말에 계속 옳소 옳소 하고 맞장구를 쳐주었다. 내 생각과 너무 똑같은 말을 대신해주는 사람을 만나서 너무 기뻐요. 미스터 루스더(장닭)는 어느 별에서 오셨죠? 맞아요. 무궁화 삼천리 화려강산 대한사람 대한으로 길이 보존하세. 오! 필승 코리아 대~한민국! 대~한민국! 지니가 월드컵 응원 때처럼 팔을 휘둘렀다. 그래요. 코리안 페닌슐러(한반도)라는 별자리가 맞아요. 그 별이 아니고 만일 내가 페르시안이나 마야 여자였고, 듄이 이탈리아나 슬라브 남자였다면 우리가 어떻게 이런 자리에 함께 있을 수 있겠어요? 우린 몽고반점을 가진 우랄알타이족이에요. 우리는 그런 말을 주고받으며 잔을 비우면 사토마고로 채우고, 비우면 또 채우면서 계속 건배를 했다. 그날 밤 우리 둘은 사토마고라는 알코올에 강력히 발효되어버렸다. 지니는 너무 취해서 횡설수설 하면서 내가 묻지도 않은 속내를 털어놓기 시작했다.

"하 기자님, 리슨 투 미(내 말 좀 들어봐). 난 코리안 페닌슐러에서 태어나자 업둥이가 된 지 일 년 만에 미국에 입양되어 양엄마의 품에서 콧대 높은 조선왕조의 공주처럼 자랐어요."

나는 지니의 말을 듣자 신경이 바짝 곤두섰다. 지니는 한국에서는 너무 익숙하게 듣는 해외입양고아였다. 그 입양고아가 미국에 와서 콧대 높은 공주님이 되어 쁘띠라는 애칭을 들으며 자랐고, 지금은 성공한 엘리트이다. 만약 지니가 이씨라면 한국의 전주 이씨 족보를 찾아 거슬러 올라가면 조선의 왕족이었거나 귀족의 먼 일가친척쯤에서 걸릴 수도 있을 것이다. 나는 지니가 왜 생일날에 눈물을 보였는지 이해가 되었다. 그녀의 등 어딘가에 얼룩진 몽고반점의 흔적이 있겠지. 지니의 그 동안 입양생활이 얼마나 혹독한 가시밭길이었는지는 아무도 모른다.

내가 인터뷰기사를 쓴 재미교포 3세 중에는 하버드 로스쿨을 마치고 뉴욕의 유명한 로펌에서 변호사로 일하는 한국 입양아출신도 있다. 그녀는 한국의 입양기관에 친모 찾기를 의뢰했고, 한국사회복지회의 후원으로 어머니를 만난 감격도 누렸다. 그런 일은 극소수가 누리는 행운에 불과하다. 지니가 출생의 비밀을 전격적으로 고백한 순간, 우리 둘 사이에는 한동안 먹먹한 침묵의 기류가 흘렀다. 그때 나는 취기가 떡까지 꽉 차서 꼴깍꼴깍 익사 직전의 위기에 놓여있었다. 그런 처지여서 나는 지니를 위로할 만한 형편이 못되었다.

내 귀에는 이미 지니의 말이 들어오지 않았다. 저요, 저는요, 할머니 말예요. 우리 외할머니…… . 나는 지니가 외할머니라고 여러 번 말했던 기억을 어렴풋이 떠올렸다. 지니가 그날 왜 할머니라는 말을 꺼냈는지 알게 된 것은 그 후에도 오랜 시간이 지난 후였다. 마침내 내 귀에는 쁘띠가 부르는 나직한 노래가 들려왔다.

'엄마가 섬 그늘에 굴 따러 가면/아기는 혼자 남아 집을 보다가/바다가 들려주는 자장노래에/팔 베고 스르르 잠이 듭니다'

섬집아기의 노래를 초반부까지 들었던 기억이 났다. 그 다음에 갑자기 내 귀에는 지니의 노랫말이 뚝 끊기고, 눈꺼풀도 무겁게 내려앉기 시작했다. 이윽고 나는 소파에 고슴도치처럼 고꾸라져서 숨을 꼴깍 멈추고 말았다. 내가 눈을 뜨자 아침의 눈부신 햇살이 점령군처럼 거실을 차지하고 있었다. 지니와 나는 서로 다른 소파에 오징어처럼 납작 엎드린 채 곯아 떨어졌다. 지니의 생일파티 겸 내 집들이 잔치는 마법에 걸린 두 사람이 밤새 꿈속에서 기억할 수 없는 악몽에 시달린 것이 전부였다.

　처음에 나는 우리가 단 하룻밤 사이에 그렇게 비약적으로 발전하리라고는 상상하지 못했다. 내가 지니와 만난 것은 이번이 딱 세 번째였다. 우리는 이성간의 만남에서 으레 밀고 당기는 심리적인 긴장감을 겪을 겨를도 없이 가위바위보로 승부를 정하듯 삼세판 만에 사랑의 마법에 빠지기로 작정했던 것 같았다. 물론 사토마고가 사랑의 묘약이 된 탓도 컸지만.

　아침에 눈을 뜬 지니와 나는 서로 어처구니없이 웃음으로 인사를 나누었다. 그 날 아침 나는 지니가 타 준 모닝커피를 마시면서 마치 혀가 꼬여 발음을 실수한 것처럼 '우리 사귈까요?' 라는 말을 불쑥 꺼내고 말았다. 좀 더 설렘과 망설임을 미루어두었더라도 좋았으련만 왜 그리 서둘러 속내를 드러내 버렸는지 모른다. 하지만 놀랍게도 지니는 마치 내 말을 기다리고 있었다는 듯이 댓쯔 낫 배드(좋아요) 하고 내 말을 기꺼이 받아들였다. 지니의 반응에 당황한 쪽은 오히려 나였다. 사귈까요? 좋아요. 질문과 답변은 그렇게 끝났고, 우리의 운명은 순식간에 합의되었다. 우리는 운명을 합의한 것이 아니라 단지 운명을 확인했을 뿐이었다.

　우리는 커피를 마시면서 그 날 아침 간밤의 번민들을 모두 털어내고 마치 중대한 갈등의 해결책을 찾아낸 사람들처럼, 서로의 눈빛을 확인했다. 그러는 동안 무엇인지 모를 기대와 희망이 점차 크게 부풀어 올라서 마치 여름날 파란 하늘에 솜털구름이 목화송이처럼 뭉글뭉글 피어오르는 것 같은 행복감이 솟구쳤다. 행복한 마음이란 늘 잠시의 설렘일 뿐이고, 그 순간의 느낌을 좀 더 지속하고 싶은 갈망에 지나지 않는다. 그래서 행복은 갈망으로 남아 있기 위해서 우리들 곁에 오래 머무는 법이 없다.

내가 자두색 가죽소파에서 몸을 일으키자 지니가 문 앞까지 나를 바래주었다. 아침의 작별이었다. 나는 문이 열리기 전에 팔을 활짝 벌려서 그녀의 작은 어깨를 지긋이 감싸 안았다. 그녀를 끌어안는 순간 나는 큰 소망 하나를 가슴에 품는 느낌이 들었다. 지니는 기다렸다는 듯이 까치발돋음을 하고 내 입술을 훔쳤다. 그녀는 내 예상보다 늘 한 발짝씩 진도가 앞서 나갔다. 그녀의 입에서는 싱그러운 살구향내가 났다. 어린 시절에 들판에서 따먹던 상큼하고 새큼한 살구냄새였다. 사랑은 늘 언제 어디서나 민들레 홀씨를 날리고, 돌 틈이나 시멘트 틈새도 마다하지 않고 땅속 깊이 뿌리를 뻗으며 끈질긴 생명력을 과시한다. 우리들도 민들레 홀씨가 되어 뉴욕이라는 외롭고 냉혹한 도시의 콘크리트 벽 틈에서 꽃과 향기로 살아남고 싶은 간절한 열망을 뿜어내고 싶었는지도 몰랐다.

나는 내 방으로 돌아온 후에 썰렁한 침대에 엎드려 한동안 꼼짝할 수 없었다. 둘 사이에 감정 전이가 너무 빨랐던 탓일까. 조금 전까지 옆방에서 겪은 일들이 한낱 꿈의 잔영처럼 머릿속에 떠올랐다. 지니 방 자두색 가죽소파, 초코시럽으로 하트를 마블링 한 생과일케이크, 사토마고 와인과 흔들리는 촛불, 그리고 앙드레 가뇽의 바다 위의 피아노, 살구향내 나는 입술…눈을 떠보니 다시 현실로 되돌아왔다. 내가 정말 조금 전에 지니를 만나기라도 했단 말인가. 옛날 중국의 철학자 장자는 꿈에 나비가 되어 날아다니다가 깨어나서 깊은 혼란에 빠졌다. 장자는 자기가 나비 꿈을 꾼 것인지, 나비가 자기 꿈을 꾼 것인지 그 의문을 끝내 밝히지 못한 채 죽었다. 지니가 내가 꾼 꿈이라면 나 역시 지니가 꾼 꿈이 되어야 한다. 둘이 그것을 똑같이 꿈으로 느꼈다면 현실이 꿈이고 꿈도 현실이다. 우리가 살아있는 세상이 꿈이 아니고 현실이라면 꿈꾸는 자의 현실이 무엇인지 도대체 어느 누가 알겠는가. 나는 간밤에 지니가 한 말을 떠올렸다. '전 한국에서 태어나서 미국에 입양된 고아였어요.' 어머니와 조국에서 버림받은 슬픈 영혼의 이름, 입양고아 쁘띠. 그 말은 지금도 암각에 새겨진 의문의 상형문자처럼 지니의 뇌리에 주홍글씨로 남아서 평생 천형의 표시가 되었다.

"세상에는 두 종류의 아기가 태어나죠. 엄마가 있는 아기와 엄마가 없는 아이, 도대체 그걸 누가 정하죠? 내게 목숨을 허락한 분이 정해주었다면 그럴 만한 이유가 분명 있어야겠죠. 난 그 이유는 알아야 한다고 생각해요. 그것이 내가 평생 풀어야 할 퍼즐이니까요."

지니가 그 말을 했을 때 나는 입을 다문 채 침묵을 지키고 있어야 했다. 그때 나는 왠지 지니가 업둥이로 미국에 입양된 것이 내 책임이라도 된 것 같은 죄책감에 사로잡혔다. 내가 지니가 되어보기 전에는 그녀의 마음속에 한 발짝도 들여놓지 못한다. 우주는 한 치의 오차도 없이 치밀한 별들이 운행을 계속하고 있고, 우리 곁에는 제철마다 꽃들이 피고 지며, 물은 흐르고 바람은 분다. 자연의 순리도 정해진 법칙이 아니라면 어떻게 그렇게 조직적인 운행을 할 수 있겠는가. 나는 지니가 오래 전부터 엄마 찾는 어려운 퍼즐게임을 하고 있다는 것을 알았다. 우리들 삶의 고통은 전생의 죄에서 나왔다는 불교식 해석이 가능하다. 갓 태어난 아기가 엄마 없는 고통을 받는 것도 전생의 죄 탓이라면 불교의 업보는 당연하다.

하지만 죄의 기준은 어느 눈금에 맞추어져 있을까. 대낮에 뉴욕의 엠파이어스테이트 빌딩 위에 올라가 보면 뉴욕은 마치 회색의 플라스틱 레고를 쌓아놓은 도시처럼 보인다. 그러나 밤이 되면 뉴욕은 실내에 장식용 꼬마등을 켜놓은 장난감 도시로 변한다. 뉴욕이 플라스틱 레고인지 꼬마등을 켜놓은 장난감 도시인지는 보는 사람의 시각에 따라 다르듯이 죄악의 세계를 판별하는 시각도 그렇게 다를지도 모른다.

4

　내가 지니와 마음이 통한 것은 생일파티였지만 본격적으로 사귀기 시작한 것은 그 다음 주부터였다. 나는 토요일 오후에 지니와 오프브로드웨이 뮤지컬을 보기로 약속하고 부랴부랴 스케줄을 조정했다. 114번가의 베이커리에서 또띠아와 케이크로 점심을 때우고 극장 앞으로 갔더니 누가 뒤에서 등을 툭 친다. 카키 바지와 블루 티를 입고 선글라스에 검은 페도라 모자를 눌러 쓴 지니가 할인티켓을 들고 서 있었다. 현미경으로 염색체와 줄기세포 같은 극미의 세상에 빠져있던 생물실험실 연구원치고 코디가 자못 심상치 않다. 커다란 초코컬러의 세무숄더백을 걸치고 노트를 든 지니는 얼핏 여행작가처럼 보인다. 극장 안까지 긴 복도를 걷는 동안 지니는 작품에 관한 정보를 일러주었다. 우리가 보게 될 작품은 알타보이즈인데, 알타보이즈란 가톨릭성당에서 사제의 미사를 돕는 소년을 말한다. 이 작품은 슬픈 영혼을 구제하러 나온 5인조 팝 밴드가 펼치는 콘서트형식의 뮤지컬이다. 객석은 이미 꽉 차있었다. 공연이 시작되자 무대에는 몸매가 다부진 젊은 주인공 다섯 명이 역동적이고 현란한 춤과 노래를 선보였다.

　'널 만나러 왔어. 꼼짝 하지 마! 난 네 영혼을 바꾸어버릴 거야. 우리 만남이 운명이라는 걸 너도 잘 알고 있겠지. 너와 함께라면 우린 소망을 이룰 수 있어. 난 네가 원하는 너를 만들어줄 수 있어.'

출연자들은 뛰어난 가창력과 춤으로 관객들을 사로잡았다. 공연 도중에 지니는 내 팔을 슬며시 끌어안았다. 우리의 만남은 운명이었어. 난 너와 함께라면 뭐든지 할 수 있어. 지니가 노래구절을 내 귀에 대고 속삭였다. 우리의 마음에 사랑이 깃들어 있는 한 어떤 말도 마음의 빛깔과 잘 어울리지만 미움이 깃들면 어떤 말도 무의미해진다. 지니는 노래에 맞춰 연기자들을 적극적으로 호응해주는 관객이었다.

뉴욕은 어디를 가나 관광객들을 사로잡는 에너지와 열기로 가득 차 있다. 뉴욕이 꿈과 판타지를 파는 야시장이라는 것은 맨해튼 브로드웨이 42번가를 보면 실감이 난다. 타임스퀘어는 빌딩 전체를 전광판과 광고탑으로 도배질해놓고 사람들의 정신을 몽땅 빼놓는다. 뮤지컬뿐만 아니다. 뉴욕시립발레단 팸플릿과 안내서만 봐도 개인관객 매표의 공식티켓 종류가 24가지나 되고, 요금도 12달러에서 2백 달러까지 각색이다. 맨해튼은 문화가 홍수처럼 범람하는 도시다. 외국인들이 맨해튼을 빅애플(큰 사과)이라고 말하는 이유가 거기 있다. 뉴욕에는 슬러거들이 메이저 리그를 향해 몰려들고 있는 것처럼 각 분야에서 뛰어난 미완의 천재들이 뉴욕무대를 계속 두드린다. 세계적인 인물로 업그레이드되기 위해서는 뉴욕이라는 링 위에서 승부를 걸어야 하기 때문이다. 전문 뮤지션들이 카네기홀에서 공연하는 것을 평생의 꿈으로 여기는 것은 그 때문이다. 예술분야만 아니다. 부자들도 돈 가방을 들고 월스트리트로 몰려든다. 영화 '프리티 우먼' 처럼 증권가의 백만장자 에드워즈가 거리의 여자 비비안을 현대판 신데렐라로 만들 수 있는 곳도 뉴욕월가에서만 통하는 신화가 된다. 뉴욕에서는 두뇌도 재능도 미모도 인격도 모두 미다스의 손처럼 현찰로 환산된다.

뉴욕은 꿈꾸는 자들의 욕망을 빅뱅처럼 폭발시키는 활화산지대이다. 하지만 슈퍼파워로써 미국의 파워가 세계인들에게 경멸을 받고 있는 것처럼 뉴욕의 문화적 우월감이 초래하고 있는 배타성 역시 극복해야 할 큰 과제로 남아있다는 생각도 든다.

지니도 뉴요커들의 웃음 뒤에 도사리고 있는 문명의 냉혹성과 야만성을 혐오하고 있었다. 지니는 돈의 정글인 월스트리트보다 인도의 가난한 골카타 시장을 더 선호하고 있고, 고액의 미술 갤러리들이 즐비한 업타운 매디슨 애비뉴의 그림들보다는 프라하 뒷골목의 화실에 걸린 무명화가의 그림을 더 좋아한다. 허드슨 강에서 바라보는 맨해튼의 시멘트 평풍보다 지중해 해안의 하얀 집들이 더 정겹고, 그 보다 아프리카 케냐의 야생동물 왕국 마사이 마라며 서인도제도의 바베이도스 해변과 몽고의 초원, 그리고 한국의 고적한 사찰을 지니는 더 좋아한다.

지니는 한국의 운주사니 묘적사 같은 음산한 이름을 가진 절에서 템플스테이를 하며 고독과 명상에 잠길 수 있는 시간을 간절히 원하고 있었다. 나는 지니가 한국을 잊지 못하는 것은 인간이 모성 회귀본능에서 벗어날 수 없기 때문이라는 것을 알고 있다. 현대의 도시문명이 낳은 고독한 호모사피엔스들이 포근한 품에 안길 수 있는 곳은 이 세상에서 자연과 모성밖에 없다고 생각한다.

지니는 처음에 자기가 중국계인줄로 알고 있다가 양엄마로부터 한국계라는 말을 듣고 큰 쇼크를 받았다. 코리아가 도대체 어디에 붙어있는 나라인지 몰랐다. 중국도 인도도 일본도 아니고, 한 번도 들어본 적이 없는 나라. 차이나 대륙과 니뽄 열도 사이에 낀 작은 반도. 지니는 지구본에서 새끼손가락 하나로 덮어버릴 수 있는 한반도를 찾아내고 실망했다. 하지만 그 후부터 코리아라는 말만 들으면 슬픈 우수와 연민에 사로잡혔다. 얼마나 가난한 나라였기에 엄마는 나를 남의 나라로 보내버린 것일까. 그녀에게 한국은 저녁놀처럼 슬픈 빛깔의 땅이 되었다. 그런 세월이 얼마쯤 흐른 후에야 지니는 한국에 관심을 갖기 시작했고, 마침내는 한국을 사랑하게 되었다. 지니는 이진희라는 한국이름을 정식으로 쓰기 시작했고, 한국어를 배우고 한국인 친구들을 찾아서 어울리기 시작했다.

나는 처음에 지니가 대부분의 교포 3세들처럼 모국에 대해 별로 아는 것도 없고, 알려고도 하지 않으며, 알 이유도 없다고 생각하는 동양계 뉴요커 중의 하나로 여겼다. 그러나 지니는 달랐다. 전형적인 한국형 외모의 소유자이고 한국어 발음과 억양이 불편하고 어휘 구사력도 부족하지만 대부분의 교포 3세들이 모국어를 모르거나 심한 말더듬이인 것에 비하면 상당한 수준의 한국어 실력도 갖추었다. 혹시 키가 작고 낯빛이 어두워서 양코배기들이 멕시칸이나 인디언으로 오해할 소지는 약간 있었다. 하긴 미국에서는 중국의 치파오나 일본의 기모노가 동양을 대표하는 의상으로 여겨지고 있었다. 미국에서 중국과 일본의 영향력이 컸기 때문이다. 지니는 첫눈에 남자를 미혹시키는 외모는 아니었지만 개성이 강하고 숨은 매력이 조금씩 천천히 드러나는 타입에 속한다.

"열 살 땐가? 엄마와 다투고 혼자 한국에 가겠다고 무조건 뉴욕 국제공항을 향해 걸었던 기억이 나요. 공항에 가면 누가 한국까지 가는 비행기를 태워줄 것이라고만 막연히 생각했죠. 결국 길에서 울다가 캅(경찰관) 신세를 졌어요. 그 날 캅이 저한테 말했어요. 네 엄마는 한국에 없다. 네 엄마는 캐서린 에디스 메리 여사다. 두 번 다시 가출하면 그때는 다시 집에 데려다 주는 일이 없을 것이다."

그 후로 지니는 가출하지 않았다. 경찰의 말이 무서워서가 아니라, 양엄마 캐서린이 자기가 없으면 혼자 너무 외롭고, 엄마를 괴롭히는 일이 곧 자기 자신을 불행하게 하는 일이라는 사실을 깨달았기 때문이다. 마미 캐서린은 소녀 시절 패션 디자이너가 꿈이었지만 집안 형편이 어려워 뜻을 접고 중학교 교사가 된 후에는 아기를 갖고 싶어서 일찍 결혼을 서둘렀다. 그러나 치과의사인 남편 테드와는 결혼한 지 2년이 지나도 아이가 생기지 않자 크게 절망했다. 불행하게도 결함은 여자 쪽에 있었다.

캐서린은 어려서부터 인형 마니아였다. 바비, 비스크, 브라이스 인형을 비롯하여 캄보디아의 압살라 인형, 케냐의 목각 인형, 러시아의 마트로시카와 한국의 신랑각시 등 세계 각국의 인형들과 미키마우스, 도널드 덕, 누리토이 같은 캐릭터 인형을 모두 모을 정도로 인형콜렉터였다. 그녀의 편집광적인 인형 수집벽은 결혼 후에도 계속되었다. 손재주가 뛰어난 그녀는 직접 디자인해서 만든 전통의상을 인형들에게 입히며 온갖 정성을 기울였다. 목걸이, 팔찌, 패션, 안경 등 장신구에 속눈썹, 가발까지 인형들을 자기 취향대로 꾸미기도 했다. 그래선지 유능한 개인 코디를 둔 인형들은 주위가 모두 부러워하는 롤 모델이 되었다. 그녀가 쁘띠 인형에 집착했던 것도 아기를 빨리 갖고 싶었던 동기에서 비롯되었다.

지니의 캐서린 얘기는 뮤지컬을 보고 데이지타워로 돌아올 때까지 계속 되었다. 지니는 미국식 데이트 관습대로 남자와 침대에서 마무리 짓는 풀코스를 당연히 여기고 있었지만 나는 한국식 데이트 방식에 익숙해 있었다. 한국식이란 귀가 후에 떨어져 있는 아쉬움을 통화나 문자 메시지로 달래는 것이다. 하지만 뉴욕에서는 소년소녀의 동화 같은 뒤풀이가 통하지 않는다. 로마에 가면 로마의 법을 따라야 하듯이 뉴욕에서는 뉴욕의 데이트 법칙에 따라야 제격이다. 지니는 내 팔을 꼭 붙들고 내 방 앞을 지나쳐 닭장 속으로 나를 훠어이 훠어이 몰아넣었다. 사실 훠어이 훠어이 몰아넣었다는 말은 내 느낌이 그랬다는 것뿐이지 지니가 나를 닭 몰듯 한 것은 아니었다. 밤이 늦었지만 홰를 쳐야겠죠? 그녀가 내게 그렇게 말했고, 나는 잠시 어리둥절한 채 꿔다 논 보릿자루처럼 그녀의 방 자두색 가죽소파에 앉아있었다.

지니의 소파 위에 앉으면 이상하게도 마음속에 커다란 설레임의 파도가 밀려오기 시작한다. 수평선과 모래톱과 파도가 밀려드는 갈망의 바다가 파노라마처럼 펼쳐지는 것이다. 지니가 내 곁에 바짝 앉아서 끝없이 온갖 공상의 날개를 펴기 때문이다. 지니의 캐서린 얘기는 계속되었다. 지니가 말할 때마다 입김과 살구향내가 귓속으로 활활 밀려들어와 내 골부와 고막을 따뜻하게 달구었다. 그 파장은 달팽이관 속의 청각신경을 건드리는 강력한 주파수 같았다. 사랑은 보고 듣고 만지는 것, 서로 다른 극의 자석처럼 무섭게 상대를 자기 쪽으로 들러붙게 만드는 것이다.

"캐서린이 아기를 가질 수 없다고 말한 산부인과 의사에게 항의했대요. '난 아기를 꼭 가져야 해요. 도대체 자궁에 난자가 착상이 안 되다니. 그게 무슨 말인지 모르겠어요. 내가 어른이 되기를 그처럼 손꼽아 기다린 이유는 오직 아기를 갖기 위해서였어요. 그래서 이른 나이에 결혼을 서둘렀는데 내가 스털릴리(불임증)라니. 정말 죽고 싶어요.'"

캐서린은 애지중지하던 쁘띠 인형들을 모두 검은 쓰레기봉투에 밀어 넣었다. 나는 뉴욕에서 커다란 검은 쓰레기봉투를 볼 때마다 처분이나 말살이라는 살벌한 용어들을 떠올리곤 했다. 그 다음 날 청소차가 검은 쓰레기봉투를 쑤셔 넣고 떠날 때도 캐서린은 눈물 한 방울 흘리지 않았다. 그녀는 맘의 사랑을 독차지하고 있던 인형의 정령들이 맘으로부터 버림받을까 두려워 집단음모를 꾸며 아기의 착상을 훼방 놓은 것이라고 믿었다. 악몽 같은 판타지였지만 캐서린에게는 슬픈 현실이었다.

캐서린의 부모는 딸의 행동이 광기나 정신질환의 일종이 아닌가 걱정이 되어 정신과 의사와 상담했지만 의사는 정상적이라는 판단을 내렸다. 단지 예민한 시기에 꿈에 대한 열망과 책임감이 깊어서 인형들에 깊이 천착한 심리적 동기가 유난히 강했던 점을 지적했을 뿐이었다. 지니는 그 당시 마미 캐서린이 겪은 슬픔과 한을 충분히 이해할 수 있다고 말하면서 마치 마미를 위로라도 하듯이 내 목을 끌어안고 한 손을 내 셔츠 속에 밀어 넣었다. 그녀의 손은 내 몸을 마분지에 풀칠이라도 하듯 더듬는다. 꽤 깊은 스킨십이어서 욕망은 거칠어졌지만 너무 자연스럽고 따뜻하고 평화로웠다.

"마미가 인형들을 폐기처분한 것은 잘했다는 생각이 들었어요. 진짜 인형의 정령들이 음모를 꾸몄을지도 모르잖아요. 바비, 브라이스, 미키 같은 인형들에게 마미의 마음을 빼앗긴 남편도 무척 외로웠을 거예요. 아무튼 맘은 아기를 못 낳게 되자 인형들을 모두 쫓아내고 말았어요."

자두색 가죽소파에 누워 있는 내 몸 위에 엎드린 채 지니는 마치 컴퓨터에서 커서를 움직여 내 얼굴의 얼개를 하나하나 클릭하고 검색하는 것 같은 느낌이 들었다. 그녀의 예민한 손끝이 해부학자처럼 눈과 콧날 사이의 깊은 골과 뼈와 목 줄기와 쇄골까지 점차 아래로 치밀하게 더듬어 내려갔다. 나는 눈을 감고 깊은 숨을 쉬면서 그 감촉을 즐겼다. 지금까지 어느 누구도 내 몸을 그처럼 사랑스럽게 만져주고 쓰다듬어 준 적이 없었다. 지니의 대퇴부는 가랑이 계곡에 깊이 빠져 있고, 골반의 양 돌기는 척추 앞 천골의 갑각 위에 디딤돌처럼 놓인 채 마치 두 개의 기둥처럼 완강하게 버티고 있었다. 그녀의 몸은 가벼웠지만 힘을 뺀 탓인지 하중이 무겁고 깊었다. 우리들의 비음은 점차 거칠어져 갔다. 지니의 얘기는 거기서 멈추었다가 한참 후에 계속 이어졌다. 캐서린은 불길한 인형의 정령들을 말끔히 퇴치했다고 해서 아기를 갖고 싶은 꿈과 집착마저 포기했던 것은 아니었다. 그즈음 캐서린에게 시카고로부터 놀라운 소식 하나가 전해졌다. 러시아 고아의 입양에 성공한 선배가 편지와 사진을 보내왔던 것이다.

'캐서린, 마침내 하늘의 축복이 내려져 아기를 얻었다. 입양을 신청하고 기도하면서 가슴 조리게 기다린 지 1년 만에 소원을 이루었어. 아임 점핑 훠 조이(기뻐서 날아갈 것 같애)! 이 기쁨을 그 동안 불임의 고통을 함께 해준 너와 가장 먼저 나누고 싶다. 우리 아기 조쉬아의 사진을 보는 즉시 네 소감을 써주기 바래.'

캐서린은 그 편지를 받고 큰 충격을 받았다. 오래 전부터 추진해왔던 선배언니의 입양이 성공하자 불임문제로 고통을 함께 나누었던 캐서린에게 새로운 희망이 부풀어 올랐다. 더 이상 망설일 이유가 없었다. 캐서린은 곧바로 남편에게 입양을 제안했다. 그러나 남편의 반응은 의외로 회의적이고 싸늘했다. 이유는 단순했다. 남편은 블러드 라인(혈통)을 중시하는 편이며 자신이 좋은 아빠가 될 자신이 없음은 물론 집안에 미운 오리 새끼 하나를 기르는 것이 될 것이라는 부정적 시각을 드러냈다. 그 가운데 이런저런 갈등에 종지부를 찍는 사건이 터졌다.

미니아폴리스에서 어느 부부가 입양한 인도 아이의 양육을 포기하는 사태가 발생해서 뉴스에서 화제가 되었다. 남편 테드는 그 사건을 빌미로 강력한 입양반대 쪽으로 기울어지고 말았다. 남의 불행을 거울삼아 우려할 만한 미래를 피하는 지혜를 읽지 못하고 그 실패를 다시 답습하는 것은 불행을 자초하는 일이다. 그것이 소심한 남편의 주장이었다. 캐서린에게는 또 한 번의 절망을 느껴야 했다. 대신 테드는 캐서린의 생일날 이름이 산타나인 영국산 포메라니안 강아지를 선물로 사왔다. 실망한 아내를 위로해주기 위해서였다. 산타나는 흰털이 풍성하고 몸집이 작고 귀여운 족보 있는 견공이지만 캐서린은 본래 동물에는 취미가 없었고, 자기 마음을 몰라주는 테드가 야속할 뿐이었다.

"산타나는 입양할 우리 쁘띠의 몫으로 받아두긴 하겠어요."

이 일로 테드는 결국 아내의 확고한 입양의지를 재확인했을 뿐이었다. 캐서린은 시카고의 선배와 계속 정보와 경험을 교환했으며, 미국의 스티브 모리슨 해외입양재단과 상담 끝에 한국 아이의 입양을 결심하게 된다. 중학교 지리교사였던 캐서린은 한국에 대해서 잘 알고 있었다. 캐서린의 학교에도 한국 교포 출신 아이들이 여럿 있었다. 한국 아이들은 모두 학업성적이 뛰어나고 활기차고 영민했으며 부모들의 교육열도 높았다. 언젠가 캐서린은 한국 교민의 밤에 초청을 받아 갔다가 승무를 본 적이 있었다. 지니는 갑자기 생각난 듯 번쩍 몸을 일으켰다.

"나도 카네기 홀에서 공연된 승무를 본 적이 있어요."

지니는 흰 타월 두 개를 가져와 하나씩 끝자락을 잡고 슬렁슬렁 좌우로 흔들면서 승무 춤사위 흉내를 냈다. 진짜 승무는 자진모리 당악과 북소리 장단에 맞춰 고깔을 쓰고 긴 장삼자락을 허공에 얼기설기 솟구치면서 보폭을 비스듬히 내딛고 미끄러지듯 멈추는 율동이 계속된다. 그때 여인의 뒤태는 사무치게 아름답다. 비록 지니가 흉내 낸 승무는 어설퍼 보였지만 그녀의 흐트러진 머릿결과 옷매무새며 몸매의 곡선과 눈웃음은 나의 에로티시즘을 폭발시키기에 화력이 충분했다. 나는 그날 밤 지니와 내가 만들어낼 수 있는 커다란 꿈의 가능성을 엿볼 수 있었다. 그 틈은 의외로 크고 넓었다.

5

때때로 나는 티베트의 불경에서 읽은 사랑에 관한 명언을 떠올리곤 한다. '그대 누군가를 애써 사랑하려 하지 말라. 사랑은 노력이 들어가는 순간 이미 거기 없다. 그대 단지 사랑 속에 뛰어 들어가 그 흐름을 타기만 하면 된다. 그대가 성급히 지어낸 말이며 허튼 생각과도 다투지 말고, 수고로움도 애써 겪지 말지어다. 단지 그저 마음의 흐름에 묵묵히 몸을 내어 맡길 뿐' 그것이 내가 가슴에 품고 사는 말이다.

사랑은 그 어떤 것의 목적도 되어서는 안 되고, 수단도 되어서는 안 된다. 사랑은 소유하고 소유 당하는 것이 아니며, 사랑은 찾아 헤매는 것도, 비굴하게 무릎 꿇는 것도 아니고, 싸워서 쟁취하는 것은 더욱 아니다. 사랑은 때가 되면 저절로 피는 꽃처럼 저 스스로 참지 못하고 언젠가는 끝내 자신의 모습을 드러내고야 만다. 나는 선인들이 터득한 사랑의 진리를 내 경험으로 받아들일 때까지 굳게 믿고 그 기대를 저버리지 않았다. 어느 날 갑자기 뉴욕에서 지니를 만날 때까지.

그 동안 나는 수없이 사랑을 착각하면서 스스로를 어지럽히며 살아왔다. 한 여자가 내 안에 들어와 뱀처럼 똬리를 틀고 있으면 그때 나는 이미 내가 아니라 뱀이다. 내 사춘기 시절에는 두어 마리의 독사가 내 몸과 마음을 휘젓고 다니며 큰 상처와 고통을 남겼다. 나의 고결하고 단단했던 기독교적 성채는 뱀독에 물려 여지없이 무너졌다. 그 뼈아픈 지난 추억의 잔해들이 구겨진 스냅사진들처럼 어두운 기억의 저편에 내던져져 있다. 결국 진실이 아닌 것들은 내안에 오래 머물지 못하고 끝내는 바람처럼 스쳐 가버린다. 수많은 슬픔과 절망의 잔해들이 납처럼 녹아서 바닥에 가라앉은 후에, 끝내 모든 것을 절망하고 포기한 끝에 고독한 침묵의 시기가 지난 후에 내 앞에는 마침내 진실한 사랑이 나타났다.

　나는 두려웠지만 내 앞에 모습을 드러낸 사랑의 불길에 또 다시 뛰어들 수밖에 없었다. 어차피 다시 겪어야 할 과정이라면 비겁하게 피할 마음이 없었다. 사랑은 늘 에로스라는 위험하고 치명적인 유혹으로부터 시작되듯이 나와 지니의 사랑 역시 여전히 통속적인 가면의 얼굴을 하고 찾아왔다. 그녀의 인체공학적 표현을 빌리자면 우리 둘은 요굴두가 얽힌 채 척골이 묶이고, 골반 뼈가 치골을 떠받치면서 천골과 엉치와 무릎의 슬개골들이 정교하게 어울렸다. 두 개의 영혼이 나사 하나로 맞물린 채 버틸 수 있는 것은 내통을 이루기 위해서다. 하비갑개와 누골, 비골과 서골을 비롯한 2백여 개의 뼈를 감싸고 있는 근육과 그 힘줄과 신경조직이며 뇌와 심장과 폐까지도 몸의 기능들이 에로스를 향해 모든 집중력을 발휘해야 한다. 그것이 진정한 사랑의 통속적인 통과의례이기도 하다.

　"이런 날이 오기를 정말 오래 기다렸어요."

　그때 지니의 말이 유행가 가사처럼 내 귀에 들어왔다. 우리의 몸과 영혼은 산야초 효소에 버무린 파김치처럼 빨리 발효되었다. 무슨 일이나 감동과 충격이 클수록 마음은 진공상태가 되는 법이다. 잠시 후에 지니는 선명한 자줏빛 화장지 한 움큼을 소파 밑으로 내려놓았다. 지니는 내 눈과 마주치자 당황한 표정을 지으며 '야…유 노우 인 팩트 댓쯔잇(네, 보다시

피…그건 사실이에요)’ 하고 수줍게 얼굴을 붉힌다. 성의 자유를 만끽하고 사는 미국 땅에서 지니가 지금까지 순결을 밀봉하고 살았다는 것이 내게는 경이적으로 느껴졌다. 지니는 역시 콧대 높은 조선왕조의 순결한 공주가 아니라면 격조 높은 사대부 집안의 엄친 딸이었을 것이 분명했다. 어쩌면 그런 고귀한 혈통 때문에 업둥이로 버려질 수밖에 없었던 불가피한 사연이 반드시 있었을 것이라는 생각이 들었다.

“저에게 세 가지 조건이 있었어요. 내 남자는 한국남자여야 한다. 내가 먼저 사랑해야 한다. 또 선한 눈빛을 가진 소울 메이트여야 한다. 지금까지 그런 남자는 없었어요. 듄을 만나기까지는…….”

내가 쏜 큐피드의 화살이 빗나가지 않고 지니에게 꽂힌 것은 행운이었다. 선한 영혼을 어떻게 알아볼 수 있느냐고 내가 물었더니 선한 영혼은 눈빛에 스스로 드러나기 마련이라고 지니는 말했다. 그래서 선한 영혼을 가진 사람은 이 세상의 어떤 말로도 표현할 수가 없다. 어쩌면 이미 사라진 고대 히타이트 왕국의 상형문자나 잉카의 퀴푸문자로도 그런 표현은 불가능했을 것이다. 그리고 선한 영혼은 선한 눈에만 보이는 것처럼 천사는 착한 눈을 가진 사람들을 통해서 자신의 모습을 드러낸다. 사랑도 에로스라는 이름의 황홀한 눈빛을 통해서만 드러나듯이.

“제가 좀 고지식하긴 해요. 어떤 사람은 남녀 간의 사랑이란 결국 이 세상에 살아남기 위해 서로가 생존의지를 확인하는 행위라고 말했지만 그건 사랑을 너무 천박하게 만들기 때문에 동의하고 싶지는 않아요.”

그럴지도 모른다. 지니의 말처럼 남녀의 사랑이란 생식행위를 우아한 포장지로 위장한 본능에 불과할 수도 있다. 침대에서 농담으로 흘려버리기에는 좀 어려운 철학적인 비유들이지만 어쩔 수 없다. 모든 곤충들이 교미 없이 애벌레를 얻을 수 없고, 애벌레 없이는 종족의 번식도 없다. 종족의 번식이 없는 한, 이 세상에는 먹이사슬 속에 끼어들 수 없다. 마치 바퀴벌레나 메뚜기가 천문학적인 숫자로 번식하는 천적들을 당해내기 위해서는 번식이 피할 수 없는 운명인 것처럼, 인간도 거기서 예외가 될 수 없다. 인류도 다른 동물들처럼 번식해야 지상에서 살아남을 수 있다. 따라서 열심히 사랑하고 번식해야 한다. 그것이 인간의 생존의지다.

"해충들도 우리처럼 인터넷문명을 누린다면 인류의 출산 감소 소식이 동물들의 세상에서 가장 반가운 검색어 1위로 떴을 거예요."

나는 지니의 기발한 상상력에 웃음이 떠올랐다. 어쩌면 인류의 출산율 감소를 가장 기뻐할 놈들은 인류를 끝없이 말살시키려는 해충들이나 그 놈들을 매개로 세균을 퍼뜨리는 바이러스들이 아닐까 싶다. 인류가 천적을 퇴치할 수 있는 신약을 개발해내면 놈들은 또 다른 바이러스를 퍼뜨려 인류에 대한 저항을 계속할 것이다. 황당한 생각이 아니라 우리는 그 현실을 인정해야 한다. 바퀴벌레 암놈은 단 한 번의 교미로 혼자 평생 쓸 정충들을 몸속에 보관하고 다니면서 필요할 때마다 알을 깐다. 알집 주머니에 들어있는 42개의 알은 1년에 10만 마리나 되는 놀라운 번식능력을 갖추고 있다. 놈들은 인류와 어디 누가 이기는지 끝까지 해보자고 대들고 있다. 사람도 바퀴벌레처럼 난포에 정자 주머니를 따로 차고 다니면서 필요할 때 아기를 낳을 수 있다면 세상의 모든 남자들은 꽃다발이나 보석을 들고 여자

앞에서 구애의 무릎을 꿇어야 할 필요가 없을 것이다.

인류도 다른 동물들처럼 번식기능의 한 도구에 지나지 않는다면 인류가 그처럼 고귀하게 여기고 있는 사랑과 영혼은 도대체 어디에 폐기처분해야 할 것인가. 그래서 인류도 지구상에 살아남지 못하면 인간의 위대한 꿈과 미래와 가치는 끝내 쓰레기가 되고 말 것이다. 결국 세상에서 가장 중요한 가치는 생존경쟁에서 살아남는 일이다.

"세상의 모든 짐승들이 목숨을 걸고 짝짓기에 열중하고 있는데 인간이 출산율 저하로 인구가 줄어든다면 번식이 왕성한 곤충들에게 지상의 권력을 내놓아야 하지 않을까요? 닭들도 병아리 한 마리를 얻기 위해서 얼마나 열심히 푸닥거리를 하는지 잘 아시죠? 닭장의 세계를 유지하기 위해서 어쩔 수 없는 일이죠. 그래서 우리도 지금 푸닥거리를 하고 있지만."

나는 지니의 말에 풋하하하 하고 저절로 웃음이 터져 나왔다. 미국에서 영어만 쓰고 산 지니가 푸닥거리라는 말을 쓸 줄 안다는 것은 한국어 수준이 높은 경지에 이르렀다는 뜻이다. 정말 그녀의 말이 맞다면 우리는 인간이기를 포기하고 정말 닭이라도 되어야 한다. 사실 지니의 방이 닭장이 된 것은 내가 뉴욕에 와서 촌닭처럼 굴었기 때문에 나온 발상에서 비롯되었지만 우리들도 결국은 닭에 불과하다는 허무주의적 사상이 내 머릿속에 짙게 깔려 있기 때문이다. 게다가 지니가 내 말을 인정해주는 순간 닭은 우리들에게 가장 중요한 기호학적인 존재의 의미가 되고 말았다.

닭 얘기가 나와서 하는 말이지만 사실 수탉들은 달걀 한 개 얻기 위해서 사랑하는 것은 아니다. 그들은 단지 교미로 잠깐의 짜릿한 쾌감을 위해 암탉을 온종일 쪼아댈 뿐이다. 수탉의 머릿속에 우리가 생각하는 종족유지 본능을 철학적 논리로 깨닫고 있을 리가 없다. 게다가 수탉들이 암탉을 쪼아대야만 계란이 나온다는 사실을 알 리가 없다.

사실 조물주가 수컷들에게 짜릿한 쾌감이라는 보너스를 따로 챙겨주지 않았다면 세상의 모든 수컷들은 암컷의 뒤를 졸졸 따라다니며 힘든 구애를 할 리가 없다. 특히 인간이 수탉처럼 맘 내킬 때마다 여자를 덮친다면 성추행으로 교도소에서 닭장신세를 면치 못할 것이고, 출옥한 후에도 발목에 전자발찌를 차고 평생 살아야 하거나, 아니면 회교국에서처럼 돌 세례를 받고 죽어야 할지도 모른다. 이제 정답은 나왔다. 남자는 자녀를 염두에 두기 이전에 성적 쾌락을 위해서 구애를 시작한다는 점에서 수탉과 별 다른 차이가 없다. 사랑은 결국 조물주가 인간의 두뇌신경에 심어놓은 칩 속의 모듈에 접속되면서 실행되는 번식행위의 대체 수단에 불과하다. 그래서 교미는 디룩디룩 살찐 벌레들도 꿈틀거리면서 잘 하고, 토끼들도 눈 깜짝할 사이에 감쪽같이 해치운다. 우리는 그 사실을 너무 잘 알면서도 조물주의 의도에 속아주고 있다. 왜냐하면 에로스를 버릴 수 없고, 무엇보다 성 욕구가 우선이기 때문이다. 게다가 우리는 사랑을 제물로 바치는 제우스 전사들처럼 노예가 되어야 영웅도 될 수 있다는 사실을 누구보다 잘 알고 있다. 둘 사이에 말이 통하면 기운도 통한다. 나는 지니와 인간의 성 본능에 관련된 얘기를 솔직하고 대담하게 주고받았다. 그러자 지니는 내가 사랑스럽다는 듯이 꼬옥 안아주고 토닥여주었다. 지금까지 어머니는 물론 어떤 여자도 나를 그렇게 사랑스럽게 안아준 적이 없었다. 나는 너무 감격해서 눈물이 나왔다. 어머니는 나를 낳자마자 출산 후유증으로 곧 세상을 떠났고, 나는 외숙모의 손에서 자랐지만 외항선을 탄 아버지가 태평양에서 거대한 스콜을 만나 침몰된 후로는 고아가 되고 말았다. 나는 그때부터 외숙모의 자녀들 속에 낀 개밥에 도토리 신세였다. 그 이후로 내 영혼 속에는 깊은 외로움과 그리움이 자리 잡기 시작했다.

"아니! 듄, 울고 있었어요?"

지니는 내 슬픈 낌새를 눈치 채고 깜짝 놀란다. 그때 나는 지니에게 어쩔 수 없이 나의 성장과정을 고백해야 했다. 지니는 내 말을 듣자 자기 설움에 겨워선지 한참을 울었다. 친부모 없이 자란 나에 대한 연민의 감정이 가슴속 깊이 끓어오른 탓이었을 것이다. 웬일인지 난 듄에게서 어둡고 슬픈 체취가 자주자주 느끼지곤 했어요. 그 이유를 이젠 알 것 같아요. 듄, 힘내세요. 내가 있잖아요. 내가 지니에게서 모성애를 느낀 것은 그 날이었다. 지니는 일요일이면 맨해튼 미드타운에 있는 성 패트릭스 성당에 간다. 내가 지니에게 가장 간절하게 원하는 것이 무엇이냐고 물었더니 스스럼없이 한국에서 친엄마를 찾는 일이라고 말했다. 지니가 하느님으로부터 유일하게 바라는 것은 그것이다.

친엄마를 만나는 일은 천재적인 재능을 갖고도 안 되고, 노력과 의지로도 안 되며, 목숨을 바친다 해도 이룰 수 있는 것이 아니다. 세상에서 그런 불가항력적인 꿈을 이루어줄 수 있는 힘과 능력은 오직 하느님밖에 없다고 지니는 굳게 믿고 있다. 지니가 친부모의 생존여부를 모르는 한, 그녀의 비원의 꿈과 갈망은 계속 될 것이다. 나는 그나마 부모님을 만날 수 있을지도 모른다는 희망을 가진 지니가 부러웠다. 실낱같은 희망을 가졌다는 것은 절망과는 비교할 수 없는 행복이었다.

6

뉴욕의 라구아디아 공항을 출발한 델타 항공기는 미국 중부도시 캔자스의 하늘 위에 떠 있다. 창밖에는 광활한 솜털 구름 평원이 펼쳐져 있고 기체의 날개는 햇살의 광채로 번쩍거린다. 나는 헤드폰으로 모리스 자르의 영화음악을 듣고 있다. 지니는 내 어깨에 기대어 잠든 채 귀향의 단꿈을 꾸고 있는 중이다. 나는 지니가 꿈속에서도 나와 함께 있을 것이라고 생각한다. 지니의 꿈이 내게는 현실이 되고, 나의 현실이 지니의 꿈이 된다면 꿈과 현실 모두 우리 차지가 될 수 있다. 처음 지니가 사흘쯤 휴가를 내어 캔자스에 가자고 말했을 때 나는 잠깐 혼란스러웠다. 지니가 나를 캐서린에게 정식으로 소개시키고 싶다는 뜻으로 받아들였던 것이다. 결혼 적령기의 딸이 부모에게 연인을 소개하는 일은 결혼의 빌미가 될 수 있기 때문이다. 내가 지니에게 우리가 사귀는데 캐서린의 허락이 필요하냐고 물었더니 지니는 깜짝 놀랐다.

"옵쓰! 스탑 유어 넌센스(어마! 말도 안 돼)."

그것은 관습의 차이에서 나온 문화적 충돌이었다. 지니는 단순히 자신의 유년 시절을 보여주고 싶을 뿐이라고 했다. 나는 지니에게 한국에서는 여자가 사귀는 남자를 부모에게 인사시키는 것은 장래를 약속한 이후의 절차라는 점을 상기시켰다. 그러자 지니는 밝은 표정을 짓는다. '그래요? 그거 잘 됐네. 까짓 이번 기회에 나도 한국식으로 해보지 뭐?' 그 말에 나도 똑같이 맞장구를 쳤다. '그럼 나도 까짓 캐서린을 만나면 한국식으로 넙죽 엎드려 절하고, 한국에서 온 도윤이 놈이라고 말씀드리고 나서, 사윗감 없으시면 이 몸이 어떠냐' 고 하겠다고 말했다. 지니는 재미있는 방법이라고 마구 웃었다. 한국 속담에 농담 속에 뼈가 있다는 말이 있듯이 우리들의 유머에는 서로의 소망이 깃들어 있었다.

나는 지니에게 한국 가요에 나오는 갑돌이와 갑순이의 애절한 러브스토리를 들려주었다. 서로 속으로 좋아하면서도 마음이 약해 고백을 어물쩍 미루다가 결혼 기회를 놓친 시골의 총각처녀가 각자 따로 결혼한 첫날밤에 달을 보고 울면서 겉으로는 상대방에게 고까짓 것 했더라는 얘기였다.

지니는 서로 좋아하면서 고백을 못하고 망설이다가 기회를 놓친 것이 이해가 안 되는 모양이었다. 부모의 허락 없이 결혼이 불가능했던 옛 조선시대의 엄격한 결혼관습을 자유연애 지상주의자인 미국인들이 이해할 수 없는 것은 당연하다. 나는 지니에게 지금도 한국에서는 여전히 부모의 허락이 중요한 결혼의 조건이라는 점을 말해주었다. 물론 미국의 부모들은 한국처럼 자녀의 이성 친구를 결혼상대로 비약해버리는 경향이 별로 없지만 뉴욕에서 비행기로 3시간이나 걸리는 캔자스까지 한국 남자를 집에 데려온 지니의 속내를 캐서린이 단순히 지나칠 수 있는지는 의문이었다. 나는 기내에서 지니가 건네 준 푸른색 표지의 노트를 읽었다. 캔자스의 마미 캐서린이 지니를 키운 육아일기였다. 지니는 그 노트를 열여덟 번째 성인이 되던 날 캐서린에게서 생일선물로 받았다. 거기에는 갓 돌을 넘긴 쁘떠 지니가 캐서린의 품에 안겨 서울에서 캔자스로 가던 기내의 상황이 묘사되어 있다. 한국을 떠난 노스웨스트항공기 기내에는 지니 외에 미국으로 입양되는 아이가 다섯 명이 더 있었다.

미국으로 가는 한국 유학생 한 명이 시카고까지 그들을 인솔하고 있었다. 지니를 제외한 미국에 입양되는 아이들은 언청이와 소아마비 그리고 심장병 질환자들이었다. 그들은 현지에 도착하자마자 병원치료가 예정되어 있다. 푸른 노트에는 쁘띠 지니가 서울 혜화동 뒷골목 큰 기와집 대문 앞에 포대기에 싸인 채 업둥이로 유기된 기록이 나와 있다. 아기의 배냇저고리에는 엄마 이름은 홍순이, 아기이름은 이진희라고 노트에 연필로 급하게 휘갈겨 쓴 쪽지 한 장과 여자들의 옛 장식용인 옥드리개가 들어있었다. 생모가 이름과 옥드리개를 남긴 것을 보면 훗날 아기를 찾겠다는 의지가 엿보였다.

혜화동의 기와집 안주인은 아기를 버리고 간 생모가 언젠가는 마음이 바뀌어 찾으러 올 수도 있다고 여기고 두어 달 동안 집에서 맡아 돌보다가 소식이 없자 마침내 아기를 서울가톨릭자애복지회에 인계했다. 복지원 요세피나 원장수녀는 진희를 자기 호적에 올려 출생신고를 마치고 해외입양 계획을 세웠다. 미국 캔자스의 캐서린이 양엄마로 선택된 것은 바로 그즈음이었다. 그 당시 캐서린은 스티브 모리슨 해외입양재단의 제안을 받아들여 한국의 고아를 입양하기로 결심했다. 미국 입양기관에서는 해외입양을 원하는 양부모들에게 무척 까다로운 조건을 내걸고 있다.

양부모의 자격은 25세에서 44세 사이라는 나이 제한이 있었고, 부부의 나이 차는 15세 미만, 학력은 고졸 이상, 연간 수입은 3만5천 달러 이상, 양부모의 몸무게는 평균 체중보다 30퍼센트 이하, 입양 총비용은 2만5천 달러, 별도로 입양 후에는 2개월마다 사진 여섯 장과 양육보고서 제출을 의무화했다. 이상의 조건에 해당하는 사람에 한하여 미국의 연방수사국(FBI)은 양부모의 성품과 범죄기록과 재산 상태와 직업 관련 조사를 진행한다. 그리고 사회사업가들이 집을 방문하여 양육환경과 조건을 비롯하여 아기의 방까지 실사작업을 벌인다. 이어 각종 인터뷰와 홈 스터디가 몇 달 동안 엄격하게 치러진 후에야 해외입양 자격의 적합 판정이 나온다. 캐서린 역시 7개월에 걸친 전 과정이 끝났고, 다시 그 후로 열 달이 지나서야 입양 허가통지서를 받았다. 가톨릭신자인 캐서린은 자신이 직접 한국에 와서 요세피나 수녀의 품에서 진희를 넘겨받아 법적인 양부모가 될 수 있었다. 캐서린은 오랜 비행시간 내내 지니를 품에 안고 감사의 기도를 하며 태평양을 건넜다.

그 날부터 프랑스계 미국인 캐서린에게 지니는 쁘띠로 불리게 되었다. 그 날 캐서린의 품에 안겼던 쁘띠는 정작 그때나 지금이나 비행기 안에서 쌔근쌔근 잠들어 있었다. 입양번호 7071번, 출국 당시 찍은 마지막 폴라로이드 사진 한 장. 서울 혜화동의 정덕귀와 요세피나 수녀의 사인이 들어있는 입양문서. 위 아이의 양육에 대한 모든 권리를 미국 시민권자이며 아이의 법정 대리인 캐서린 에디스 메리 여사에게 이양함. 지니가 미국 시민이 된 순간이었다.

나의 쁘띠는 그 동안 밀린 잠을 몽땅 갚기라도 할 듯 혼곤한 잠에 빠져있다. 항공기가 캔자스공항 활주로에 착륙하면서 기체가 덜컥덜컥 흔들리자 쁘띠는 비로소 눈을 떴다. 게이트에는 두 손을 번쩍 들고 흔드는 여자가 있었는데, 그녀는 캐서린 에디스 메리로 쁘띠의 양모였다. 캐서린은 전직

교사답게 단아하고 지적인 풍모를 지닌 50대의 중년여자였다. 눈가의 주름살이며 희끗거리는 머릿결은 지난 세월의 흔적들이 곱게 묻어나고 있었다. 오랜만의 격렬한 모녀상봉 끝에 나와 캐서린의 눈길이 마주쳤다.

"웰컴 투 마이 홈(잘 오셨어요). 쁘띠한테 얘기 많이 들었어요."

쁘띠는 그 동안 캐서린에게 내 얘기를 많이 했던 것 같았다. 별로 자랑할 것도 없는 속내를 들킨 것처럼 부끄럽고 쑥스러웠다. 캐서린이 핸들을 잡았고, 마미의 옆자리에 앉은 쁘띠는 캔자스 오버랜드 주택가에 도착할 때까지 어린 시절의 응석받이 딸로 되돌아간 듯 했다. 모녀의 정겨운 대화가 이어지는 동안 나는 창밖에 펼쳐진 광활한 평원을 경이롭게 지켜보았다. 앞뒤좌우가 모두 지평선인 까마득한 초원지대였고, 고속도로는 핸들 한번 꺾지 않고도 수십여 킬로미터를 달릴 수 있는 직선도로였다. 캐서린의 집은 미국 중부의 전형적인 2층 양옥집으로 우람한 상수리나무 숲속에 있었다. 캐서린은 교직에서 은퇴한 후, 연금생활을 하면서 주 정부의 관광과 역사에 관련된 자문위원 역할을 맡고 있었다. 캐서린의 전 남편인 치과의사 테드는 캐서린에게 쁘띠의 입양을 허락해주고는 이혼하였고, 병원을 덴버로 옮기고 나서는 소식이 끊겼다. 그 후로 캐서린은 재혼도 하지 않고 독신과 교직생활을 지키며 쁘띠와 함께 살았다. 캐서린과 쁘띠는 모녀가 될 운명적인 인연을 갖고 태어난 것 같았다.

지니의 캔자스 옛집은 만화 속의 동화처럼 아름다웠다. 캔자스에는 지니와 어린 시절을 함께 보낸 마을 친구들은 대부분 그곳에서 직장생활을 하고 있었다. 지니처럼 동부의 대도시로 떠난 친구들은 손꼽을 정도였다. 지니가 옛 친구를 만나러 외출한 사이에 나는 토끼만큼이나 큰 다람쥐들이 수백 년 묵은 고목나무 위로 순식간에 타오르는 모습을 지켜보면서 지니의 어린 시절 얘기를 들을 수 있었다.

"쁘띠가 여고 시절 추수감사절 때였을 거예요. 제퍼슨 연구기금에서 미국에 입양된 아이들과 양부모에게 한국을 방문할 수 있는 기회를 마련해준 적이 있었죠. 그때 저도 쁘띠와 함께 한국을 다시 방문할 수 있었습니다. 입양아들은 한국에서 자기가 태어난 곳을 찾아보기도 하고, 자기들과 똑같이 미국입양을 기다리고 있는 보육원을 방문하기도 했어요."

캐서린은 한국 방문도중에 쁘띠를 서울 혜화동에 있는 가톨릭자애복지원에 데려갔다. 쁘띠를 입양시킨 당시의 요세피나 원장수녀는 은퇴하여 시골의 수녀양로원에서 병상생활을 하는 할머니가 되어 있었다. 요세피나 원장수녀는 캐서린과 쁘띠를 여전히 기억하고 있었다. 그 동안 캐서린이 해마다 수녀님의 본명 축일과 성탄절에 잊지 않고 축하카드를 보내주었기 때문이다. 우리 진희가 멋진 숙녀가 되었군요. 원장수녀는 감탄하면서 책상서랍에서 명함 한 장을 꺼내어 캐서린에게 건네주었다. 지니가 처음 혜화동 기와집 대문 앞에 버려졌을 때 두 달 동안을 따뜻하게 보살펴주었던 주인댁 전화번호였다.

"당시는 비밀이었지만 이젠 옛날 애기니 말씀드릴 수 있네요. 혜화동 정덕귀 여사께서 지니를 제게 보내주셨기 때문에 해외입양이 가능했습니다. 지니에게는 고마운 분이니 미국에 가기 전에 꼭 찾아뵙고 인사를 드리는 것이 도리가 아닐까 싶습니다. 더구나 그 분은 한국 법조계에서 매우 저명한 분이십니다. 어쩌다 성당에서 절 만나면 지니의 안부를 묻곤 하셨어요. 만나면 무척 반가워하실 거예요."

나는 한국의 법조계 원로인 정덕귀 박사를 잘 알고 있다. 내가 직접 만난 적은 없지만 그 분의 뛰어난 강연과 저서들을 통해서 나는 그분의 학문과 인격을 존경하고 있었다. 정덕귀 박사는 황해도 개성 출신으로 한국전쟁 당시 홀로 월남하여 서울법대와 미국 프린스턴대학 대학원을 마치고 귀국, 법대교수로 재직하는 한편 인권변호사로 한국 여성운동에 크게 기여한 인물이다. 그의 여성독신론은 한때 전문직 여성들에게 선망의 대상이 되기도 했었다. 정덕귀 박사가 진희를 두 달 동안 집에서 보살피던 그 시절에는 정 박사가 교직생활과 변호사로 왕성한 활동을 펼치던 때였다.

당시 해외 입양고아 30명의 첫 모국방문은 큰 화제로 떠올랐다. 그 소식이 보도되면서 각종 사회단체와 보육원 관련 기관에서 환영 만찬회가 이어졌다. 그때 유독 기자들의 마이크와 카메라가 이진희에게 집중되었던 것은 고국 방문단 입양아 중에 지니만 한국어를 유창하게 구사할 수 있었기 때문이었다. 지니가 기자들과 인터뷰한 내용들은 당시 한국사회에 큰 충격을 주기도 했다.

'우리는 친모가 왜 저희들을 버렸는지 묻고 추궁하기 위해 찾아온 것이 아니라 저희를 낳아주신 어머니와 조국에 감사한 마음을 전하고 은혜에 보답할 방법을 찾기 위해 찾아왔습니다.'

지니의 그 말은 한국인들을 부끄럽게 만들었다. 제 나라 고아를 제 나라에서 키우지 못하고 해외입양을 보내야 했던 무거운 마음을 한국인들은 저마다 갖고 있었다. 지금은 한국인들이 스스럼없이 국내입양을 할 만큼 인식이 바뀌었지만 그 당시만 해도 한국은 경제가 어려웠고, 지나친 혈연 중심사상이 뿌리 깊어서 남의 아이의 입양을 꺼렸다. 캐서린은 한국에 두 번째 온 후에 그런 사실들을 이해할 수 있었다고 말했다. 캐서린은 한국에 온 후에야 미국에서 몰랐던 쁘띠의 참 모습도 발견할 수 있었다고 고백했다. 그때 처음으로 쁘띠가 자랑스러웠고, 쁘띠의 마미였다는 것이 얼마나 보람된 일이었는지 깨달았다고 캐서린은 나에게 고백했다.

"나는 듄을 쁘띠의 단순한 남자 친구로만 생각하고 싶지 않아요. 쁘띠는 지금까지 단 한 번도 남자친구를 인사시키거나 집에 데려온 적이 없었어요. 한번은 이런 말을 했던 적이 있었어요. 언젠가 혹시 마미에게 소개하는 남자가 있다면 그 남자야말로 내가 평생의 미래를 약속할 수 있는 남자가 될 것이라고요. 쁘띠가 이번에 듄과 함께 캔자스에 온 것은 어쩌면 여러 모로 깊은 뜻이 있다는 생각이 듭니다."

나는 캐서린의 말을 마음속으로 깊이 새겨들었다. 나는 지니를 구김살 없이 훌륭한 공학도로 키운 캐서린의 노고를 칭찬했을 뿐만 아니라 지니를 모국에 대한 깊은 사랑을 품도록 해준 데 대해서도 특별한 찬사를 보냈다. 그리고 나는 캐서린에게 지니와는 아직 미래에 대한 아무런 약속은 하지 않았지만 그 약속의 당위성과 확신은 아주 크고 깊다는 점을 강조했다. 그것이 내가 캐서린에게 해줄 수 있는 말의 전부였다.

7

　지니가 어린 시절에 살던 방은 옛 모습을 고스란히 간직한 채 남아 있었다. 책상 위에는 지니가 그리던 그림일기와 피터 팬이며 이상한 나라의 앨리스나 신데렐라 같은 그림동화며 캐서린과 지니가 포메라니안 애견과 함께 찍은 사진이 놓여 있었다. 그리고 침대 위에는 커다란 봉제 곰 인형이 지니가 집을 떠난 이후에도 꼼짝 않고 자리를 지키고 있었다. 지니의 방은 20년 전의 세월이 고스란히 머물러있었다. 창밖에 빼곡하게 들어찬 큰 상수리나무와 녹색융단처럼 부드러운 잔디정원은 다람쥐, 토끼, 오리, 고니, 야생 햄스터 등 오버랜드의 야생동물이 다니는 비밀통로였다. 어두워지자 지니와 나는 2층 베란다에 나가 팔베개를 하고 누워서 하늘을 바라보았다.

　숲에서는 반딧불이가 작은 초롱불을 낱낱이 켜든 채 여기저기 펄펄 날고 있고, 밤하늘에는 굵은 별들이 금 부스러기처럼 초롱초롱하다. 쁘띠의 어린 시절에 동화책에서 빛나던 별들은 지금도 어른이 된 우리의 머리 위에서 하늘을 화려하게 수놓고 있었다. 그 시간에 쁘띠는 알퐁스 도데 소설 '별'에 나오는 스테파네트 아가씨였고, 나는 라브리 개와 함께 양떼를 모는 목동소년이 되었다. 나는 쁘띠의 손을 잡고 소설의 현장 속으로 들어갔다.

　"아가씨, 우리 머리 위로는 성 제임스의 길인 은하수가 보이죠? 그 앞으로는 빛나는 바퀴가 달린 영혼의 전차 큰곰자리, 그 아래로는 쇠스랑으로 불리는 오리온자리, 남쪽으로는 횃불처럼 불타는 시리우스별이 있답니다. 하지만 아가씨, 그 모든 별 중에서 가장 아름다운 별은 목동들의 별이죠. 우리가 새벽에 양 떼를 들판으로 내보내고 저녁에 불러들일 때 비춰주는 별, 그 아름다운 마그론느는 7년에 한 번씩 결혼을 한답니다.”

내가 중학교 때 읽은 소설을 줄줄 외우자 쁘띠는 감탄어린 눈빛으로 나를 바라보았다. ‘별들도 결혼해요?’ 소설의 주인공 스테파네트 아가씨가 내게 묻는 것처럼 들렸다. 그럼요, 아가씨. 물론 별들도 결혼하지요. 나는 소설에서처럼 그녀의 잠든 얼굴을 바라보면서 마음속 깊이 희미한 동요가 일었지만 내가 늘 아름다운 생각만 하도록 해주는 밤의 깨끗하고 신성한 빛이 기적처럼 나를 지켜주었다. 그리고 가끔씩 그 별들 중에 가장 사랑스럽고 아름다운 별이 길을 잃고 내 어깨에 기대어 잠들고 있다고 생각했다. 지금 그녀는 뤼베롱 산장 목장주인의 딸이 아니라 캔자스 오버랜드에 사는 캐서린에게 입양된 딸 한국의 이진희였다.

내 팔을 베개 삼아 누운 지니의 목에는 전에 못 보던 목걸이 하나가 눈에 띄었다. 매듭 끈으로 연결된 목걸이에는 봉황새 문양이 정교하게 새겨진 손톱 크기의 청옥드리개가 애벌레 같은 모양의 눈 부위에 매달려 있다. 목걸이의 얼개가 옛 조선시대의 사대부 집안의 귀부인들이 지닌 제법 고풍스러운 장신구 같아서 어디서 났느냐고 물었더니 뜻밖의 말을 했다.

“날 낳아주신 엄마가 배냇저고리에 남겼던 유품이래요. 마미가 보관하고 있다가 내가 성인이 되던 생일날 주신 거예요. 친모가 남겨준 유일한 선물이기도 하죠. 난 엄마의 손길이 닿았던 청옥드리개를 목에 걸고 엄마가 늘 나와 함께 계시다는 것을 느끼고 살았습니다."

청옥드리개가 골동품이 된 지는 꽤 오래 전 일이지만 금과 은이 거하던 옛날 사대부 집안 여인네들에게는 치장용 장신구로 소중한 보석 액세서리 중의 하나다. 친모가 아기의 배냇저고리에 엄마와 아기 이름을 써두고, 청옥 매듭목거리를 넣어둔 것을 보면 엄마의 체취를 아기에게 남기고 싶었던 간절한 모성애의 표현이 아니었나 싶다. 지니는 지금도 친모가 자기를 버릴 수밖에 없었던 어떤 피치 못할 사연이 분명 있을 것이라고 믿고 있다.

지니를 버릴 때 포대기 안에 홍순이라는 엄마이름을 남긴 점이라든가, 이진희라는 이름까지 지어준 점이라든가, 청옥드리개를 유품으로 남겨준 것을 보면 홍순이는 그것을 근거로 훗날 딸을 찾겠다는 의지를 표현한 것이라고 믿는다. 지니 역시 너무 막연하지만 왠지 청옥드리개로 꼭 엄마를 찾을 수 있을 거라는 예감이 든다고 말했다. 그리움이 지나치면 그런 허황한 꿈에 집착할 수도 있지만 지니의 집념은 이미 그 이상을 뛰어넘고 있었다. 단지 27년의 긴 세월이 흐르는 동안에도 친모가 혜화동 집을 찾아오지 않았던 것은 절망적이긴 했지만 지니는 그 후 청옥드리개의 출처와 관련 자료도 모두 찾아서 모아두었다. 한국 박물관의 기록을 보면 청옥드리개는 출처가 북한지역의 옛 묘지에서 출토된 희귀 장신구로 분류된다. 평남 연해주 궁산에는 예부터 장신구를 전문적으로 제작하는 옥방들이 따로 있었고, 봉황새가 그려진 청옥드리개의 출처가 혹시 그곳 옥방에서 만들어진 귀중한 문화재일 수도 있다. 그 말은 지니와 캐서린이 혜화동 정덕귀 여사의 집을 찾아갔을 때도 똑같이 들었던 말이었다.

"그럴 수 있어요. 내 고향이 개성이어서 잘 알지만 우리 어렸을 때는 보석이나 액세서리가 귀할 때여서 청옥드리개는 여간 부자가 아니면 만져보지도 못했어요. 물론 다른 데서는 기술이 없어서 만들지도 못했지요. 지니가 가진 옥드리개는 대감집의 귀한 가보 중의 하나일 수도 있어요."

당시 정덕귀 여사의 말대로라면 지니의 생모는 옛날 조선시대 한양의 사대부 가문 출신의 여인일 수도 있다는 가정을 해볼 수도 있다. 그 당시 정덕귀 여사는 긴 한숨을 내쉬면서 말했다. 제가 지니를 하늘이 맡겨주시는 은혜로 여기고 딸을 삼아 키워야하는 게 당연한데 난 그때 나이도 많고 건강도 좋지 않은데다가 평생 독신생활을 할 몸이었고, 워낙 바깥일을 많이 벌려놔서 아기를 키우는 엄마가 될 엄두를 낼 처지가 아니었어요. 그러던 차에 자애복지원 요세피나 원장수녀님과 상의를 했더니 여기 오신 캐서린 여사 같은 좋은 부모에게 지니를 맡기면 어떻겠느냐고 하기에 선뜻 수락하고 말았지요. 그렇다고 그 후로 제 마음이 편했던 것은 아니었어요. 제 앞에 주어진 양육의 책임을 회피한 죄책감이라고 해야 할까. 하지만 지니가 훌륭하게 자랐으니 지금은 마음이 놓이고, 죄책감도 좀 덜어낸 것 같고, 그때 내 판단이 옳았다 싶은 생각도 들어요. 저였더라도 지니를 이렇게 훌륭하게 키울 수 없었을 겁니다. 지니는 앞으로 뭘 할 생각이지? 정덕귀의 말에 지니는 선뜻 존스홉킨스대학에 진학해서 유전자 관련 바이오테크놀로지를 전공할 것이라고 자신 있게 말했다.

"존스홉킨스대학은 입학이 꽤 어려운 걸로 아는데 공부를 아주 잘했나보구나. 생명공학에는 왜 관심이 있지?"

지니는 정 여사의 질문에 엉뚱한 말을 꺼냈다.

"제가 살던 캔자스 집은 동물들의 왕국이거든요?"

지니는 어려서부터 숲속에서 깍지벌레, 반딧불이, 황풀개미, 먼지거미 등 작은 곤충들은 물론, 고니, 오소리, 살쾡이와 붉은 사슴 같은 야생동물들과 함께 자라선지 자연과 생명의 존재에 대한 관심이 아주 깊었다. 그런 가운데 학교에서 생명공학에 관한 초청강사의 특강을 들은 후에 지니는 마음 속에 생명공학자가 되겠다는 결심이 섰다고 말했다. 지니의 말에 정덕귀 박사는 감동을 받았다.

"캐서린 여사님은 미래의 생명공학자를 따님으로 두셨군요."

그날 캐서린 여사와 지니는 정덕귀 여사의 집 2층 손님방에서 하룻밤을 묵으며 서로가 우연히 얽히게 된 인연을 더욱 돈독히 할 수 있는 계기가 되었다. 그 다음날 헤어질 때 정덕귀 여사는 지니의 후원자가 되고 싶으니 어려운 일이 있으면 언제든지 상의하고, 방학 때는 마미랑 함께 꼭 놀러오라는 말도 덧붙였으며, 자신은 가족도 없으니 자유롭지만 너무 외롭다고 하소연하기도 했다. 하지만 그 후로 지니는 정덕귀 박사를 다시 만날 수 없었다. 여고를 졸업한 후에 지니는 예정대로 존스홉킨스대학에 진학했고, 대학을 마친 후에도 대학원에서 박사과정을 밟으며 연구생활로 계속 이어지면서 한국방문은 한낱 희망사항이 되고 말았다. 그래도 지니는 정덕귀 박사와 요세피나 수녀를 잊지 않고 생일날이나 크리스마스 때가 되면 캐서린을 대신해서 직접 편지도 쓰고 카드를 보냈고, 가끔씩 국제전화로 혜화동 할머니의 안부를 묻는 일도 잊지 않았다. 지니는 혜화동 집을 한국의 고향집처럼 여기고 있었다. 혜화동 할머니나 요세피나 수녀는 자신의 오늘을 행복한 미국인으로 만들어준 한국의 은인들이었다.

캔자스는 밤이 되면 기온이 갑자기 뚝 떨어진다. 우리는 방으로 자리를 옮긴 후에도 지니의 전설 같은 이야기는 계속 이어졌다. 지니는 부모가 어려서 헤어진 자녀를 찾아주는 한국TV 프로그램이나 모스트 원티드(most wanted)라는 입양자와 부모를 연결시키는 미국방송의 프로그램을 즐겨 보았다. 혹시라도 친모가 혜화동 집에 찾아오면 그런 눈물의 재회장면을 카메라 앞에서 재현할지도 모른다는 상상을 자주 했다고 말한다. 한국에서 남북이산가족들의 극적인 상봉장면들이 TV로 생중계될 때도 지니는 그 일을 남의 일로 여기지 않고 지켜보았다. 그런데 어느 날 밤에 화들짝 놀라는 일이 일어났다. 지니가 채널을 고정시켜놓은 한국 유선TV에서 남북이산가족상봉 장면이 생중계되고 있었는데, TV중계 카메라가 남한 측 상봉자들을 비추다가 서울 혜화동의 정덕귀 할머니 모습을 클로즈업했기 때문이었다.

"혜화동 할머니다!"

지니는 자리에서 벌떡 일어나서 외쳤다. 혜화동 할머니가 이산가족 상봉현장에 나타나다니. 그렇다면 정덕귀 박사도 남북이산가족이었단 말인가? 지니는 정덕귀 박사의 고향이 개성이었다는 말이 생각났다. TV화면의 혜화동 할머니는 전보다 늙어보였지만 당당하고 허스키한 음성과 위엄 있는 자태는 여전했다. TV앵커가 혜화동 할머니를 소개했다. 북한 개성에 사는 여동생 정덕순과의 상봉을 앞둔 올해 연세가 일흔 둘인 법조계의 원로 정덕귀 박사로부터 소감을 듣는 자리였다.

"제가 동생과 헤어진 지는 햇수로 52년입니다. 부모님과 다른 형제들은 이미 세상을 뜨셨고, 지금은 여동생만 유일하게 살아 있다는 것이 확인되었습니다. 제가 내 동생 덕순이를 만나서 가장 먼저 할 일은 새 운동화 한 켤레를 전해주는 일입니다. 서울 가서 운동화를 사오겠다고 약속하고 고향을 떠났었는데, 그 약속이 52년이나 미루어졌기 때문입니다.”

정덕귀는 손수건을 꺼내 눈시울을 훔치며 목이 메어 말을 잇지 못한다. 동생을 만나는 기쁨보다 비통한 마음이 앞선 탓이다. 기러기도 뜸부기도 넘나드는 땅을 왕래하지 못하고 혈육의 정이 끊기고, 짐승만도 못한 땅을 만든 것이 지금 우리 한민족의 수치스러운 자화상이 되었다. 그래서 한민족의 한은 인류사에 씻지 못할 비극의 한 페이지를 만들었다고 정덕귀 박사는 강조했다. 나는 지니의 말을 듣는 순간 반사적으로 몸을 일으켰다. 충격과 전율이 나를 사로잡았다. 우리가 무심히 지나치는 이산가족의 비극적인 현실은 바로 우리 한민족의 고통이다.

“잠시 후에 가족상봉이 시작되었고, 면회 장소에는 북한의 이산가족들이 나타나기 시작했어요.”

지니의 표정은 의외로 냉정하다. 이산가족의 상봉장면은 매스컴을 통해 전 세계에 중계되고 있었다. TV앵커가 정덕귀 박사에게 특별히 카메라의 앵글을 맞춘 것은 그 당시 북한 측에서 정덕귀 박사의 가족상봉을 거부했기 때문이었다. 평소에 정덕귀 박사가 북한의 인권문제에 대해 비판적인 발언을 서슴지 않으며 북측을 자극한 것이 발단이었다. 당시 그 문제로 정덕귀의 가족상봉은 성사 자체가 불투명했지만 양측의 극적인 타협으로 문제가 해결되었다. 그로 인해 정덕귀의 여동생 상봉은 그 지명도와 함께 인권운동 차원에서 세계적인 관심의 초점으로 떠올랐었다. 정덕귀와 정덕순 자매의 52년 만에 재회. 끝내 약속을 지킬 수 있게 된 언니의 새

운동화 한 켤레는 국내외에 큰 화제의 중심으로 떠올랐다. 두 자매는 끌어안고 서로의 눈물을 닦아주었다. 언니는 동생의 흘러내린 흰 귀밑머리를 쓸어주었다. 스무 살 꽃처럼 어여뻤던 두 자매는 주름살투성이의 칠순노파가 되어 만났다. 무심하고 냉혹한 세월 속에 숨겨진 잔인한 추억은 수천만의 시청자를 울리는 최루액이 되고 말았다.

"덕순아, 언니가 약속을 너무 오래 지키지 못해서 미안하다. 그래도 죽기 전에 널 만날 수 있게 되어 평생의 소원을 이루었다. 울 엄마 아빠와 울보오빠도 저 세상에서 우리들이 만나고 있는 모습을 지켜보시면서 기뻐하시겠지."

"저는 언니가 돌아오길 기다리면서 지금도 그 집을 못 떠나고 있어요. 제 방에는 지금도 언니가 쓰던 노트와 필통이 고스란히 남아있어요."

바로 그 순간 뉴욕에서 TV를 지켜보고 있던 지니의 눈빛은 놀라움에 사로잡혔다. 개성의 정덕순이 화면에 클로즈업되는 아주 짧은 순간, 한복 저고리 목 위로 청옥드리개 하나가 지니의 시선을 사로잡았기 때문이었다.

"청옥드리개다!"

지니는 불쑥 일어나 외쳤다. 눈에서 번갯불 하나가 번쩍 스쳐갔다. 정덕순의 청옥드리개는 지니의 것과 똑같은 검은 매듭 끈 목걸이에 매달려 있었다. 하지만 그 장면은 화면이 바뀌면서 금세 사라졌다. 나는 TV에서 두 자매가 서로 눈물을 닦아주었던 것처럼 울먹이는 지니의 눈물을 닦아주었다. 지니는 그날 밤 혜화동 할머니에게 국제전화로 가족 상봉하는 장면을 뉴욕에서 TV중계로 지켜보았다는 말을 전했으며 여동생을 만난 혜화동 할머니에게 축하와 위로의 말을 전했다. 그리고 북한의 여동생 정덕순이 지니고 있던 청옥드리개를 볼 수 있었다고 말했다. 혜화동 할머니는 그때 그 청옥드리개에 관해서 나한테 할 말이 있어서 그렇잖아도 조만간에 전화를 할 참이었다고 말했다. 그러면서 그 얘기는 전화로 다 전할 수 없으니 이메일로 내용을 요약해서 써 보낼 터이니 읽은 후에 다시 전화하기로 하자고 말했다. 내가 혜화동 할머니가 지니에게 보낸 이메일을 읽은 것은 지니와 함께 캔자스에 온 바로 그 날 밤이었다.

　뉴욕특파원 생활의 하루하루는 마파람에 게 눈 감추듯 빠르다. 특히 맨해튼은 대서양에서 부는 높새바람이 고층빌딩 계곡 사이에 남아 있는 오후의 잔광을 잡아 휘익 서쪽으로 던져버리면 뉴욕거리는 금세 썰렁한 빌딩 그림자들이 양탄자처럼 깔리면서 하루해가 꼴깍 저문다. 요즘 연구소 일이 바빠진 지니의 하루는 나보다 더 심각하다. 하루가 너무 빨라서 시계가 그대로 정지된 느낌이라고 말했다. 지구가 자전과 공전을 당장 멈춘다면 우리는 지금 나이 그대로 머물러 있을 터인데 지금처럼 세월이 빠르면 늙을 일밖에는 무엇이 더 남았겠는가.

　지니는 하루가 마치 오락실에서 싱글게임을 할 때 손가락이 부서질 정도로 커서를 빨리 쳐대야 주인공 로봇이 살아남을 수 있는 것처럼 긴장의 연속이라고 표현했다. 낮과 밤이 언제 바뀌는지도 모른 채 연구실에서 밤을 지새울 때도 있었다. 우리들의 시간 단위도 일주일이 하루가 되어, 월요일은 아침이고 수요일은 한낮이고 금요일은 저녁이 되었다. 그렇게 사흘이면 한 달이 휙 지나버린다. 그런 가운데도 지니와 나는 시간을 짜내어 악착같이 만났다. 마치 내일 헤어져야 하기 때문에 오늘은 무슨 일이 있어도 이별식을 해야 하는 연인처럼 만났다.

　토요일인 그 날도 우리는 오후에 센트럴파크의 무지개 돌다리에서 만날 약속을 했다. 청둥오리들이 한가하게 노니는 연못이다. 내가 지니를 기다리고 있을 때 어느 젊은 부부가 잔디 위에 갓난아기를 눕혀놓고 들여다보는 광경이 눈에 띄었다. 남자는 금발의 서양인이고, 여자는 동양인이다. 그 모습이 문득 갓난아기 시절의 지니와 캐서린을 떠올렸다. 약속 시간이 지나서 나타난 지니는 어젯밤 연구실에서 잠을 설친 탓인지 얼굴이 초췌하고 목소리도 컬컬했다. 우리는 물가로 내려가 젊은 부부와 잠깐 눈을 마주쳤다. 지니는 아기를 보자 너무 신기한 듯 '하우 마블러스(너무 멋져요)! 하고 외친다.

캐서린 역시 직접 한국에 가서 지니를 품에 안는 순간 눈물을 폭포처럼 쏟으며 하우 마블러스를 외쳤다고 말했다. 지니에게 캐서린은 전생에 헤어진 엄마를 이승에서 찾아낸 인연으로 엮였을 것이다. 그런 억센 인연이 아니라면 70억 지구인들 가운데 하필이면 지구의 반대편에서 모녀의 연분을 찾아낼 수 있단 말인가. 그게 아니라면 캐서린이 아기를 처음 만난 순간 어떻게 그처럼 눈물을 폭포처럼 흘릴 수 있겠는가.

남북이산가족상봉 TV생중계가 있던 날 서울 혜화동의 정덕귀와 개성의 여동생 정덕순도 폭포 같은 눈물을 흘렸다. 그들은 다음날로 예정된 가족별 자유면회에서도 손수건이 젖도록 또 울었다. 둘은 나무그늘이 우거진 야외정원의 벤치에서 기자들의 배석 없는 단독면담을 가졌다. 정덕귀는 여동생에게 둘이 헤어지던 당시의 상황을 애기해주었다. 정덕귀는 개성여고를 졸업하고 해주 출신의 청년과 집안 간에 약식혼례를 치르고 서울로 떠났다. 그 당시 한반도는 남북이 좌우로 갈려 치열한 이념대결과 분쟁이 계속되던 위험한 시기였다. 그런 상황에서도 젊은 두 사람은 청운의 뜻을 품고 과감하게 서울 유학의 결단과 모험을 선택한다. 그러나 정덕귀는 서울생활을 시작한 지 얼마 안 되어 임신 사실을 뒤늦게 깨

닫는다. 그들은 출산문제로 해산달을 기다렸다가 개성으로 가
서 아이를 낳고 산후조리를 한 다음 다시 귀경하기로 했다.

그러나 그들의 계획은 빗나간다. 산모가 뜻밖에 조기난산
을 하면서 덜컥 병원신세를 지게 되었기 때문이다. 어려운
출산고비 끝에 아기는 겨우 목숨을 구했지만 산모는 중태에
빠진다. 남편은 산모가 건강을 찾을 때까지 갓 낳은 아기를
장모댁에 맡기러 개성으로 간다. 그러나 남편과 아기가 개성
에 간 사이에 한반도는 뜻밖에 전쟁의 포화에 휩싸이고, 남
북의 긴박한 대치상황은 마침내 파국을 맞는다. 서울과 개성
을 오가는 길이 막히고 정덕귀는 남편과 갓 태어난 딸을 다
시 만날 수 없게 된다. 병원에 입원 중이던 정덕귀는 응급차
에 실린 채 의료진들과 함께 수원으로 긴급 이동했고, 전쟁
이 확대되면서 피란길은 멀리 부산으로까지 이어진다. 그 후
로 정덕귀에게는 가족의 생사도 모르는 이산가족의 기나 긴
고통과 슬픔의 세월이 기다리고 있었다.

그날 밤 나는 지니로부터 지니의 할머니가 겪었던 얘기를
들을 수 있었다. 밤 2시가 지나자 지니의 눈꺼풀이 스름스름
잠기면서 어느덧 얘기가 멈추었고, 지니는 잠에 곯아떨어졌다.
창밖에는 상수리나무 가지에 걸린 달빛이 대낮처럼 교교하게
비추고, 바람이 몰아치면서 낙엽들이 휘휘 흩날렸다. 캔자스
의 먼 광야의 어디선가에서 외로운 들짐승들이 심금에 활대를
그어대는 울음소리가 계속 간곡하게 들려 왔다.

캔자스에 온 후로 나는 지니의 가족사 속으로 깊이 잠행
해버린 느낌이 들었다. 지니는 캔자스에 머무는 동안 자신의
과거를 나에게 송두리째 드러낼 작정을 한 것 같았다. 서울
의 요세피나 수녀와 혜화동 정덕귀 박사로 이어지던 인연의

물꼬는 엉뚱하게도 남북이산가족상봉이라는 소용돌이에 휩싸이면서 북한의 정덕순이라는 새 주인공이 우리 둘의 무대에 등장하게 되었다. 지니가 TV화면으로 본 청옥드리개는 좀 더 오묘한 인연의 실마리로 얽혀지고 있었다. 혜화동 할머니가 지니에게 보낸 메일을 읽어보면 그 얘기들이 더욱 확실해진다. 이메일에는 정덕귀 여사가 여동생 정덕순으로부터 들었던 52년간 맺힌 한이 먹물처럼 풀려있었다.

그 해 전쟁이 터지고 개성남자들은 모두 전쟁터로 떠났고, 개성은 미제 B29 폭격기가 소낙비처럼 퍼붓는 폭탄에 쑥대밭이 되어갔다. 정덕순 가족은 피란 갈 엄두도 못 내고, 뒷산 방공대피소에서 두더지처럼 숨어 살아야 했다.

"언니 동창 홍기석 알죠? 기석이 오빠가 폭격으로 가족을 잃고 혼자 살아남아서 피를 흘린 채 우리 집으로 달려왔어요. 그때 우리 가족은 기석이 오빠를 따라 장산곶으로 피란 갈 수 있었어요. 거기서 일 년쯤 쥐 죽은 듯 숨어살다가 전쟁이 소강상태로 접어들면서 집으로 돌아왔더니 오빠와 형부의 전사통보가 와 있었어요. 저는 장산곶 피란지에서 기석이 오빠와 냉수 한 잔 떠놓고 부모님 앞에서 혼례를 치렀고, 언니의 딸을 홍씨 호적에 올렸어요. 우리는 보위부(북한의 국가안전보위부)에 언니를 피란 중 행방불명자로 신고 처리할 수밖에 없었어요. 언니의 월남 사실이 밝혀지면 우리 가족은 모두 반동으로 몰릴 수밖에 없거든요. 다행히 이웃사람들은 언니 딸 순이를 피란 중에 내가 낳은 딸로 알고 있었어요."

"그랬었구나. 우리 그이가 개성에서 인민군에 입대했었구나. 난 지금까지도 네 형부가 우리 순이를 혼자 키우고 있을 거라고 믿고 있었다. 그러니까 홍기석이가 내 제부가 되어 그 동안 우리 가족들을 돌보고 있었고……."

"난 언니가 분명히 남쪽에 살아 계실 거라고 믿었어요. 난 언니를 대신해서 순이를 잘 키워야 한다는 생각밖에 없었어요. 내평생 언니를 만나서 이런 말들을 할 수 있는 날이 오리라고는 상상도 못했어요."

정덕귀와 정덕순 자매 사이에는 잠깐 깊은 한숨과 정적이 이어졌다. 둘은 죽은 가족의 영혼을 위해 잠시 눈을 감고 기도를 드렸다. 사랑하는 사람들이 죽은 후에 지상에 남아 있는 사람들이 할 일이란 그들의 영혼을 위해 기도하는 일밖에는 달리 할 일이 없다. 정덕귀의 부모님들은 일흔을 넘기며 살았지만 가족들을 잃은 집안은 피눈물의 세월이 계속되었다. 정덕순은 언니의 딸을 홍씨 호적에 올릴 때 홍순이란 이름을 지어주었다. 순이는 건강하고 예쁘게 컸다. 공부도 썩 잘해서 인민학교와 고등중학교에서 내내 일등만 했고, 학급반장도 도맡았다.

"첨에는 홍순이가 형부를 닮은 것 같았는데 커가면서 점차 언니를 무섭게 닮아가더군요. 홍순이는 지금 마흔 둘이고 사리원 인민학교 교원으로 재직 중입니다. 순이는 날 친모로 알고 살았는데, 나중에 커서 내가 이모라는 사실을 밝혔어요. 내가 이산가족상봉에 끼어 남쪽 언니를 만나러 간다고 하면서 친모에게 전할 말이 없느냐고 물었더니 울면서 말하더군요. 세상에 눈물로 대신할 수 있는 말이 어디 있겠느냐고요."

그 순간 정덕순은 잠시 주위를 휘휘 둘러보며 경계하는 듯싶더니 언니 곁으로 좀 더 바짝 다가앉아 나직한 목소리로 조심스럽게 물었다.

"언니는 지금도 서울 혜화동 집에 살고 계시죠?"

그 말에 정덕귀는 속으로 깜짝 놀랐다. 개성에서 방금 온 여동생이 아무리 생각해도 언니가 서울 혜화동에 산다는 정보를 알 리가 없었기 때문이었다.

"그렇긴 하다만…네가 그걸 어떻게……?"

"언니, 혹시 27년 전 언니네 집 대문 앞에 갓난아기가……."

여동생이 말끝을 흐리는 순간 정덕귀는 소스라치게 놀랐다. 갓난아기라니. 이게 무슨 날벼락인가. 정덕귀의 입에서는 더 이상 말이 이어지지 않았다. 북한 여동생의 입에서 혜화동이며 대문 앞에 버린 아기라는 말이 어떻게 나올 수 있는지 상상이 안 되었다. 정덕귀가 그런 일이 있었다고 말하자 동생은 언니의 손을 와락 부여잡았다. '주님, 감사합니다. 감사합니다. 언니가 그 애를 키우고 있을 것이라는 생각은 하고 있었지만 언니의 입으로 확인하고 나니 정말 안심이 되는군요.' 하고는 정말 폭포처럼 펑펑 울었다. '그 애가 홍순이 딸년이에요. 언니의 외손녀.' 정덕귀는 그 말을 듣고 소스라치게 놀랐다. 그 애가 언니의 손녀딸 진희가 맞아요. 하늘이 보살펴 주신 거예요. 혹시 아기가 잘못되었나 싶어 차마 언니에게 선뜻 말도 꺼낼 수 없었어요. 역시 하느님이 우리 진희를 도왔군요. 게다가 언니는 진희가 친손녀인지도 모르고 키웠을 테니까요. 세상 천지에 그런 일이 어디 또 있겠어요. 개성의 정덕순은 재빨리 목에서 청옥드리개를 풀어 언니의 손에 꼭 쥐어주었다. 지니가 뉴욕에서 TV중계방송에서 보았던 바로 그 청옥드리개였다.

정덕귀 여사는 동생의 말을 좀처럼 이해할 수 없었다. 진희가 손녀딸이라면 북한에 있는 홍순이가 어떻게 서울에 와서 딸을 낳을 수가 있었으며, 홍순이가 서울까지 와서 아기를 낳았다면 왜 그 사실을 숨기고 혜화동 집 대문 앞에 아기를 놔두고 달아났단 말인가. 얘기는 갈수록 미궁 속으로 빠져들었다. 하지만 두 자매는 자세한 얘기를 더 이상 할 수가 없었다. 정덕순은 경계하듯 주위를 휘휘 둘러보더니 한복 허리춤에서 무엇인가 꺼내어 정덕귀의 손에 꼭 쥐어주었다. 정덕순이 편지라고 쥐어준 것은 한지에 돌돌 말아 싼 손가락 크기의 작은 USB 메모리칩이었다.

"순이가 나한테 이걸 언니한테 전하라고 했어요. 순이가 엄마와 딸에게 쓴 편지예요. 모든 대답이 그 안에 다 있을 거예요. 언니는 법관이 되시겠다는 어렸을 때 꿈을 남조선에서 이루셨다고 들었어요. 하늘에 계신 부모님도 그 말씀을 들으시면 얼마나 기뻐하시겠어요. 언니, 만수무강하시고 행복하시기를 기도드리겠어요. 세상에 우리 하느님께서 이렇게 언니를 만날 수 있게 해주시다니. 이게 꿈이 아니고 생시이기를 바랍니다. 너무 고맙고 감사합니다. 언니, 난 이제 내일 죽어도 여한이 없어요."

정덕순은 크게 한숨을 내쉬면서 언니 정덕귀의 손바닥에 은밀하게 십자가 성호를 긋는다. 본래 개성의 정씨 가문은 선대로부터 가톨릭 모태신앙을 대대로 이어왔다. 정씨 가문은 조선시대 천주교 박해 시절에 순교자를 가장 많이 낸 집안 중의 하나였다. 비록 그들은 지금 공산당 치하에서 당당하게 신앙생활을 할 수 없지만 집안에서 가족끼리 은밀히 결속을 이루며 기도생활을 계속해오고 있었다. 정덕귀는 여동생의 어깨를 계속 두드리며 눈물만 지을 뿐이었다.

"우리 진희가 올해 스물일곱이 되었겠네요."

정덕귀 여사는 정덕순의 말을 듣고도 차마 진희가 미국에 입양되었다는 말을 할 수 없었다. 본의는 아니었지만 그 사실을 알게 되면 정덕순과 홍순이가 얼마나 가슴 아파할 것인지 잘 알았기 때문이다. 마침내 정덕귀는 여동생에게 조용히 말했다.

"그래, 진희는 아주 예쁘고 훌륭하게 잘 컸다. 아직 미혼이지만 미국에서 박사가 되었단다. 도대체 전생의 한이 얼마나 컸기에 모녀가 대를 이어 딸년을 품안에서 기르지 못하는 기구한 운명을 답습하는지 알 수가 없구나. 순이도 진희를 가슴속에서만 품고 살았듯이 나도 순이를 가슴속에서만 묻고 살았다."

남북이산가족상봉 가운데 주어진 자유면회 시간은 예정대로 끝나고 두 자매는 만남의 감격과 충격의 여운이 채 가시기도 전에 다시 헤어지는 고통을 겪어야 했다.

"그래, 덕순아. 언니가 네 운동화 늦게나마 사주게 된 것, 너무 기쁘고 감사하다. 네가 언니를 대신해 부모님 끝까지 모시고 효도해줘서 고맙고, 나를 대신해 우리 순이 엄마노릇 해줘서 고맙고, 공산 치하에서도 하느님을 잊지 않고 기도생활을 하고 있는 것도 너무 장하고 고맙다. 우리 매일 자정마다 함께 기도하는 시간을 갖도록 하자. 우리가 그 시간에 기도로 함께 하는 한, 우리는 헤어져 있는 것이 아니라 하느님과 함께 있다. 우리 다음 세상에는 전쟁도 없고, 이별도 없는 나라에서 다시 만나서 행복하게 살자."

남북이산가족의 상봉은 만난 기쁨보다 헤어지는 슬픔과 절망이 더 컸다. 긴 이별 끝에 짧은 만남, 그리고 또 다시 영원한 이별의 시작이었다. 정덕귀는 버스차창에 머리를 대고 울면서 손을 흔들고 있는 동생을 바라보며 순이가 해준 말을 혼잣말로 중얼거렸다.

"이 세상에 눈물로 대신할 수 있는 말이 없다."

　지니의 아침 산책시간이 의외로 길어지고 있었다. 캐서린 여사는 집 뒤의 숲길로 따라가다 보면 연못 근처에 지니가 있을 것이라고 일러주었다. 지니는 무슨 일에나 한번 빠지면 집중력이 강해서 대책이 없다. 유전공학 연구에 썩 어울리는 성격이다. 지니가 판도라의 숲이라고 부른 공원에는 숲속에 저절로 난 산책코스가 자작나무들과 자연스럽게 어우러지면서 이어졌다. 숲에서 기를 받으면 머리가 맑아지고 집중력이 좋아져서 멋진 아이디어들이 떠오른다. 그래서 지니는 아침이면 꼭 숲속을 혼자 산책한다. 캔자스의 오버랜드 파크는 한 마디로 광활한 초원지라고 말할 수 있다. 뉴욕 맨해튼이 고층빌딩들이 비좁은 골목에서 어깨를 비비며 옹색하게 서 있는 느낌이라면 캔자스시티는 도시 전체가 강을 끼고 있는 광대한 평원으로 거인들의 대지라고 할 수 있다. 캔자스의 평원을 보면 걸리버 여행기에 나오는 거인국 브롭딩낵 사람들이 사지를 쭉 펴고 질펀하게 누워있기 아주 좋은 땅이라는 느낌이 든다.

　캔자스 주는 한반도와 비슷한 넓이지만 인구가 3백만도 안 된다. 옛날 서부 개척시대에 억센 카우보이들이 소떼를 몰던 목초지였고, 인디언을 쫓던 백인 총잡이들이 득실대던 서부활극의 무대여서 카우보이 박물관과 대형 헌팅쇼핑몰이 있다. 내가 지니를 찾아 나선 공원의 작은 연못에는 마크 트

웨인 소설 '허클베리 핀' 에 나오는 소년 헉이 주근깨투성이 얼굴에 찌든 중절모를 삐딱하게 쓰고 낚시를 하고 있었다. 어망은 아직 비어 있었다. 소년이 물 위에 뜬 찌에 너무 신경을 집중하고 있었기 때문에 내가 '캄 유어 너브즈(긴장 좀 푸시지)' 하고 넌지시 말을 건네자, 그는 화들짝 놀라면서 멋쩍게 웃더니 입질 순간을 놓칠까봐 한시도 눈을 뗄 수 없다고 '아임 스케어드 투 데쓰(겁나서 죽겠는 걸요)' 라고 말한다.

숲은 도시와 달리 적막과 고요가 멋이지만 소년의 마음속에는 포착의 순간을 놓치지 않으려는 스릴과 긴장이 팽팽하게 감돌고 있었다. 사람은 뉴욕에 살거나 캔자스에 살거나 환경이 아니라 늘 마음이 문제다. 연못 건너편 벤치에서 독서에 빠진 지니 역시 한가한 표정이 아니다. 내가 다가가자 지니도 낚시소년처럼 '어마! 깜짝이야' 하고 놀란다. 지니도 책에 집중되어 긴장된 모습이다. 공원에서도 느긋하고 한가한 사람은 그들을 바라보는 내 마음 뿐이다. 책 표지를 보니 영역판 '붓다의 가르침' 이다.

문득 불경에 나오는 일체유심조(一切唯心造)라는 말이 떠오른다. 세상의 온갖 일은 오로지 나 자신의 마음이 지어내는 허상일 뿐이라는 뜻이다. 지니에게 그 말을 해주었더니 무슨 일이나 맘먹기에 달렸다는 한국말이 거기서 나온 것 같다고 말한다. 시간이 이렇게 간 줄도 모르고 책만 읽고 있었네. 마미가 걱정이 되셨나 봐. 하지만 지니는 일체유심조 탓인지 여전히 긴장을 풀지 못하고 골똘한 생각에서 벗어나지 못하고 있다.

"듄, 나 지금 이 책 읽고 약간 업 되었거든?"

지니는 읽던 책을 번쩍 들어 올린다. 캔자스에 온 후로 우

리는 신혼여행을 온 기분이었고, 지니와 나는 몸과 마음이
더 가까워진 탓인지 서로에 대한 말투도 자연스럽게 반말투
로 바뀌었다. 부싯돌이 서로 부딪치면 불꽃이 생긴다. 불꽃은
본래 부싯돌 속에 숨어 있었거나 공기 중에 숨어 있었던 놈
이 아니다. 두 부싯돌이 부딪치면서 전에 없던 새로운 놈이
등장했다. 불꽃은 어딘가에 숨어 있다가 발각된 것이 아니다.
두 개체가 부딪쳐서 또 하나의 인연을 만들어낸 것뿐이다.
지니는 불경의 연기설을 과학적으로 분석하고 있었다. 부싯
돌이 부딪치면 불이 생기듯, 수소와 산소가 부딪치면 물이
생기고, 수탉과 암탉이 부딪치면 달걀이 생긴다. 사람도 남
녀가 눈이 맞으면 닮은꼴의 아기가 태어난다.

 "재미있는 것은 붓다가 사람을 육신과 혼령의 결합이라고
말했다는 점이야. 시각적으로는 보이는 색(色)과 보이지 않는
공(空)의 결합. 과학적으로는 물질과 반물질의 합성인데 그건
본래 둘이 아니라 하나였다는 거지. 색즉시공처럼 말예요.
우리 바이오테크놀로지의 연구목표는 합성게놈(DNA 유전자)
인데 말 그대로 생물과 무생물을 결합해서 살아 있는 박테리
아 세포를 실험실에서 만드는 작업이야. 그런데 붓다는 이미
수천 년 전에 사람이 세포라는 물질과 지능이라는 반물질의
합성 생명체라는 말을 썼다는 점이에요. 우리 생명공학연구
소가 붓다를 연구원으로 스카우트 할 수 있다면 딱 인데…
어쩜 연봉이 높아서 스카우트가 어렵겠지?"

 "그럼 예수도 스카우트 해야지. 죽은 사람을 벌떡 일으킨
예수의 기적의 손에서 나온 에너지 구조를 밝혀낸다면 조던
의 이적료인들 아깝겠어?"

 우리는 깔깔대고 웃었다. 그저 웃어넘길 일만은 아니다.

실제로 오래 전의 공상소설이 현실로 이루어진 경우는 너무 많다. 지금 만화에 나오는 공상과학들은 모두 미래의 인류문명의 예고편들이다. 인간이 상상하는 것들은 모두 미래문명의 목표가 되고 있다. 그 말은 미래에 이루어질 수 없는 것을 상상하는 사람은 없다는 뜻도 된다. 그것은 우리들의 상상력이 신의 계시로 이루어지고 있다는 말과 다르지 않다.

현재 인류의 과학문명의 발전 속도를 보면 1만년 후에, 인류는 생식기능을 거치지 않고도 우수한 DNA 유전자들로만 조합해서 컴퓨터로 대량 생산해낼 수 있다. 그것은 우수한 종자로 농산물이나 가축들의 대량생산을 예측할 수 없었던 과거를 보면 예상할 수 있는 일이다. 인류는 지금 베일에 싸여있는 우주의 베가자리, 플레아데스, 스피가 등 모든 은하계를 탐사할 수 있게 될 것이고, 마르스(화성)의 표면에 덮인 얼음을 중화시켜 대기권을 만들고, 비와 바다를 만들어 불모지의 화성에 농사를 지을 날이 올 것이다. 그것은 과학적인 예측이기도 하지만 인류의 희망이기도 하다.

그러나 그 과정에서 화성을 기지화하려는 베가자리 외계인들과 우주전쟁이 불가피하다. 지구는 베가자리의 공격으로 인류의 3분의 1을 잃게 되지만 끝내는 승리한다. 이것은 인터넷 게임의 스토리보드가 아니라 지구의 지축이동으로 새 대륙과 바다가 형성된 지 10억 년 전에 지구에서 실제 일어났던 전쟁 스토리이다. 우주전쟁으로 초토화된 지구와 베가자리는 또 한 차례 화성의 기지화를 놓고 또 다른 전쟁을 준비한다. 달의 뒷면과 화성에 반중력 장치를 설치해둔 피라미드 우주기지를 지구가 베가자리보다 먼저 차지해야 하기 때문이다. 암호명 에어리언51로 불리는 미국 네바다의 극비 군사기지에는 베가자리의 UFO 공격에 대비한 스타워즈 프로젝트가 진행 중이다. 그것은 공상소설도 비밀도 아닌 공개된 현실이 아닌가. 나는 지니에게 그런 공상소설 같은 신화의 역사를 어떻게 해석해야 하느냐고 물었더니 과학자답게 말해주었다. 45억 년 전, 지구에서 어떤 일들이 벌어졌는지 기록이 없는 한, 우리는 티베트에서 가장 존경받는 스승 밀라레파가 남긴 유언들이 비록 신화라 하더라도 믿을 수도 있다고 말했다. 심리학자 칼융 박사가 밀라레파를 존경하고 믿었던 것처럼 말이다. 그 말을 인정하거나 납득할 수 없으면 믿지 않아도 된다.

왜냐하면 인간은 왜 살아야 하는지조차 모른 채 살다가 죽기 때문에 각자가 살 이유를 만들어서 살거나, 남이 주장하는 존재의 이유를 따를 수밖에 없기 때문이다. 우리가 믿거나 안 믿거나 우주는 자신의 의지대로 존재하고 있다. 우리 인체가 기적 같은 생물학적 구조를 지니고 있는 것처럼, 우주도 살아있는 거대한 생명체의 하나이며, 그 운행 에너지에 인간이 속해 있을 뿐이다. 결국 인간은 언젠가 피라미드 2.5톤의 석회석 돌덩어리 230만 개(7백만 톤)를 들어 올릴 수 있는 중력을 사용하게 될 날이 올 것이다. 초박막 비닐 재질의 돛에 태양빛 입자를 추진력으로 이용하여 항해할 수 있는 우주 돛단배가 생산 출고되면 전생의 영혼이 화성의 파일럿이었다고 고백한 러시아 소년 보리스카의 고백처럼 프라즈마 에너지를 이용하는 우주선이 등장할 날도 머지않아 오게 될 것이다.

그리고 화성은 반드시 지구의 우주기지가 될 수밖에 없을 것이라고 지니는 내게 확신하듯 말했다. 왜냐하면 그 모든 일이 물리학적 이론으로 가능하기 때문이며, 필요는 발명의 어머니인 것처럼 과학은 인류의 절박해진 생존본능 때문에 빠른 발전을 계속할 수밖에 없다는 것이 지니가 내린 결론이었다. 우리는 천천히 걸으며 숲에서 들리는 바람의 휘파람 소리와 미묘하게 코끝에 스며드는 낯선 숲의 향기를 즐겼다.

"한국의 할머니를 만나고 온 날이 지니의 생일이었지?"

내가 잠시 화제를 바꾸자 지니는 다시 현실로 돌아온 듯했다.

"맞아. 그날 나는 서울에서 뉴욕으로 돌아오자마자 듄을 닭장으로 초대했었지. 너무 멋진 밤이었어. 그날 듄은 나에 대해서는 깜깜한 깡통이었는데 지금은 이렇게 캔자스 옛집까지 와서 우리 맘도 만나고 내가 사랑하는 판도라의 숲도 보고 내 잠꼬대도 콧소리도 다 들어봤잖아? 대단한 변신이야."

내가 지니에 대해 알게 된 것은 그뿐만이 아니다. 지니는 비만이 전혀 없는 슬림형의 칠등신이라는 것, 늘 언밸런스 내추럴 웨이브의 헤어스타일을 즐기고, 평소에는 잠이 부족해선지 눈에는 늘 졸음 끼가 맴맴 돈다. 치아는 고른 편이지만 송곳 어금니 하나를 발치해야 하고, 백황색 피부와 육감적인 입술에 B컵의 가슴과 진분홍 빛깔의 예쁜 유륜돌기를 가졌고, 엉치 근처에 아주 흐린 몽고반점이 있고, 등창 수술 흔적이 선명하다. 내가 지니의 신상비밀을 한 마디씩 공개할 때마다 지니는 우와 우와 또 또, 아는 것 더 말해 봐요 하고 얼굴을 붉히면서도 계속 듣고 싶어 했다. 나 역시 본의 아니게 농담의 위험수위를 아슬아슬하게 넘기고 있었다.

"혜화동 그랜맘도 포대기에 싸인 날 첨 봤을 때 내 살결이 백황색이었고, 엉치에 흐린 몽고반점이 있었다고 말했어. 할머니는 갓 낳은 울 엄마도 백황색 살결에 똑같은 위치에 몽고반점이 있었대. 그래서 나를 보자 딸 생각이 나서 펑펑 울었다고 했어."

혜화동 할머니는 서울에서 홍순이를 낳자마자 위독한 혼수 상태에서 곧바로 헤어져야 했기 때문에 딸에 관해서는 뱃속의 기억이 전부일 뿐이다. 그래선지 혜화동 할머니는 지니를 보자 전생에 무슨 죄가 그리 깊어 네 엄마 홍순이도 딸을 낳자마자 생이별을 했는지 모른다고 하면서 모녀가 2대에 걸쳐 똑같은 비극을 겪은 팔자가 이 세상에 또 어디 있겠느냐고 말했다. 더구나 할머니는 대문 앞까지 찾아온 아기가 손녀딸인줄도 모르고 수녀원에 보내버린 박복한 운명을 가슴을 치며 원망했다. 그 슬픔과 고통은 눈물로밖에 표현할 수가 없었다.

그날 휠체어를 타고 인천공항까지 손녀딸을 마중 나온 정덕귀는 지니를 덥석 껴안고 오랫동안 흐느꼈다. 내가 너에게 무슨 짓을 했던 거지? 네가 내 손녀딸이라니! 어떻게 이런 일들이 일어날 수 있단 말이냐. 할머니가 울면 지니는 다시 할머니 울지 마세요. 아임 스틸 허팅 투(저도 아직 가슴이 아파요). 정덕귀는 승용차로 혜화동 집까지 돌아오는 내내 지니의 손을 놓지 않고 영어와 한국어를 골고루 써가면서 서로에게 확실한 의사소통을 전달하려고 애썼다. 집에 온 후에도 할머니는 지니의 머리를 쓰다듬고 얼굴을 매만지며 밤새 한숨도 못 잤다.

혜화동 할머니네 집은 1백여 평의 대지에 세워진 52평의 넓은 전통 한옥이다. 승용차에서 내린 정덕귀는 행랑채의 지붕보다 높게 지은 솟을대문 앞에서 잠시 발길을 멈추었다. 네 엄마가 널 두고 간 자리가 바로 여기란다. 지니는 할머니가 가리킨 대문 앞 땅바닥을 물끄러미 내려다본다. 지니가 처음

자리 잡았던 자리는 포대기에 비해 너무 커 보였다. 진희야, 엄마를 용서해다오. 내가 네 엄마여서 너무 미안하고 죄송하다. 부디 건강하고 행복하게 살아다오. 그 한 마디를 남기고 엄마는 골목길 밖으로 마구 뛰었을 것이다. 바로 그때 지니는 엄마가 달아났을 십여 미터 꺾인 골목길을 물끄러미 바라본다. 안 돼! 엄마. 이건 하늘이 깨져도 안 되는 일이야! 엄마가 뭘 잘못 알고 있는 거야. 지니는 속으로 그렇게 외쳐보았다.

"난 할머니한테 엄마가 왜 날 버렸는지 묻지도 않았어. 할머니도 그 말은 마치 금기사항인 것처럼 입을 열지 않았어. 할머니도 울 엄마와는 아기 때 헤어졌으니까 도대체 뭘 알겠어."

모든 고아들은 엄마가 왜 자기를 버렸는지 그 이유를 알고 싶어 한다. 그러나 지니는 이미 그런 의문에서 초월해 있었다. 엄마가 버린 이유를 안다고 해서 과거가 되돌려지는 법이 없고, 운명도 달라지는 법이 없기 때문이다.

정덕귀 할머니의 혜화동 한옥은 아주 크다. 대문으로 들어서면 뜰이 시원스럽게 넓고, 마당 구석에는 크고 작은 옹기그릇들이 햇살에 비쳐 윤기가 난다. 독신 할머니가 무슨 식탐이 있어 먹을거리들을 그리 골고루 갖추어 놓았겠는가. 장독대는 한옥집의 풍치에 한몫하는 인테리어의 일부일 뿐이다. 담장을 따라 소나무, 감나무, 대추나무, 살구나무 등 큰 유실수들이 울타리처럼 둘러 서 있다. 크고 반듯한 대들보의 주춧돌들이 고풍의 기와지붕을 떠받들고, 안채, 사랑채, 행랑채며, 마루와 대청, 툇마루, 분합문과 창의 문양이며, 하얀 창호지, 삼베에 옻칠한 장판, 텅 빈 공간의 여백들이 정갈하면서도 구수한 한국적 멋을 살려주고 있다. 내실로 들어서면 주방이며 거실과 서재를 비롯한 방들이며 수세식 화장실과 비데며 샤워시설이 현대식 구조로 바꿨다. 겉만 한옥이지 속내는 서양식이다.

지니는 한국에 온 첫날부터 할머니와 한방에서 잤다. 그나마 다행히도 네 이모할머니를 이산가족 상봉으로 만나서 널 다시 찾게 된 것이 기적이다. 네 이모할머니가 엄마한테 가서 네가 미국에서 박사학위를 받고 훌륭하게 컸다는 말을 전할 수 있어서 얼마나 다행인지 모른다. 할머니는 지니의 뺨을 매만지면서 말한다. 지니는 할머니의 서재를 보고 깜짝 놀랐다. 서재로 쓰는 큰 대청에는 벽마다 각종 책들이 칸칸이 천장까지 다락처럼 쌓여 있다. 법학박사였으니까 법률 책도 많았고, 한국의 고서적과 문학, 음악, 미술에 관련된 화집이며, 영어와 불어 원서들이 빼곡하게 차있다. 저런 책들을 다 읽었다면 할머니는 여간 천재가 아니다.

서재에는 적갈색의 카펫이 깔려있고, 손님을 맞는 큰 소파세트가 있었으며, 고풍스러운 목제책상 위에는 노트북과 함께 오디오 세트며 CD들도 잔뜩 쌓여있다. 가죽으로 된 큰 회전의자에는 학이 날아가는 문양을 수놓은 방석이 깔려 있고, 장식장에는 유럽풍의 인형들과 아프리카 목각인형, 국적 불명의 가면 등 진기한 소장품들이 가득가득하다. 수집한 인형들을 보면 캐서린 양엄마의 인형 수집벽은 비교도 안 된다. 인형들 옆 액자에 긴 빛바랜 흑백사진 한 장이 눈에 아련하게 잡혀왔다. 남북이산가족상봉 때 만난 이모할머니와 함께 찍은 사진이며, 지니의 생모 홍순이의 개성여고 때 찍은 흑백사진도 있었다. 지니는 생모의 사진을 보는 순간 가슴이 덜컥 내려앉았다. 그 사진은 이산가족상봉 때 이모할머니가 준 것들이다. 단발머리에 흰 블라우스, 눈썹이 짙고 큰 눈에 여린 입술이 선명한 20대의 앳된 아이. 정말 눈물겹게 곱고 예쁘고 슬픈 사진이다. 지니는 넋을 잃고 생모의 사진에서 눈을 떼지 못했다.

"네 엄마는 너도 닮고 할머니도 닮았다. 씨도둑은 못한다더니 널 공항에서 보는 순간 네 엄마를 보는 듯 했다. 널 주려고 따로 복사해둔 것이니 잘 간수하거라."

지니는 숲길에서 나를 앞질러 얼마쯤 뛰어 가더니 갑자기 휙 뒤돌아서서 지갑을 꺼내어 혜화동 할머니가 준 친엄마의 사진을 내게 보여준다. 비록 16살 때 찍은 사진이지만 20대의 지니와 할머니를 비교해보면 아주 닮았다. 모계 3대로 이어지는 혈통이 얼굴에 남아있다. 친엄마의 사진을 보았을 때와 안 보았을 때의 심리적 차이는 아직 컸다. 지니는 사진을 본 순간부터 친모에 대한 그리움이 걷잡을 수 없는 파도처럼 밀어닥쳤다. 지니는 피가 물보다 진하다는 말을 처음 실감할 수 있었다고 고백했다.

　우리는 호수라기보다 바다같이 큰 레이크파크의 캠핑지역에 도착했다. 나는 지니와 캐서린을 도와 불판에 차코올을 넣어 불을 지피고 석쇠를 올려놓았다. 간단한 야외 바비큐 파티라고는 하지만 각종 격식과 차림이 만만치 않았다. 캔자스의 억센 카우보이들이 기른 육질 좋은 쇠고기 등심이 석쇠 위에서 연기를 폴폴 피워 올리기 시작했을 때, 구식 포드 차 한 대가 숲속으로 미끄러지듯 들어왔다. 지니가 초대한 두 명의 고향친구다.

　한 사람은 패션모델 차림의 멋진 여자였고, 또 한 사람은 의외로 비니모자에 회색승복을 입은 남자다. 그들은 만나서 서로 손뼉을 마주치고 스스럼없이 부둥켜안는다. 나도 오랜만에 만나면 얼싸안을 수 있는 친구가 있는지 생각해보았다. 옛 친구는 미운 정 고운 정이 장맛처럼 깊게 어울려서 좋지만 내 친구들은 너무 근엄하고 냉정한 편이어서 정겨운 맛이 없다. 사랑하는 쁘띠야, 한국에서 그랜맘을 찾았다면서? 유 디더 화인좁(아주 잘 된 일이야). 그들은 지니의 소식을 전해 듣고 축하해주었다. 지니가 친모에 대한 집착이 강할수록 양모 캐서린은 소외감을 느낄 터인데, 워낙 그릇이 큰 그녀는 여전히 태연하기만 했다. 캐서린은 오히려 지니가 원하는 것을 적극 지원하는 쪽이다. 지니는 친구들에게 나부터 소개했다.

　"여기는 동양신문 뉴욕특파원 하도윤씨……."

그 말이 끝나기가 무섭게 멋진 여자 셔리가 불쑥 끼어든다.
"피앙세(애인이야)?"

지니는 셔리의 말을 즉각 부인하지 않고, 잠깐 멈칫 하더니 곧이어 재치있게 그 순간을 넘긴다. '그 보다는 뭐랄까… 세렌디비티(우연한 행운으로 얽힌 인연).' 순간 두 친구는 와아! 탄성을 지르며 입을 모아 마치 얼레리꼴레리 얼레리꼴레리를 합창을 하듯 불러제낀다. 그들은 그런 순간 합창을 한두 번 해본 솜씨가 아니다. 캔자스 토박이 원주민들이 한국식 농담에 익숙한 것을 보자 더욱 친밀감이 느껴지기 시작했다. 셔리는 푸른 눈빛에 외모는 알타이어게 쪽에 가깝다. 키는 지니와 비슷하고, 면바지와 셔츠 위에 걸친 재킷 코디가 잘 어울린다. 눈가의 스모커 퍼플이 짙어서 쿨 하고 섹시한 뉴욕의 메이크업 트렌드를 캔자스 시골로 고스란히 옮겨놓은 느낌이다. 개성미가 독특해서 어떤 여자인지 궁금했는데 의외로 스포츠 심리학을 전공하는 만학도였다. 내게는 좀 생소한 학문이었다.

또 한 친구 야브는 뜻밖에도 불승이다. 푸른 눈의 승복이 낯설었지만 첫 눈에 영화배우 브래드 피트의 인상이 강하게 풍겼다. 스님답지 않게 어깨가 탄탄한 근육질의 체격도 제법이다. 그는 말할 때마다 두 손을 합장하고 웃는 버릇이 있다. 제스처가 크고 웃는 모습도 매력적인데다가 남자가 봐도 반할만큼 카리스마도 강했다. 그는 프린스턴대학을 중퇴하고 홀로 한국으로 건너가 계룡산 무상사에서 5년 동안 한국의 선불교를 수련하고 귀국했다. 아직도 그는 수련승이지만 깨달음을 얻을 때까지는 학승임을 자처한다. 야브는 미주리 강가의 오마하에서 한국 선불교 본원의 지원을 받아 수련원을 열어 명상법회도 열고 한국어 강좌도 개설하고 있다.

"내가 읽던 책이 야브가 보내준 '붓다'였어. 참, 법명이 뭐더라? 알고 있었는데 너무 어려워서 자꾸 까먹네."

지니가 야브를 쳐다보면서 말했다.

"무야(無耶)."

야브는 유창한 한국말로 없을 무에 조사로 쓰이는 야 자를 쓰는 데, 야 자는 별다른 뜻이 없다는 설명까지 곁들였다. 그러자 셔리도 능숙한 한국말로 끼어든다.

"야브 법명은 그저 '나는 없다' 라고 해요. 그 말이 맞아요?"

나는 그들의 거침없는 한국어 실력에 당황했다. 여긴 한국어가 유창한 친구들만 초대한 거냐고 물었더니 지니는 두 친구의 어머니가 한국인이며 옹알이 때부터 한국어를 시작해서 뒤늦게 한국어를 배우기 시작한 자기보다 모두 한 수 위라고 했다. 한국어 원어민을 부모로 둔 재미교포들 가운데 한국어를 벙긋도 못하는 애들이 많은데 두 어머니의 모국어 사랑은 대단했다. 게다가 야브는 한국에서 5년이나 살았고, 셔리는 어려서부터 캔자스의 한국 태권도장에 다녔으며, 서울 외갓집에 가서 태권도 4단의 사범자격증까지 딴 실력파다. 캐서린도 그들에게 질세라 오랫동안 한국어 공부를 해서 말만 서투를 뿐이지 듣고 읽기는 수준급이다. 내가 야브에게 무야라는 법명에 특별한 뜻이 따로 있느냐고 물었더니 그는 공수래 공수거라는 말이나 같은 뜻이라고 하면서 수줍게 웃는다.

"인생은 빈손으로 왔다가 빈손으로 돌아갑니다. 남는 장사가 아니라는 뜻입니다. 자아, 식기 전에 배나 채웁시다."

야브가 젓가락을 들어 올리자 모두들 까르르 웃는다. 우리들은 모두 게걸스럽게 먹기 시작했다. 식사를 마친 후에 그들은 자기들끼리 회포를 풀기 위해 어울려 호숫가로 나갔다. 그때 나는 캐서린과 캔 맥주를 홀짝이면서 속 깊은 애기를 나눌 기회가 있었다.

세 친구들의 한국인 어머니들은 친분관계가 돈독하다. 특히 쁘띠와 셔리는 어려서부터 거의 친자매처럼 자랐고, 야브 역시 그런 뜻에서 남매처럼 지낸다. 셋이 친한 것은 그들이 코메리언 그룹이라는 것 이외에 서로가 말과 마음이 잘 통하기 때문이기도 했다. 하지만 한때 그들에게도 우정의 시련기가 있었다. 야브가 그 폭풍의 진원지였다. 야브는 테니스선수에다가 전교 수석을 놓치지 않는 재원이었고, 그가 프린스턴 대학에 입학했을 때는 주위의 기대가 아주 컸다. 그런 야브가 어느 날 갑자기 대학을 중퇴하고 한국의 절로 출가해버렸다. 그 배경에는 세 친구들이 성인이 되면서 무의식중에 심정적으로 서로 짝짓기를 시작한데서 비롯되었다.

지니는 셔리를 자매처럼 여기며 야브보다 더 따랐고, 셔리는 야브에게 이성적 호감이 있었다. 그런데 야브는 지니를 마음에 두고 있었다. 그들의 사춘기에 겪은 사랑은 그렇게 서로 엇갈렸다. 셋이 어울릴 때는 서로의 속내를 감추었다가 따로 만나면 좋아하는 감정을 스스럼없이 드러냈다. 셋이 서로 물고 물리는 심리 게임이 팽팽하게 유지되더니 마침내 발화점이 왔다. 야브가 대학입학 때 지니에게 정식 프러포즈를 했다가 거절당한 것이다.

"네 말은 안 들은 걸로 하겠다. 셔리에게는 비밀을 지켜 줘."

지니가 야브한테 부탁한 말이다. 지니는 야브와의 우정을 그대로 지키고 싶어 했다. 특히 두 사람 때문에 셔리가 소외되는 것을 원하지 않았다. 야브는 지니의 반응에 큰 충격을

받았다. 지니와 결혼해서 대학교수가 되는 게 꿈이었던 야브
의 미래가 순식간에 무너진 것이다. 야브에게 지니 없는 미
래는 무의미했다. 야브는 그 충격으로 프린스턴대학을 중퇴
하고 한국으로 떠났다. 그 내막을 몰랐던 셔리 역시 야브의
한국행에 충격을 받았다.

셔리는 짝사랑했던 야브에 대한 허상이 깨진 채 마음의
갈피를 잡지 못하고 곧바로 뉴욕에 있는 지니를 찾아갔다.
당시 지니는 존스홉킨스대학에 재학 중이었다. 셔리는 지니
에게 자신의 마음을 모두 털어놓았다.

"쁘띠야, 내가 야브를 사랑하면 네가 소외되는 일이니?"

그때 지니는 울고 있는 셔리의 등을 껴안고 달랬다.

"셔리야, 너희 둘이 합치면 내가 외로워지는 것은 당연해.
지금까지 우리 셋은 우정에서만큼은 늘 공평했잖아. 울지 마.
야브는 네가 싫어서 그런 말 한 건 아니라고 생각해. 너한테
는 내가 있잖아."

"쁘띠, 우린 우정을 지키는 일도 소중하지만 난 이번 일로
야브를 소외시키거나 포기할 마음은 없어."

그 이후로 한국의 계룡사로 전격 출가한 야브는 5년간의
불교수행을 마치고 캔자스로 돌아왔다. 귀국한 그는 전혀 딴
사람처럼 변해 있었다. 그는 오랜 묵언수행 끝에 돌부처가
되었는가 싶었는데 우정조차 포기한 것은 아니었다. 그는 지
니와 셔리를 미주리 강변 오마하에 개설한 수련원에 초청하
고서 5년 전에 애련의 상처로 일그러진 세 사람의 우정을
복원하고 싶다고 말했다.

"지금 재들은 옛 우정을 되찾았다고는 하지만 아직 서로의
가슴에 남은 앙금들이 다 풀린 것은 아닐 거예요. 좀 더 두

고 볼 일이지만 첫사랑이 어디 그리 간단히 끝날 일인가요? 죽어서도 한으로 남는 것이 첫사랑이고, 그 미련은 소의 힘줄보다 더 끈질기다던데."

캐서린은 내 의견을 듣고 싶어 했다. 야브가 한국에서 보낸 5년의 고행은 그의 젊은 시절에 쓴 약이 되었는지 모르지만 사랑은 신앙의 수련행위로는 극복되지 않는다. 인간의 본능은 본래 이성적으로 사랑이 통제가 되지 않도록 만들어졌다. 그것은 신의 섭리이다.

"난 쁘띠는 믿지만 셔리는 좀 불안해요. 셔리는 무척 자유롭고 거침없는 타입이어서 앞으로도 야브가 명상과 수행만으로 셔리의 공세를 방어해낼지는 모르겠어요. 암튼 그 일은 그렇다 치고, 문제는 우리 쁘띠네요. 북한에 친어머니가 살아계신 것을 알고 난 후에는 정서적으로 몹시 불안해진 것은 사실이에요. 한국이 통일 전의 동서독과는 달리 이산가족들 사이에 왕래도 서신교환도 일체 금지되고 있다는 것을 알고 너무 놀랐어요. 어쩌면 세상에 그럴 수가 있죠? 그게 사실이라면 쁘띠가 친모를 만날 수 있는 방법은 없는 건가요? 혜화동 할머니가 북한 여동생과 이산가족 상봉에서 만났던 것처럼 쁘띠가 친모의 면회신청을 하면 안 될까요?"

나는 한국의 정세를 잘 모르는 캐서린에게 한반도의 분단 상황에 대해서 간략하게 설명하였다. 한국의 남북이산가족상봉은 1988년부터 시작해서 10여 년이 지나는 동안 남쪽 상봉신청자 12만6천여 명 중에 1만6천여 명만 상봉이 이루어졌고, 신청자 중 4만여 명이 상봉을 기다리다가 고령으로 세상을 떠났다. 앞으로도 남은 8만여 명이 1년에 1천 명씩 만난다 해도 세월이 80여 년이나 걸리는데 지금은 한 번에 1

백여 명씩 만나고 있을 뿐이며 그나마도 남북관계가 악화되면 가족상봉이 가장 먼저 취소되고 있다. 이산가족상봉은 고령자가 우선순위이므로 현재 57세인 지니의 북한 친모와 지니의 상봉은 어렵고, 혹시 가능하다고 해도 가족관계로 등록되지 않은 지니가 어머니의 상봉을 신청할 자격이 없다. 내 말을 들은 캐서린은 한숨만 푹푹 내쉬었다.

저녁식사를 마치고 초저녁잠이 많은 캐서린이 침실에 든 후 나는 지니와 함께 우리의 추억의 방으로 되돌아왔다. 지니는 침대에서 내 목을 끌어안더니 대뜸 캐서린으로부터 야브와 자기와의 관계를 들으니 어떤 느낌이냐고 물었다. 나에게는 지니가 등 뒤에 큰 추억의 그림자 하나를 거느린 애틋한 여자처럼 보였다. 내게도 첫사랑의 상처가 지워지지 않은 화석처럼 가슴 한 구석에 남아있듯이 지니 역시 야브라는 그 림자를 지워낼 수는 없을지도 모른다. 비록 그것이 야브의 일방적인 사랑일지라도 지니가 받은 심리적 영향은 아주 컸을 것이기 때문이다. 나는 지니에게 결혼은 꼭 한국 남자를 고집하는 이유를 물었다. 그러자 지니는 손가락으로 내 머리칼을 빗질하면서 나직이 말했다.

"내가 전생에 은빛 연어였나 봐."

지니의 대답은 의외로 단순했다. 연어는 황어처럼 강에서 태어나 먼 바다로 나가서 살다가 산란기에 자신이 태어난 강으로 되돌아가 알을 낳는다. 연어처럼 강한 귀소본능을 가진 물고기도 드물다. 연어는 바다에 살면서도 태어난 곳에서 흘러나온 강물의 냄새를 후각으로 인식하는 놀라운 본능으로 태어난 강의 기억을 되살린다. 그리고 산란기에는 죽음의 귀향을 결행한다. 연어는 오직 마음의 함성만 들을 뿐이다. 돌아가라, 네가 태어난 태초의 강으로 너를 되돌려라. 너는 네가 태어난 강물의 냄새를 잊고 살 수 없다. 연어가 알을 낳기 위해서 자신이 태어난 강물의 후각을 맡아 죽음의 질주를 계속하며, 강물을 거슬러 올라가는 것은 의지가 아니라 본능이다. 의지로는 죽음을 극복할 수 없다.

"난 혜화동 할머니 집에서 머물러 있는 동안 마음에 깊은 평화를 느꼈어. 나를 낳으신 엄마가 나를 엄마의 모태였던 혜화동 할머니에게 되돌려 주었던 것처럼 미국이라는 바다에서 스물일곱 해를 살면서 늘 모성회귀를 꿈꾸며 살았던 나에게 할머니의 냄새는 모태의 향기나 다름없었어. 나는 연어처럼 본래의 내 자리로 돌아가고 싶어."

인간에게는 연어의 본능이 있다. 사람들이 나이가 들면 고향을 찾고 죽으면 그곳에 묻히고 싶어 하지 않는가. 잠시 후에 지니는 내 손 안에 무엇인가 가만히 쥐어준다. USB 메모리칩이었다. 할머니가 이산가족상봉 때 개성 할머니에게 받았던 거야. 난 이 파일을 듄도 읽기를 원해. 여기 나온 글들을 듄과 함께 공유하고 싶어. 나는 지니의 말을 듣고 감동을 받았다. 나는 지니의 출생의 비밀을 포함해서 지니의 모태가 살았던 과거의 현장을 모두 알고 싶었다. 그것을 지니는 인정한 것이다.

그날 캔자스의 밤은 우리가 더 이상 알퐁스 도데 소설에 나오는 스테파네트 아가씨와 목동소년이 될 수 없다는 것을 보여주었다. 그래서 나는 지니에게 다시 말했다. 모든 별 중에서 가장 아름다운 목동별은 마그론느 별처럼 7년에 한 번씩 결혼하는 게 아니라 매일 밤 결혼하는 것이라고.

11

뉴욕 맨해튼 워싱턴 스퀘어파크 역에서 나와 모퉁이를 돌아 얼마쯤 가면 블루노트 재즈(Blue Note Jazz)라고 쓴 대형 깃발 하나를 만날 수 있다. 현관입구에는 '세상에서 가장 멋진 재즈 클럽과 레스토랑'이라고 쓴 간판도 있다. 내가 지니의 친모 홍순이의 파일을 읽고 머릿속이 판소리 춘향가의 쑥대머리 귀신 형용처럼 서글퍼졌다고 말했더니, 지니가 그런 기분을 한 방에 날려 보내줄 수 있는 곳이 있다며 나를 데려온 곳이다.

재즈클럽 블루노트는 작은 공간에 공연무대와 객석 테이블과 스탠드바를 갖춘 곳으로, 밴드 옆 재즈 아티스트들의 동판 사인이 새겨진 파란 스타테이블 좌석에는 재즈 마니아들이 빼곡히 들어차 앉아 있다. 노라존스, 찰리 파커, 레이찰스 등 세계적인 재즈 뮤지션들이 첫 무대를 밟은 곳이기도 한 이곳의 게스트 싱어는 전에 서울에서도 내한공연을 가진 적이 있던 붉은 셔츠와 청바지에 레게머리를 한 바비 맥퍼린이다.

빈속에 독한 블랙 러시안이 들어가자 취기가 목까지 뻗쳐 오른다. 무대에는 천부적인 악기 목소리를 가진 바비 맥퍼린이 객석을 온통 블랙홀의 도가니로 몰아넣는다. 술과 노래는 사람을 마비시켜 판타지의 세계로 휘몰아가는 마력을 지니고 있다. 지니도 술 탓인지 바비의 노래가 끝날 때마다 열광적으로 환호성을 질러댄다. 평소에 늘 냉정한 분위기를 유지하던 지니에게서 좀처럼 보기 어려운 풍경이었다. 저녁 7시에 시작된 공연은 딱 한 시간이었지만 앙코르가 15여 분쯤 더 이어진다. 블루노트에서 재즈와 칵테일에 빠져 있는 동안에도 내 머릿속에는 지니의 의도와는 달리 북한 홍순이가 혜화동 어머니에게 보낸 USB 기록들이 지워지지 않고 내 마음 이곳저곳을 헤집고 다니며 쑥대머리 귀신형용처럼 더욱 어지럽힌다.

"재즈는 다른 노래에서 느낄 수 없는 깊은 한이라고 해야 하나? 아무튼 난 시인이 아니라서 잘 모르지만 재즈는 슬픔의 밑바닥에서 뭔가 갈망을 전달하는 강한 호소력이 있는 건 사실이야."

지니는 재즈를 한 마디로 표현할 수 없어서 안타까워한다. 음악은 글보다 감각적이고 직선적이다. 글은 쓰는 시간 동안 언어라는 형식의 틀에서 걸러지기 때문에 음악보다 훨씬 냉정한 대신 더 위선적일 수가 있다. 재즈 바에서 나와 밤거리를 거니는 동안 뺨의 홍조가 가라앉으면서 냉정을 되찾았다. 하지만 내 머릿속에서 지니의 친모 홍순이의 눈물겨운 사연들이 개미떼들처럼 바글바글 기어 나오기 시작한다. 홍순이 파일의 첫 구절은 슬픈 어조로 시작되었다. 한 번도 뵌 적이 없지만 사랑하는 어머니와 진희에게 이 글을 씁니다. 글은 의례적인 격식으로 시작되면서도 비장한 기분이 들었다. 북한의 인민학교 교사가 남조선의 어머니와 딸에 대한 그리움을 재즈로 표현한다면 판소리형식의 랩이 더 어울릴 수도 있다. 하지만 어떤 음악도 그리움을 백 퍼센트 전달하지 못한다. 우리는 전하는 사람의 부족한 표현을 채워서 듣고 느껴야 한다. 모든 예술이 향유하는 자의 감수성에 따라 가치가 달라지는 것은 그 이유 때문이다.

"듄, 난 요즘 어떤 노래도 친엄마와 연관되어 들리곤 해. 재즈를 들어도 엄마가 내게 그리운 감정을 호소하는 환청처럼 들리는 거야."

지니는 블루재즈에서도 북한의 친모를 떠올린 것 같았다. 기실 마음이 쑥대머리 귀신형용이었던 것은 나뿐만 아니라 지니의 마음도 그랬을 것이다. 물론 북한의 홍순이 역시 편지를 쓰면서도 지난 과거를 지우개로 말끔히 지우고 싶었을 것이다. 하지만 슬픈 과거는 쉽게 지워지지 않는다. 우리들 기억의 한 부분을 따로 떼어내거나 지워버릴 수 있는 지우개를 만들어내지 않는 한 그것은 불가능한 일이다.

'저는 엄마가 언젠가는 이 편지를 반드시 읽게 될 것이라는 믿음을 갖고 이 글을 쓰고 있습니다. 참으로 엉뚱한 상상이지만 제가 진실을 쓰는 한, 마음의 한 자락이 어머니에게도 전해지리라는 확신이 있습니다. 간절히 원하면 이루어진다는 말을 믿는 한, 그 말이 제게도 예외가 아니겠지요. 혹시 지금 어머님이 제 편지를 읽고 계신다면 그것은 제 기도를 어여삐 여기신 하느님의 은총일 것입니다. 제가 세상에서 목숨이 붙어있고 숨을 쉬는 한 원하는 것은 오직 그 것 하나뿐입니다.'

홍순이의 간절한 소망은 마침내 이루어져서 지니의 친엄마가 마치 바느질 하듯 한땀한땀 눈물로 밤 새워 쓴 기록들은 놀랍게도 남북이산가족상봉을 통해서 혜화동 할머니 손에 전달되고 말았다. 나는 북한의 홍순이의 기도가 기적을 일으킨 현실을 목격하고 있는 증인이 되었다.

"듄, 나도 친엄마의 기적이 이루어졌다는 것을 믿어. 할머니와 내가 엄마의 편지를 읽을 수 있게 된 것이 그 증거야. 엄마는 그처럼 참담한 현실에서도 그런 오묘한 기적을 이루어내신 거야. 얼마나 놀라운 일인지 몰라. 어제는 할머니한테서 전화를 받았어. 베이징에 있는 강 변호사가 믿을 만한 중국인 연락책과 접촉해서 머잖아 북한의 엄마소식을 듣게 될 거라고 하셨거든. 그 말을 듣고 내가 얼마나 가슴이 뛰었는지 몰라."

강민 변호사는 정덕귀 박사의 법조계 후배로 지금은 중국에서 탈북자들의 인권문제와 관련된 한국 측 법률자문 일을 맡아서 하고 있는 인권운동가였다. 그의 말로는 북한 노동당 고위당국자들과 접촉이 가능한 중국인 연락책과 잘 통하게 되면 개성 가족들의 소식을 알 수가 있고, 일이 잘 되면 편지도 돈도 전해줄 수 있다고 말했다. 나도 그런 말은 동료기자들의 입소문을 통해 들은 적이 있었다. 물론 그런 일은 비공식적인 특별한 루트를 통해 은밀히 이루어지는 일이다.

특히 미국 시민권을 가진 한국 이민자 가족들 중에는 북한당국의 비공식 입북허가를 받아 은밀히 가족들을 만나고 온 사람들도 있다. 하지만 그런 예외들도 북한당국의 단속이 심해지면서 점차 어려워지고 있다. 일부 탈북자들 중에는 중국에서 휴대폰을 사서 북한 접경지역의 브로커들을 통해 북한 가족들에게 전해줘서 통화도 가능하다는 말도 들린다. 정덕귀는 베이징의 강 변호사에게 브로커를 통해 북한 사리원 인민학교 교사 홍순이와 개별적으로 접촉을 할 수 있는 길을 확보하고 싶어 했다. 북한지역의 휴대폰 통화는 중국 접경지역에서만 이루어진다. 그 곳에서 중국 휴대폰을 쓰면 중국의 휴대전화 기지국을 통해서 통화가 가능해진다. 그래서 북한의 접경지역에는 수만 대의 휴대전화가 은밀히 사용되고 있다는 소식도 들린다. 북한에서 휴대전화의 사용은 불법이고 북한당국도 단속을 강화하고 있지만 그 사실은 이미 공공연한 비밀이 되어 있었다. 사람 사는 세상에는 늘 예외의 법칙이 존재하기 마련이다. 그런 허술한 구석이 있어서 사람들은 숨 쉬고 살 수 있는지 모른다. 혜화동 외할머니로부터 그 말을 들은 지니는 벌써부터 마음이 설레기 시작했다.

"어떻게든 엄마와 통화라도 해보고 싶어. 꼭 한번이라도 엄마의 목소리를 들을 수 있으면 여한이 없겠어."

나는 지니의 간절한 소망을 이해할 수 있었다. 나 역시 어머니라는 말은 전설의 주인공처럼 들린다. 지금 그 전설은 앨범 속에서 화석이 된 채 빛바랜 흑백사진 한 장으로 남아 있을 뿐이다. 지니에게도 엄마 홍순이는 한 편의 전설이라는 점에서는 나와 다를 바가 없다. 하지만 비록 만날 수 없더라도 어머니가 살아 있는 한 그것은 전설이 아니라 현실이다.

북한 개성의 순박한 여고생이었던 홍순이는 어느 날 갑자기 운명이 엇갈린다. 여느 봄처럼 햇살이 밝은 날, 홍순이는 선생님의 호명에 따라 몇몇 친구들과 함께 운동장에 나갔다. 거기서 그녀는 군당에서 나온 남자들에게 눈도장이 찍히면서 운명의 갈림길에 서게 되었다. 군당에서는 학업성적이 전교의 상위권이고 키가 크고 체격과 미모가 뛰어난 여학생들을 모아 마치 솔개가 병아리를 채가듯 채갔다. 그런 일은 훗날 인민공화국의 인적자원을 미리 확보해두기 위한 북한의 공식적인 연례행사 중의 하나였다.

평양 중앙당에 발탁된 학생들은 출세에서 남보다 유리한 고지를 차지한다. 중앙당의 눈에 띄는 순간, 그들은 개인적으로나 가문으로나 영광스러운 일이 되기 때문이다. 선발된 학생들은 졸업 후에 대학진학이나 취업을 중앙당에서 모두 보장해준다. 특히 서열 위주로 공직의 출세가 보장되는 북한사회에서 군당 간부들에게 발탁되는 것은 큰 특혜와 행운에 속한다.

홍순이는 개성여자고등중학교에서 내내 학급반장이었고, 성적도 수석이었으며, 키도 크고 미모가 뛰어나서 우선순위로 발탁되었다. 홍순이는 출신성분을 조사하는 토대심사나 서류검사에서 결격사항이 없었고, 중앙당 부부장의 면담결과도 성공적으로 통과한 후에 군당 조직비서에게 충성서약과 서명 작업을 마쳤다. 순이가 최종합격자 명단에 올랐을 때 어머니 정덕순은 기쁘기는커녕 걱정이 태산 같았다. 중앙당에서 순이를 데려가서 무슨 못된 짓을 시킬지 알 수 없었기 때문이었다.

옛 말에 비단옷 입고 밤길 간다는 말이 있듯이 그런 일들은 대체로 빛 좋은 개살구라는 것을 어른들은 잘 안다. 동네에서는 모두들 축하한다고 떠들어댔지만 딸의 평범한 행복을 원했던 정덕순의 마음은 착잡하기만 했다. 그렇게 선발된 학생 중에는 대남 공작부서로 뽑혀가 정보원이나 공작원 훈련을 받고 남파되는 일이 자주 있었다. 그래서 사람들은 중앙당에 선발되는 순간 걸렸다는 말을 한다. 걸렸다는 말은 간첩이 되는 함정에 빠졌다는 뜻과 같은 말로 쓰인다. 순이와 함께 선발된 남학생 중에는 개성고등중학교 선배이자 이웃동네 오빠 리병두가 있다.

그는 황주 출신 군관 대위의 아들인데 인민배우처럼 잘 생긴 외모에 키가 크고 체격이 뛰어난 육상선수로 인기가 높았다. 순이는 이번에 선발된 학생들은 평양에서 정밀심사에 통과하면 중앙당에서 대학공부를 시키고 학업과 훈련을 마치면 해외공관에 외교무관으로 파견된다는 말을 리병두로부터 전해 들었다. 그 말은 리병두의 아버지인 정보국 군관 대위의 입에서 나온 말이어서 믿을 만한 소식통이었다. 그러나

순이는 가족과 헤어지는 것이 싫었고, 고등중학교를 졸업하고 교원학교를 졸업해서 평범한 교사가 되어 어머니와 함께 사는 것이 꿈이었다.

"어무이, 남들은 못 뽑혀 난리들인데…좋은 생각만 하세요."

순이는 오히려 어머니를 위로했다. 정덕순은 순이를 보면 불쌍한 언니 생각이 나서 눈물이 난다. 우리 덕귀 언니는 여고 시절에 똑 소리가 날 정도로 공부를 잘했고, 야심도 포부도 크고 수단도 좋아서 개성에 살았다면 벌써 평양 중앙당 간부로 뽑혀가서 크게 출세하고 떵떵거리며 살았을 것이다. 그런 언니의 피를 갖고 태어난 순이가 평양의 중앙당으로 선발되어 떠나게 되었으니 씨는 못 속인다고 속으로 울었다.

순이는 떠나기 전부터 당에 열성으로 충성하고 노력봉사를 크게 해서 훗날 큰 훈장을 달고 금의환향하라는 격려의 말을 수없이 들었다. 평양으로 떠나기 전날 마지막 밤에 순이는 어머니와 한 이불을 덮고 누워서 부둥켜안고 눈이 통통 붓도록 울었다. 꼬막사리(오막살이)에서 부모님 모시고 중학생 남동생과 가난하면서도 오순도순 정겹게 살던 고향집을 떠날 생각을 하니 가슴이 메어졌다.

"어무이, 인민 해꾜(학교) 다닐 때 앞 개굴 창에 빠져서 오마니가 부뚜막에서 옷 말려주던 생각이 나네요."

순이는 엄마의 품속으로 파고들었다. 아직 순수하고 여리기만 한 열여섯 살의 순이는 순정을 어머니밖에 바칠 상대가 없다.

"에구, 내 새끼 강내미(강냉이) 쉬수(수수)밥만 먹이고…고생만 실컷 시키다가 먼 타향 길로 떠나보내는 이 어미 맘이 쓰리고 아프기만 하다."

"어무니, 그런 말이 어디 있어요."

순이가 흐느끼자 어머니는 딸의 눈물을 닦아주며 어깨를 꼬옥 안아준다. 이제 떠나면 언제 돌아올지도 모르는 기약 없는 날들이 시작된다. 정덕순은 순이에게 자신이 친엄마가 아니라는 사실을 숨긴 채 순이를 언니의 분신으로 여기며 키웠다. 그래서 정덕순은 순이와 헤어지는 일이 언니와 헤어지던 슬픔 이상으로 컸다. 순이의 메모리칩에 일기 형식으로 기록된 내용에는 지니의 친모 홍순이가 16살의 나이에 개성에서 평양의 중앙당에 발탁되어 운명의 갈림길에 섰던 과정들이 낱낱이 드러나고 있었다.

12

나는 지니의 자두색 가죽소파 위에서 타임지를 읽고 있고, 지니는 맞은편 소파에서 위클리 사이언스를 읽고 있는 중이다. 모처럼 한가한 주말 오후에 외출을 포기하고 집안에서 딩굴딩굴 구르며 휴식을 갖는 시간이었다. 조금 전까지만 해도 지니는 내게 바이오메디컬 나노 테크놀로지 연구가 어느 정도 진척되었는지 열심히 설명하다가 내가 끝내 알아듣지 못하자 제풀에 지쳤는지 입을 다물고 말았다. 하지만 나는 지니의 말을 제대로 이해하고 있다. 현대의학은 나노 세포공학의 발달로 암이 감기나 무좀 수준에도 못 미치는 질병으로 전락할 것이라는 얘기다. 나노기술은 질병 퇴치는 물론 인체의 장기조차도 승용차의 엔진 클리너를 바꾸듯이 손쉽고 간단히 교체할 수 있는 의학기술시대를 이끌고 있다. 그 결과 인간의 수명은 2백 살까지 연장될 것이라는 말이 의학계에서 먼저 나왔다.

지니의 바이오연구소도 진시황이 찾던 신비한 불로초의 대체식품을 만들고 인체의 세포와 나노물질을 결합한 장기를 만드는 프로젝트를 진행 중이다. 그 연구가 모두 인간의 생명연장과 관련이 있다. 지니는 그런 인류의 꿈이 빠른 시일에 실현될 것이라고 낙관하고 있다. 그렇다면 앞으로 독수리의 날개를 인간의 팔에 이식시켜 새처럼 날 수 있는 날도 기대할 수 있을 것이다. 나는 천사의 날개가 달린 그림을 떠올리면서 내가 만일 날개를 단다면 독수리의 날개가 좋을까 학의 날개가 좋을까 상상하다가 지니에게 의견을 물었다.

"이글즈는 부리와 날개가 크고 카리스마를 가진 하늘의 제왕이지만 동종의 날짐승을 사냥하기 때문에 나는 싫어. 날개는 작지만 도요새, 뜸부기, 쇠물닭의 날개도 좋고 새가 아니라면 플레인타이거 나비처럼 미국 캘리포니아에서 살다가 봄이 되면 추운 북쪽으로 이동해서 산란을 한 후에 젊고 싱싱한 날개를 달고 돌아오는 곤충도 좋지 않을까 싶네?"

지니의 새에 관한 지식도 수준급이다. 새들에 흥미와 관심이 많은 나는 언제든지 지니와 새 얘기를 할 수가 있어서 좋다. 나는 철새 중에는 칼새를 으뜸으로 친다. 칼새는 시속 2백 킬로미터의 속도로 날아가면서 공중에서 잠도 자고 짝짓기도 한다. 내가 칼새를 좋아하는 이유는 세상에서 가장 빨리 날 수 있는 새라는 점 이외에 공중생활을 하기 때문이다. 어떤 칼새는 거의 3년 동안 단 한 번도 땅에 발도 붙이지 않고 사는 놈들도 있다. 하늘이 자기 집이고 정원이고 들이 된다. 내가 그런 정도의 강한 날개와 부력을 가진 칼새가 되고 싶은 것은 당연한 일이었다.

사람은 하늘을 날지 못하고 날개가 퇴화된 두 팔을 늘어뜨리며 땅에서 걷기 시작하면서 인류의 비극은 시작되었다. 칼새는 뉴기니나 호주에서 바다를 건너 우수리나 몽골대륙까지 이동반경이 멀고 귀소본능도 뛰어난 철새이다. 철새들은 인간이 만든 대륙 간 탄도 미사일보다 더 정확히 목표지점을 향해 날아간다. 그것은 새의 몸에 체내시계 같은 내비게이션 기능을 갖춘 유전자가 있어서 태양이나 야간 별자리의 위치를 감지할 수 있기 때문이다. 인간은 최근에야 내비게이션을 만들었지만 철새들은 태초부터 두뇌에 본능적인 과학기술이 심어져 있다.

"이글즈가 싫다면 칼새가 어때?"

"그레이트! 댓쯔 뤼얼리 쿨(그럴 수만 있다면 정말 끝내주지)."

지니는 몸을 일으켜 두 팔을 쫙 벌리고 날개로 나는 시늉을 한다. 지니 역시 나처럼 새가 되고 싶은 욕망을 갖고 있었다. 하긴 우리들은 새가 아니더라도 이미 모국의 군락지를 떠나 이동경로를 거쳐 뉴욕이라는 도래지에 잠시 거처를 정하고 살고 있는 철새들이 아니던가. 우리가 새를 보면서 새들의 생각을 잘 알 수 없듯이 새들도 사람의 생각을 알 수 없는 것은 마찬가지다. 새들과 인간은 다른 점이 너무 많다. 새들은 집단 서식지가 있지만 국가를 만들지 않는다. 새들은 같은 종족끼리 생태조건이 달라도 국경을 만들지 않는다. 그래서 이민도 입양도 없고, 시민권이나 헌법 따위로 서로가 얽매이는 법이 없다. 새들은 날개에 부력이 붙는 순간 집과 부모를 훌훌 버리고 자기만의 무한한 생을 찾아 둥지를 떠난다. 그들은 인간처럼 고향과 혈연과 연민과 추억에 사로잡히지 않으며 본능과 자연에 순응하면서 먼 이동경로를 반복 순환하며 묵묵히 살아가고 있다. 그런 점에서 보면 사람에게도 새들과 비슷한 삶의 한 구석이 있긴 하다. 지니의 친모 홍순이도 개성이라는 둥지를 떠나 평양이라는 낯선 서식지에서 새로운 삶의 둥지를 틀기 시작했다. 중앙당에서는 발탁된 개성 학생들에게 평양행 열차의 3등석이 아니라 특급 일등석을 주었다. 일등석은 중앙당위원들이나 고위직 관리가 아니면 인민들은 평생에 한번 타보기도 어렵다. 그들은 특급좌석에 앉은 후에야 평양 중앙당의 위력을 실감하기 시작했다. 하지만 아직

몸도 마음도 여린 열여섯, 예닐곱 살 학생들은 부모 곁을 떠나는 것이 눈물겹기만 하다.

늦은 오후에 개성을 출발한 급행열차는 빠른 속도로 북녘을 향해 달린다. 차창 밖으로 해가 뉘엿뉘엿 지면서 붉게 물든 저녁놀도 싸늘하게 식고 곧이어 어둠이 왔다. 개성에서 평양까지 가는 동안 순이는 화장실에 다녀오면서 개성선배 리병두를 만날 기회가 있었다. 그는 객차의 연결구간 사이에 박쥐처럼 바짝 붙어 있다가 순이를 붙잡아 세우고 주위를 살피며 재빨리 순이에게 귀엣말로 속삭였다.

'우린 평양에 도착하면 헤어져야 해. 하지만 김일성대학에 합격하면 다시 만날 수 있어. 열심히 공부해서 꼭 다시 만나자.'

리병두는 순이의 손에 작은 초콜릿 한 개를 쥐어주고 재빨리 자리를 피했다. 순이는 평양 가는 도중 열차 안에서 리병두를 극적으로 만난 사실을 특별히 언급해놓았다. 리병두의 아버지는 정보국 군관 대위로 위세가 등등한 실력자인데다가 개성에서 자주 만난 선배라는 인연 이외에 사춘기 시절에 잘 생긴 선배오빠에 대한 막연한 연민의 감정도 있었다.

"그 당시 엄마는 사춘기 나이였으니까 리병두가 열차에서 준 초콜릿 하나에도 크게 감동을 먹었을 것이 분명해."

지니도 내 말에 맞장구를 쳤다. 그 시기의 여학생들은 연필만 굴러도 깔깔댈 만큼 감수성이 민감하다. 엄마 곁을 떠나 낯선 평양행 열차를 탄 순이는 평소에 속으로만 좋아했던 선배오빠로부터 받은 초콜릿 선물은 눈물겨운 사건이었다. 당시 북한에서 초콜릿은 일반 서민들은 구경도 할 수 없는 고급 과자였다. 김일성대학에 합격하면 다시 만날 수 있다니, 그게 무슨 말인가. 순이가 그 말뜻을 제대로 이해했을 리가 없다.

　　열차가 평양에 도착한 것은 새벽 6시. 평양역 플랫폼에서는 제복을 입은 여성군관들이 학생들 이름을 한 명씩 호명했고, 담당 지도원들은 그들을 각자의 승용차에 태우고 어디론가 뿔뿔이 사라졌다. 순이도 중앙당 조직부에서 나온 여성지도원의 안내를 받았다. 허난옥이라는 이름을 가진 여성군관 동무는 놀랍게도 남조선의 서울 표준말을 능숙하게 구사할 뿐만 아니라 몸매는 군살 하나 없이 날렵하고 눈빛이 예리하고 초롱초롱하다. 순이는 그녀를 따라 벤츠 승용차에 올라탔다. 난생 처음 타보는 고급 승용차다. 중앙당이 보잘 것 없는 학생에게 베푸는 대우가 너무 과분해서 순이는 몸 둘 바를 몰랐다. 그런 모든 특혜가 보약인지 쥐약인지 알 수 없다. 허난옥은 순이를 귀빈처럼 뒷자리에 태우고 운전석 옆자리에 앉는다. 검은 벤츠는 모란봉을 넘어 평양시 중구역 김일성광장을 통과한다. 밤거리의 외로운 가로등 불빛, 회색 고층건물이며 휑하게 뚫린 광장이 을씨년스럽다. 벤츠는 남산 평양시당 건물에서 가까운 옛 중앙민청 근처의 길목을 돌아서 골목 어귀의 큰 집 대문 앞에 멈춘다. 큰 철문이 철커덕 열리고 깔끔한 중년여자가 나와서 예의를 갖춘다. 순이의 숙식을 책임질 아주마이 동무다. 그 집의 정식명칭은 조선노동당 중앙위원회 해외정보국 소속 초대소. 중앙당 해외조직 지도부는 도당, 군당, 하부 말단에 이르기까지 명령체계가 이어지고, 중앙당 초대소는 북한 최고위층의 지시와 명령만 따르기 때문에 막강한 위력을 가진 권력기관이다.

　　초대소에는 초대소장과 지도원, 교관과 교사 및 지정된 의료진만 출입이 허용된다. 순이는 허락된 시간과 장소 이외의 개인적인 출입은 엄격히 금지된다. 초대소는 양옥으로 방이

네 개, 주방과 마루와 거실, 고급 타일이 깔린 호화 욕조가 있다. 초대소의 주위는 붉은 벽돌담장으로 둘러싸여 시야가 완벽하게 차단, 은폐되어 있다. 허난옥의 인상은 무척 사무적이고 냉정했지만 차츰 교양 있고 예의 바르고 친절하고 부드러운 성격이 드러난다. 그녀는 남조선에서 여대를 다닌 학력도 있고, 김일성대학을 졸업한 수재이며 매사가 똑 부러지고 빈틈이 없어서 순이는 바짝 긴장할 수밖에 없었다.

여름방학 전에 전국 고등중학교에서 순이처럼 선발되어 온 학생들은 대략 1백여 명. 그들은 평양에서 중앙당 병원, 남산병원과 봉화진료소로 분산되어 개별적으로 정밀 신체검사를 받았다. 키와 몸무게도 재고, 온 몸의 장기와 유전자 검사와 신경세포와 정신감정까지 구석구석 치밀한 신체검진이 이루어진다. 지정병원은 공화국에서 최고위 중앙당 위원들과 국가유공자들만 진료할 수 있는 의료기관이다. 최고의 외국산 약품만 쓰고, 최고의 의료진들로 구성되어 있다. 순이는 병원의 의료검진을 통과한 후에 허난옥 지도원과 함께 중앙당에 출두한다.

중앙당 조직 비서실장은 순이가 인민공화국을 위해서 수행해야 할 임무를 브리핑해 준다. 홍순이는 중앙당 해외정보국 예비 훈련요원 소속으로 김일성종합대학 인문학부 합격이 최우선 목표가 된다. 모든 계획과 일정은 허난옥이 지도와 책임을 진다. 김일성종합대학의 시험과목은 필기, 체육, 인물심사지만 체육과 인물심사는 합격여부에 큰 영향을 미치지 않는다. 그래서 필기시험을 보는 혁명력사, 문학, 수학, 화학, 물리, 영어 등 6개 과목을 집중적으로 공부해야 한다. 초대소에서 학업능률을 위해 개인교사도 지원해준다. 순이는 개성에서 교원대학을 목표로 공부했지만 평양에 온 후에는 모든 과정들이 상향조정 되었다. 허난옥은 순이가 인민학교 교사가 꿈이라는 것을 알고 있다. 전 세계의 정보를 손바닥에 놓고 보고 있는 중앙당 해외정보국이 인재를 특채하면서 개인의 신상조사를 빼놓았을 리가 없다. 허난옥이 그 부분에서 순이에게 말해준 대목은 비교적 자세하게 나와 있다.

'나 역시 너와 똑같은 과정을 거쳐서 지금 이 자리까지 왔다. 물론 젊은 시절에는 대부분 동유럽권에서 활약했지만 귀국 후에는 후진을 양성하는 교육훈련부서를 자청해서 지금의 초대소 지도원이 된 것이다. 이 일은 내가 공훈의 대가로 원해서 얻게 된 직책이다. 너도 공훈을 세우면 훗날 네가 원하는 인민학교 교원이 될 수 있다. 단지 너는 좀 더 많은 경험을 쌓기 위해 먼 길을 돌아간다고 생각하면 된다. 그러니 너는 평양에 온 것을 후회하지 말고 이곳에서 네 목표에 집중하길 바란다.'

나는 허난옥이 나치 근위대 여성장교이거나 현진건의 소설 'B사감과 러브레터'에 나오는 40대의 독신주의자인 노처녀 기숙사 B사감을 떠올렸지만 순이가 그녀에 대해 별로 나쁜 인상을 갖지 않은 것 같아서 생각을 바꾸었다. 허난옥의 말을 듣고 있던 순이의 눈은 별처럼 빛난다. 공화국을 위해 공훈을 세우면 교원의 꿈을 이룰 수 있다. 꿈을 이룰 수 있다면 어떤 공훈을 못 세우겠는가. 모두가 꿈을 이루기 위해 시련과 고통에 도전하지만 모두가 꿈을 이룰 수 있는 것은 아니기 때문이다.

'여름방학 전까지만 해도 나는 평범한 여학생에 불과했습니다. 하지만 예기치 않은 운명이 나에게 뿌리칠 수 없는 유혹의 손을 내밀었습니다. 공훈을 세우는 대가를 치루면 꿈을 이룰 수 있다. 그때 제게는 주저하고 포기하거나 절망할 수 있는 선택권이 없었습니다. 내가 할 수 있는 일이라고는 허난옥의 말대로 피할 수 없는 운명을 즐기는 길밖에는 없었습니다. 꿈은 추구할 수 있는 용기를 가진 자의 편이기 때문이었습니다. 어머니.'

그것이 당시 순이가 고백한 심경이었다. 나는 그때 문득 삼국지에서 유비의 스승 노식이 벼슬을 받아 대궐로 들어간 사실을 날카롭게 비유로 설명해주며 탄식하던 한 노인의 말을 떠올렸다.

'허어, 뿔이 곧고 잡털이 섞이지 않은 소를 골라 콩을 먹이고 비단으로 소를 치장함은 그 소를 위해서가 아니라 나라의 제사에 그 고기를 쓰고자 함인데 그걸 모르는 어리석은 소는 백정의 도끼가 정수리에 떨어질 때야 비로소 후회하고 슬퍼한다. 대궐의 벼슬이란 그 이치와 같다.'

지니는 내 말을 듣고 읽고 있던 논문을 내려놓는다. 당시 개성에 살고 있던 머리 좋고 예쁘고 착한 순이를 특급열차의 일등석과 벤츠에 태워 고급 양옥집에 모셔놓고 잘 먹이고 잘 입힌 것은 순이를 위해서가 아니라 훗날 그 인재를 쓰기 위해서였다는 것을 순이는 잘 알고 있었지만 그 현실을 부정할 수 있는 힘이 그녀에게는 없었다.

13

야브가 맨해튼에 왔을 때 지니는 나도 함께 만나는 게 좋겠다는 제의를 했다. 뉴욕법회에 왔던 야브가 지니와 만날 수 있는 시간은 주말밖에 없었다. 나는 둘 사이에 불청객이 끼면 불편할 테니까 모처럼 옛 친구와 둘이 자유롭게 만나는 것이 좋겠다고 사양했다. 그러나 지니는 야브가 나와 꼭 함께 나오라고 부탁했다는 것이다. 우리는 포드차를 렌트해서 바닷가로 나갔다. 뉴욕에서 동쪽바다로 길게 뻗은 롱아일랜드의 끝자락에 있는 몬탁까지 가기에는 너무 멀어서 차로 한 시간 걸리는 존슨비치로 향했다.

존슨비치의 해안 북쪽에는 고급주거지와 호화별장들이 몰려있고, 남쪽 햄튼 지역은 톱클래스에 속하는 여름 피서지다. 여름성수기가 끝난 바다에는 해수욕객들은 별로 없고, 해안을 산책하거나 요트와 서핑을 즐기는 사람들만 약간 있을 뿐이었다. 햇살이 눈부신 바닷가 모래 위에 서면 나는 늘 왜소하다는 느낌을 받는다. 끝없는 하늘과 맞닿은 수평선 앞에서 나는 둥근 어안렌즈 속에 갇혀 있었다. 존슨해변은 광대무변이라는 한자어에 잘 어울리는 풍광을 갖추고 웅장하고 광대한 바다의 야성미를 보여주고 있었다. 갑자기 머리가 텅 비어왔다. 하늘과 바다와 땅이 어우러지면서도 끝이 보이지 않으니 야브의 법명인 무야가 바로 존슨비치라는 생각이 들었다.

"뉴욕에서 공부할 때는 자주 왔습니다만 올 때마다 이 세상에는 바다 외에는 아무 것도 없다는 생각이 들곤 했습니다.”

야브는 눈부신 해안선의 모래펄에 몰려있는 새떼들을 바라보면서 말한다. 새를 보니 왠지 기운이 났다. 나는 전생에 새였는지도 모른다. 존슨비치의 새떼들은 그저 모여 있다는 말보다 안개처럼 자욱하게 깔려있다고 말해야 더 어울린다. 나는 그처럼 많은 새떼의 군무를 그렇게 가까이서 본 적이 없었다. 새들이 우르르 날기 시작하면 햇살에 반사된 날개들로 하늘이 온통 은박지가루가 날리는 것처럼 광채로 번쩍거린다. 존슨비치가 아니면 보기 힘든 장관이다.

“반갑다. 가마우지!”

나는 새들을 향해 달려가면서 외친다. 그러자 그 외침소리에 반응이라도 하듯이 모든 새들이 와르르 공중으로 숫구친다. 나는 그 순간 로맹가리의 소설 ‘새들은 페루에 와서 죽다’에 나오는 엄청난 가마우지 떼들을 떠올렸다. 새들은 왜 먼 바다의 섬들을 떠나 리마에서 북쪽으로 십 킬로미터나 떨어져 있는 이 해변에 와서 죽는 것일까. 소설에서는 그 이유를 설명해주지 않는다. 단지 혁명과 이상을 쫓아 끝없이 방황하다가 절망 끝에 마지막 바다에 도착한 한 젊은 남자의 슬픈 이야기에 집중한다. 그는 새들의 죽음을 통해서 자신의 환멸과 절망을 깨닫는다.

나는 이상주의자도 혁명투사도 아니지만 그 소설을 읽은 후로는 나도 한때 세상을 바꾸어 보려는 열정을 가진 한 마리의 가마우지가 되고 싶었던 적이 있었다는 생각이 떠올랐다. 하지만 모든 혁명가들의 애기는 비록 체 게바라일지라도 소설 속에서만 멋지고 위대해보일 뿐이다. 혁명으로는 세상이 바뀌지 않는다. 정권만 바뀔 뿐이다. 왜냐하면 이 세상의 모든 삶은 결국 희망이 소멸되어 가는 긴 과정에 불과하기 때문이다.

새들은 왜 페루의 해변까지 가서 죽는 것일까. 새들은 그 곳을 믿는 자들이 영혼을 반납하러 간다는 인도의 갠지스 강 성지 바라나시 같은 곳으로 착각한 것일까? 나도 한때는 새들처럼 인간도 영혼이 없는 존재이기를 바란 적이 있었다. 물론 새들에게 영혼이 없다는 것은 내 상상이나 가정일 수 있지만. 인간이 새들의 영혼을 자각할 수 없는 한, 새들도 영혼이 있다고 말할 수는 없다. 그 말은 곧 인간이 영혼이라고 여기는 정신세계가 진정한 영혼이 아니기를 바란다는 뜻도 된다. 인간도 영혼이 없다면 지금보다 더 행복할지 불행할지는 알 수가 없다. 아무튼 저 가마우지들은 작가 로맹가리의 상상력으로 인해 꿈과 이상을 쫓다가 끝내는 파멸하는 외로운 혁명가들로 의인화되면서 존재의 의미가 한층 격상되었다. 작가 지망생인 나는 가마우지로 인해서 잠시 바보가 된 기분이 든다. 왜냐하면 작가들은 직업적인 기질 때문에 이상주의자가 되어서도 안 되고 혁명가도 될 수 없기 때문이다.

작가는 하늘을 자유롭게 나는 피터 팬은 창조해낼 수는 있어도 실제로 자신이 피터 팬이 되어서는 안 된다. 작가는 부자도 되어서는 안 되고, 거지도 되어서는 안 되며, 천재는 물론 바보도 되어서는 안 된다. 특히 스포츠 선수나 연주가도 되어서는 안 되며 또 그렇게 될 수도 없다. 그런 재능으로는 글을 쓸 수 없기 때문이다. 하지만 작가는 그 대신 끝없이 그들을 선망하고 부러워하면서 글을 통해 그들을 주인공이나 영웅으로 만들어 대리만족을 누리면 된다.

가마우지는 갈매기의 일종이다. 새 중에서 가장 긴 날개를 가진 알바트로스 역시 활강을 주특기로 대서양을 횡단하는 강력한 날개를 가진 갈매기다. 항공 파일럿이었던 작가 리처드 버크가 쓴 '갈매기의 꿈'은 조나단 리빙스턴이라는 갈매기의 비유를 통해서 인간에게 삶의 방식을 제시해 준다. 인간으로 의인화된 새의 이야기다.

그의 말대로라면 삶이란 단지 식욕본능을 만족하기 위해서 사는 것이 아니라 꿈과 목표에 도전하면서 자신의 의지를 관철시키는데 목적이 있다. 그래서 갈매기 조나단 리빙스턴은 비상을 통해 자신의 의지를 신의 경지까지 끌어올린다. 그로 인해 성직자들은 '갈매기의 꿈'이 신의 능력에 도전하는 인간의 오만한 의지를 그렸다고 비난해서 파문을 일으켰지만.

그런 성직자들을 보면 좁쌀이라는 말을 떠올리게 한다. 지금 눈앞에 보이는 저 많은 새들이 모두 조나단 리빙스턴은 아니다. 새들 중에는 순간 하강속도가 시속 4백 킬로미터나 되는 군함조처럼 빠른 새가 있는가 하면, 불과 탁구공 크기에 3그램의 무게밖에 안 되는 작은 몸으로 꽃가루를 먹기 위해 공중에서 정지된 상태로 날개를 1초에 55번이나 팔딱거리는 곤충 같은 벌새도 있다. 새든 사람이든 목숨 줄 붙이고 한 세상 살다 가는 것이니 기왕이면 사람보다 새가 되어 사는 것이 더 낫다는 생각이 들었다.

나는 인류가 새들과 협정을 맺고 일정 시간만큼 영혼을 바꾸어서 살아볼 수 있기를 원한다. 그러면 사람들은 가마우지가 되어 두 손 털고 훨훨 날아다니면서 새들이 왜 집이 없이도 살 수 있는지, 왜 예금이 없이도 꺽꺽거리며 잘만 사는지, 왜 서로 싸우지 않고도 잘 사는지 알게 될 것이다. 또한 새들도 인간이 되면 평소에 인간족속들이 왜 그리 남의 것을 뺏고 싶어 하는 욕심의 비곗덩어리들인지, 왜 그렇게 한시도

쉬지 않고 그렇게 나대는지, 왜 목숨을 걸고 돈을 쌓아두는 어리석은 짓을 하는 이유를 깨닫게 될 것이다. 하긴 새나 인간이 서로를 알아야 할 이유도 없다.

"철새들 중에는 북미에서 페루까지는 말할 것도 없고, 뉴기니에서 멀리 러시아의 우수리 강까지 이동한대. 어쩌면 날개 죽지가 그리 강할 수 있는지 기적이다 싶어. 저 새들이 물속으로 다이빙하는 것 좀 봐."

지니는 손뼉을 치며 놀란다. 시걸(바다 갈매기)들은 수면에 떠오르는 물고기를 잡아채기 위해 높은 공중에서 직격낙하로 입수했다가 입에 물고기를 하나씩 물고 올라온다. 그 모습은 환상적인 곡예단의 묘기에 가깝다. 새들은 왜 그토록 멀리 날고 빨리 날기 위해 애 쓰는 것일까. 나는 문득 옛 중국의 사상가 장자가 매미와 비둘기의 비유를 통해서 새들의 욕심을 비판했던 말이 떠오른다. 어느 날 매미와 비둘기는 서로 깔깔대며 말한다.

'우리들이야 기껏 저쪽 느릅나무에서 저쪽 박달나무까지 한번 날아 보거나, 갈대밭에서 몇 바퀴 뱅뱅 돌다가 내려앉으면 비상은 그게 전부가 아닌가. 날개 달린 것이 세상에 태어나서 그 정도 날아봤으면 됐지, 붕새는 도대체 그 큰 몸짓으로 먼 남해까지 가서 뭘 하겠다는 수작인가.'

지니와 야브는 장자의 비유를 처음 들었는지 너무 재미있다고 계속 깔깔 웃는다. 그 말은 사람에게도 똑같이 적용된다. 사람으로 태어나 숨을 쉬면서 먹어도 보고, 입어도 보고, 사랑도 한번 해봤으면 그것으로 다 된 것이 아닌가? 도대체 그 이상 무엇을 더 바라기에 올라가지도 못할 나무를 쳐다보며 머리를 싸매는가. 그렇게 더 바라서 뭘 어쩌겠다는 수작인지 알 수가 없다. 야브는 새떼를 바라보면서 말했다.

"우리 어머니가 한국에 파견된 외교관이었던 미국인 아버지를 만나 결혼한 후에 귀국해서 처음 정착한 곳이 롱아일랜드의 완타그라는 작은 마을이었대요. 완타그는 2백 년 전에 살던 인디언 추장의 이름인데 그때도 이곳 존슨비치에는 저렇게 흰 몸에 부리가 길고 흐린 회색빛 날개를 가진 아름다운 시걸들이 구름처럼 몰려와서 해변을 온통 점령해버렸다고 말했어요."

그러니까 존슨비치가 시걸들의 보금자리가 된 것은 2백 년 전도 더 거슬러 올라가는 긴 역사를 갖고 있다. 아니다. 어쩌면 지구상에 아메리카대륙이 형성되기 훨씬 전부터 이곳은 시걸들의 천국이었을 것이다.

"그럼 여기서 캔자스로 이주하신 거군요."

"완타그 사람들은 우리 엄마를 동양에서 온 시걸이라고 놀려댔대요."

"왜요?"

"시걸은 바다 갈매기지만 미 해군들의 속어로는 함대를 따라 다니는 매춘부라는 욕설이기도 합니다. 우리 어머니는 한국에서 유능한 외교관 통역사였는데 완타그에 온 후로는 마을사람들로부터 창녀로 오해를 받고 무척 괴로워하셨답니다. 결국 우리 아버지는 어머니가 마을사람들의 모욕을 받는 것을 참지 못하고 캔자스로 이주를 결심하게 되었죠."

우리는 그 말을 듣고 미국인들의 인디언과 흑인이며 유색인종에 대한 뿌리 깊은 백인 우월주의와 인종차별이 존재하는 현장을 실감했다. 야브의 어머니는 캔자스로 이사한 후에야 그 곳 주민들의 따뜻한 환대를 받으며 안정을 되찾은 다

음 첫아들 야브를 낳았다. 캐서린이 쁘띠를 입양한 것은 야
브 어머니를 만난 직후였다. 야브와 쁘띠가 어려서부터 남매
처럼 살았던 것은 그런 인연이 따로 있었다. 나는 문득 캐서
린이 나한테 한 말이 생각났다.

'첫사랑이 그리 간단한 일인가요? 죽어서도 마음을 거두지 못
하고 한으로 남기고 그 미련이 소 힘줄보다 더 끈질기다던데.'

야브가 뉴욕에 와서 지니를 만나는 것은 친구의 입장이었
지만 야브가 출가한 후에 지니에 대한 사랑의 불씨가 꺼졌다
고 보는 것은 무리일 수도 있었다. 물론 득도한 스님들의 영
혼의 경지로 말한다면 세속적인 사랑이나 속세의 인연 따위
는 초개처럼 쓸모없는 것들이지만, 득도의 경지가 무엇인지
도 모르는 내가 야브의 마음을 잴 수 있는 형편은 못되었다.

지니가 모래펄에서 조개를 줍고 있는 동안 나와 야브는
지니를 베이스캠프에 혼자 남겨둔 채, 이런 저런 얘기를 나
누며 해안선을 따라 천천히 걸었다. 야브 스님과 나의 화제
는 역시 불교밖에 없다. 나는 야브에게 한국사찰에서 수행하
는 동안 무엇이 가장 힘들었느냐고 물었더니 뜻밖에도 침묵
수행이라고 말한다.

"침묵수행을 시작한 지 3주가 되면서 나도 모르게 내가 나
자신과 얘기를 주고받고 있었습니다. 내 안에 말하는 나와
듣는 내가 따로 살고 있었어요. 그 후부터 말하는 내가 듣는
나에게 계속 질문을 던졌더니 듣는 내가 말하는 나에게 조금
씩 대답을 시작했습니다. 그런 일이 석 달쯤 계속되면서 저
는 정신착란증 환자처럼 보일 정도로 내가 나에게 말하고 대
답하는 일에 익숙해졌습니다. 중얼중얼 내가 나한테 할 말도
많고, 대꾸도 참 많더군요. 그런 형편에 남들과 얘기할 여유

가 어디 있겠습니까."

"정말 우리들 속에는 두 마음이 따로 있을까요?"

나는 야브의 경지를 이해할 수 없었다.

"따로 있습니다. 착한 나와 악한 나도 함께 살고, 아름다운 나와 추악한 나, 감정적인 나와 이성적인 나, 서로 다른 내가 끝없이 갈등과 대립을 일으킵니다. 둘의 대립에서 누가 누구를 견제하고 제압하느냐에 따라 인격 자체가 달라지기도 하죠."

"선이 이기거나 악이 이기거나 합니까?"

"선악은 어느 쪽이 이기고 지는 승부관계가 아닙니다. 내 안에서 두 개체가 묻고 대답하는 것은 나 자신이 강박관념에 쫓기고 있다는 증거죠. 사실 우리들은 서로 묻고 대답하는 일이 없어지고 내 안에 존재하고 있던 두 사람도 동시에 사라져야 합니다. 그래서 서로 묻고 대답하지 않아도 하나로 통하는 텅 빈 세상, 바로 무념무상인 무아의 경지가 올 때까지 침묵수련은 계속되어야 합니다."

"본인은 그 경지를 이루셨습니까?"

"그것은 득도해보지 않고는 경험하기가 어려운 일입니다."

"불교수행은 득도가 목적인가요?"

"득도에는 어떤 목적도 있을 수 없습니다. 굳이 있다면 나 자신이 목적입니다. 삶의 목적은 자기 자신이라고 큰스님께서 늘 말씀하십니다만……."

나는 무식한 질문이 나오기 전에 입을 다물기로 했다. 야브는 수행승이어선지 내 눈에는 번뇌가 보이지 않았다. 일부러 감추고 있는 것인지도 모르지만 그에게는 무아라는 법명이 퍽 어울려 보였다. 그런 생각을 하고 있을 때 야브의 입에서 놀라운 질문이 불쑥 튀어나왔다.

"듀은 쁘띠를 사랑합니까?"

나는 너무 엉뚱한 질문을 받고 잠깐 당황했다. 그런 말도 질문이 될 수 있다는 생각을 나는 지금까지 해본 적이 없었다. 더구나 그 말을 묻는 의도 역시 알 수 없었다. 나는 그 순간 후훗 하고 저절로 웃음이 터졌다. 웃음은 때때로 난처한 질문의 적절한 대답이 되기도 한다. 야브도 자기 질문이 어이없다는 것을 깨달았는지 후훗 웃어버린다. 사랑이란 지극히 이기적인 감정이어서 사랑하는 동안에는 누구나 유치해진다. 그 말은 유치하지 않으면 사랑할 수 없다는 뜻이다. 남녀의 사랑은 더욱 그렇다. 누가 누구를 사랑한다는 말은 이기적인 본능에 불과하다. 왜냐하면 사랑 자체가 자기 연민과 열정의 연소 작용에 불과하기 때문이다. 내가 야브에게 왜 그런 말을 묻느냐고 했더니 그는 내 질문을 기다렸다는 듯이 말했다.

"난 유치원 시절부터 지니를 좋아했어요. 물론 그 감정이 어른이 된 후에는 사랑으로 바뀌었지만 그 마음은 지금도 변하지 않았습니다. 사랑은 변하는 것이 아니기 때문입니다."

"사랑은 변한다고 들었는데요?"

"사랑이 변하는 것이라고 말하는 사람은 이기적인 사랑을 하는 사람들입니다. 한번 다이아몬드는 영원히 다이아몬드인 것처럼 사랑은 변하는 것이 아닙니다. 내가 출가한 것과 지니를 사랑하는 것은 전혀 별개라는 것도 그런 뜻입니다. 출가도 속세의 연장일 뿐인데 무엇을 끊고 무엇을 잊는다고 할 수 있겠습니까. 나는 지니를 포기하지 못합니다."

나는 다시 쿡 하고 웃음이 나오는 것을 애써 참았다. 야브가 세속인이든 성직자든 누군가를 사랑하는 것은 자유와 권리에 속하지만 그가 내 앞에서 지니에 대한 사랑을 확신하는 것은 수도승답지 않았다. 나도 그의 생각을 막을 권리는 없다. 사람은 누구나 사랑할 수 있지만 사랑은 누구에게나 허용될 수 있는 것은 아니다. 그가 내게 지니에 대한 속내를 드러냈다고 해서 달라지는 것은 없다. 그 순간 우리 둘 사이에는 갑자기 할 말이 사라지고 말았다.

"지금 야브 스님은 말하는 자기가 듣는 자기에게 물은 것입니까?"

그러자 그는 놀란 듯 나를 빤히 바라보면서 말했다.

"어쩌면 그럴 수도 있겠네요."

우리는 지니가 있는 베이스캠프로 돌아오면서 예쁜 조개껍질을 줍기 시작했다. 내가 주은 모시조개의 줄무늬가 야브의 깨진 패각보다 더 예뻤지만 나는 그에게 으스대지 않았다. 나 역시 유치한 감정을 드러내고 싶지 않았다. 야브의 말대로 내 안에도 으스대고 싶은 나와 겸손해지고 싶은 내가 따로 살고 있었다. 지니는 우리 둘이 주워온 조가비를 선물로 받고 씨익 웃기만 했다. 지니에게는 조가비를 선택할 자유도 권리도 이미 없다. 내가 모래톱에 부서지는 파도를 바라보면서 혼자 걷고 있는 사이에 지니와 야브가 조금 전에 나와 야브가 갔던 길을 향해 해안선을 따라 걷기 시작한다. 내가 갈매기를 바라보고 있는 동안 두 사람의 뒷모습은 모래펄 끝에서 멀어지더니 이내 시야에서 사라지고 없었다.

14

야브가 내게 지니를 사랑하느냐고 물었을 때 나는 왜 당당하게 그렇다고 말하지 못했을까. 나는 단지 그런 유치한 질문을 피하려고만 애쓰지 않았던가. 나는 정말 지니를 사랑하고 있는 것일까. 나는 그저 외롭다는 이유로 그녀의 자두색 소파를 탐내고 있는 것이나 아닐까. 나는 지니를 처음 만났을 때 가슴이 뛰고, 얼굴이 붉어지고, 말이 마구 헛 나왔다. 남자가 여자에게 반했을 때 보이는 바보증세가 나타났던 것은 사실이다. 하지만 그 증세는 내가 지금도 첫사랑이라고 믿고 있는 솔을 만났을 때도 똑같았다. 솔은 내가 대학 미팅에서 만난 연상의 여자였다. 당시 그녀는 休學 중이었다. 나와 밤을 함께 보낸 다음날 아침에 솔은 내게 화대를 요구해서 큰 충격을 주었다. 처음에 나는 농담인줄 알았다가 그녀가 정색을 하는 바람에 나는 솔이 요구하는 돈을 주어야 했다.

솔은 그날 나에게 사랑하는 사이가 아니라면 성행위를 돈으로 계산하는 것이 서로의 부담을 청산하는 가장 합리적인 방법이라고 말했다. 솔은 나를 사랑하지 않았기 때문에 잠자리를 한 것이라고 했다. 하지만 나에게 솔은 첫사랑이었다. 그후 나는 솔과 마음으로는 이별을 선언했지만 몸은 쉽게 잊지 못하고 그녀의 전화를 받으면 돈을 챙겨들고 찾아가곤 했다.

솔이 동성애라는 것을 알게 된 것은 아주아주 오랜 후의 일이었다. 솔은 작가로 데뷔하여 몇 차례 화제작을 세상에 내놓았고 그녀는 지금도 현역작가로 활동하고 있지만 내가 뉴욕에 오기 전까지도 '날 만나러 올 수 있어?' 라는 문자를 날렸다. 솔이 양성이라는 것을 알게 된 것은 더 나중에 그녀의 고백을 통해서였다. 하지만 나는 그녀를 미워하거나 원망하지 않았다. 나는 그녀가 부를 때마다 가슴이 뛰고, 달려가고 싶은 충동을 억제하지 못했고, 그런 나 자신에게 화가 나곤 했었다.

그러나 그 후 나는 솔과 부담 없이 헤어질 수 있었다. 내가 그녀에게 결별을 선언했을 때 솔은 나에게 우리 사이에는 마음의 부채관계가 없으니 추억만 갖고 떠나겠다고 손을 흔들어주었다. 그녀는 내 손에 채워놓은 성이라는 이름의 수갑을 쉽게 풀어주었지만 나는 그 후로도 오랫동안 솔을 잊지 못했다. 사랑이 착각에 깊이 의존하고 있다는 것은 사랑하는 사람과 이별한 후에 비로소 깨닫게 된다. 신의 본능에는 사랑이 없다. 사랑은 단지 인류의 번식을 목적으로 존재하는 이성적인 호르몬의 반응에 불과할 뿐이고 성욕은 사랑이 아니다. 나는 그 말을 과학적으로는 이해하면서도 마음으로 인정하는데 오랜 시간이 걸렸다.

내가 지니가 옆에 있어도 보고 싶고 그리워지는 것은 우리를 닮은 아기를 갖고 싶은 욕구 때문이라고 말할 수는 없다. 사랑은 우리를 닮은 아기를 위해서도 아니고 연민도 아니다. 연민은 우정에서도 느끼는 감정이다. 사랑은 결국 값싼 성충동을 거룩하게 드러내고 싶은 미사여구로 포장된 불량상품일 수도 있다. 그런 생각을 하면 인간은 목숨을 바쳐 헌신할 명분을 주고 있는 이데올로기 하나를 잃게 될 뿐이다. 그래서 사랑은 없다고 말해서도 안 된다. 사랑은 저마다 자기에게 알맞은 정의를 갖고 있으면 된다.

나는 개성에서 북한 중앙당에 선발되어 평양행 열차에 탔던 홍순이가 정말 리병두를 사랑했을까 생각해 보았다. 홍순이는 리병두가 열차 속에서 준 초콜릿 하나에 큰 감동과 전율을 느꼈다. 당시 순이가 느꼈던 감동과 충격이나 혹은 그리움의 순간만은 진실한 사랑이라고 말할 수 있다. 거기에는 이기심도 이해관계도 성적인 충동도 개입되지 않았기 때문이다. 홍순이가 초콜릿을 재빨리 먹어 없애지 못하고 책상서랍에 간직해두었다가 결국은 녹아서 버려야할 만큼 남자의 마음을 오래 간직하고 싶었던 그 순수한 마음은 순이만의 사랑이 될 수 있다. 사랑에 애틋한 그리움이 없으면 사랑이라고 말할 수 없다. 순이의 파일에는 초콜릿에 대한 기억이 첫사랑처럼 애절하게 묘사되어 있었다.

'그걸 제게 주려고 그처럼 세심하게 마음을 쓴 생각을 하면 새삼 그가 아름답고 경이롭게 느껴졌습니다. 나는 지금까지 누구에게 그런 마음을 한 번도 선뜻 내어 준 적이 없었습니다. 날 위해 열차 지도원의 감시를 피해 힘들게 기회를 만들었던 리병두를 생각하면 지금도 마음이 아픕니다. 초콜릿이 내 책상 속에서 녹았을 때는 그의 마음도 내 가슴에서 녹았습니다. 언젠가 그를 만나면 그런 내 마음을 전해주고 싶었습니다.'

나는 순이의 마음에 깃든 사랑을 읽었다. 사랑은 사소한 말 한 마디나 작은 몸짓 하나에도 짙은 향기가 배어난다. 그 이후로 리병두에 대한 순이의 마음은 달라졌다. 이제 리병두는 단순한 고향 선배나 군관동무 집 아들이 아니었고, 인민배우처럼 잘 생긴 선망의 남자가 아니었다. 그는 말로는 표현할 수 없는 그 이상의 무엇이었다.

순이는 김일성대 입학 예비시험 준비를 하는 외에 허난옥

지도원으로부터 몸과 마음을 매력적인 여자로 변신시키는 방식들을 부지런히 익혀갔다. 해외정보국은 홍순이의 미모와 지성이라는 두 개의 강력한 무기를 만드는 일에 주력하고 있었다. 여자 비밀요원에게는 그것이 사격훈련 이상의 기본전술이 된다. 그런 훈련은 하루 이틀에 이루어지는 것이 아니다. 외국어처럼 말과 습관이 자연스럽게 몸에 배어야 무기가 된다.

순이는 남조선 해외여성 비밀요원들 못지않은 세련된 국제 감각으로 외국인들을 상대해야 한다. 그러기 위해서 훈련은 생활습관이 되어야 한다. 습관은 훈련이다. 순이를 초대소에 둔 것은 훗날 그녀를 큰 재목으로 쓰기 위한 공화국의 뜻과 의지가 담겨있었다. 그렇게 오랜 반복훈련을 거치는 동안 순이는 자신도 모르는 사이에 서울여자로 바뀌어 갔다. 순이는 입에서 개성사투리가 자취를 감춘 대신 서울 본토박이 표준말이 자연스럽게 흘러나왔고, 영어를 쓸 때는 미국의 NBC 아나운서처럼 자연스러운 표정과 억양과 제스처를 쓸 수 있었다. 또 일본어를 쓸 때는 도쿄의 젊은 여느 여사원처럼 자연스럽게 말할 수 있게 되었다.

'불과 일 년 전만 해도 나는 혁명가요도 없고, 인민들을 정신적으로 독려하는 훈계 한 마디도 없는 남조선의 방송들을 쓰레기로 취급했지만 지금은 오히려 북한방송의 상투적이고 전투적인 말장난에 골이 지근거리기 시작했습니다. 사람이 그렇게 바뀔 수 있는지 내가 나를 의심할 정도였습니다. 정말 나 자신을 보면 카멜레온 같다는 생각이 듭니다.'

카멜레온은 자신을 보호색깔로 바꾸는 채색의 마술사 같은 동물이다. 독립적이고 공격적인 이 동물은 적의 위협을 느끼면 죽은 척하고 어둔 색깔로 바뀌어 안전해질 때까지 꼼짝도 하지 않는다. 수컷은 암컷을 유혹할 때 색깔이 바뀌지만 암컷은 수컷과 짝 짓기를 원할 때 밝은 색채를 띤다. 어둡고 강렬한 색을 띠면 수컷을 거절한다는 의사표현이다. 카멜레온이 변신을 통해 자신을 위장할 수 있다는 점에서 해외정보국의 요원들은 모두 카멜레온처럼 되어야 한다. 순이가 외국어 실력에 역점을 둔 것도 자신을 위장할 수 있는 보호색을 갖추는 훈련 중의 하나였다.

순이는 평양외국어학원에서 정규수업을 청강하기도 하고 중년의 아일랜드 출신 여자 레이스 선생으로부터 영어회화를 배웠다. 일본의 야스다 선생으로부터는 일본어 회화를 개인 레슨으로 따로 익혔다. 순이의 목표는 최소 2년 이내에 영어와 일본어의 회화를 마스터해서 거리낌 없이 말할 수 있는 실력을 갖추어야 했다. 개인강사 미스 레이스가 영어로 "웬 캔 위밋(언제 만나죠)?" 하고 물으면 순이는 "렛쯔 겟 투게더 쑨(곧 뵙죠)!" 하고 대답하고, 그것을 다시 일본어 강사 야스다가 "이쯔 아이마쇼까(언제 뵙죠)?"라고 물으면 "아시다 고젠니 아이마스(내일 오전에 뵙겠습니다)!" 하는 식으로 스파르타식 집중 반복훈련으로 학습효과를 높여갔다.

한 사람의 완벽한 첩보원을 길러내기 위해서 얼마나 많은 투자와 노력을 희생해야 하는지 모든 나라의 정보기관은 잘 알고 있다. 고급 정보원 한 명은 나라의 승패를 좌우할 만큼 위력적인 무기로 바뀔 수 있다. 이미 모든 국가의 첩보전은 뉴스 기사 한 줄도 없고, 총소리도 나지 않은 채 치열하고 긴박한 지하전쟁을 계속하고 있는 중이다. 작전투입은 언제 어디서라도 할 수 있도록 완벽한 훈련이 되어 있어야 한다.

그날 우리는 야브를 항공시간에 맞춰 라구아디아 공항까

지 바래다주었다. 비니모자에 회색 승복과 바랑을 맨 우리들의 친구 브래드 피트는 작별인사를 하면서 마치 내게 시위라도 하듯 지니를 오래 끌어안았다. 공항 게이트 앞에서 미남스님과 동양여자의 스킨십이 좀 길고 독특하긴 했다. 나는 야브의 행위가 얄미워서 약간 옹졸해질 수밖에 없었다. 귀갓길에 지니는 나의 무거운 분위기를 의식한 듯 영어로 '아유 스틸 업쎗(아직도 화 안 풀렸어)!' 하고 입을 열었다. 나 역시 언짢은 기분은 영어로 지껄이는 것이 더 편할 것 같아서 '돈 에버 두 대러겐(다신 그러지 않았으면 좋겠어)!' 라고 말했다. 지니는 이미 내 의중을 파악했는지 '와이 두 아이 겟 브레임드(내 탓은 아니잖아)!' 하고 말하더니, 곧이어 '설마 유치한 생각을 하는 건 아니지? 내가 야브와 경계선이 확실한 건 듄이 더 잘 알잖아' 라고 내 마음을 달래주려고 했다.

"그야 그렇긴 하지만……."

"알면 그걸로 된 거잖아?"

"휘 게릿(그만두자)!"

우리 둘은 약간 다투긴 했지만 곧바로 마음을 열었다. 우리가 데이지타워로 돌아왔을 때 지니는 내 기분을 풀어주려고 두 팔로 목을 끌어안으며 분위기를 바꾸려고 애를 썼다. 지니는 야브가 나와 해변에서 단둘이 무슨 얘기를 나누었는지도 이미 다 알고 있었다. 야브가 남자끼리 한 말을 지니에게 한마디도 빠뜨리지 않고 미주알고주알 다 불었던 것이다. 야브의 입이 너무 가벼웠지만 어쩔 수 없었다. 그가 땡초일지도 모른다는 의심도 들었다.

"야브가 둄에게 지니를 사랑하느냐고 물었더니 말을 못 하고 후훗 웃기만 하더라고 말하더군. 그 말 듣고 실망이 컸어.

야브가 물었을 때 지니를 사랑한다고 콱 쐐기를 박아줬어야
하는 건대."

나는 지니에게 그런 어리석은 질문에는 대답해줄 의무가
없다는 점을 분명히 했다. 한국식 사랑표현은 구어체만으로
는 감당이 안 된다. 영어의 아일러뷰는 서양인들이 입에 달
고 살지만 한국인에게는 그 말이 립 서비스에 불과하다. 요
즈음은 한국 젊은이들도 사랑해라는 말을 서양인들처럼 밥
먹듯이 하면서 사랑은 너저분한 통속어로 변해버렸다. 서양
인들은 도대체 사랑한다는 말을 하지 않고 어떻게 사랑할 수
있느냐고 하지만 한국인들은 부부가 사랑한다고 말하지 않고
도 평생을 사랑하고 산다. 그것이 서양과 동양의 차이라는
것을 지니도 잘 알고 있었다.

"진짜 야브가 그 말을 했단 말이지?"

"그렇다니까. 갠 나한테 숨기는 게 없어. 셔리는 요즘도 걸
핏하면 미주리 선원에 달려가 자기도 당장 출가해서 비구니
가 되겠다고 난리가 아니래. 야브의 승복 벗기기 작전에 돌
입했다는 거야. 셔리가 야브를 공격할수록 야브는 화살을 나
한테 돌리고 있어. 야브가 만일 이번에 셔리의 도화살을 이
겨내지 못하면 극락왕생은 물 건너간 거라고 봐야 해."

극락왕생이란 사람이 죽어서 다른 세상에서 다시 태어나
는 것을 뜻하는데, 야브처럼 고행을 선택한 수행승이 득도도
못하고 환속하면 그 죄의 업보는 카드의 포인트처럼 엄청나
게 누적된다. 그렇다면 셔리는 야브의 영혼을 좀먹는 악귀밖
에 될 수 없지만 세상에는 거절당한 사랑처럼 큰 아픔도 없
다. 인간이 사랑받기 위해 태어난 것은 아니지만 사랑 자체
를 위해 사랑할 수 있는 존재는 천사밖에 없다. 야브는 스님

이기 전에 뜨거운 피를 가진 짐승이라는 사실까지 변하지 않는다. 우리는 서로 팔베개를 하고 누워서 똑같이 식욕도 잃고 의욕도 잃은 채, 마치 조류 인플루엔자에 걸린 닭들처럼 눈만 껌벅거리며 시름시름 졸았다.

15

　뉴욕 맨해튼 23번가의 코너를 돌다가 문득 2층 건물에 붙은 대형사진들이 눈에 들어왔다. 미국의 태권소년소녀와 푸른 눈의 미국인들이 도복을 입고 태권도 품새를 시연하고 있는 다이내믹한 포스터들이다. 한국의 대표국기인 태권도의 수련도장이 맨해튼의 중심가에 있고, 그것도 내가 사는 데이지타워 가까이 있었다는 것을 미처 몰랐다.

　나는 중학생 때부터 집 앞에 있는 제일태권도장에 다니면서 블랙벨트를 딴 후로는 입대하기 전까지 한두 해는 도장에 거의 나가지 못했다가 해병대에 입소한 후에야 태권도 훈련교관 보조가 되었다. 더 이상 망설일 이유가 없었다. 나는 즉시 슈퍼마켓 2층에 있는 태권학교를 찾아갔다. 퇴근 무렵이어선지 도장에는 직장인 훈련생 몇 명이 얍! 얍! 기합을 내지르며 훈련 중이다. 그 모습은 지난날의 추억과 향수를 불러일으켰다.

　나는 수석코치를 만나 당장 수련등록을 했다. 태권도는 개인방어와 공격수단을 연마하는 격투기술이지만 그 과정에서 정신력과 인격수련의 내공을 쌓아야 하는 정신적인 구도과정이 존재한다. 내가 지니에게 태권도장 얘기를 해주었더니 깜짝 놀라면서 그 간판사진이 일본의 가라테인줄 알았다고 말했다.

　"그럼 듄이 태권도 훈련교관이었단 말이지?"

　"물론이지."

　나는 지갑 속에 넣고 다니던 군대 시절의 사진을 보여주었

다. 도복을 입고 벽돌 깨는 사진과 갓 소위 계급장을 달고 중무
장한 채 처음 작전훈련에 참가했을 때 찍은 사진이다. 나는 그
사진을 무슨 훈장이나 되는 것처럼 지갑에 넣고 다니다가 기회
가 되면 사람들에게 보여주며 으스대곤 했다. 나의 군대 시절은
내 생애에서 가장 동물적인 야성이 포효하던 시절이었다.

"그럼 듄도 울 엄마처럼 산악도보훈련을 했단 얘기네?"

지니는 테이블 위에 두 팔로 턱을 괴고 진지하게 묻는다.
나는 지니가 준 캔맥주를 두 개나 거푸 마신 탓인지 취기가
약간 격앙되면서 기분이 풍선처럼 부풀어 올랐다.

"산악도보훈련이라면 나도 일가견이 있지."

"일가견이 무슨 뜻이야?"

"해볼 만큼 해봐서 달인이 되었다는 뜻."

"달인은 또 뭐지?"

지니가 모르는 어려운 한국말들이 연속 튀어나왔다. 달인이
란 영어로 프로페셔널이라는 뜻이지만 사실 산악훈련에는 달
인이란 없다. 단지 나는 군대 시절에 혹한기 훈련을 밥 먹듯
이 하였었다. 지니는 평양초대소 시절에 고강도 산악체력훈련
을 이겨낸 친모 순이에 대한 경외심이 대단했다. 순이는 당시
평양에서 대입 예비시험 준비와 함께 어학훈련 이외의 별도
체력보강 프로그램이 병행되었다. 그녀의 일기에는 월봉산 산
악 도보훈련에서 겪은 악몽의 현장이 낱낱이 기록되어 있다.

극기훈련기가 되면 순이는 지도원과 밤 9시에 평양역을
떠나 평북 개천에 도착, 중앙당에서 파견된 체력훈련 지도원
과 함께 험악한 월봉산 등반코스에 오른다. 개천의 동부지형
은 묘향산맥에서 뻗은 해발 1천여미터의 월봉산과 산 밑으로
흐르는 청천강 지류와 대동강 상류가 만나는 지점이다. 순이

는 20킬로그램이나 되는 중무장을 갖추고 산악지도에 표시된 화강암지역인 월봉산 정상까지 새벽 5시 전에 도착해야 하는 혹독한 강행군을 계속했다. 야간에도 플래시와 나침반에 의존해서 올라야 하고 제한시간 내에 등정을 못하면 세 끼 급식중지의 벌칙이 떨어졌다.

그뿐만 아니다. 순이는 산악지도에 표시된 지점에 숨겨놓은 중앙당의 지령 문서를 찾는 무인포스트훈련이 추가되면서 훈련의 양이 점차 추가되어 갔다. 산악훈련은 목표를 달성할 때까지 계속된다. 도강훈련도 20여 킬로그램의 고무 모래주머니를 허리에 매고 건너편 강변까지 3백여 미터를 헤엄쳐 건너는 강훈련이다. 순이는 청천강의 여름홍수에 불어난 급물살에 떠밀려가기도 하고, 팔다리에 힘이 빠져 고무 모래주머니에 끌린 채 물속에 곤두박질을 치며 익사 직전의 혼절을 여러 번 겪기도 했다. 나 역시 해병대 시절에는 영하 24도의 혹한기에 해발 1천2백 미터를 오르는 지옥의 행군을 해마다 견뎌내야 했다.

"듄이 군대 시절에 그런 훈련을 했단 것이 믿어지지 않아."

지니는 내 말에 다소 의외라는 듯이 말했다.

"아이 워쓰 더 머린코(난 해병대였어)!"

만일 지니가 군대에 관한 상식이 조금이라도 있다면 나는 해병 중에서도 가장 훈련이 혹독한 수색부대, 그 중에서도 적진 속에 뛰어드는 가장 위험한 낙하산 침투대원이었다고 말하고 싶었다. 지니가 한국의 해병대니 수색부대가 무슨 뜻인지도 모르는데 말해봤자 소귀에 경 읽는 꼴이어서 더 이상 설명이 불가능했다. 그런데 지니는 놀랍게도 해병대를 알았다.

"어머! 귀신 때려잡는 해병대?…원써 머린 얼웨이써 머린(한번 해병은 영원히 해병이다)."

지니의 동창 중에는 미 해병대에 입대한 참전용사가 있었다. 게다가 지니는 한국전쟁과 베트남전쟁이며 중동전쟁에 관한 내력들을 모두 줄줄이 꿰고 있는 전쟁박사였다. 지니는 한국전쟁을 다룬 영화 '태극기 휘날리며'를 본 것은 물론 톰 행크스가 나온 스티븐 스필버그의 전쟁영화 '라이언 일병 구하기'도 보았다. 지니는 대부분의 여자들이 관심이 없는 전쟁에 유난히 흥미를 보였다. 나는 지니의 말을 듣자 기운이 솟았다.

"라이언 일병 구하기에서 노르망디 해안에 상륙작전을 펼치는 미 해병대들의 전투 신들은 진짜 대단했어."

지니가 전쟁영화에 관심과 흥미를 갖게 된 것은 한국전쟁에 관련된 역사기록들을 꼼꼼히 읽고 한국의 불행한 전쟁과 현대사를 이해하고 난 후부터였다. 모든 국가의 역사는 전쟁의 기록사를 중요하게 다룬다. 일본은 미국의 원폭 투하로 히로시마와 나가사키 두 도시가 폐허가 되고, 중국도 역사적으로 오랜 전쟁을 치룬 나라였지만 한국처럼 전쟁으로 철저히 잿더미가 된 나라도 없다. 웬만하면 그냥 무심히 넘어갈 수도 있는 일이었지만 지니의 과학도다운 섬세한 완벽주의는 한반도와 전쟁의 역사를 그대로 간과하지 않았다. 자신이 미국에 입양된 것도 한국전쟁의 비극에서 비롯되었다는 것을 알고 있었기 때문이다.

"듄은 계급이 뭐였어?"

"소위였지."

"소위가 영어로 뭐지?"

"세컨 리터넌"

"와우!"

지니는 의자에서 몸을 벌떡 일으키더니 나에게 경례를 부친다. 지니의 경례태도는 정식 미군장교 수준이다. 현역군인한테 정식으로 레슨을 받았다고 했다. 그녀는 내가 한국 해병대 장교 출신이라는 말에 놀라울 정도로 경의를 표시한 것은 내게 쇼크였다. 한국 해병대가 혹한기에 30킬로그램의 군장을 갖추고 천릿길 지옥의 산악행군을 실시하는 것은 초인적인 힘과 극기를 기르는 경이적인 훈련이다. 우리는 체감온도 영하 24도가 넘는 강원도 산악지대의 야영장에서 새우잠을 자기도 하고, 해발 1천2백 미터의 일월산 정상까지 3시간 만에 주파하는 초인적인 기록을 세운 적도 있다. 지옥행군 9일째 헬기로 고공 침투 작전훈련에 돌입하면 고도 7천 피트 상공에서 시속 15노트의 강풍 속으로 뛰어내리기도 한다.

몸이 물체처럼 하강하면서 낙하산이 펴지면 바람은 면도날처럼 얼굴을 그어대고 대원들은 마치 한 장의 휴지처럼 강풍 속을 날아 낙하지점에 착륙한다. 혹한과의 투쟁은 늘 집중력을 잃은 상태에서 자신과의 무한투쟁이 계속된다. 지니는 어쩌면 나와 홍순이가 겪은 지옥훈련의 고통을 눈곱만큼도 이해하지 못할 것이다. 하지만 내가 만화 속의 여전사 니샤로만 상상하고 있던 지니의 북한 친모 홍순이는 그 당시 이미 소녀가 아니었다. 홍순이는 중앙당이 목표로 정해준 김일성종합대학에 합격할 수 있는 뛰어난 예비시험 성적을 거두었지만 전략적 변경에 의해 평양외국어대에 입학했다. 물론 그 동안의 체력 훈련목표도 통과하면서 중앙당에서 손꼽히는 최우수 훈련생 대열에 선다. 홍순이는 자신도 놀랄 만큼 변신에 성공한 것이다.

16

　최근 들어 지니와 나의 대화는 홍순이와 관련된 주제가 대부분을 차지했다. 우리 둘 사이에는 다른 얘기가 잠시도 끼어들 여지가 없었다. 홍순이의 평양초대소의 생활 하루하루는 모두 피를 말리는 고통의 연속이었지만 우리들이 순이를 얼마나 이해하고 공감할 수 있었는지는 의문이었다. 하지만 순이의 얘기만 나오면 감수성이 깊은 지니는 나보다 훨씬 더 울고 더 웃고 더 괴로워하며 마음의 상처를 받았다. 순이의 월봉산 산악도보훈련 얘기를 읽었을 때 지니는 뉴욕시 퀸즈의 잭슨하이츠로 출장을 갔다가 귀갓길에 교통편을 이용하지 않고 몇 시간을 걸어서 밤늦게 돌아온 적이 있었다. 지니는 녹초가 되어 돌아와 이렇게 말한 적이 있다.

　"우리 맘은 20킬로그램의 중무장을 갖추고 해발 천 미터나 되는 월봉산을 주파했는데 나는 고작 평탄한 아스팔트길을 걸었을 뿐인데 이렇게 파김치가 되어버리다니. 듄, 난 엄마에 비하면 발뒤꿈치도 못 따라가는 허약한 딸이라는 것을 실감하고 크게 실망했어."

　지니가 어머니의 심경을 느껴보려는 마음은 애틋하기만 했다. 순이는 지니와 살아온 환경이 달랐고, 순이에게는 최악의 조건에서 생존이라는 절박한 현실과 맞서야 했기 때문에 그런 시련을 극복할 수 있는 힘과 의지가 더 컸을 것이다. 순이의 3년에 걸친 훈련성과를 조사하기 위해 나온 중앙당 감사반 간부들은 학업성적과 개인 체력훈련 기록을 검토한 결과 최우수 판정을 내린다. 순이는 그 동안 평양초대소를 거쳐 간 선배 언니들의 성적을 거의 1년 앞당긴 성과를 거둔 것이다.

'훈련기간보다 더 중요한 것은 넌 이제 소녀가 아니라 여자가 되었고, 아마추어가 아니라 프로가 되었다는 점이다.'

허난옥은 순이를 끌어안고 눈물을 흘렸다.

"넌 이제부터 중앙당 해외정보국이 의뢰한 군사훈련소로 전출된다."

순이는 그 말을 듣고 크게 놀란다. 지금까지도 거의 군사훈련에 버금가는 혹독한 훈련을 받아왔는데 또 다른 군사훈련을 받아야 하다니. 당시 순이는 중앙당의 요청에 따라 김일성대학 대신 평양외대에 재학 중이었다. 아직 대학도 졸업하지 못한 상황에서 타지 전출은 놀라운 일이었다. 그러나 순이는 중앙당의 명령에 복종해야 한다. 순이의 다음 단계 군사훈련은 군단 산하의 특수 정보요원 훈련소다. 북한의 인민무력부는 한국의 국방부와 같은 군사행정기관이지만 북한에서는 당과 군사를 모두 통솔 지휘한다는 점이 달라서 산하 기관에는 순이가 소속된 해외정보국이라는 비밀부서가 따로 있었다. 나는 군 생활 중에도 국방부의 각종 행정기관 명칭이나 군사령부 산하의 소속부대 명칭에 대한 숙지가 서툴렀다. 그래서 특수부대 명칭이 나오면 어느 군단이나 사단 소속인지 잘 몰랐다. 순이 역시 중앙당의 해외정보국이니 어느 부서의 예하부니 하는 말도 헷갈렸던 것 같았다. 아마 세계 각국의 사정도 마찬가지지만 특수부대는 어디서나 훈련목표가 똑같다.

북한군의 군 정보기관도 한국군의 정보사령부처럼 특수 정보원들로부터 군사비밀의 동향과 정보를 보고받는다. 때때로 군사적으로 예민한 사안이 발생하면 군 정보조직의 작전조를 직접 현장에 파견하여 확인을 거쳐서 정확한 정보를 분석 평가한다. 북한의 대남방송이나 대남심리전도 그 부서가 책임을 지고 있다.

북한의 해외정보국 예하부대는 군 경력이 많은 우수대원들을 확보하여 특수부대 훈련을 담당한다. 그들은 훈련이 시작되면서부터 3인조를 조직적으로 편성하고 조마다 당 세포 준조장의 직위와 함께 정치군관이 투입되어 함께 훈련하면서 요원들의 개인생활을 지도 통제한다. 순이도 3인조 세부 조직에 편성되었고, 초대소의 훈련이 종료되면서 중앙당의 임무 귀대 지시가 떨어질 때까지 기다려야 했다. 순이는 앞으로 3년 동안 외출은 물론 자유이동이 엄격히 금지되었다. 비밀 훈련요원들은 섬처럼 외부와 단절되고 고립되어 살기 때문에 친구는 물론 대화 상대도 없다.

'나는 결국 고립된 섬에서 나 자신과 친해질 수밖에 없었습니다. 처음에는 내가 하나인줄 알았지만 내 안에도 내가 모르는 수많은 낯선 타인들이 함께 살고 있다는 것을 깨달았습니다. 그 가운데 나와 항상 맞서는 아이가 하나 있었습니다. 내가 엄마가 보고 싶어서 울고 있을 때 그런 나를 감상적이라고 손가락질하고 있는 나, 내가 월봉산 정상에 제한시간 안에 등정하고 감격의 눈물을 흘리고 있을 때 그런 나를 비웃는 나, 내가 이불 속에서 성호를 긋고 하느님께 기도드릴 때 그 아이는 내게 험악한 표정을 지으며 당장 그만두라고 외쳤습니다. 내 말과 생각과 행동을 사사건건 비판하고 통제하는 그 아이를 어떻게 처리해야 할 것인지. 나는 모릅니다. 내가 내 안에 있는 원수를 죽이고 살 수 있을까? 내가 어떻게 그런 아이와 말을 섞고 친해져야 한단 말인가. 하지만 3년에 걸친 시련과 갈등 끝에 나는 그 아이와 소통할 수 있게 되었습니다. 친구가 된 것이 아니라 소통이 되어 서로가 서로를 이해하게 된 것입니다. 그 후부터 나는 외롭지 않았습니다. 나는 내 안에서 나와는 아주 다른 친구를 늘 만나고 있기 때문입니다. 나는 그 애 이름을 명이로 지어주었습니다. 명이는 개성여고에서 나와 늘 전교 수석을 다투던 친구의 이름입니다.'

"듄, 그건 야브가 침묵수행을 하면서 깨달았던 거 아니었어? 내 속에 다른 내가 있고, 묻는 나와 대답하는 내가 따로 있다는 거."

나는 지니의 말에 고개를 끄덕였을 뿐이다. 그 말로 미루어보면 순이의 평양초대소 생활은 수도원의 침묵수행의 경지였다는 것을 짐작할 수 있는 대목이다. 나는 순이가 3년 동안 사귄 친구가 늘 마음속에 함께 있는 한 결코 외롭지 않을 것이라고 생각해본다. 우리는 늘 남과는 많은 대화를 나누지만 자기 자신과의 대화에는 참으로 인색하다. 나는 진정한 친구가 없어서 외롭다고 말하면서도 내 안에 있는 나를 친구로 삼을 생각을 하지 못한다. 나는 지니에게 적어도 북한의 순이에게는 이불 속에서 늘 기도로 대화를 나누고 있는 하느님이 있고, 평양초대소 이후에는 평생 헤어질 수 없는 진정한 친구를 얻었으니 우리보다 결코 외롭지 않을 것이라고 말해주었다. 지니는 내 말의 뜻을 깨닫고 있었다.

"듄의 친구는 어때. 마음이 좁쌀만 해, 아니면 에게 해처럼 넓어?"

　지니는 어느새 커피를 타서 내게 한 잔을 건네준다. 그녀는 에게 해가 늘 입에 붙었다. 에게 해는 그리스와 소아시아 반도 크레타 섬에 둘러싸인 동지중해역으로, 내해에는 4백여 개의 작은 섬들이 별처럼 흩어져 있다. 섬사람들은 대부분 고기잡이를 하면서 맨발로 산다. 해역 중심에 있는 키클라데스 제도의 남쪽 산토리 섬 정상의 흰 사탑은 지니가 마음속에 담아두고 있는 꿈의 바다이다. 지니에게 바다는 에게 해밖에 없다. 지니가 에게 해를 들먹일 때마다 나 역시 가본 적도 없는 태평양의 타이티 섬을 떠올린다. 내가 평생 갈 수 없는 섬이라고 생각되는 섬이 타이티인 것처럼 지니도 평생 갈 수 없다고 여기는 바다가 에게 해였다. 사람들은 누구나 가보고 싶어도 감히 갈 수 없는 먼 이상향을 가슴 속에 하나씩 품고 산다. 나에게 어머니가 갈 수 없는 그리운 섬인 것처럼 지니 역시 어머니는 에게 해처럼 마음속에만 존재하는 그리움이었다. 나는 지니에게 내 마음속의 친구는 에게 해처럼 아름답고 넓지만 지금은 지니가 친구 역할을 대신해주고 있어서 자주 만날 수 없다고 말해주었다.

　내가 알기로 북한의 홍순이는 명이 말고도 말벗이 한 사람 더 있다. 그 분은 개성 어머니다. 순이는 무슨 일이 있을 때마다 어머니와 상담을 한다. 잠들기 전에 하느님께 기도한 후에는 곧바로 어머니에게 하루 일과를 보고하고 슬픈 일 기쁜 일들을 서로 속삭인다. ‘어머니, 공화국이 매달 집으로 송금하던 제 지원금이 다음 달부터는 1백 원에서 1백50원으로 인상된대요. 그 말을 들으니 제 마음이 한결 편해졌어요.’ 순이는 그런 식으로 어머니와 늘 대화를 나누곤 했다. 그 정도는 노동당 책임부부장의 월급수준에 해당되는 액수이고 일반주민들이 받는 50여 원의 월급기준으로는 무려 3배나 많다. 어린 나이에 무슨 재주로 그런 큰돈을 벌어 엄마에게 보내줄 수 있을까. 순이의 마음은 뿌듯하기만 하다. 중앙당이 초대소 훈련을 우수한 성적으로 끝낸 홍순이에게 내려준 보상이었다.

어느 날 아침 초대소 앞에는 러시아제 우와즈 지프 한 대가 대기하고 있다. 순이가 허난옥과 작별하고 나오자 순이를 인계한 사람은 중앙당 해외정보국에서 나온 여성 군관 소위였다. 순이의 다음 행선지는 특수부대 군사훈련소가 있는 평남 어파리였다. 낮은 산자락 밑에 슬레이트 지붕의 작은 집 몇 채가 띄엄띄엄 있을 뿐, 겉으로는 평온한 시골이다. 그 중에 순이가 머물 작은 관사가 따로 있다. 거기도 순이의 침식을 보살펴줄 담당 관리인 한 명과 동거해야 한다. 겉으로는 낡은 시골집이지만 내실에는 마루며 응접실과 화장실, 욕실 등 내부 인테리어들이 고급 수입자재품으로만 지은 호화주택이다. 숙소에는 지도원 동무가 따로 없고 관리인 여자와 단 둘이다. 용광온천으로 유명한 남포 출신이라는 관리인은 어파리 훈련소 소속 전문 요리사지만 사실상 순이의 감독관 역할도 겸한다.

다음날 순이가 군관 소위와 함께 찾아간 곳은 훈련원 본부였다. 숙소에서 낮은 산 하나를 넘으면 산중턱에는 각종시설을 갖춘 훈련소가 있다. 훈련원 작전실에는 두 남자가 앉아있었다. 그 중의 한 남자가 놀랍게도 리병두였다. 두 사람은 눈이 마주치자 소스라치게 놀란다. 리병두 역시 순이가 나타날 줄 몰랐다. 리병두는 얼굴이 그을려 검고 야위었다. 그 역시 오랜 훈련을 받은 탓인지 훨씬 강인한 남자로 변해 있었다. 또 한 명의 남자는 30대 초반의 전중혁 중위다. 첫눈에 장교 출신이라는 것을 알 수 있을 만큼 까무잡잡한 얼굴과 호두껍질처럼 단단한 체격과 서늘한 눈빛이 예사롭지 않다. 잠시 후에 훈련담당 신봉수 소좌(소령)가 들어왔다. 그는 작은 키에 다부진 체격의 40대 중반이다.

"내가 책임조장이며 준조장인 전중혁 중위가 정치군관으로 전 훈련과정을 지휘통제하게 된다. 너희들은 이곳 훈련을 통과한 후에 해외 파견근무가 시작된다. 너희들은 주어진 임무를 완수하고 귀대 할 때까지 목숨을 함께 나눌 3인조 혈맹 동지다. 훈련은 계획에 따라 내일부터 실시한다."

신 소좌의 담화가 끝난 후에 세 사람은 서로 악수를 나눈다. 순이와 리병두는 그토록 오랫동안 떨어져 살았지만 단 5분 동안도 다시 만난 기쁨과 감회를 나눌 수 있는 기회와 시간이 없었다. 두 사람은 서로 놀라움과 반가움의 눈길을 한 번 교환한 것으로 오랜 그리움을 대신해야 했다.

　지금 세계는 겉으로는 평화를 유지하고 있는 것처럼 보이지만 모든 나라들이 가상의 적국을 설정하고 보이지 않는 국지전과 전면전을 계속하고 있다. 그 배경에는 첩보전도 진행 중이며 신무기 개발경쟁도 치열하다. 잘 알려진 대로 미국 제너럴 아토믹스는 중고도 장기 체공기 프레디터 무인전투기를 개발했는데, 죽음의 신 리퍼로 불리는 신형 무인항공기는 수천 미터 떨어진 미국 네바다 크리치 공군기지에서 컴퓨터 자판과 조이스틱으로 게임기처럼 전쟁수행이 가능하다. 지금은 스텔스 무인항공기가 적국의 방공망을 뚫고 지상의 표적을 손바닥처럼 주시하고 있다. 각국의 전략사령부는 전쟁을 시뮬레이션 게임처럼 조작할 수도 있다.

　하지만 홍순이가 어파리에서 특수 전술훈련을 받던 그 시절에는 만화영화의 샤니 같은 특수부대의 여전사가 활약하던 시절이었다. 내가 현대전은 보병들이 각개전투를 하던 시대가 끝났고 특수부대의 비밀요원들이 전쟁을 수행하는 시대는 지났다고 말했더니 지니는 고개를 절레절레 흔들며 반대의사를 나타냈다.

　"하지만 팔레스타인의 무장세력 간부들이 이스라엘 모사드 비밀 여전사들에게 호텔에서 한 방에 당한 거 몰라서 그래? 그런 개인 테러공격을 항공모함이나 무인항공기로 해낼 수 있다고 생각해?"

지니는 고전적인 스타일의 전쟁방식도 현대전에 여전히 유효하다고 주장한다. 하긴 적진에 침투해서 가장 먼저 승리의 깃발을 꽂는 것은 해병들이지 미사일이나 무인항공기가 아닌 것처럼 전쟁의 승패를 좌우하는 디딤돌은 첩보요원들이 그 초석을 다진다. 나는 지니의 해박한 군사지식에 할 말을 잃었다. 제임스 본드 시리즈가 고전 첩보영화라면 세계적인 첩보 스릴러 작가 프레드릭 프사이드의 '오데사 파일' '자칼의 날'이나 혹은 '아프간'도 테러를 저지하기 위해 목숨을 건 주인공 마이크 마틴의 활약을 숨 막히게 그린 첩보소설이다. 전쟁은 정보전이 승패의 열쇠를 쥐고 있고, 정보는 첩보요원들의 목숨을 건 적진침투 작전에서 나온다.

홍순이는 어파리 특수부대에서 어떤 군사훈련을 받았는지에 관해서는 자세한 내용을 언급하지 않았다. 가령 1분에 8발 발사하는 백 미터 거리속사 훈련의 90퍼센트 표적 명중률이나 좌우측 15도 방향에서 뛰는 표적을 2백 미터 전방에서 조준할 때의 순간사격 자세와 호흡 집중력 반사훈련, 어둠 속에서 신속 정확하게 총기를 분해 조립하는 정밀 훈련 같은 사소한 훈련들 말이다. 그리고 순이가 왜 그 당시 유명했던 벨기에제 브라우닝과 마카로프와 토카레프 권총의 조작법을 숙달해야 하는지, 왜 태권도 발차기 공격과 벽돌 타격과 격투 시 단도 사용법과 각종 낙법 및 급소공격. 그런 무술은 기본 동작에서 대형동작까지 1대 10까지 격투훈련이 실전처럼 병행되었다는 것도 생략했다.

순이가 평양초대소에서 거쳤던 산악 도보훈련도 어파리에서 다시 시작되었다. 모래배낭 25킬로그램을 매고 토요일 새벽에 출발해서 일요일 새벽까지 24시간의 강행군이다. 내가 받던 해병대 지옥훈련에 해당되는 행군이다. 순이는 행군 도중에 실신하면 지도원이 포도당 주사를 놓고 계속 강행시켰다고 써놓고 있다. 밤에는 쉴 틈 없이 주체사상과 혁명사상의 관련 자료를 숙지 암송했고, 격술영화 관람시간도 있었다. 모두들 꾸벅꾸벅 졸면서도 과정을 거친다. 졸음도 훈련이다. 그런 하루가 사계절 계속되면서 전중혁, 리병두, 홍순이 3인조의 고강도 훈련은 빠른 진척을 보였다. 그런 만큼 동지애도 강한 결속이 이루어지면서 셋의 목숨은 하나가 되었다.

만화의 니샤가 예쁘고 똑똑하고 빠른 여전사였던 것처럼 순이 역시 니샤 못지않게 뛰어난 비밀요원이었다는 것이 홍순이의 일방적인 고백이었다. 나는 파일을 읽는 동안 만화가가 니샤를 통해 그린 가상의 현실 속에 빠져들 수 있었다. 아니다. 더 정확하게 말하면 나는 순이의 과거 속에 침몰 당했다고 말해야 옳았다. 나는 지니를 보면서 홍 소위를 떠올릴 때마다 세상의 모든 딸들은 미래의 가장 확실한 엄마의 아바타라는 생각이 들기도 했다.

"하지만 듄, 우리 맘은 만화 속의 가공인물이 아니라 실재했던 여전사였어. 그 여전사는 지금 할머니가 되었지만 우리 맘이 북한 땅 어딘가에 살아있다는 것은 맘의 숨결과 내 숨결이 지구의 대기권 속에 함께 섞여있다는 뜻이기도 해. 우리는 동시에 지구라는 한 어항에서 숨 쉬고 있는 거나 다름없어. 무슨 말인지 듄은 알고 있지?"

"잘 알고 있어."

나는 지니의 말을 무조건 인정해준다. 지니는 현실이 소설이나 만화처럼 결코 단순치 않다는 점을 일깨워준다. 나는 가끔씩 상상력의 과잉 탓인지 신문에 난 한 줄의 기사나 혹은 사람들에게 들은 신기한 말 한 마디에 공상의 색깔을 덕지덕지 덧칠해보고 혼자 상상력을 즐기는 경향이 있다. 그게 좋은 습관인지 나쁜 버릇인지 잘 모른다. 하지만 그 버릇을 버리고 싶은 마음이 없다. 나는 지니와 미래의 과학을 얘기하기도 하지만 중동의 팔레스타인 강경파들을 추적하는 이스라엘 정보부 모사드 소속 키돈(단검) 요원들의 무용담도 함께 나누고 있다.

1차 대전 때 전설적인 첩보요원이었던 마타하리의 얘기도 예외는 아니다. 검고 긴 머리, 올리브 빛깔의 살갗과 깊고 그윽한 갈색 눈에 뇌쇄적인 매력을 가진 네덜란드 레이든대학 출신의 이혼녀 마타하리. 파리 몽마르트르의 나이트클럽 물랭루즈의 댄서로 사교계의 여왕으로 군림하던 그녀는 프랑스군 극비정보를 독일군에 빼돌린 혐의로 전격 체포되어 사형선고를 받고 파리 교외의 반센느 강변에서 총살형을 받았다. 당시 마타하리는 마흔한 살이었다. 지니는 그때 우리 마미와 같은 또래였어…하고 혼잣말처럼 중얼거렸다. 1999년에 공개된 영국의 제1차 세계대전 관련보고서는 당시 마타하리가 프랑스군 정보를 독일군에 빼돌렸다는 그 어떤 기록도 없었다고 발표했다. 역사의 진실은 기록으로 남는 것이 아니라 당사자의 가슴 속에 영원히 묻어둘 뿐이다. 그 사실이 진실이든 아니든 세월은 흐르고 역사는 에피소드를 남긴다. 그뿐이다.

마침내 순이는 3년의 공식적인 군사훈련 목표를 2년에 앞당겨 마치고 출동명령을 기다린다. 삼인조는 중앙당의 소환을 받고 평양에 도착해서 특수훈련 공훈표창을 받고, 준조장 전중혁은 중위에서 상위로 리병두와 홍순이는 각기 소위로 임명받아 해외정보국 특수 첩보부대 정식 장교로 임명된다.

삼인조는 애초 이란이나 쿠바의 해외공관에 갈 예정이 바뀌어 갑자기 독말풀작전에 투입된다. 행선지는 남조선 서울이다. 홍순이가 가장 우려했던 일이었지만 미리 알았더라도 피할 방법은 없다. 해외정보국의 입장에서는 남조선 역시 주요 해외 작전지역 중의 하나다. 작전 D데이가 카운트다운 되면 홍순이는 일본을 거쳐 서울로 침투하고, 전중혁과 리병두는 그 시기에 맞춰 동해지역 비밀 침투로를 통해 휴전선을 돌파, 서울에서 순이와 합류하게 된다. 그들은 서울에 도착하는 즉시 중앙당 대남 공작조직 서울 총책의 현장지휘를 받게 된다.

순이가 브리핑을 받은 독말풀작전은 1년간 일본의 장기 체류일정을 거쳐 서울에 침투한 후에도 거의 2년 후에나 사용될 최장기 작전이다. 독말풀작전은 남조선 군사당국이 최첨단 나노과학연구소와 합작 제휴로 개발 중인 초음파 첨단 무기의 제작기술 설계도를 탈취입수하고 그와 관련된 인적 물적 대상을 완전 파괴한 후에 귀대하는 대형 프로젝트여서 작전은 시작되었지만 작전완료 시점은 불분명했다. 나노과학은 지니의 바이오테크놀로지 생명공학연구소에서 연구하고 있는 나노 소재 물질을 말한다. 지니는 나노 소재에 관련된 첨단과학의 연구 분야에 상당한 지식을 축적하고 있는 전문 연구가다. 물론 나노의 기술 분야가 무기가 아닌 바이오 생명공학이라는 점만 다를 뿐이다. 나는 지니로부터 나노 관련 무기개발 얘기를 자세히 들었다.

"비파의 날카로운 선율이 유리잔을 깨다……."

지니는 나노 얘기를 시작하면서 엉뚱하게도 비파를 화두로 꺼냈다. 그 말은 옛 중국의 무술영화에 등장하는 대사 중의 한 마디였다. 사람이 귀로 들을 수 있는 가청 능력은 20

헤르츠부터 2만 헤르츠 사이가 한계지만 비파는 초당 4천만 헤르츠로 무려 17옥타브나 높은 고주파를 낸다. 고대 중국문명에는 그런 고주파를 내는 비파의 제작비법이 문헌으로 전해지고 있다. 비파에서 나오는 높은 에너지 파장으로 음악을 들으면 사람은 두뇌의 청각 중추기관인 뉴런과 혈관이 파열되고 뇌출혈을 일으킨다. 지구상의 모든 동식물들은 태양빛이 내뿜는 고작 5%의 에너지 파장을 받아 살고 있다. 따라서 그런 고주파는 생명체를 파괴시키고도 남는다.

미국 코넬대학에서 처음 고주파를 군사무기로 만들 수 있다는 아이디어가 나오면서 강대국들은 무기개발 경쟁에 뛰어들기 시작했다. 지금 초음파는 핵무기 이후의 차세대 비밀병기가 되었다. 초음파가 군사무기로 등장하는 순간 그 이론을 처음 발표한 코넬대학 나노연구소는 세계적인 주목을 받기 시작했다. 그 무렵 코넬대학 나노연구위원이었던 이동후 박사는 대학을 휴직하고 한국으로 귀국한다.

"듄, 초음파를 울트라소닉 웨이브(Ultrasornic-Wave)라고 하는데 혹시 전에 그 말을 들어본 적이 있어?"

나는 초음파가 의학용 기구라는 것은 알고 있었지만 그 방면에는 무식한 편이다. 미국 육군은 초음파 무기개발에 선두주자로 나선다. 초음파 무기는 압축된 휴대용 미사일처럼 조용히 적진으로 날아가 대규모병력을 순식간에 무력화시키는 위력을 발휘한다. 폭탄이 날아가는 것이 아니라 소리의 파장이 이동한다. 최근 들어 바다에서 돌고래와 상어가 떼죽음을 당하고 있는 것은 초음파 무기개발을 위해 미 해군이 바다 속에서 공명 주파수 파장원리 실험을 하기 때문이라는 것이 밝혀졌다.

예를 들면 아름다운 음률로 사람의 마음을 사로잡는 기타의 연주음 주파수는 초당 2만 사이클. 만일 나노로 기타의 현을 만들면 굵기가 50나노미터(2천만 분의 1미터)로 극소화된다. 그런 기타로 연주하면 초당 4천만 사이클의 주파수가 발생하고, 그 음역은 인간의 가청능력보다 무려 17옥타브라는 극고주파로 바뀐다. 이런 초음파를 대량파괴 목표인식 추적 스마트 폰에 장착해서 발사하면 현대의 핵폭탄이나 전술무기는 무용지물이 되는 엄청난 위력을 발휘할 수 있게 된다.

나는 지니의 말을 논리적으로 이해하고 있었지만 실제로 기타 줄이 2천만 분의 1로 극소화될 수 있는 것인지, 실제로 그런 기타에서 파괴력을 지닌 음파가 나올 수 있는지는 알 수가 없었다. 하지만 나노 소재의 물질에 해박한 지식을 갖고 있는 지니는 나노무기가 개발되면 그 위력이 얼마나 큰가를 거의 실감하고 있었다.

"이제 세상은 성서의 요한 계시록에 나오는 일곱 천사의 나팔소리가 등장할 차례가 될 거야."

지니는 자못 심각해진 표정으로 나를 바라본다. 성서의 나팔소리는 고주파로 연주되는 무기라는 뜻으로 빛과 레이저와 전자, 쿼크, 소립자, 중성자 등 모든 에너지들의 파장이 합쳐서 소리로 전달되는 무기를 말한다. 일곱 천사의 나팔소리는 초음파 무기를 뜻하고 그 파괴력은 지구 문명의 3분의 1을 파괴시키는 가공할 만한 위력을 발휘할 것이라는 것이 성서의 예언이다. 바로 그 무기를 뜻하는 성서의 일곱 나팔소리는 인류의 마지막 아마겟돈 전쟁이 될 수도 있다.

그러나 성서가 아무리 그런 무서운 무기의 출현을 예고해도 인간의 기술문명은 멈추지 않는다. 바늘무게밖에 안 되는 반물질 폭탄이 대도시를 순식간에 날려버릴 수 있는 파괴력은 전쟁무기로만 전용되지 않을 수도 있기 때문이다. 혹시 전쟁에서 핵미사일을 동원한다 해도 나노무기로 대응하면 미사일 발사대 자체가 강력한 에너지를 받아 발사자체가 불가능해지거나 발사를 하더라도 핵탄두는 방향감각을 잃고 발사체로 역주행하는 상황이 발생할 수도 있다. 나는 그 순간 총 대신 나노로 만든 기타를 매고 출전하는 특공대의 모습을 상상하면서 웃음이 터져 나왔다.

"듄, 나노기술이 발전할수록 우리 바이오테크놀로지 연구의 목표는 무한질주를 시작하는 거야. 인간의 세포와 나노물질이 융합되는 신인류의 시대가 지금보다 훨씬 빠른 속도로 앞당겨지기 때문이지."

"세상이 만화천국으로 바뀌는 기분이군."

"어차피 지금도 세상은 만화천국이잖아?"

나는 그 말을 들으면 인간 세상이 로봇의 세상으로 바뀌는 인류문명의 전환기가 될 것 같아서 기분이 썩 좋지 않았다. 이제 우리는 여기서 왜 북한의 중앙당 해외정보국이 가장 우수한 정보요원들을 독말풀작전에 투입했는지 알 수가 있다. 그들이 노리는 작전은 남조선의 나노 군사무기화를 괴멸시키는 것이 목표다. n은 나노를 의미하는 나노스(Nanos)의 영어 첫 이니셜이다. 나노는 난장이라는 고대 그리스어 나노스에서 나온 말로 난장이처럼 작다는 뜻. 따라서 독말풀 작전은 나노로 압축된 고주파 미사일 휴대폭탄의 연구기술원전을 탈취 파괴하는 작전이다.

"우리 삼인조는 공화국의 명예를 걸고 이번 작전을 반드시 성공하고 무사히 귀대할 것입니다."

전중혁 상위는 세 사람을 대표하여 중앙당에 충성을 맹서하고 물러나왔다. 그들은 독말풀이 무슨 작전인줄도 모르고 작전에 성공하고 귀대하겠다고 맹서했다. 그들은 임무만 맡겨주면 어떤 일이든 목숨을 걸고 해내는 인간로봇 같은 특공대다. 삼인조에게는 작전에 투입되기 전에 그 동안의 노고를 치하하고 위로하기 위하여 2박3일의 고향방문 특전이 주어진다. 그들은 휴가 동안 다른 곳은 갈 수 없고, 오직 은밀히 친가만 방문해야 하고 가족을 만난 후에는 즉시 귀대해야 한다.

18

나는 지니를 만난 후, 내 생애에도 예기치 못했던 교묘한 운명 하나가 감추어져 있다가 이제야 그 모습을 드러내고 있다는 것을 깨달았다. 하긴 그런 일들은 비단 나에게만 해당되는 일은 아니다. 그것은 마치 평범한 갯벌에서 우연히 주은 조개 속에서 진주를 발견한 행운이라고 할까. 사람들은 그런 일을 당하면 너무 황홀해서 그 행운이 왜 내게 닥쳤는지 깊이 생각해보려고 하지 않는다.

우리는 늘 지난 잘못을 끊임없이 반성하면서 살아야 하듯이 갑자기 닥친 행운도 진지하게 검토하고 성찰하는 버릇을 길러야 한다. 행운을 성찰하지 못한 사람은 비운의 역풍을 맞을 수도 있기 때문이다. 누구나 과거를 되돌아보면 귀중한 기회를 허락해준 놀라운 인연들이 한 사람씩은 숨어있다. 그들은 마치 자신을 생애의 전환점으로 만들어 주기 위해 오래 전부터 거기서 기다리고 있던 것 같다. 내게도 그런 사람이 있었다.

지금은 돌아가신 중학교 때의 은사다. 넌 어차피 글을 쓰고 살아야 할 팔자를 타고 났구나. 젊어서는 신문기자가 되어 두루두루 세상경험을 하다가 나이가 지긋해지면 글을 쓰고 살아라. 무심히 내 귓가에 스친 말 중에서 신문기자라는 말만 귀에 쏙 들어왔다. 신문기자는 내 적성과 능력에 잘 어울리는 직업이었다. 은사님은 몇 해 전에 지병으로 돌아가셨지만 스승님의 직관적인 말 한 마디는 나를 신문기자로 만드는 결정적인 계기가 되었다. 당시는 취직문제만 커보였지만 중견기자가 된 지금 나는 은사님의 말대로 글을 쓰고 싶은 욕망의 발톱이 슬금슬금 커지고 있다. 물론 내가 지긋한 나이가 되었는지는 아직 잘 모르겠지만.

뉴욕특파원 생활은 나를 감성적인 문학 쪽으로 더욱 기울어지게 만들었다. 아직 세상경험을 두루두루 거친 것은 아니지만 지니는 나의 문학적 열정을 점화시키는 촉매제가 되어주었다. 나는 미리 작정한 것도 아닌데 기자생활은 할 만큼 했으니 뉴욕특파원을 끝으로 기자생활을 접고 집필생활을 시작할 것이라고 지니에게 불쑥 말하고 말았다. 게다가 뉴욕은 세계 도처에서 밀려온 인간 군상들이 북적거리는 철새의 도래지 같은 곳이어서 내 머릿속에는 온갖 소설의 플롯들이 계속 발돋움을 하기 시작했다. 내가 쓰지 않는 한 그것들은 출구가 없다. 도대체 뭘 주저하는 거야. 메모해두라고 메모를. 지금 놀라운 일들도 잠시 시간이 지나면 검은 쓰레기봉투 속으로 폐기되어 버린다.

뉴욕의 지하철을 타면 세계의 인종전시장이라고 할 만큼 온갖 인종들이 뒤얽혀 있음을 볼 수 있다. 피부색깔도 헤어스타일도 넥타이 차림도 제 각각이지만 앞가슴을 거의 다 드러낸 여자들의 패션스타일도 제멋대로다. 좌석에서 남녀가 무리한 스킨십을 해도 사람들은 거들떠보지 않고, 레게머리의 흑인들이 아프리카 전통 북을 들고 들어와서 지하철 안을 타악기로 들쑤셔도 사람들은 무심하다. 늙은 금발의 여자가 바이올린 즉석공연을 하고 모자를 돌리지만 팁을 던지는 사람은 별로 없다. 서울 지하철에서는 상상도 할 수 없는 일들이 뉴욕에서는 수없이 일어나고 있다.

그 모든 것들이 내게 창작의 욕구를 자꾸 들쑤셔놓는다. 삭막한 맨해튼 고층빌딩의 짙은 그늘 속에서 지니를 만나게 된 것은 애리조나의 황막한 사막에서 이슬을 머금은 꽃 한 송이를 발견한 것과 무엇이 다른가. 갑자기 시집에서 읽은 '노루귀 꽃'이라는 시 한 구절이 떠올랐다. '어떻게 여기 와 피어 있느냐. 산을 지나 들을 지나 이 후미진 골짝…지친 걸음걸음 멈추어 서서 더는 떠돌지 말라고 내 눈에 놀란 듯 피어난 꽃아' (김형영의 시) 나를 놀라게 한 노루귀 꽃의 여자, 그 여자가 바로 지니였다. 지니는 나에게 더 이상 세상을 떠돌지 말라고 충고한다.

지니가 말하는 세상이란 사랑이다. 남자에게 세상이란 여자를 따라 흐르는 뗏목여행과 같다. 남자는 여자를 선택해서 운명의 뗏목에 태운다고 생각하지만 얼마쯤 세월이 흐르다 보면 그 뗏목은 여자가 노를 젓고 있고, 남자는 여자가 젓는 운명의 물길에 따라 흐르고 있다는 것을 깨닫는다. 처음에 여자들은 남자를 자신이 살아갈 미래의 텃밭으로 선택하지만 세월이 흐르고 자녀들과 가족을 이루면서 여자는 어느덧 자기 텃밭에 낯선 남자가 얹혀살고 있다는 것을 깨닫는다. 그때서야 남자들도 자신이 어느덧 아내의 모태로 회귀 당했다는 사실을 깨닫는다. 지니는 나에게 더 이상 기댈 사랑을 찾을 수 없다는 것을 알았다면 더 이상 방황하지 말고 자기의 닭장에 정착하기를 원하고 있었다.

"오늘 혜화동 할머니의 호출을 받았어. 손녀딸이 보고 싶어서 눈에 뾰루지가 났다고 말씀하시더군. 할머니는 중국 연락책과 통화가 급진전되면서 무척 고무된 탓인지 나한테 여러 계획을 말씀하시면서 휴가를 내서 빨리 한국에 다녀가라는 거야."

"언제쯤 갈 건데."

"아무래도 다음 주말쯤?"

지니는 할머니 말에 절대복종이다. 천신만고 끝에 찾은 단 하나 밖에 없는 혈육인데다가 병중에 있는 할머니가 지니에게는 너무 소중한 가족이다. 앞으로 얼마나 더 살까 두렵고, 뒤늦게 만난 손녀가 외로운 할머니를 곁에서 돌보지 못하는 자책감도 있다. 특히 지난번에 처음 한국에 다녀온 후로 지니는 틈만 나면 어떻게든 휴가를 내려고 무척 애를 쓰지만 사정이 여의치 않다. 특히 혜화동 할머니의 홈닥터 오 박사가 할머니의 지병은 크게 호전될 기미는 보이지 않지만 그나마 현상유지가 되는 것만도 큰 다행이라는 말을 들은 후로는 더 걱정이다.

할머니가 앓고 있는 병은 당뇨와 고혈압과 관절염 등 노인성질환이지만 가장 무서운 것은 만성 폐쇄성 폐질환이다. 그 병은 유전적 원인에 오랜 흡연 탓이 크다. 마흔 살 이후부터 서서히 진행되어온 병은 단백질 분해효소가 폐 손상을 막지 못해 폐 기능이 크게 약화되어 완치가 불가능하다. 그래서 할머니는 폐암이나 심근경색의 위험도 커졌다. 서울에 가족이나 친척도 없는 할머니는 오직 도우미 아줌마에 의지해서 산다. 나는 한국으로 떠나는 지니를 공항까지 환송해주었다.

"할머니는 호흡도 불편해지고 우울증도 커졌어. 내가 할머니에게 힘이 되어드리지 못하는 것이 너무 안타까워. 할머니가 개성 이모할머니와 연락을 성사시키는데 온 힘을 쏟고 있는 모습이 너무 안쓰럽기도 하고……."

지니는 서울에 가서 할머니의 병 증세를 좀 더 정확히 체크하고 혜화동 집에는 풀타임 가정부를 고용하고 간호사 도우미나 전문 호스티스를 채용할 생각이라고 말했다. 요즘 북한은 국제적십자나 유엔기구 혹은 민간 협력단체들에게 비공식적인 북한방문을 허용하고 있기 때문에 그런 루트를 찾아볼 생각이었다. 미국 시민권을 가진 재미교포들 중에는 실제로 북한에 다녀온 사람도 있지만 그런 일은 워낙 비공식으로 은밀하게 이뤄지는 일이어서 루트를 정확한 찾기가 여간 어렵지 않았다.

지금 정덕귀 박사는 탈북자 관련 법률자문을 맡고 있는 베이징의 장 변호사가 중국의 현지 조선족 연락책 칭다오와 접촉하고, 그 연락책은 다시 북한지역에 드나드는 중국인 연락책과 접촉해서 비밀통로를 개설하고 있는 중이다. 그 방식과 과정이 너무 복잡하고 위험한데다가 자금도 만만치 않게 든다. 지니의 서울행 항공기 보딩까지 아직 시간이 좀 남아서 나는 공항 커피숍에서 지니와 북한의 순이가 일본에 밀입국하던 긴박한 얘기를 나눌 수 있었다.

순이가 평양에서 모든 절차와 수속을 마친 후에 원산으로 떠난 것은 그날 밤 10시. 홍순이를 원산까지 수행한 안내원은 중앙당에서 파견된 해외정보국 소속 현역 여성 특무상사였다. 그녀는 순이에게 소위 계급장을 단 군장복장을 갖춰주고, 특수공무여행증과 공민증, 위생증명서는 물론 급행열차 2등 침대권 발매까지 완벽하게 준비해준다. 위 상사는 신참 소위 순이를 호위하여 고위층 전용 출입구를 통해 플랫폼으로 빠져나간 후, 특별 칸으로 안내했다. 객실정원은 6명이고, 내부 인테리어는 외제로 장식되어 화려했지만 객실은 순이와 안내원 외에는 사용이 일체 금지되었다.

순이는 상의와 모자를 벗고 자리에 앉아 창밖을 바라본다. 평양역의 풍경은 볼수록 새삼 감개가 새롭다. 열차는 빠르게 달리면서 모란봉도 흘낏 뒤로 넘기고 대동강도 잠깐 사이에 건넌다. 어두운 차창 밖으로 지난날의 온갖 고통스러웠던 기억들이 머릿속을 스친다. 이제 평양에는 언제 다시 와볼 수 있을 것인지는 기약이 없다. 열차가 고지대인 양덕과 맹산을 지날 때는 숨이 찬 듯 몹시 헐떡거린다. 금세라도 멈출 것 같다. 잠시 졸면서 다시 눈을 뜨고 꿈인 듯 현실인 듯 헤매지만 마음은 우울하고 무기력증이 전신을 휩싼다.

열차는 다음날 아침 8시 경에 원산에 도착한다. 위 상사와 작별하고 원산역에 나가자 예정대로 검은 지프가 대기 중이다. 이번 안내원은 사복차림의 해외정보국 소속 파견부대 김 대위다. 그가 순이를 원산에서 일본까지 인도할 작전총책이다. 김 대위의 눈빛은 야생동물처럼 광채가 번쩍인다. 그간 많은 군관들을 만났지만 그는 첩보대의 다른 군관들보다 강하고 예리해 보인다. 첩보요원은 행동이 민첩하고 판단이 빠르며 예감과 상상력이 뛰어나야 상대를 제압할 수 있다.

"홍 소위는 상상력은 뛰어나지만 감상적인 구석이 흠이군."

그날 밤 원산 첩보대 군관숙소에서 김 대위가 한 말이다.

"하지만 그게 제 무기이기도 합니다."

"으하하, 그걸 알고 있어서 다행이다. 그걸 무기로 쓰면 TNT보다 무섭지만 아니라면 지뢰가 된다는 점을 잘 알아두게."

"명심하겠습니다."

"홍 소위는 대양호를 이용해 일본 니가타현 앞바다에 있는 아와시마 섬 현지의 요트동호회 회원자격으로 그들과 접선

위장 입국한다. 거기까지는 그들에게 맡겨도 된다. 출발날짜
는 일본해역에서 태풍주의보나 태풍경보가 발령되는 최악의
기상조건을 선택할 것이다. 지금부터 숙소에서 계속 출발 대
기한다."

　북한의 1천5백 톤급 화물여객선 대양호가 원산항을 출항
한 것은 그 해 6월13일 밤 10시. 대양호는 일본 혼슈 중북
부의 도시 니가타현에 이틀에 걸친 항해 끝에 6월15일 아침
에 도착하기로 예정되어 있다. 당시 일본과 북한 간에는 공
식 정기항로가 개설되지 않았지만 훗날 정식 항로가 열리기
전까지 대양호는 비공식적으로 원산과 니가타현을 왕복하면
서 화물과 물자 운송을 맡고 있었다. 북한의 원산에서는 주
로 철강, 금속, 아연 등 광물과 원자재가 선적되고, 일본 니
가타현에서는 농기구나 트랙터, 기계류 등이 선적된다. 승객
들은 극히 제한된 일부 재일조선동포연합회 고위층 간부나
혹은 일본정부 통상관료가 필요에 따라 은밀히 대양호를 이
용해서 북한에 드나들 뿐이다. 그날 6월13일 밤, 원산을 출
항하는 대양호는 선적을 마치자 선장과 기관실 선원을 제외
하고는 일체의 승객승선이 금지된다. 대양호가 출발하기 전
에 검은 승용차에서 내린 정체불명의 선원 4명이 서둘러 배
에 올라탄다. 대양호 승객은 모두 4명이다. 선실 객석은 50
여 석이지만 텅 비었다.

　"난지니 오끼루(몇 시 기상이지)?"

　앞쪽 특실의 홍 소위가 뒤쪽 특실을 향해 일본어로 묻는
다. 그 중 한 남자가 그녀에게 정중하게 말을 건넨다. 앞쪽
선실은 북조선 중앙당 대남공작조직 특수부대 선임소위 홍순
이, 다른 세 명의 남자는 북한해군 동해사령부 군단정찰대

소속요원들이다. 그들은 모두 20대 초반의 베테랑 상사와 하사 두 명이다. 해군 정찰대 요원들은 대양호를 중심으로 대일관련 첩보활동을 수행 중인 사복군인들이며 상부의 특명만 수행한다. 그들은 지금 북한에서 일본인 귀빈 미유리를 일본 해역의 니가타현 가까운 접선지역에서 안전하게 인도하라는 명령을 받았다. 홍순이는 대양호를 타는 순간 일본여자 미유리 쿠로사키가 되었다. 정찰대요원들도 순이를 모두 일본여자로만 알고 있다. 선실은 특실이었음에도 불구하고 침대와 의자만 달랑 놓여있고, 구식 낡은 선풍기가 툴툴거리며 더운 바람을 밀어내고 있다. 방안은 찜통처럼 덥다. 순이는 선실의 불을 끄고 스탠드 불을 켠 다음 선실 창을 열어 젖혔다.

"나도 비행기에 탑승하면 차창 밖으로 밤하늘의 별들을 지켜볼 거야. 어머니가 대양호 선실에서 바라보았던 그 별빛들을."

나와 지니는 아쉬움 때문인지 눈빛이 젖어 있다. 뉴욕 케네디공항에서 보딩 시간을 기다리는 동안 나는 지니와 잠시 동안이지만 이별의 아쉬움을 나누어야 했다.

"그럼, 듄, 나 없는 동안 뉴욕을 꽉 지키고 있어."

지니는 두 팔로 내 목을 꼭 끌어안고 작별인사를 대신했다. 나는 지니에게 손을 흔들어주고 출국심사대에서 지니의 뒷모습이 보이지 않을 때까지 그 자리에 멍청히 서 있었다.

19

나는 지니가 없는 뉴욕이 얼마나 황량하고 외로운 곳인지 새삼 뼈저리게 느꼈다. 지니의 빈자리는 너무 컸다. 전에는 뉴욕 하면 엠파이어스테이트 빌딩이나 자유의 여신상이 떠올랐지만 지금 내게 뉴욕은 지니만 떠오를 뿐이다. 그래서 지니가 없는 뉴욕은 외롭고 쓸쓸한 유령의 도시가 되고 말았다. 지니도 지난 번 전화로 뉴욕을 생각하면 내 얼굴만 둥근 달처럼 떠오른다고 말했다. 이제 우리는 뉴욕이 서로의 이름과 똑같은 동의어가 되었다.

그렇다. 우리에게 그 어떤 곳이란 그리움과 추억의 이미지와 얽혀있는 곳과 다름이 아니다. 뉴욕의 가을이 아름답다는 것은 그림엽서 같은 도시의 풍경이 아니라 지니와의 추억이 얽혀있기 때문에 아름다운 것이다. 그것은 마치 주인공이 등장하지 않은 무대의 배경과 소품은 의미가 없다는 뜻과 같다. 고향이 그립고 설움인 줄은 고향을 떠나보면 깨닫는 것처럼 나는 지니가 뉴욕을 떠난 후에야 나에게 지니가 어떤 존재인가를 뼈저리게 느꼈다. 그래서 모든 장소와 사물에는 사람의 이미지가 기호처럼 붙는다. 혜화동이 지니 외할머니의 또 다른 이름인 것처럼 개성은 홍순이이고 캔자스는 캐서린이며 뉴욕은 나에게 지니가 되었다.

더구나 지니가 친엄마 홍순이의 존재를 찾은 후에 모든 신경과 촉각을 홍순이에게 집중하면서 나에게도도 역시 홍순이는 관심의 초점이 되고 말았다. 나는 캔자스의 숲에서 지니가 보여준 홍순이의 사진을 본 후에는 유에스비 파일 속에서만 존재했던 홍순이의 모습이 그녀가 겪은 일 속에서 문득문득 떠올랐다. 그때마다 나는 그녀가 살았던 무서운 동화의 세계가 연상되었다. 청소년 동화로 알려진 '이상한 나라의 앨리스' 는 주인공 앨리스가 토끼굴 속에서 겪었던 황당한 에피소드들이 무서운 현실 세계를 비유하고 있다. 동화에서 붉은 여왕의 독재와 공포정치에 대항하기 위해서 앨리스는 어쩔 수 없이 여전사가 된다. 그래선지 앨리스의 꿈과 환각의 여정은 마치 특수 비밀요원 이었던 홍 소위가 겪었던 지하의 첩보전처럼 으스스하기만 했다.

그날 홍순이를 태운 대양호는 동해의 가파른 파도를 가르며 순항 중이었다. 순이는 선실 침대에서 자신의 패스포드를 꺼내 펼쳐본다. 여권사진은 순이의 실물과는 약간 달라 보인다. 긴 머리를 위로 틀어 올리고 큰 눈 밑으로 갸름하게 뻗은 콧날이며 앙다문 입은 미소를 잔뜩 머금고 있다. 표정은 무척 어색하다. 그녀의 이름은 미유리 쿠로사키. 국적은 일본이고 여권 만료일은 아직 3년이 더 남았다. 순이의 여권은 일본 미유리 쿠로사키라는 여자의 여권에 자기 사진을 아주 정교하게 덧씌워서 진짜와 식별할 수 없을 만큼 완벽하게 위조한 것이었다.

'어머니, 저는 지금 일본을 향해 가고 있는 중입니다. 늘 저를 지켜보시고 정확히 판단하고 과감하게 결단을 내릴 수 있는 힘과 용기를 주세요.'

순이는 개성의 어머니를 떠올리며 기도로 도움을 청한다. 미유리 쿠로사키는 일본 유자와의 정통 불교사원인 장한사 소속의 비구니 이름이고, 주지승 우즈 쿠로사키의 딸이다. 우즈 스님은 일본에 있는 북조선 비선조직의 하나인 재일한국인거류민단 불교위원회의 대북 청년에 대한 북한식 사회주의 교육을 지원하는 최대의 후원단체 대표이지만 공개적으로는 잘 알려져 있지 않다.

홍순이를 태운 배의 선창으로 파도가 바람에 휩쓸려 들어와 그녀의 뺨을 자꾸 적신다. 평남 어파리에서 제2차 군사훈련을 마치고 남파되기 직전에 2박3일 동안 개성집에서 보냈던 짧은 추억들이 순이의 머릿속에 영상처럼 떠올랐다. 순이는 부모님에게 평양 중앙당 비서실에서 사무직을 수행 중이라고 거짓말을 했다. 그 말도 중앙당에서 정해준 규칙이다. 비밀정보요원은 언제 어디서나 정체를 드러내서는 안 된다. 홍순이의 모든 공적인 신분과 사적인 생활은 완벽하게 위장되어 있어야 한다. 개성엄마는 홍순이가 무슨 일을 하고 있는지 꼬치꼬치 캐묻지 않았다. 그저 딸이 건강하게 살아있는 것만으로 충분했다. 특별휴가의 마지막 날 밤, 홍순이는 뒷방에 이부자리를 펴고 어머니와 단둘이 누워 밤을 지샜다. 달빛이 창호지 문을 등불처럼 비추고 있었고, 멀리서 개 짓는 소리가 컹컹 간헐적으로 들렸다. 순이와 어머니는 똑같이 슬프고 삭막한 마음을 가눌 길이 없다. 모녀는 단둘이 가진 마지막 시간이 너무 아까워 잠을 이루지 못한다. 열여섯 살에 집을 떠난 딸이 5년 만에 스물한 살의 어른이 되어 돌아왔지만 이제 헤어지면 언제 다시 만날 수 있을지 내일을 기약할 수가 없다.

"우리 홍순이 요안나를 지켜주시옵소서."

정덕순은 순이의 머리를 쓰다듬으며 한숨만 푹푹 내쉴 뿐이다. 요안나는 홍순이의 천주교 영세명이다. 성당에서 신부로부터 정식영세는 받지 않았지만 홍순이는 가족끼리만 은밀하게 통하는 영혼의 이름을 갖고 있었다. 홍순이의 집안은 조선시대 때부터 대물림을 계속한 가톨릭 순교자의 가문이다. 모든 종교 활동을 금지하고 있는 공산치하에서도 순이의 집안은 오랜 세월 동안 숨을 죽이며 집안에서 은밀히 신앙생활을 지켜왔다.

"요안나는 어떤 성녀였어요?"

엄마가 어렸을 때 일러주었지만 홍순이는 기억에 없다.

"요안나라는 말은 야훼께서 은혜를 주신다는 뜻이다. 성녀 요안나는 엄마처럼 가난한 농부의 딸로 태어나 양치기인 부모를 도우며 고향집을 떠나지 않고 40년 동안 마을 강둑에 움막을 짓고 기도생활을 했던 착한 성녀였다. 나는 네가 요안나 성녀처럼 고향을 떠나지 않고 살기를 바랐다."

"저도 기도는 잊지 않고 있어요, 엄마."

"암, 그래야지. 엄마도 잠들기 전에는 늘 널 위해 기도한다. 주님께서 널 반드시 지켜주실 것이다. 우린 헤어져 살아도 하느님에 대한 믿음만은 황소심줄보다 더 질긴 힘과 버팀목이라는 사실을 잊어서는 안 된다."

"저도 기도하는 동안에는 늘 엄마가 제 곁에 있다는 느낌을 받아요."

"내 기도 속에는 늘 네가 있다."

모녀는 끝내 참지 못하고 눈물을 왈칵 쏟는다. 이젠 평생 엄마와 이런 시간을 함께 가질 수 있는 시간이 다시는 오지 않을 지도 모른다. 그런 생각을 하니 시간이 너무 소중하다. 순이는 엄마에게 자기가 일본을 거쳐 서울까지 가야한다는 말을 차마 하지 못한다. 서울과 개성은 버스로 불과 2시간 거리지만 지금은 갈 수 없다. 길이 아예 끊긴 것이다. 마침내 정덕순은 순이의 손을 와락 잡고 참았던 말을 꺼낸다.

"순이야, 너와 엄마는 늘 하나가 되어야 한다. 그 말은 내 생각과 네 생각이 같듯이 네 맘속을 엄마가 알고 있고, 내 맘을 너도 알고 있어야 한다. 한마음 한뜻이 되어야 한다는 뜻이다. 넌 엄마에게 어떤 한도 남겨서는 안 되고, 나도 너에게 한을 품어서도 안 된다. 만일 우리들 사이에 한이 깨알만큼이라도 남아있다면 채를 치듯 지금 훌훌 털어내야 한다. 그래서 엄마의 기도가 너에게 닿을 수 있고, 네 기도도 엄마에게 닿을 수 있어야 하느님도 우리 기도를 들어주신다."

정덕순은 딸이 무엇인가 속마음을 감추고 있다고 생각한다. 하지만 왠지 그 대답을 듣기가 너무 두렵다. 하지만 이제는 그 두려움과 맞서 싸우지 않으면 안 된다는 생각이 든다.

"엄마, 하지만 전…말하기가…무서워요."

"무섭지만 서로 지금 말해야 한다. 내일 아침 해가 뜰 때, 우리 마음은 맑고 깨끗해야 헤어질 수 있다. 엄마는 네가 중앙당에 가서 5년 동안 어디서 무슨 일을 했는지 모르고 살았다. 네가 중앙당이 금지하고 있다고 해서 엄마한테조차 무슨 말을 못한다면 넌 그 순간 내 딸이 아니다. 그것은 하느님의 뜻도 아니고 엄마의 뜻도 아니고 네 뜻도 될 수가 없다. 네가 정말 입을 열 수 없다면 엄마가 짐작하고 있는 사실을 먼저 밝힐 수밖에 없다."

순이는 엄마의 말이 옳다고 믿었다. 엄마를 속이는 것은 나 자신을 속이는 일이며 나를 속이는 일은 하느님을 속이는 죄악이다. 만일 지금 엄마에게 진실을 밝히지 않으면 그것은 엄마의 가슴에 대못을 박는 일이 된다. 더구나 엄마가 하느님을 걸고 하는 말에 귀를 막고 마음을 막는다면 그것은 엄마를 외면하고 지옥의 악마와 대면하는 일이다. 마침내 순이는 엄마를 꼭 껴안고 흐느끼면서 자신이 그 동안 겪었던 일과 앞으로 겪어야 할 예정된 일들을 모두 털어놓고 말았다. 순이는 어머니에게 그 말을 하는 동안 죽어도 좋다는 용기와 믿음이 솟아났다. 그렇다. 이 세상에는 죽음을 걸고 할 수 없는 말은 없다. 정덕순은 딸이 고백성사처럼 하는 말을 듣는 동안 하늘이 꺼지는 분노와 슬픔에 휩싸여 눈물을 흘렸다.

"짐작이 천리라더니 결국 그랬구나."

정덕순은 딸의 말을 한 마디도 놓치지 않고 냉정하게 들었다. 그런 다음 모녀는 베갯머리를 적시며 한참을 흐느껴 울었다. 마침내 정덕순도 지금까지 순이에게 감추고 있던 비밀들을 털어놓았다. 그날 밤이 아니었다면 평생을 무덤까지 가지고 갔을지도 모를 비밀이었다. 순이야, 나는 널 낳은 엄마가 아니다. 네 이모다. 너한테 지금까지 그 말을 해주지 못해서 너무 미안하다. 정덕순은 순이가 갓 태어나던 당시의 모든 상황을 숨김없이 털어놓았다. 순이는 엄마의 말을 듣고 놀랐지만 큰 충격은 받지 않았다. 엄마가 갑자기 이모로 바뀐 사실은 그다지 놀라운 일도 아니었다. 그 이유 하나로 엄마와 딸 사이에 달라질 것은 하나도 없었다.

"하지만 엄마, 난 지금 중앙당의 지시를 거절할 수 없어요."

"잘 알고 있다. 하지만 엄마 말을 잘 새겨들어라. 네 친모가 서울에 살아계신다면 이름은 정덕귀이고, 법관이 되셨을 것이다. 우리 언니는 법관이 되고도 남을 만큼 실력이 뛰어나시고 그 일을 해내고도 남을 만큼 신념과 의지가 대쪽같이 강한 분이셨다. 난 어려서부터 언니를 이 세상에서 가장 사랑하고 존경했으며 믿고 따랐다. 지금도 그 마음은 변하지 않고 있다. 네가 이번에 중앙당의 명령을 받아 서울에 가게 된 것은 어쩌면 하느님의 깊은 뜻인지도 모른다. 그러니 너는 비록 서울에 가더라도 하느님의 뜻과 어긋나는 일은 결코 해서는 안 된다. 너는 서울에 도착하는 즉시 네 친모 정덕귀를 꼭 찾아야 한다. 그래야 너는 목숨을 부지할 수 있다. 그리고 그 다음은 모두 친모에게 맡기면 된다. 여기 걱정은 조금도 하지 말아라. 그것은 하늘의 뜻이고, 하늘의 뜻이 곧 엄마의 뜻이다. 하느님께서는 사랑하는 사람에게 한쪽 창을 닫으면 늘 다른 쪽 창을 열어두신다. 이번에 내 기도로 하느님이 너한테는 기회를 주셨다. 그러니 너는 하느님이 주신 기회를 감사하게 여기고 내가 너에게 바라는 대로 해야 한다. 그것이 내가 너에게 바라는 전부다."

순이는 그 말을 듣고 깊은 한숨을 내쉰다. 밤하늘에는 굵은 별들이 금세라도 쏟아져 내릴 듯 하고, 찬 바닷바람이 선창을 타고 들어와 눈물에 젖은 뺨을 어루만졌다. 파도의 격랑이 심해서 배의 진동은 점차 커지고 있었다. 지금쯤 엄마도 잠을 못 이루고 있겠지. 순이의 눈은 어느덧 젖어있었다.

나는 홍순이의 눈물의 의미를 잘 알고 있다. 순간 나는 지니의 엄마였던 젊은 홍순이의 얼굴을 떠올려 보았다. 그 순간 홍순이의 얼굴 위에 지니의 얼굴이 자꾸 오버랩 되었다. 지니가 없는 뉴욕의 데이지타워는 이미 닭장이 아니고, 내가 앉아 있는 자두색 가죽소파는 이미 홰가 아니었다. 나는 일을 끝내고 지니의 방에서 나와 오랜 만에 내 방으로 돌아갔다. 그러나 내 방에서도 나는 외로운 남자의 커다란 그림자를 발견하고 소스라치게 놀랐다. 나는 오랫동안 나를 잊고 살았기 때문에 내가 너무 낯설었다. 나는 낯선 나를 달래어 겨우 잠이 들었다. 그날 밤은 꿈속에서도 계속 지니를 찾아 헤매기만 했다.

　브라이언트파크의 녹색철제 테이블에 노트북을 올려놓고 신문사에 송고할 원고를 정리하는 동안에도 나는 여느 때의 습관처럼 지니가 퇴근하고 올 것 같은 기다림의 분위기에 빠져있었다. 공원의 숲은 이미 여름이 마무리되고 잔디들은 녹색을 잃었다. 그래선지 지니 없는 공원은 더욱 쓸쓸하기만 했다. 내가 공원에서 글을 쓸 때마다 지니는 늘 내 뒤로 바짝 다가와서 목을 끌어안고 "킵 유어 커리쥐 업(힘내세요)!" 하고 용기를 불어넣었다. 그때마다 나는 얼마나 행복한 뉴욕의 보헤미안인가를 깨닫곤 했었다. 지금쯤 지니는 지구의 해그늘이 진 반대편에서 깊은 잠에 빠져있겠지. 그녀가 꿈속에서 뉴욕의 내 모습을 볼 수 있었으면 얼마나 좋을까 생각하고 있을 때 마치 기다리고 있었다는 듯 휴대폰이 울렸다. 지니의 목소리는 내 귀의 가장 가까운 곳에 머물러 있었다.

　"헬로 쁘띠! 나 지금 브라이언트파크에 있어."

　나는 너무 반가워서 큰 소리가 튀어 나왔다. 내 말이 서울까지 들리려면 목청이 커야한다고 생각했다.

　"자기가 지금 어디 있는지 나도 알아. 할머니를 겨우 재워드리고 이제야 전화하는 거야."

　지니의 목소리는 가라앉아 있었다. 할머니 건강은 여전히 좋아질 기미가 보이지 않았다. 중국의 북한 연락책으로부터 불길한 소식을 전해들은 할머니의 낙담은 더욱 커졌다. 중국인 칭다오가 개성의 이모할머니 댁에 찾아갔을 때 그 집에는 낯선 사람들이 살고 있었다. 소문으로는 어느 날 순이네 집은 갑자기 중앙당으로부터 반동분자로 낙인이 찍혀 집을 뺏기고 함경도 무산으로 강제 이주되었다고 전했다. 그 말은 강제수용소로 끌려갔다는 뜻이다. 나는 지니의 말에 가슴이 철렁 내려앉았다. 혜화동 할머니와 지니가 그 말을 듣고 얼마나 놀랐을까 짐작이 갔다.

"칭다오는 두만강 국경도시 무산과 내통이 되는 다른 연락책을 찾아보겠다고 했어. 할머니 낙담은 이만저만이 아니지만 포기하지 않고 끝내 엄마를 찾고야 말겠다고 말씀하셨어."

브라이언트파크에 내리던 햇살은 이미 뉘엿뉘엿 지고, 공원의 잔디에는 긴 그림자가 어둡게 드리워지기 시작했다. 나는 지니에게 우리가 브라이언트파크에서 두 번째 만났던 날 그 자리에 있다고 말해주었고, 지니는 혜화동 할머니의 서재 현장을 나에게 생중계처럼 전해주었다.

"난 할머니가 입던 옛날 몸뻰가 뭔가 피에로들의 아랫바지 같은 펑퍼짐한 아줌마 옷을 입고 서재의 회전의자에 앉아 옛날 LP판 레코드로 라흐마노프를 듣고 있어. 자아, 들어 봐. 잘 들려? 이 곡을 태평양 건너 생중계로 듣는 건 아마 듄이 처음일 거야?"

지니는 음악을 들려주느라 한참 동안 말이 없다. 지니는 지금 할머니의 서재에서 남북이산가족상봉 때 정덕순으로부터 받은 홍순이의 사진을 보고 있는 중이라고 말했다. '엄마가 날 닮아서 귀엽고 앳된 모습이래.' 나는 지니가 엄마를 닮은 것이지 엄마가 지니를 닮은 것이 아니라고 정정해주었다. 인간의 유전자가 부모와 자녀를 닮은꼴로 만들어내는 것을 보면 조물주의 창조능력은 오묘하고 신비하기만 하다는 생각이 든다.

터키의 쿠르드 유목민들은 광활한 초원에 수천 마리의 양 떼를 방목시킨다. 그 양떼들은 해가 저물면 목동들의 안내를 받으며 떼를 지어 귀가한다. 목동은 그 시간에 울안에서 엄마 양을 기다리는 수천 마리의 아기 양들을 풀어놓는다. 아기 양들은 한꺼번에 우르르 몰려나가 귀가하는 제 어미를 찾기 시작한다. 엄마 젖을 빨기 위해서다. 그런데 놀랍게도 그 많은 새끼 양들은 감쪽같이 제 엄마 양을 찾아서 젖을 빤다. 그리고 엄마 양들은 제 새끼가 아니면 젖을 내주지 않는다. 물론 아기 양도 남의 엄마에게 매달리는 법이 없다. 제 어미와 제 새끼를 찾아내는 양들의 놀라운 식별력은 배워서 터득한 것이 아니라 본능이다. 사람도 양 못지않게 부모와 자녀 간에 유사성을 구별해내는 탁월한 감각을 본능적으로 갖고 있다. 우리는 그것을 같은 피끼리 통한다고 말하고 있다. 나 역시 일본에 밀입국한 홍순이를 떠올리면서 지니의 모습을 연상할 수 있었다. 홍순이는 지니가 캔자스의 판도라 숲에서 내게 보여준 그 옛날 흑백사진의 귀엽고 앳된 모습 그대로였다. 일본 도쿄의 신주쿠 역에서 오오쿠보 쪽으로 십어 분 걷다보면 한인 타운의 번화가가 나온다. 그날 바로 그 길모퉁이에 지니와 비슷한 모습의 여자가 나타났다. 혜화동 할머니 서재에 있는 액자 속의 여자였다. 그녀는 쇼트커트 헤어스타일에 큰 벨트가 허리 속에 묻힌 블루라인의 원피스를 입고 주위를 몇 번 두리번거리다가 서울성형외과라고 쓴 한글 간판이 붙은 건물로 급히 모습을 감추었다. 접수데스크에서 예약을 확인한 미유리 쿠로사키는 간호사의 안내를 받아 진찰실로 들어간다.

중년의 타이치 원장은 차트를 펼치면서 미유리를 유심히

바라본다. 미유리의 얼굴에는 별다른 표정이 없다. 곧이어 그녀는 닥터 타이치로부터 성형 컨설팅 설계에 관련된 브리핑을 듣는다. 타이치가 흰 벽에 투사한 영상화면에는 두 여자의 얼굴이 나타났다. 한 여자는 홍순이의 사진이고 다른 하나는 일본인 미유리 쿠로사키의 실물 영상이다. 두 사람은 얼핏 닮아 보인다. 타이치는 고객이 원하는 이상형의 샘플에 따라 맞춤형 성형시술을 해주는 의사였다.

"검사 결과 페이스오프는 하지 않아도 되겠습니다. 턱과 광대뼈를 조절하거나 다른 보형물도 헐 필요가 없습니다. 안면 윤곽선을 축소하기 위해 이마와 코 라인, 상악 등 전체비율을 조금씩만 조율하면 잘 될 것 같습니다. 나머지는 다른 방식으로 미세수정만 해도 충분히 효과를 거둘 수 있습니다. 설계견적에 나온 데이터대로 성형 후의 예상 결과물을 미리 보여드리겠습니다. 먼저 영상을 보시고 의견을 말씀해주시면 됩니다."

화면에는 홍순이가 성형 후에 바뀔 인상이 나타난 후에 미유리 쿠로사키의 실물영상이 나타났다. 두 여자의 모습은 놀랍게도 거의 유사했다. 페이스오프 돌출입식 성형은 안면 전체의 모습을 바꾸는 시술이지만 홍순이에게는 적용하지 않아도 되었다. 그녀의 전신마취 시술시간은 4시간이고 일주일이면 회복할 수 있으며 그 후 3개월에 걸친 미세한 교정치료가 필요하다. 미유리는 곧 수술실로 들어가 마취주사를 맞고 한잠 푹 자고 났더니 수술이 끝나 있었다. 얼굴 전체가 미라처럼 붕대로 돌돌 감겨 있었다.

홍순이는 붕대가 풀린 후에 거울을 보고 크게 놀랐다. 약간의 손질만으로도 얼굴의 인상이 실제의 미유리 쿠로사키와 거의 유사하게 바뀌었다. 서울로 완벽하게 침투하기 위한 전략이지만 아무리 얼굴이 바뀌어도 눈빛과 마음은 바뀌지 않았다. 그녀는 몇 차례에 걸쳐 미세부분을 교정하고 얼굴의 잔주름은 마취연고를 발라 냉찜질을 하고 나머지는 주사로 조정했다. 성형이 끝난 미유리는 중앙당의 지시대로 일본 니가타 역에서 로카루센(지방철도)을 이용하여 유자와로 이동했다. 유자와 역까지는 3시간 걸렸다.

미유리를 동행한 안내원 코즈키는 국제여성인권연맹 니가타현지부 소속 사무직원이었다. 그녀는 도쿄본부의 지원요청을 받고 미유리의 안내에 나섰다. 유자와는 온천과 스키가 유명한 관광지다. 여름 휴가철이어서 열차는 승객들로 붐볐다. 미유리는 평양초대소에서 일본어를 배우는 동안 재일교포들이 일본에서 겪은 비통한 과거의 역사를 잘 알게 되었다. 재일교포는 대략 60여만 명, 대다수가 일제 식민지 통치하에서 강제징용을 당한 후에 귀국하지 못하고 오사카, 고베, 교토와 도쿄 등지에 남아서 살고 있는 한국동포들이다. 그들은 세금을 내면서도 진학, 취업, 영업 등에서 차별과 불이익을 받으며 끈질지게 살고 있다.

"미유리 상은 에치고 유자와가 처음인가요?"

코즈키가 묻는다. 미유리는 에치고 유자와를 알 리가 없다. 그녀가 해상을 통해 일본에 밀입국한 것은 항공편으로 서울에 안전하게 입국하기 위해 위조여권을 만드는 일과 일본 내 비밀조직으로부터 작전에 필요한 공작금을 수령하는 일이다. 미유리가 유자와에 대해서 알고 있는 상식은 니가타 역 구내에서 설경이 펼쳐진 관광포스터를 본 것밖에는 없다. 코즈키는 유자와가 일본 최초의 노벨문학상 수상작가 가와바타 야스나리의 소설 '유키구니(雪國)'의 현장이라는 사실을 여러 번 강조했다. 유자와는 '설국'이라는 문학적 향기가 빚어낸 설경의 아름다움이 문학적으로 미화되면서 더 유명해진 곳이다. 코즈키는 유자와의 그 점을 자랑스럽게 여겼다.

"국경의 긴 터널에서 빠져나오면 곧 눈 세상이다. 소설의 첫 대목은 그렇게 시작됩니다. 주위에는 눈 얼어붙는 소리들이 깊은 땅속에서 들리는 것만 같은 혹독한 밤풍경, 달빛조차 적막하고 환상적인 판타지처럼 그려진 슬픈 사랑이 유자와의 설경을 배경으로 펼쳐집니다."

하지만 긴 터널에서 빠져나오자마자 차창 밖은 설경 대신 푸른 산과 맑은 계곡이 계속 이어지고 있었다. 나는 소설 '설국'을 여러 번 읽었다. 작가 지망생이라면 일본의 노벨문학상 수상작품인 '설국' 쯤은 읽어둬야 한다고 생각했다. 소설은 독자들의 개인취향이 따라 선호도가 크게 바뀌지만 나는 '설국'이 좋았다. 소설에는 에치고 유자와의 온천장을 배경으로 도쿄의 춤 평론가 시마무라를 둘러싸고 청순한 게이샤 코마코와 미소녀 요코의 사랑과 심리가 산문시처럼 미학적으로 묘사된다. '설국'처럼 플롯이 거의 배제된 채, 의식의 흐름만 이어지는 소설을 써보고 싶다는 생각이 든 것은 그때였다. '설국'은 미시마 유키오의 소설 '금각사'와 함께 일본 탐미주의 소설의 교본이다. 하루키, 무라카미 류, 미야베 미유키, 하가시노게이고, 에쿠니가오루 등 일본작가의 소설을 읽으면 언어 탓인지 섬세한 감각적 문체가 상상력을 넓고 깊게 유도하는 힘이 강하게 느껴진다.

코즈키는 에치고 유자와에서 순이에게 고급 료칸을 잡아준 후에 곧바로 나가타로 돌아갔다. 유자와의 미나세 강에는 급류로 침식된 계곡이 이십 리나 이어지고 있고, 강 상류에는 온천수에서 내뿜은 수증기가 안개처럼 자욱한 장관을 이룬다. 하지만 끝없이 남을 의심하고 매 눈처럼 경계하며 긴장과 압박감에 시달리며 살아온 미유리의 눈에는 그 같은 자연의 미적 감각이 크게 퇴화되었다. 미유리 스스로 그것을 실제로 느낀다. 미유리는 때때로 자신을 나무토막처럼 소름 끼치게 느낀다고 고백했다.

미유리는 장한사의 우즈 구로자키 주지스님에게 유자와 도착을 알리고 히카리 온천장의 와시츠(왜식방)에 여장을 풀었다. 일본의 전통음악이 은은히 울리는 다다미방에는 탁자와 등받이 의자가 깔끔하고, 사각무늬의 창틀과 창호지에 비친 바깥풍경이 오후의 채광에 반사된 미닫이문에 한 폭의 묵화를 섬세하게 그려놓았다. 나카이 상(객실 담당자)이 준 만쥬(찐빵)와 녹차를 맛보고 정원연못에서 비단잉어를 천천히 구경하면서 미유리는 지상의 낙원이라는 공화국과 일본이 자꾸 비교가 되었다. 그런 생각이 들면 마음에 혼란이 일어난다. 온천목욕을 끝내고 무명 홑옷 유카타를 걸친 채, 방에서 생선요리로 식사를 마치자 잠이 파도처럼 밀려들었다.

히카리 료칸 직원들의 에샤쿠(가벼운 인사)나 깍듯한 친절과 예의가 미유리에게는 불편하기만 하다. 다다미 위에 몸을 눕힌 지 얼마 안 되어 객실담당자가 로비에 손님이 찾아왔다고 알렸다. 예정된 방문약속보다 이른 시간이었지만 손님을 방으로 모셨다. 미유리는 손님을 보는 순간 소스라치게 놀랐다. 우즈 스님이 심부름을 보낸 전령은 뜻밖에도 도쿄의 성형외과에서 영상으로 만났던 미유리 쿠로사키의 실제인물이었다. 그녀 역시 홍순이를 보고 놀란 표정을 감추지 못했다. 홍순이의 앞에 무릎을 꿇고 앉은 진짜 미유리 쿠로사키는 여린 햇순 같은 모습을 가진 비구승이었다. 삭발머리가 전등불에 반짝거리고 깔끔한 잿빛승복에 바랑을 맨 단아한 여승은 순이를 경이적인 눈빛으로 바라보면서 말했다.

"우즈 스님께서 대신 절 보내셔서 왔습니다."

순이는 비구스님의 유창한 한국말에 다시 놀란다. 진짜 미유리는 모든 사실을 이미 잘 알고 있는 것 같았다.

"제가 먼저 찾아뵈어야 하는데 오시게 해서 죄송합니다."

순이는 차분한 목소리로 말했다.

"아닙니다. 직접 뵙고 싶다고 했더니 주지스님께서 허락하셨습니다."

"제가 어떻게 감사의 말씀을 드려야할지 모르겠습니다."

"무슨 말씀이신지요. 모든 것이 조국에 도움이 되는 일이라고 들었습니다. 그뿐입니다."

비구스님 미유리 쿠로사키는 일본 니가타현의 유자와에 현주소를 두고 있으며 불교의 정토진종에서 세운 류코쿠대학 학사 출신이다. 일본 정토종 나가노 센코우지(선광사) 소속인 미유리 비구승은 앞으로 일본 전국의 사찰로 단독 탁발여행을 떠날 계획이다. 미유리 스님은 5년간의 사찰순례가 끝나면 계를 받고 토굴로 들어가 득도할 때까지 명상수행에 정진할 계획이다. 사실상 속세와의 절연이었다. 그래서 자신의 여권을 홍순이에게 순순히 넘겨주기로 작정했던 것이다. 미유리 비구승은 바랑 속에서 작은 손가방을 꺼내어 순이 앞에 내놓았다.

가방 속에는 미유리 쿠로사키의 한국비자가 찍힌 여권과 예정된 공작금이 든 통장과 뉴욕뱅크의 인턴사원 합격증이 들어있다. 인턴사원의 훈련은 다음 달부터 석 달 동안 도쿄에서 갖게 되고, 인턴기간이 끝나면 미유리 쿠로사키는 서울지점이

근무지로 예정되어 있다. 미유리는 순이가 새로운 무대에서 자유롭게 살 수 있도록 길을 터주기 위해 모든 준비를 다 해준 후에 속세를 끊고 토굴로 잠적할 준비를 갖추었다. 사실상 자신의 과거와 현실과 미래를 홍순이에게 양도한 것이다.

"수행은 언제부터 시작하시는지요."

"속세의 제 분신을 뵈었으니 곧 떠나야지요."

미유리는 일본 불자들의 성지순례 지역으로 유명한 시코쿠의 고토히라궁을 비롯한 88개의 사찰 일주 코스부터 시작한다.

"제게 하실 말씀은 없으신지요."

"제 속세를 대주께 맡겼는데 무슨 할 말이 있겠습니까."

그 순간 순이는 미유리 비구승처럼 문전걸식과 탁발로 세상을 자유롭게 떠돌며 살고 싶었다. 세상은 넓지만 거미가 집에서 붙박이처럼 살고 있듯이 사람도 짐승도 집과 서식지를 두고 멀리 떠나지 못한다. 료칸의 객실 담당자가 공양한 녹차 한 잔을 비운 스님은 곧바로 몸을 일으켰다.

"오늘은 어디서 묵으시죠?"

"유자와 역에서 막차를 타야 합니다."

미유리 비구승은 순이에게 머리 숙여 합장하고 료칸을 떠났다. 순이는 유자와에서 진짜 미유리를 만나게 될 줄은 상상치도 못했다. 단지 마음이 우울한 것은 미유리 비구승이 가짜 미유리의 정체도 잘 모르고 주지스님의 말만 믿고 속세의 법적 지위를 서슴없이 넘겨준 점이다. 미유리 비구승이 가짜 미유리의 진짜 정체를 알았다면 용납될 수 없는 일이었을지도 모른다. 다음날 순이는 히카리 료칸을 떠나면서 자신이 진짜 미유리가 된 기분이 들었다. 그렇다. 가짜만이 진짜의 맛을 알 수 있다.

21

지니는 한국에 다녀온 후로 바보라도 된 것처럼 얼이 쭉 빠져 살았다. 그 동안 연구소를 두 주일이나 비웠으니 일이 밀려서 경황이 없었던 탓도 컸다. 그러나 지니의 혼란은 연구소 일 탓만은 아니었다. 서울에 여든을 넘긴 아픈 할머니를 혼자 두고 온 안타까움이며, 개성 가족들이 북한당국에 미운털이 박혀 추방되고 종적을 감춘 일도 큰 충격이었다. 그들은 무슨 큰 죄목으로 먼 함경도 강제수용소까지 끌려간 것일까. 나와 지니의 머릿속에는 그 생각이 찰거머리처럼 들러붙어버렸다. 나는 그 즈음 시러큐스대학에 청강생 신청을 하고 저널리즘에 관련된 특강을 듣고 있었다. 강의는 영어공부에 도움도 되었지만 세계적인 저널리스트와 석학들을 만나서 인터뷰할 수 있는 황금의 기회이기도 했다. 그래서 나는 지니와 주말에도 떨어져 있어야 했다. 우리는 비록 4백여 킬로미터의 거리에 떨어져 있었지만 그럴수록 마음은 4미터도 안 되는 그리움의 거리로 단축되어 시시각각 휴대폰 문자를 통해 마음을 전했다.

한번은 금요일에 갑자기 휴강이 되어 내가 밤 2시쯤 데이지타워에 도착한 적이 있었다. 그 시간에도 지니의 방에는 불이 켜져 있었다. 내가 휴대폰으로 귀가 중이라는 문자를 넣었더니 지니는 금세 닭장직행이라는 답신을 보내왔다. 내가 닭장에 들어갔을 때 그녀는 소파에 쪼그리고 앉아서 음악에 깊이 매몰되어 있었다. 예후디 메뉴힌의 베토벤 바이올린 협주곡이 담긴 구식 LP판이 빙글빙글 돌고 있는 오디오세트 는 지니가 캔자스의 엄마로부터 받은 선물이었다. 지니는 구 식 오디오 세트에 집착하는 클래식 마니아였다. 메뉴힌은 지 니가 외로울 때마다 듣는 지정곡 중의 하나다. 메뉴힌의 바 이올린은 야성적이면서도 우아한 분위기를 끝까지 잃지 않는 명연주로 소문이 나서인지 마니아층도 꽤 두텁다. 지니의 성 격을 구태여 연주로 빗대어 표현하자면 메뉴힌처럼 격정적이 면서도 고결함을 끝까지 유지한다는 점에서 유사한 타입이라 고 말할 수 있다. 나는 지니가 폭발적인 열정을 인내와 끈기 로 내면화시키는 모습이 존경스러웠다. 그녀는 내가 갖지 못 한 장점을 골고루 갖춘 보기 드문 성품을 지녔다. 그것이 내 가 지니의 덕성을 높이 평가하는 이유기도 하지만 그 나이에 그런 미덕을 갖추기란 여간 어려운 일이 아니다. 나보다 다 섯 살이나 아래인 지니가 때때로 연상의 여인처럼 느껴지는 것은 단순히 여자가 가진 모성애의 위력 탓만은 아니라고 생 각한다. 그런 품성은 부모의 선천적인 유전자를 물려받은 것 일 수도 있다. 어쩌면 지니가 어린 시절에 입양아로서 혼자 심리적으로 고통을 겪는 과정에서 후천적으로 길러진 내성일 지도 모른다. 양엄마 캐서린도 지니가 나이에 어울리지 않는 어른스러운 면모를 보여줄 때마다 깜짝깜짝 놀란 적이 많았 다고 고백한 적이 있었다.

지니는 학창 시절에 인종차별이나 언어폭행에 시달리면서 살았다. 특히 백인과 흑인 악동들은 지니에게 대놓고 아시아 누렁이는 너희 나라로 꺼지라고 야유와 경멸을 보냈다. 얼마 전에 나는 해외 입양아들의 실태조사에 나타난 자료를 통해서 해외입양아의 91퍼센트가 언어폭력을 당했고, 52퍼센트가 인종차별과 신체폭행은 물론 성적학대를 받았다는 통계를 본 적이 있었다. 지니는 인종차별을 받을 때마다 그들에게 지지 않고 유럽계 백인이나 케냐 출신의 흑인에게도 너희 흰둥이들은 유럽으로 가고 깜둥이들도 아프리카로 꺼지라고 맞섰다. 미국 땅은 본래 인디언들의 차지였는데 백인들이 원주민들을 힘으로 몰아냈고, 흑인들은 아프리카에서 노예선을 타고 온 인종들이 주류를 이루었다. 그리고 아시아계는 대체로 정식 이주절차를 거처 미국에 정착한 사람들이다. 유나이티드 스테이스 오브 아메리카는 하나의 민족이 세운 국가가 아니라 세계의 모든 종족들로 구성된 이민국가, 그것이 미국의 정체성이다. 지니는 미국에서 피부색을 거론하는 것처럼 어리석은 일이 없다는 사실을 빨리 터득했다. 인종문제는 거론하는 것 자체가 열등감의 표현에 불과하다. 미국에서 강하게 살아남기 위해서는 남보다 뛰어난 힘과 실력을 갖추는 수밖에 없다. 지니가 학창 시절에 성적이 계속 상위권을 유지한 것은 그 사실을 빨리 자각했던 이유도 컸다. 그래선지 주위 친구들은 학업성적이 뛰어난 지니를 아무도 무시하지 않았다. 그 후 뉴욕의 맨해튼 사회로 진출한 지니는 피부색에 관한 열등감은 거의 없었다. 이미 뉴욕 자체가 혼혈의 천국이고 세계 인종의 전시장이나 다름없다.

물론 미국은 정치적으로 여전히 백인우월주의가 지배하고 있지만 적어도 맨해튼에서는 유능한 유색인종에게 오히려 예의와 경외감을 보인다. 지금 지니는 첨단 바이오생물학 연구 분야에서 탁월한 실력을 인정받는 과학자이며, 성취감과 자유를 만끽하며 살고 있는 성공한 동양의 엘리트 뉴요커다. 지니가 풀지 못한 숙제는 친엄마를 찾는 문제밖에 없다. 자신이 잃어버린 혈연을 찾고 가족을 복원하는 일은 양엄마 캐서린도 해줄 수 없는 일이다. 지니는 다른 미국의 이민자들처럼 모국이라는 정체성의 뿌리를 갖고 싶었다. 조국애는 부모의 혈연적인 유대와 민족적 소속감에서 나온다는 것을 잘 알고 있다.

"어머, 깜짝이야."

지니는 내가 자두색 소파로 다가가자 화들짝 놀라며 몸을 일으킨다. 그 모습은 마치 암탉이 날개를 팔락거려 홰 위에서 몸의 중심을 잡는 것처럼 보였다. 메뉴힌에 빠져있던 지니의 눈빛에는 그리움과 갈망의 빛깔이 깊게 서려있었다. 그녀는 나를 메뉴힌 속으로 끌어들이기라도 할 것처럼 목을 힘껏 끌어안는다. 메뉴힌의 연주는 점차 격정을 향해 치닫고 있고, 우리들 사랑의 옥타브도 숨소리가 높아져 갔다. 그 다음 순서는 늘 그랬듯이 지니의 선공으로 시작되었다. 지니가 나보다 감성이 예민한 탓이다. 지니는 오랜 갈증을 단숨에 해갈할 것처럼 서둘렀다. 지니의 열정과 적극적인 애정공세는 나처럼 오랜 신앙적 순결주의로 무장된 남자에게는 소극적인 설렘의 과정들을 대폭 생략할 수 있어서 고맙고 좋은 일이다. 혹시 그로인해 내가 수탉의 야성이나 권위를 상실하는 우려가 없는 것은 아니었다. 수탉들이 붉은 볏에 부리와 눈빛이 예쁜 암탉에게 계속 짝짓기를 시도하는 것은 그 자체만으로도 부권이나 남성적인 권위를 보여주는 행위가 되기 때문이다. 그것만으로도 암탉들은 두려움을 느끼고 감히 다른 수탉에게 한 눈을 팔거나 수작을 걸지 못한다. 그것은 실험을 통해서 밝혀진 수탉효과라고 말한다. 그 말은 내가 수탉효과를 전혀 낼 수 없다는 점을 비유적으로 말한 것이다. 하지만 지니는 뜻밖에도 나와 전혀 다른 생각을 갖고 있었다.

"그래서 장닭님께서는 홰에 오르기만 하면 그 큰 부리를 곧추세우고 마구 달려들어서 날 그렇게 숨 막히게 쪼아댄 거였어?"

나는 그 말에 어이가 없었다. 내가 정말 그랬냐고 되물었더니 지니는 이 닭장 안에 다른 수탉이 또 어디 있느냐고 휘휘 둘러보며 되물었다. 지니는 내가 으레 수탉의 야성을 발휘하려고 대들었으며, 자기는 늘 암탉처럼 그 놀라운 위력에 기를 못펴고 눌려 살아왔노라고 하소연했다. 그 말을 듣고 보니 내가 정말 수탉효과를 과시한 것이나 아닐까 의심이 들기도 했다. 물론 내가 자두색 소파 위에 올라앉으면 지니는 걸리버여행기의 소인국 릴리퍼트에 사는 소녀인형이 되어버린 기분이 들었다고 말했다. 반면에 나는 거인국 브롭딩낵의 장군처럼 무서워서 이젠 다른 남자들이 눈에도 들어오지 않았다고 고백했다.

실제로도 남자든 여자든 일단 사랑의 묘약을 마시고 취하면 다른 이성은 눈에 들어오지 않는다. 지금 내 눈에는 오직 지니만 보이는 것처럼 지니의 눈에도 나 이외의 남자들은 가시거리에 얼씬도 하지 않는다. 바로 그때가 진정 행복한 시절이라는 것을 사람들은 잘 모른다. 그런 점에서 우리들은 분명 사랑에 빠져 있었다. 비록 누구의 말처럼 인간 존재의 최종 목적은 종족유지이며 인간도 결국은 닭들처럼 짝짓기에 몰두하면서 번식행위를 수행하고 있는 것은 사실이지만.

더구나 우리는 작은 가락지나비 수컷과 호랑나비 암컷처럼 서로 번식이 안 되는 잘못된 만남도 아니어서 마음만 굳게 먹고 닭장에서 열심히 푸닥거리를 하다 보면 적어도 병아리

한 마리는 얻게 될 것이다. 수탉이 자기 암탉을 지키기 위해 큰 부리를 세우고 다른 수탉들의 접근을 막는 것처럼 남자 역시 연인을 지키려면 다른 남자들을 경계해야 한다. 왜냐하면 체내수정을 하는 생물들은 암컷을 차지해야 번식할 수 있기 때문에 다른 수컷들과 경쟁해야 한다.

인간에게 있어서 암수의 사랑과 질투와 배반과 복수는 그런 본능적인 자극을 얻기 위한 하나의 반응에 불과하다. 하지만 개구리나 물고기의 암컷은 난자를 물속에 마구 내뿜고, 수컷들은 정자를 난자 위에 방출해서 번식하기 때문에 암수가 서로 연적을 둘 필요가 없다. 개구리들에게는 암수 간에 사랑도 없고 미움도 없고 연적도 없다. 내가 그 말을 했더니 지니는 갑자기 무슨 생각이 떠올랐는지 눈빛을 반짝거리며 말한다.

"듄, 나 지난 번 서울에서 무슨 일이 있었는지 알아?"

지니는 갑자기 진지한 표정이 된다. 내가 생각을 퍼즐처럼 맞춰가는 동안 지니는 뜻밖의 고백을 했다. 지니는 서울에 있는 동안 캔자스의 야브 스님을 만났다고 했다. 그 말은 암수 간에 연적이 없는 개구리 얘기에 딱 어울리는 화제였다. 지니는 서울에서 야브의 휴대폰을 받고 지금은 뉴욕이 아니라 서울이라고 말했더니 놀랍게도 야브 역시 서울에 있었다.

"나 지금 수유리 화계사에 있는데 내일 인사동에서 점심 어때?"

지니는 깜짝 놀랐다. 뉴욕을 떠나기 전에 보스턴에 여행 중인 셔리의 전화를 받고 한국에 간다는 말을 했더니 야브가 셔리의 말을 접수하고 서둘러 서울로 달려온 것이다. 야브를 만나보니 예상이 맞았다. 미국 땡초는 서울의 큰스님이 무서웠던지 머리도 빡빡 밀었고 풀을 빳빳하게 먹힌 회색 승복에 바랑까지 완전무장하고 처연하게 지니 앞에 나타났다.

"웬 바람이 캔자스에서 서울까지 불었대?"

"네가 서울 갔단 말 듣고 일정을 앞당겼던 뿐이야. 널 서울서 만나니까 아주 달라 보이긴 한다."

"어떻게 달라보이는데?"

"서울에 숨겨둔 운명의 여자 같은…사실 한 번쯤은 너와 서울에서 만나보고 싶은 것이 꿈이었어. 그 꿈이 지금 이루어진 기분이야."

야브는 능청맞게 농담조로 말했지만 얼굴에는 우울한 표정이 서려 있었다. 사실 그 날은 서울 인사동의 전통 한식집 독방에서 야브와 지니가 처음 한국에서 가진 한식 겸상이었다. 야브는 코스 메뉴를 줄줄이 꿰며 지니에게 음식해설까지 곁들이면서 화계사의 세미나에서 배운 새로운 좌선수행 자세의 시범까지 보여주었다.

"자아, 결가부좌나 반가부좌를 틀고, 왼손을 오른손 위에 얹고, 엄지손가락을 맞대고, 등을 꼿꼿이 세운 다음, 종잡을 수 없이 끼어드는 잡념을 가닥가닥 묶어서 한꺼번에 놓아버리고, 순간순간 바뀌는 마음의 움직임도 놓아버리고, 득도하겠다는 마음도, 부처가 되겠다는 결심도 버리고…….

야브는 좌선 수행자세로 눈을 지그시 감고 지니에게 말했다.

"서울에서 마지막으로 너에게 묻는다. 내 곁에는 셔리가 계속 들러붙어서 번뇌와 재앙을 불러오고 있다. 나는 셔리의 도화살을 피할 수가 없다. 지금은 그 재앙의 불길을 너를 사랑하는 맞불로 힘겹게 막아내고 있을 뿐이지만 그걸로 얼마나 버텨낼 수 있을지 장담할 수 없다. 그래서 나는 지금 득도의 고행보다 너를 사랑해야만 살 수 있는 속세의 고행이 더 힘들다. 너를 극복하지 않는 한, 나는 셔리를 견딜 수 없고, 셔리를 견디지 못하는 한, 나에게 득도란 없다. 내가 어쩌면 좋은지 네 말을 듣고 싶다.”

야브는 그날 지니에게 인연의 법칙을 들고 나왔다. 평소에도 야브의 속내는 잘 알고 있었지만 뜻밖에도 서울에서 공세를 받자 무방비상태였던 지니는 당황할 수밖에 없었다. 이미 과학세계는 수십만 개의 인간게놈 DNA가 민족마다 다른 유전자 설계도를 갖고 있다는 법칙을 찾아냈다. 하지만 인간의 영혼문제를 화두로 내걸고 있는 불교의 인연법칙은 칡뿌리처럼 깊고 지독한 악연의 공식으로 얽혀 있지 않은가. 더구나 불교는 인간들이 얽힌 인연의 업장을 영겁까지 계산해두고 있다.

“도화살을 피할 수 없다는 말은 무슨 뜻이지?”

지니가 다시 묻는다.

“내가 여자의 기세에 눌려 죽는다는 뜻이다.”

야브의 설명은 단순하고 솔직했다. 세상에는 권력의 칼에 죽는 사람, 돈 벼락을 맞고 죽는 사람, 명예라는 큰독에 빠져 죽는 사람도 많지만 여자의 색기에 눌려 죽는 남자들도 많다. 그것을 불교에서는 도화살이라고 부른다. 불가에서는 도화살이라는 이름의 악귀에 희생된 스님들도 아주 많다. 야브 역시 스님으로 사는 한, 여자의 도화살을 피할 수가 없다. 그러나 야브가 환속해서 지니와 인연을 맺고 살면 야브는 도화살을 면할 수 있고 셔리와 얽힌 악연도 풀리게 된다. 전생에서 빗나간 인연의 궤는 이승에서도 빗나간 궤로 다시 만나기 때문이다. 그 인연의 궤는 이승에서 풀지 않는 한, 저승에서 다시 반복되기 마련이다.

“그걸 어떻게 알지?”

"수행을 하다보면 저절로 알게 돼."

"날더러 그 말을 믿으라는 거야?"

"믿고 싶지 않아도 그것이 현실이다."

"그 말을 지금 나한테 하는 이유가 뭐지?"

"지금까지 넌 내 말을 들을 수 있는 귀가 없었다. 귀는 때와 장소에 따라 열리고 닫히는 법이다. 넌 내 말이 서울에서 들리는 거야."

"나한테 그 말 하려고 서울까지 따라온 거냐?"

"마침 시절인연이 맞아떨어져서 넌 지금 겨우 귀가 열려있어서 내 말이 가슴까지 울리고 있어."

지니는 그의 말이 어이가 없다. 야브의 말대로 해석하면 두 사람은 전생에서 꼬인 인연의 실마리가 풀리지 않고 반복되고 있다. 그 불가해한 갈등의 매듭을 풀기 위해서 누군가의 희생이 필요하다. 세 사람의 악연을 가장 쉽게 풀 수 있는 방법은 지니의 결심에 달려 있다. 나는 서울까지 가서 불교의 인연론을 통해 지니에게 사랑공세를 편 야브의 집념이 놀라웠다. 하지만 야브의 원력으로는 지니를 얻을 수 없다는 것을 나는 안다. 나는 불교의 인연법칙은 잘 몰라도 운명의 예감을 잘 믿는 편이다.

"그래서 결론은?"

"야브가 물었을 때 나는 한 방에 결론을 내렸지. 네가 셔리의 도화살에 죽어서 부처님께 소신공양하는 길만이 중생을 구하는 길이라고 말해줬어."

나는 지니의 말에 크게 놀랐다. 그 말은 지니가 야브에게 도화살에 죽는 방법밖에 없다는 최후의 통첩이나 다름없었다. 그 말이 저주인지 축복인지는 알 수 없었다. 야브가 좌선

수행으로 도화살을 극복할 수 있는지는 여전히 의문이었다.
나는 인간도 개구리나 물고기처럼 체외수정을 하는 동물로
태어났더라면 야브처럼 지니의 사랑을 얻기 위해 고행하는
일도 없을 것이라는 생각이 들었다. 인간이 개구리로 태어나
면 적어도 사랑으로 죄 짓는 일은 없을 것이다. 그러나 그 대
신 인간의 마음은 삭막하고 황량한 사막이 되어야 한다. 물론
종족유지를 위한 인류의 고민도 사라질 것이며, 밍크처럼 하
루 종일 땀을 흘리며 배란을 위해 애쓸 이유도 없을 것이라
고 나는 말했다. 그러자 지니는 눈을 휘둥그레 뜨고 물었다.

"밍크가 뭔데?"

"밍크코트 만드는 그 밍크라는 놈 몰라? 밍크는 하루 종일
교미만 한대. 중간에 휴식시간은 있긴 하지만."

"정말? 어쩜…그럴 수가? 왜 그런대?"

"배란을 확실하게 하기 위해서지."

밍크가 배란 실패율을 없애고, 출산 성공률 백 퍼센트를
위해 암수가 온종일 기울이는 정성은 대단하다는 것이 실험
결과로 밝혀졌다. 그들은 그처럼 임신을 위해 섹스에 공을
들인다. 밍크는 시도 때도 없이 순간접촉을 시도하는 닭들의
덧없는 사랑과 비교가 안 된다. 인간은 닭들보다는 공을 더
들이지만 밍크에 비하면 어림도 없다. 그 말을 듣고 지니는
감탄하고 부러워하면서 말했다.

"듄이 내 방을 닭장으로 만든 건 처음부터 뭔가 잘못 됐어.
우리 당장 닭장을 치우고 밍크 방을 만들자."

22

　지니는 서울에 머물러 있는 동안 혜화동 할머니가 북한에 살고 있는 딸에 대한 사랑과 그리움이 얼마나 간곡한가를 직접 체험할 수 있었다. 그것을 지켜보는 현장은 너무 애절하고 비통했다. 그로 인해 지니는 세상의 모든 자녀들이 엄마를 사랑하는 것 보다 내리사랑이라는 엄마의 모성애가 얼마나 깊고 큰가를 비로소 깨닫게 되었다.

　지니에게 있어서 친엄마는 적어도 지금까지는 추상적이고 관념적인 존재에 불과했다. 지니는 엄마라는 존재를 자각하기 시작하기 전에 이미 양모 캐서린의 사랑을 너무 넘치게 받은 탓으로 모성에 대한 갈망을 거의 느끼지 못하면서 자라왔다. 그로 인해서 지니는 혜화동 할머니나 북한 친모의 딸에 대한 비원의 감정을 가슴으로 받아들이지 못했으며, 오히려 자신을 버린 친엄마에 대한 원망과 의혹의 가시만을 가슴 속에 더욱 키워왔다.

　하지만 지니는 혜화동 할머니를 곁에서 가까이 지켜보면서 누구나 실제로 스스로 엄마가 되어보지 않고는 모성애를 십분의 일도 이해할 수 없다는 것을 절실히 느낄 수 있었다. 모든 엄마에게 자식은 자신의 분신이며 생명이다. 그래서 세상에는 자식을 미워하는 엄마와 자식을 사랑하는 엄마가 따로 존재하는 법이 없다. 그래서 지니는 자기가 불행하게도 자식을 미워하는 엄마에게서 태어난 불행한 운명이었다는 자책감을 버릴 수 있었다. 단지 세상에는 태어난 아기와 이별할 수밖에 없는 운명을 가진 엄마들이 따로 있는데 자신이 불행하게도 그 중의 하나라고 생각했다.

지니의 할머니도 딸을 낳자마자 헤어져야 했던 불행한 엄마의 운명을 타고난 것처럼 북한의 친모 역시 대를 이어 태어난 아기와 헤어질 수밖에 없었던 불행한 운명을 가진 엄마 중의 한 사람이었다. 그처럼 모녀 2대에 걸친 불행이 반복된 것은 할머니에게도 친모에게도 지니에게도 너무 큰 비극이었다.

지니는 외할머니의 북한 딸에 대한 평생에 걸친 극진한 사랑을 지켜보면서 서서히 마음이 움직이기 시작했다. 혜화동 정덕귀 박사는 헤어진 가족과의 재회를 기다리며 한 평생을 살아온 분이었다. 할머니의 그런 삶은 어쩌면 목숨을 다할 때까지 계속될 것이다. 정덕귀 박사는 평생을 수절하면서 독신을 지켰으며, 고향을 떠날 때 법관이 되겠다고 한 부모님과의 약속도 끝내 지켰다. 혜화동 집에는 남편이 돌아오면 입을 수 있도록 새 양복이 늘 옷장 속에 걸려 있고, 북한의 딸이 혹시라도 돌아올 수 있는 날을 위해서 방도 따로 비워두고 살았다. 방이 많아서 비어둔 것이 아니라 애초에 혜화동 한옥을 개보수 할 때 남편과 딸의 방을 따로 설계해두었다.

남북이산가족상봉 이후, 혜화동 할머니에게 달라진 것이 있다면 남편이 전쟁 통에 죽었다는 사실을 알고 생일잔치를 성당의 연미사로 대체한 것과 개성의 여동생으로부터 받은 유일한 딸 홍순이의 사진을 책상 위에 놓아둔 것이다.

지니가 한국에 도착한 다음날 저녁에 할머니는 누구의 생일도 아니었는데 생일 케이크를 주문했다. 지니가 왔으니 북한에 사는 딸의 생일을 축하해주고 싶었기 때문이었다. 정덕귀와 지니는 북한 홍순이의 57번째 생일을 축하해주기 위해 촛불을 켜고 노래도 불렀다. 할머니는 '해피 버스 데이 투 유, 사랑하는 우리 순이 생일 축하합니다.' 라고 불렀고, 지니는 '…사랑하는 우리 엄마 생일 축하합니다.' 라고 불렀다. 태어나서 처음으로 엄마를 위해 불러준 생일축가였으며 지니가 처음으로 친모에게 사랑하는 우리 엄마라는 말을 하게 된 잊을 수 없는 날이 되었다. 지니는 지금까지 한 번도 친모를 사랑하는 엄마라고 말해본 적이 없었지만 그날 이후로 지니에게는 친모가 사랑하는 엄마가 되었다.

'순이야, 네 딸년이 이렇게 내 곁에 찾아와서 처음으로 네 생일축가까지 불러주게 되었구나. 세상에 이런 기쁜 날이 또 어디 있겠느냐. 나는 네 입으로 엄마란 말을 한 번도 들어본 적이 없다만 내 마음속에는 이미 수천수만 번 그 말을 들으며 살았다. 비록 너는 지금 먼 국경의 북쪽에 살고 있지만 너는 늘 내 마음속에 함께 살아 있다. 네가 내 마음속에 있는데 그보다 더 가까운 곳이 이 세상 어디겠느냐. 네 맘속에 엄마에 대한 그리움과 함께 네 딸 지니의 사랑이 깃들어 있듯이 내 맘속에도 지니의 맘속에도 넌 늘 우리 속에 살면서 함께 숨 쉬고 있다. 우리가 사랑하는 마음을 모아 너에게 보내는 생일축하를 기쁘게 받아주기 바란다. 사랑하는 순이야, 나는 너를 볼 수 없어도 사랑한다."

그 순간 지니는 늘 의혹의 안개 속에 흐려있던 친모가 노래 속에서 또렷이 살아서 돌아온 것 같은 온기를 느낄 수 있었다. 전에는 누가 마음속에 사랑으로 살아있다는 말뜻을 이해하지 못했지만 이제 지니는 그 말뜻을 가슴으로 이해할 수 있게 되었다. 아무리 가까이 있어도 사랑이 없으면 천리밖에 있는 것과 다를 바 없지만 아무리 천리밖에 있어도 사랑이 있으면 내 마음과 함께 머물러 있다. 엄마는 낳아준 이상 길렀거나 안 길렀거나 엄마라는 사실을 부인할 수 없고 부인해서도 안 되며, 엄마를 전에 본 적이 있거나 없거나, 혹은 엄마가 곁에 있거나 없거나, 마음에 들거나 안 들거나 엄마는 세상에 하나밖에 없는 절대적인 존재로 나와 함께 가슴에 살아 있다.

"엄마는 내가 선택하는 것이 아니라 선택 당하는 것이며, 내가 사랑을 받는 것이 아니라 사랑을 당하는 것이다. 엄마, 정말 미안해요. 제가 그동안 너무 어리석었어요. 제게 지금까지 엄마라는 존재는 나에게 늘 외계인처럼 느껴졌어요. 나는 내 눈에 보이고 만질 수 있어야만 엄마가 될 수 있다고 생각했어요. 하지만 내가 한 번도 본 적이 없고 만날 수도 없는 엄마도 엄마를 사랑하는 마음이 내 안에 살아있는 한, 엄마는 늘 나와 함께 살아 계시다는 것을 깨닫는데 27년이라는 세월이 걸렸어요."

나는 그날 밤 펑펑 우는 지니가 지쳐서 곤히 잠들 때까지 다시 뤼베롱의 목동소년이 되어 지니에게 내 어깨를 빌려주었다. 그리고 지니가 깊이 잠든 후에야 자두색 가죽소파 위에 편하게 눕혀주고 모포를 덮어주었다. 나는 새근새근 잠든 지니가 길을 잃고 헤매다가 잠든 별이 아니라 마침내 잃어버린 엄마를 찾은 별이라는 것을 그때 알았다. 그녀가 어머니를 위해 흘린 눈물이 마침내 어머니를 찾게 해주었다. 엄마를 찾으려면 먼저 엄마를 사랑해야 한다. 미워하고 무관심한 마음에 어머니가 찾아올 수 없다. 지니가 한국에서 깨달은 것은 그 말이었다. 어머니를 그리워하고 사랑하는 마음이 없는 사람에게 엄마는 영원히 없다.

　다음날 우리가 깨어났을 때는 아침 10시가 훌쩍 지나서였다. 창밖에는 늦가을의 화사한 햇살이 빛나고 있었다. 11월의 마지막 날이다. 내가 맨해튼의 데이지타워에 둥지를 튼 지도 벌써 여러 달이 흘렀다. 뉴욕의 맨해튼에는 어느덧 을씨년스러운 겨울바람이 빌딩의 계곡과 그늘을 넘실거리며 동장군처럼 진군하고 있었다. 나는 지니의 자두색 가죽소파에 마른 잎과 이끼를 푹신하게 깔아놓았다. 그리고 우리가 밍크처럼 온종일 사랑만 나눌 것인지, 토종닭처럼 들판으로 먹이를 쪼러 나갈 것인지 물었다. 지니는 밍크보다 토종닭이 되고 싶다고 말했다.

　우리는 브룩클린 역까지 지하철로 이동한 후에 뉴욕의 명소로 손꼽히는 그리말디스 피자집을 찾아갔다. 테이블이 열두어 개쯤 되는 작은 가게에는 십여 명이 줄을 서서 기다리고 있었다. 석탄불 철판에서 구워낸 즉석피자의 맛은 기다린 시간을 보상하고도 남을 만큼 일품이었다. 브룩클린 거리는 옛 영화 브룩클린으로 가는 마지막 비상구에서처럼 게이와 매춘과 마약과 폭력이 난무하던 유태인 빈민가가 아니었다. 영화 속에서 노랑머리와 검은 스커트에 붉은 셔츠를 아슬아슬하게 걸쳐 입고 퇴폐적인 섹시미를 과시하며 뉴욕경찰 기마대에 둘러싸여 도발적으로 걷던 창녀 트랄라의 모습도 지금은 없다. 그 거리에는 마크 노플러의 슬픈 영화음악도 들리지 않았다. 맨해튼을 잇는 브룩클린브리지는 굵은 철제 와이어들이 두 개의 벽돌교각에 뒤엉킨 거미줄처럼 매달린 채 1백36년이나 다리를 공중에 붕 떠받치고 있다.

　우리는 맨해튼 스카이라인 위로 비껴드는 오후의 햇살을 받으며 할 일 없이 노닥거리는 백수처럼 다리 위를 휘파람을 불며 느리게 걸었다. 먼 바다의 배들이 광채 속에 흐릿하게 떠있고, 빛의 안개 사이로 자유의 여신상이 눈에 들어왔다. 그때 내 귀에 '코노 하시 수코쿠 수테키다나(이 다리 정말 멋지네).' 라는 일본말이 들려온다. 일본여자가 사진을 찍어달라고 부탁한다. 내가 카메라 셔터를 누르면서 김치를 외쳤더니 여자들은 무슨 뜻인지 모르고 큰소리로 치즈를 외친다. 브룩클린브리지를 걷는 사람들은 대부분이 먼 외지에서 온 관광객들이다. 만일 다리 위에 있는 사람들에게 뉴요커들만 손들어보라고 외치면 아무런 반응이 없을 것이다.

"할머니는 내 앞에서 미유리 쿠로사키 애기는 입도 뻥끗 안 하셨어. 나도 다 아는 애긴 줄 알고 계셨을 테니까 반복하기도 싫으셨겠지만 그보다 할머닌 숨이 차서 긴 말씀을 못 하셨고, 기억력도 예전 같지 않으셨어."

지니는 일본여자들을 보자 갑자기 일본 위장여권을 가진 북한의 여전사 미유리 쿠로사키가 떠올랐던 모양이었다. 지니 말이 맞다. 정덕귀 박사는 지금도 여전히 딸이 함경도 무산 땅에 살아있다는 사실에 온 신경이 집중되어 있을 것이다. 할머니에게는 홍순이와 관련된 모든 과거는 전생의 이야기처럼 아무 쓸모가 없다. 홍순이가 서울에서 그토록 무서운 운명의 소용돌이에 휘말렸다가 겨우 살아났는데 과거가 도대체 무슨 대수란 말인가. 할머니에게는 이미 법조계의 거물로 명성을 휘날렸던 자신의 과거마저도 이미 전생에 겪었던 한 순간의 기억처럼 여기고 있는데.

당시 일본에서 서울 작전지역에 침투한 미유리 쿠로사키는 서울 명륜동 뒷골목에 있는 외국인 전용아파트에 살면서 뉴욕뱅크 서울지점의 파이낸셜 플래닝 매니저로 일하고 있었다. 뉴욕뱅크는 다른 시중은행들과 달리 일반 고객전용 창구가 없고, 부유층 고객들에게 금융서비스를 연결해주는 프라이빗뱅킹과 투자자 간의 중간매니저 역할을 했다. 미유리는 빼어난 미모, 유창한 영어실력으로 뛰어난 업무능력을 인정받는 엘리트 중의 하나였다. 미유리의 공화국 중앙당과의 접속코드는 아시아 미래건축설계사 대표로 위장한 일본여자 나오꼬였다. 미유리는 나오꼬와 일본어로 소통하면서 극비의 보안 상태를 유지하고 있는 중이었다.

미유리는 서울에서 합류키로 했던 삼인조 조장 전중혁 상위와 리병두 소위의 안부나 동향에 관해서는 전혀 백지상태였다. 미유리는 서울에서 섬처럼 고립되었고, 모든 정보도 차단되었다. 두뇌가 우리 몸의 신경조직을 관할하고 말단신경들이 신호체계를 통해 감각을 전달하는 것처럼 공화국의 중앙당 해외정보국 역시 남조선에서 활약하고 있는 비밀요원들과 정보교류는 가능했지만 요원들 간의 횡적인 연결은 방어벽처럼 차단되었다.

미유리가 서울에 온 지 일 년이 지난 어느 날 중앙당에서 첫 임무가 떨어졌다. 서울 뉴욕뱅크의 상위 고객리스트 중에 이동후라는 인물의 인적사항을 철저히 조사해서 보고하라는 지시였다. 미유리는 곧바로 이동후의 개인 비밀파일을 찾아내어 신상기록과 신용평가를 살폈다. 서울출생, 42세, 서울공대 졸업 후 도미, 미국 존스홉킨스대학에서 박사학위 취득, 동 대학 교수 및 미국과학기술연구회 연구위원의 화려한 경력. 현재는 한국과학기술 상임연구실장, 이혼경력이 있고, 자녀는 없으며 독신생활을 유지, 소유재산은 액수 미상의 미국 내 부동산과 여러 개의 과학 특허소유권이 있으며, 은행잔고는 평균 7백만 달러 계속 유지 중이다. 미유리는 이동후의 개인파일을 복사하고 밀봉한 다음 지시대로 상부에 보고했다. 그날도 퇴근 후 집으로 돌아온 미유리는 샤워를 하고, 카레라이스를 직접 만들어 저녁식사를 마치고, 무심히 석간을 펴들었다. 신문 사회면을 막 넘기려는 순간 미유리의 눈앞에는 놀라운 사진 한 장이 크게 클로즈업된다.

미유리의 가슴은 덜컥 내려앉았다. 활짝 웃고 있는 신문사진의 주인공은 놀랍게도 개성엄마였다. 시원한 이마와 깊고 정다운 눈빛이며 다감하게 웃는 모습이 엄마의 외모며 분위기와 너무 흡사한 사진이었다. 미유리는 사진을 보면서 엄마 생각이 나서 눈시울을 붉혔다. 그 순간, 미유리의 눈에는 헤드라인이 눈에 잡힌다. '정덕귀 박사, 올해의 아시아인권연맹 수상자로 선정'. 미유리는 신문을 바짝 끌어당긴다. 황해도 개성 출신, 서울법대와 미국 프린스턴대학원 박사, 귀국 후 모교인 서울법대 교수로 재직 중 수많은 저서를 집필하고 많은 후학들을 길러낸 정 박사는 불우한 이웃들에게 깊은 사랑을 베풀었으며 수십여 년 간에 걸쳐 인권변호사로 무료변호를 해왔다. 군사정권 시절에는 독재에 항거, 반정부 인사로 낙인 찍혀 투옥되는 등 민주화투쟁의 기수로 시대양심의 귀감이었다. 법을 통한 양심과 사회정의를 실현하는 인생관을 초지일관 지켜왔다. 이에 아시아인권연맹에서는 정덕귀 박사를 올해의 아시아인권상 수상자로 선정했다. 신문에는 정덕귀 박사가 말레이시아의 수상식장에서 가진 인터뷰 기사가 한 페이지를 가득 메웠다.

"정 박사님께서 북한에 가족을 두시고 월남하신 걸로 알고 있습니다만 북한의 인권문제에 대해서는 어떤 견해를 갖고 계십니까."

동양신문 정치부 기자의 질문에 정덕귀 박사는 답변한다.

"저는 북한에 두고 온 가족을 생각하면 지금도 눈물로 밤을 지새웁니다. 지척의 거리에 혈육을 두고 만날 수 없다는 것은 인간의 기본적인 인권을 유린하는 비인도적 행위입니다. 남북이산가족의 재회와 상호방문은 우리 민족만의 과제가 아니라 전 세계의 인류가 함께 풀어야 할 숙제이며 동 시대를 사는 인류의 책임과 의무라고 생각합니다."

그 순간 미유리는 눈을 감는다. 개성을 떠나기 전날 밤에 엄마가 한 말들이 계속 머릿속에 떠오른다. 순이야, 네가 서울에 가서 가장 먼저 해야 할 일은 엄마를 찾는 일이다. 그 다음 일은 모두 엄마에게 맡기면 된다. 그것이 하늘의 뜻이고 엄마의 뜻이기도 하다. 미유리는 깊은 한숨을 내쉰다. 잠시 머릿속이 하얗게 변해서 아무 것도 떠오르지 않는다. 하지만 내 목숨 하나 구하려고 가족을 버릴 수는 없다. 공화국에 대한 배신은 그 즉시 가족들의 파멸이라는 보복으로 돌아온다. 그것이 북한에서는 얼마나 무섭고 가혹한 지옥인지를 미유리는 너무나 잘 알고 있었다.

아파트 창밖에는 굵은 별들이 금세라도 쏟아져 내릴 듯 번쩍거리고 있었다. 그 날 밤 원산을 떠나 대양호를 탔을 때 선창 밖으로 보이던 별과 똑같은 별이었다. 지금쯤 엄마도 북창을 통해 밤하늘의 별들을 바라보면서 눈물을 흘리고 있을지도 모른다. 미유리는 서울에 온 후 정덕귀라는 이름을 머리로는 잊고 마음속에서도 지웠다. 미유리에게 친모란 있을 수 없고 있어서는 안 된다. 미유리의 뺨은 천천히 젖는다. 진실을 부인하는 일은 눈물로밖에 할 수 없다. 브룩클린브리지 위에서 지니와 나는 그런 얘기를 나누고 있었고, 지니의 눈도 어느덧 젖어 있었다. 나는 다리의 난간에 기대어 먼 바다를 바라본다. 지니의 슬픔이 그 당시 서울에 있던 미유리의 눈물과 어떻게 다른지 나는 알 수가 없었다.

23

브룩클린브리지의 이스트 강 쪽에서 부는 바람은 시샘이라도 하는 듯 지니의 목덜미를 덮은 머리를 계속 들어 올렸다. 우리가 브리지의 중간쯤 지나고 있을 때 무대 위의 조명 빛처럼 쩡쩡 내리쬐던 햇살 속에서 빗방울이 후둑후둑 돋기 시작했다. 갑자기 쏟아지는 깜짝 여우비다. 다리 위를 걷던 사람들이 우르르 뛰면서 이리저리 흩어진다. 마땅히 비를 피할 장소가 따로 없다. 나는 윗옷을 벗어 둘의 머리 위를 덮어쓰고 지니를 꼭 끌어안고 서서 비를 흠뻑 맞았다. 그 순간 지니의 아름다운 목덜미가 내 후각을 늘 강하게 마비시키는 마취제의 진원지라는 것을 알 수 있었다. 그 냄새는 내 신경을 강하게 자극하며 바짝 긴장시켰다.

"여우비가 오면 호랑이가 장가간다는데 어디서 잔치국수를 먹지?"

나는 그 말을 듣고 지니가 이제는 한국여자가 다 되었다는 생각이 들었다. 미국에서 자란 지니가 여우비에 얽힌 한국 속담을 농담으로 소화하기란 결코 쉬운 일이 아니다. 우리는 브룩클린브리지를 건너 뉴욕시청 앞 스타벅스 커피숍에서 젖은 옷도 말릴 겸해서 커피를 주문했다. 따뜻한 커피 잔을 손으로 감싸 쥐고 있는 지니의 모습 속에서 나는 어렴풋이 홍순이의 영상이 떠올랐다. 현대과학은 유전자로 동물복제를 하고 있지만 창조주는 이미 아담과 이브 이후부터 인간에 의한 인간의 생체복제를 꾸준히 계속해왔다. 그로부터 태초에 두 명에서 시작된 인류는 지금 지구상에 70억 명에 이르고 있다. 인간의 탄생은 우연히 이루어진 것이 아니듯이 인간이 그 혈통을 계속 복제하며 이어가고 있는 것도 우연은 아니다.

최근에 나는 무슨 일에나 우연인지 필연인지 따져보는 버릇이 생겼다. 얼마 전에는 태권도스쿨에 갔다가 30대 후반의 흑인 여성변호사 엘렌과 우연과 필연에 관한 얘기를 심각하게 나눈 적도 있었다. 엘렌도 나처럼 인간은 신에 의한 필연적인 결과물이라는 확신을 갖고 있었다. 독신주의자인 그녀는 TV에서 액션영화를 본 후에 태권도를 알게 되었다. 그녀는 성범죄 피해자로 법정에 선 여성들의 증언을 통해서 여자들이 남자들보다 체력 열세로 많은 인권 피해를 당하고 있으며, 그 대책으로 여자들이 개인방어와 공격기술을 익혀야 한다는 사실을 깨달았다.

그녀가 태권도를 시작한 것은 그 때문이다. 체격도 크고 순발력이 뛰어난 엘렌은 십여 년간 태권도를 수련한 결과 지금은 블랙벨트 실력을 갖추고 어떤 억센 남자도 단숨에 넉아웃시킬 수 있는 체력과 기술력도 갖고 있다. 그녀의 태권도 묘기는 삼바 춤에서 나오는 슬로우 파워다.

"막지 못하면 맞는다."

엘렌이 나를 보고 말했다. 그러나 나는 그녀의 말을 "막기 전에 공격의 틈을 주지 않는다."는 말로 다시 정정해주었다.

"역시 그게 한 수 위네요. 제 아버지가 나에게 법 공부를 시킨 것은 몸과 마음이 여린 저를 법으로 무장시키고 싶었던 거죠. 법을 잘 아는 것도 선제공격입니다. 죄 짓고 법정에

선 사람들을 보면 인간관계에서 방어와 공격을 제대로 하지 못한 사람들이 대부분입니다. 모든 필연은 우연을 가장하고 찾아오죠. 물이 낮은 곳만 찾아 흘러서 끝내 바다로 가는 것처럼 모든 우연은 필연을 위해 거치는 긴 과정일 뿐입니다. 인간도 결국 삶의 과정을 통해 죽음의 필연으로 가고 있지 않습니까?"

변호사 엘렌의 인생론은 무척 논리적이어서 나와는 콩당콩당 얘기가 잘 통한다. 내가 살아온 길을 되돌아봐도 우연이라고 여겼던 사소한 일들이 필연적인 운명의 고리로 줄줄이 엮이어 있는 경우가 많았다. 예를 들면 고교 때 학교신문을 편집했던 것이 계기가 되어 신문기자가 된 것이나, 국어 선생님과 친해지면서 작가의 꿈을 갖게 된 것이나, 군 복무 때 보초를 같이 선 것이 계기가 되어 평생친구를 얻었고, 도서관에서 볼펜을 빌려준 인연이 첫사랑으로 발전했다. 그런 사소한 우연들이 만들어낸 추억을 하나하나씩 떠올리다 보면 결국은 그것이 내 인생의 큰 밑그림이 된다. 나뿐만 아니다. 개성에서 인민학교 교사를 꿈꾸던 홍순이 역시 예쁘고 공부 잘 한다는 이유 하나로 인생이 바뀌었고, 내가 뉴욕에서 지니에게 말을 건 것이 사랑의 불씨가 된 것도 우연히 만들어 낸 필연이 아니겠는가.

우리는 큰일을 당하고 나면 불과 몇 분 전에도 그 일을 예상치 못했던 어리석음에 분통을 터뜨린다. 하지만 우리는 그런 우연도 거부할 수 없다. 모두 삶의 한 부분으로 받아들여야 한다. 마치 미리 설계된 그림의 조각들을 맞추어 가는 동안 어느덧 전체의 퍼즐이 완성되듯이 결국 순간순간의 우연들이 이어져서 생애라는 커다란 틀이 된다. 사람들의 지문과 동공의 얼개가 모두 다르듯이 영혼의 빛깔도 다르다. 사람들은 세상에 모두 함께 살고 있는 것 같지만 실은 각자의 세상에서 따로 살고 있다. 개인뿐만 아니라 국가의 흥망성쇠도 그와 똑같다.

한반도의 남과 북은 한겨레라고 말하면서도 서로의 심장을 향해 총구를 겨냥하고 있다. 한민족 한겨레라는 것은 사랑을 보장해주지 않는다. 공화국은 남조선이 가공할 신무기 개발에 착수했다는 정보를 입수했지만 그 실체를 나중에 알고 발칵 뒤집혔다. 지금 세계의 군사강국들이 개발을 서두르고 있는 고주파 스마트폭탄의 파괴력은 핵무기를 무력화시킬 만큼 위협적이고 위력적이라는 사실을 뒤늦게 깨달았던 것이다. 남조선이 신무기 개발에 성공하면 군사적 대결은 그것으로 종결된다. 공화국은 그 무기 개발의 배후에 미국 코넬대학 이동후 박사가 개입되었다고 확신하고 재빠르게 움직이기 시작했다.

나는 뉴욕에 오기 전에 과학전문기자로부터 무기 관련 최신 정보에 관한 브리핑을 받은 적이 있다. 반물질 폭탄은 수폭 '차르' 보다 1천 배나 위력이 크고 그 파괴력은 TNT의 400억 배에 이른다. 그 폭탄은 바늘 하나의 무게만으로도 뉴욕을 단숨에 사막으로 바꾸는 파괴력을 지니고 있다. 하지만 나노 고주파 스마트폭탄은 그보다 더 무섭다. 공화국은 남조선의 나노무기 개발을 저지하기 위해 긴급 비밀회의를 소집한 끝에 서둘러 독말풀작전이라는 첩보작전을 기획했다. 중앙당 해외정보국은 지난 5년에 걸쳐 각종 특수훈련을 마친 요원들 가운데 독말풀작전을 효과적으로 수행할 수 있는 최정예 요원을 차출하기 시작했다.

그 과정에서 어퍼리에서 특수훈련을 마친 해외정보국 소속의 홍순이, 리병두, 전중혁을 최종 선발했다. 당시의 선발

과정은 홍 소위의 파일에 상세히 기록되어 있다. 본래 홍순이는 일본을 거쳐 미국으로 귀화한 후에 미 해군사관학교에 입학, 임관 후에는 미국 CIA 해군 분야의 비밀요원으로 침투하는 것이 최종 목표였다. 그러나 긴급한 돌발 상황이 발생하면서 그녀를 위해 세웠던 장기 프로젝트가 백지화되었고 그녀는 끝내 독말풀작전에 전격 투입되었다.

우리가 가정법을 써서 과거를 되돌아보면 아버지와 어머니가 어느 특정한 날 서로 데이트를 하지 않았더라면 지금의 나는 없다는 결론을 얻는다. 그런 식으로 내 운명은 우연한 만남과 사랑이 빚어낸 필연적인 결과이다. 공화국의 중앙당이 홍 소위의 장래목표를 바꾸지 않았다면 그녀는 서울에 올 리가 없었고, 지니 역시 서울에서 태어났을 리가 없었으며, 나는 뉴욕에서 지니를 만날 수 없었을 것이다. 과거 없는 모든 미래는 불가능한 것처럼 우연 없는 필연은 없다.

서울의 뉴욕뱅크 컨설팅 매니저 미유리는 1년여에 걸친 서울 생활에 적응한 끝에 처음으로 북한 중앙당 대남공작부 서울 주재 총책과 대면하게 된다. 9월 중순 해질녘에 미유리는 남산의 열세 번째 계단에서 70대의 노신사 다카하시와 극비면담을 가졌다. 다카하시라는 일본 이름을 가진 그는 대남첩보활동을 수행하고 있는 별도의 서울조직 핵심 책임자였다. 그가 왜 공식적으로 일본 이름을 쓰는지는 알 수 없었다. 미유리는 바바리코트에 중절모를 쓰고 콧수염을 기른 다카하시와 다정한 부녀처럼 남산 길을 산책하면서 일본어로 대화를 나누었다. 주로 다카하시가 말하고 미유리가 듣는 쪽이다. 그는 겉으로는 말투가 조용하고 부드러워서 얼핏 인자한 할아버지처럼 친근해보였지만 미유리의 눈에는 늙고 교활한 여우처럼 느껴졌다.

그의 진짜 모습은 평생을 비밀 공작원 생활로 잔뼈가 굵은 백전노장의 노련미 속에 잘 감추어져 있었다. 비밀공작 요원에게는 사실상 적도 동지도 없고 상관도 부하도 없다. 현장에서 벌어지는 모든 판단과 결정은 오직 단독으로 내려야 하고 책임도 혼자 져야 한다. 지령이 머릿속에 입력되는 순간 인간병기는 오직 목적지를 향해 달려가서 모든 작전을 결과로 말할 뿐이다. 다카하시는 처음 만난 젊고 아름다운 미유리를 보면서 자신의 판단으로 이 로봇을 신뢰할 수 있는지 여부를 판단하고 있는 중이었다.

"수단과 방법은 선택이 아니라 집중이오. 여자는 남자의 마음을 얻지 못하면 무기를 얻을 수 없다는 사실을 아시오?"

다카하시는 미유리에게 고도의 심리전법으로 말한다. 모든 작전마다 목숨이 걸려있지만 죽음은 최후의 무기가 되어야 한다. 다카하시는 젊은 미유리가 자신을 얕보고 있다는 것을 알았다. 그의 말은 겸손한 척 하면서도 무례하기만 했다. 미유리는 늙은 여우가 얼마나 많은 비밀공작원 동료와 선후배들의 배신으로 상처와 고통을 받아왔는지 잘 알고 있었다.

"도시데세꼬사세루요(꼭 해내겠습니다)!"

미유리는 다카하시 총책에게 단지 말로써 확신을 심어줄 수밖에 없다. 그녀가 다카하시 총책을 통해서 가장 알고 싶은 것은 이번 독말풀작전에 함께 투입된 삼인조가 서울에 무사히 입성했는지의 여부였다. 마침내 미유리는 용기를 내어 다카하시에게 단도직입적으로 묻는다.

"제 작전조는 서울에 있습니까?"

미유리의 질문은 극비사항이지만 다카하시는 자신의 위상을 보여주려는 듯이 딱 한 마디만 해줄 뿐이다.

"민나겡끼(모두 무사하다)."

그 순간 미유리는 왈칵 눈물이 솟구친다. 전중혁, 리병두가 기어코 죽음의 사선을 넘어 서울침투에 성공했으며 지금은 명령대기 중이라는 사실도 알게 되었다. 휴전선 돌파는 예나 지금이나 화약을 지고 뛰는 가장 위험한 침투작전이다. 미유리는 속으로 쾌재를 부르며 주먹을 불끈 쥔다. 미유리의 머릿속에는 그들과 고난의 행군을 함께 했던 훈련 시절의 동지애가 되살아났다. 남산계단에서 내려왔을 때 미유리는 다카하시에게 군대식 거수경례를 붙였다. 그것이 노신사에 대한 젊은 후배의 예우였다.

모든 사태는 안개 속에 가려져 있다. 평양을 떠날 때의 다짐과 결의는 약간 흐트러졌지만 전중혁과 리병두가 서울에서 작전 대기 중이고 지휘관이 등장하면서 실전이 임박했다는 긴장감이 왔다. 독말풀작전의 표적이 된 재미과학자 이동후가 실제로 나노의 군사무기 개발을 추진하고 있는지의 여부는 아직 확인되지 않은 상황이었다.

그는 코넬대학 나노연구팀이었고, 그가 귀국한 후에 동서울대학교 표기룡 박사와 연구팀워크가 되었다는 점이 의혹으로 떠올랐다. 나노 연구가 모두 전쟁무기의 개발을 뜻하는 것은 아니다. 지금 지니도 연구소에서 인간의 신경세포를 나노반도체 소자와 결합시키는 연구를 진행 중에 있고, 우주공학연구는 나노를 통한 로켓 추진력의 연구가 목표다. 또한 나노는 의학에서 놀라운 연구 성과를 올리고 있다. 나노가 인간의 생체 속에서 합성되려면 분자 수준으로 극소화되어야 한다. 사람의 조직세포 분자는 대략 1만7천 나노, 박테리아는 1천 나노쯤 만들어져야 세포와 함께 활동이 가능해지고,

나노 물질로 박테리아를 만들면 우리 몸에 3천여 가지나 되는 질병들이 분자이식만으로 완전히 해결된다. 그것으로 인간은 질병과의 전쟁을 완전히 끝낼 수 있다. 그 당시 코넬대학이 나노의 군사무기화 가능성을 처음 제기한 후로 강대국들의 초음파 군사무기화는 극비로 취급되어 수면으로 가라앉았다. 물론 과학계에서도 그 사실은 언급조차 사라졌다. 그것은 각국 정보기관들의 의심을 증폭시켜 나노 관련 연구자들의 동향에 촉각을 곤두세웠다. 공화국이 이동후를 의심하고 주목한 것도 바로 그 때문이었다.

24

1980년 10월 중순 저녁 8시경, 베이지색 포드승용차 한 대가 서울 남산 외인아파트 주차장에서 벤츠승용차의 뒷범퍼를 세차게 들이박는다. 벤츠 옆자리에 주차하려던 포드 운전자의 실수에 의한 접촉사고였다. 포드 운전석에서 내린 젊은 여자가 아파트경비실에 접촉사고를 신고하자 잠시 후에 벤츠의 주인이 주차장으로 나왔다. 키가 크고 중후한 체격을 가진 40대의 중년남자였다.

"와타시가 이께마센데시다. 혼도니 모시와께 아리마센(제 실수였습니다. 정말 죄송합니다)."

여자는 남자에게 허리를 반으로 숙이며 일본어로 정중하게 사과한다. 자신의 잘못에 대해 최대한의 예우를 갖추는 일본식 저자세다. 여자는 외국인 전용아파트에서 나온 동양남자를 일본인으로 여겼다. 벤츠의 주인은 손상된 차의 뒷범퍼를 보면서 여자를 향해 '아유 오케이(다친 덴 없어요)?'라고 영어로 말한다. 그 순간 여자는 남자가 일본인이 아니라는 것을 알고 다시 고개를 숙인다.

"아임소리, 잇쯔 마이 휠트(죄송합니다. 제 실수였습니다)."

벤츠 주인은 어리둥절했다. 여자는 사고책임을 지고 벤츠를 수리해주겠다고 말했지만 남자는 난색한 표정을 짓는다. 그는 다음날도 차를 계속 써야 하기 때문에 수리를 다음 기회로 미루고 싶다고 말했다.

"벤츠회사에 수리를 부탁하고, 선생님께서는 이용에 불편이 없도록 똑같은 벤츠의 렌터카를 쓸 수 있도록 조치하겠습니다."

남자는 여자의 정중한 사과와 함께 발 빠른 사고조치가 마음에 든다. 그는 흡족하면서도 미안한 표정이었다. 남자는 가로등 불빛에 비친 아이보리 빛깔의 스카프를 두른 여자에게 강한 인상을 받고 묘한 호감과 호기심도 느꼈다. 그처럼 실수나 과실을 위장해서 이성의 관심을 유도해내는 접근 방식은 고전적인 수법이지만 연출만 잘 하면 자존심에 상처를 입지 않고 자연스럽게 활용할 수도 있다. 특히 그런 일은 남녀 간에 우연을 가장해서 필연을 만드는 기본 방정식이 될 수도 있다. 차량 접촉은 이동후에게 우연한 사건에 불과했지만 미유리에게는 작전수행의 첫 단초였다.

지니는 마미가 그날 차량 접촉사고 작전을 쓰지 않았더라면 두 사람이 우연히 만날 수 있는 확률은 거의 없다고 확신했다. 나도 똑같은 생각이었다. 지니는 우리 둘이 만난 우연을 수학적 확률로 계산해본 결과를 말해주었다. 세계 인구를 70억으로 잡으면 두 사람이 마주칠 확률은 단순계산으로 70억분의 1, 지구의 전체면적 5억1천만 평방킬로미터에서 우리 둘이 마주친 공간 확보비율의 확률은 5억분의 1, 북경 직립원인을 인류의 기원으로 잡았을 때를 50만년으로 계산하면 우리가 동시대의 같은 시간대에 마주칠 햇수 확률만도 50만분의 1이다. 게다가 우리 둘의 눈이 마주친 시간을 0.5초로만 잡아도 그 확률을 계산하려면 슈퍼컴을 쓰지 않으면 계산조차 불가능하다.

하지만 불교의 인연설로 판단하면 우리 둘이 연인으로 만난 것은 삼생의 인연도 더 된다. 삼생이란 전생에서 세 번이나 함께 살았던 추억의 경험을 가진 깊은 인연이다. 우리들이 지금 사랑하는 사람과의 인연의 뿌리는 그렇게 깊은 뜻이 있으며, 통계학 상으로도 소수점 이하의 확률에서 만난 놀라운 인연이었다. 그래서 나는 인간이 계산하는 확률지수와 신의 계산방식은 엄연히 다를 것이라고 지니에게 말했다.

북한의 비밀요원 홍 소위와 나노 공학박사 이동후와의 인연은 그렇게 시작되었다. 찌그러진 벤츠의 범퍼가 수리되어 주인에게 인계된 후에도 두 사람은 만날 기회가 거의 없었다. 세상에서 차량접촉 사건이 인연이 되어 연인이 된 남녀가 몇이나 될지는 통계가 없어서 잘 모르겠지만 혹시 있었더라도 그 수가 그리 많지 않을 것이다. 하지만 그것도 인연이어서 그랬는지 이동후는 수리된 벤츠를 탈 때마다 사고처리를 깔끔하게 마무리 해준 여자가 너무 고맙고 인상이 깊었다. 그날 밤 아이보리 빛깔의 스카프를 두른 여자는 그의 가슴 한 구석에 아름다운 실루엣처럼 깊은 여운으로 각인되었다. 첫 결혼에 실패하고 오랜 독신생활을 해온 탓이었을까. 지금까지 그토록 가슴에 아련한 여운으로 남는 여자는 처음이었다.

사랑은 연구실에서 많은 실패를 거듭한 실험 끝에 얻어지는 제품이 아니고, 광맥처럼 헤매서 찾는 것도 아니다. 사랑은 사랑하는 사람이 나타날 때까지 끈질기게 참고 기다려야 한다. 마치 거미처럼 그물의 덫을 쳐놓고 걸려들 때까지 길고 긴 인고의 시간 끝에 획득하는 행운이다. 그래서 그 기회를 놓치면 안 된다. 이동후는 그날 마침내 아이보리 빛깔의 날개를 가진 야행성 나비가 나타났다는 확신이 섰다. 그는 그날부터 주차장을 눈여겨 살핀다. 베이지색 포드 차를 탐색하기 시작한 것이다. 그것이 기회였다면 놓쳐서는 안 된다. 잠깐 눈 돌린 순간 행운의 나비가 거미줄을 벗어날 수도 있다. 마침내 이동후는 아파트 경비실 직원에게 벤츠와 접촉사고를 낸 여자가 누군지를 물었다.

"전 두 분이 서로 아는 사인 줄 알았는데 아직 모르셨군요. 그 분은 선생님과 같은 층에 사시는 일본 여자 분이십니다."

이동후는 그 말을 듣고 깜짝 놀랐다. 아이보리 빛깔의 날개를 가진 나비는 가까운 이웃이었다. 이동후는 오전 10시쯤 집에서 나가면 밤 10시가 넘어서야 귀가한다. 때로는 대학 연구실에서 밤을 지새우기도 하고, 과학연구단지에서 며칠씩 칩거하는 일도 잦다. 남산외인아파트는 그가 휴식을 위해 마련한 별장이었다. 독신인 그에게는 딱히 생활거처라고 말할 수도 없었다. 그 동안 미유리는 이동후의 주변을 탐색하고 있었다. 남자의 취향과 여가활동, 즐기는 스포츠와 교우관계, 이동거리와 궤적을 도표로 그려가며 추적했다. 거의 석 달에 걸친 탐색 끝에 미유리는 이 세상에서 이동후에 관한 신상정보와 자료를 가장 많이 알고 있는 여자가 되었다.

마치 심리학자 칼융의 심리유형론을 근거로 만든 심리테스트에서 내향·직관·감정·인식 등 단계별로 16가지 인간의 성격형태를 분석해내는 것처럼 그 남자가 권력형의 인간인지 은둔형의 인간인지 혹은 돈키호테형인지 햄릿형인지 판별도 가능해졌다. 군사작전에서는 적을 알면 백전백승이다. 미유리는 표적의 정보를 철저히 숙지할 때까지 모습을 드러내지 않았다. 우연의 결과를 필연적인 운명으로 만들기 위해서는 땀과 노력의 대가를 치러야 한다.

홍 소위는 지금 여기까지 오는데 무려 6년 이상의 세월이 필요했지만 앞으로 얼마나 더 오랜 시간과 노력과 희생이 필요할지는 아직도 판단할 수 없었다. 미유리의 독말풀작전은 앞으로 10년 앞을 바라보는 장기 전략이다. 물론 이동후 박사가 초음파 스마트폭탄을 개발한 시점까지 제한되어 있지만 첩보전은 그처럼 장기투자로 작전을 성공시키는 전쟁이기도 하다. 미유리는 그 동안 이동후를 추적하는 가운데 가장 공략하기 좋은 강점을 선택해냈다. 이동후의 취미이자 유일한 스포츠인 검도가 표적이 되었다. 그는 15살에 미국에서 초단을 딴 후로 승급을 거듭해서 지금은 공인 7단이라는 프로의 경지에 올라있다. 이동후에게서 나노와 검도를 빼면 그의 과거는 껍데기에 불과하리만큼 그는 단순하고 명료한 삶을 살아왔다.

그 날도 이동후는 검은 산케제 도복 차림에 무릎과 아킬레스건 보호대를 점검하고 호구를 착용한 후에 쟈크레자 검집에서 긴 청운 일본산 죽도를 꺼내 허공을 휘둘러본다. 한남동 동국검도수련장 관장은 그와 대적할 수 있는 5단 호적수와 정식 시범경기를 주선해주겠다는 제의를 했다. 그는 오랜 만에 짜릿한 전의를 느낀다. 상대가 누군지 잘못 걸렸다. 그 동안 쌓인 스트레스를 한 방에 날려 보내야겠다. 도장에 들어서자 대결상대는 이미 출전준비를 끝내고 격파대를 향해 트레이닝을 계속하면서 몸을 풀고 있는 중이다. 이동후의 워밍업이 끝나자 사범이 연습 중인 수련자들을 물리고 두 사람을 중앙으로 불러들인다.

정식 시범경기는 규정에 의해 제한시간 5분 내에 두 판을 선취한 자가 승자가 된다. 승부는 규칙에 따라 죽도로 유호 격자 부분에 상대의 머리와 손목, 허리와 목을 정확하게 가격하면 점수를 얻는다. 두 사람은 예의를 갖춘 후 공격 자세로 들어간다. 이동후는 상대의 호면을 바라본다. 면금 사이로는 식별이 어렵지만 죽도를 든 상대의 중단세며 하단세가 빈틈 없이 정교하고 허점이 보이지 않는다.

그는 순간 호락호락한 상대가 아니라는 것을 느낀다. 이동후는 초반부터 거세게 몰아붙여 상대의 공격 의욕을 좌절시킬 작전을 구상하고 있었다. 허리 중심의 경쾌한 발 움직임을 계속하면서 상대의 밸런스를 무너뜨려 수세로 몰아넣으려고 했으나 작전이 잘 통하지 않았다. 상대의 날카로운 공세가 계속되고 있다. 이동후는 상대의 죽도를 누르고 헤치고 털고 감으면서 유리한 위치에서 공격 기회를 포착하려고 했지만 상대의 철벽수비는 빈틈없다. 이제 시합은 장기전에 돌입되어 체력싸움으로 접어들었다고 생각한 바로 그 순간, 상대는 작전 기미를 알아챈 듯 얍! 하는 기합소리와 함께 전광석화처럼 머리 스쳐 허리치기와 머리 받아 손목치기를 감행한다. 이동후는 잠깐 사이에 어이없게 거푸 두 번이나 실점을 당한다.

시범경기가 끝나고 머리에서 초면덮개를 벗는 순간 상대는 놀랍게도 여자였다. 이동후는 지금까지 낮은 급수와 대적해서 한 번도 진 적이 없었고, 여자한테 패한 적은 더구나 없다. 얼핏 보니 여자의 얼굴은 낯이 익은데 기억이 나지 않는다. 평복으로 갈아입은 이동후는 관장실에서 여자를 만난다. 여자는 뜻밖에도 한국말을 못하고 계속 파든? 파든?(뭐라고 하셨죠) 하며 통역을 부탁한다.

"박사님께 소개하려던 참이었습니다. 이 분은 일본에서 오신 미유리 쿠로사키, 전 일본 검도협회 니가타현 지부 소속 사범으로 검도경력은 10년이고 일본 공인 5단이며 저희 도장에 오신 지는 아마 두 주일쯤 되셨죠? 도장에는 평일에 오

시기 때문에 박사님과 대적 기회가 없었습니다. 미유리 상과
는 영어로 말씀을 나누시면 됩니다."

그 순간 이동후는 깜짝 놀란다. 바로 그 여자였다. 벤츠와
접촉사고가 있던 날 밤 아이보리 빛깔의 야행성 밤나비. 그
날은 밤이었고, 잠깐 만나서 얼굴을 몰라본 것뿐이다. 이동
후가 벤츠의 접촉사고를 얘기하자 미유리 역시 눈을 크게 뜨
며 깜짝 놀란 제스처를 쓴다. 석 달 전의 일이었고, 옆집 이
웃사촌인줄은 까맣게 몰랐다. 그것이 기회가 되어 두 사람은
가까운 하얏트호텔 레스토랑에서 저녁식사를 했다. 이동후는
웨이터에게 한강의 야경이 탁 트인 창가 쪽에 자리를 부탁한
다. 그는 미유리에게 프랑스 요리를 권하고 셰프에게 돼지고기
와 소의 위막으로 만든 타블리에 드 사퀴르와 후식으로는 아카
시아와 야생딸기 꽃을 넣어 만든 크림과자 뷔뉴, 그리고 브로
고유 산 샤토와인을 주문한다. 둘은 식사하는 동안 검도 얘기
를 나누다가 마침내 명함을 교환하고 자기소개를 다시 한다.

"뉴욕뱅크 파이낸셜 플래닝 매니저?"

미유리는 이동후의 놀란 표정을 포착한다.

"뉴욕뱅크는 제 오랜 단골이죠."

"어머! 그래요? 선생님의 매니저 파트너가 누구죠?"

"저는 지정 매니저를 두지 않고 있습니다."

창밖에 펼쳐진 한강의 야경은 액자에 걸린 한 장의 풍경
화같다. 몇 모금의 샤토와인이 미유리의 몸을 점차 열기로
채운다. 미유리는 불안한 마음을 감출 수 없다. 홀의 스피커
에서 나직이 흘러나오는 상송은 미유리를 왠지 모를 슬픈 분
위기로 이끌고 간다. 이동후는 40대의 나이에 비해 훨씬 젊
어 보인다. 게다가 학자답지 않은 잘 생긴 얼굴에 검도로 다

져진 탄탄한 체격을 가진 귀공자 타입의 백만장자. 좋은 관
계로 만난 사이였다면 먼저 프러포즈라도 하고 싶은 로맨틱
한 분위기도 지녔다. 지금쯤 개성집에서 감자에 통강냉이죽
을 먹고 이불을 둘러쓰고 잠들어 있어야 할 홍순이가 호텔
고급 레스토랑에서 샤토와인을 마시며 호사스러움을 누리고
있는 미유리의 모습과는 형편이 너무 달라 보였다.

　11월에 접어들자 남산은 단풍이 짙어지고 기온도 제법 쌀쌀해졌다. 평양의 강추위에 비하면 이곳은 야간조깅 하기에 최적의 기온이다. 월봉산 해발 1천 미터까지 군장을 갖추고 도보훈련을 했던 미유리에게 남산 등정은 산책길에 불과했다. 장충동에서 시작하여 남부순환코스를 타고 남산타워에 도착, 다시 북부순환코스를 달려서 국립극장으로 하산하는 조깅은 거의 매일 밤 계속되었다. 그 날도 야간조깅을 마치고 샤워를 끝낸 밤 10시에 전화벨이 울렸다. 이동후의 전화는 그 시간이면 늘 정확히 울린다.

　미유리는 그 동안 주말이 되면 이동후와 검도수련장에 함께 가고, 맛집 순례도 하고, 밤 드라이브도 자주 다녔다. 한 아파트 이웃에 사는 독신남녀의 사귐은 아무 장애 없이 순조롭게 진행되었다. 둘의 통화 빈도도 잦아졌고, 대화가 많아지면서 마음의 벽도 허술해지고 간격도 좁아졌다. 그들은 서로에게 울타리를 넓게 쳐주었다. 여자는 남자에게 수컷의 영역을 확실하게 인정해주는 대신 자신의 안정적인 보금자리도 넓혀갔다.

　이동후는 작은 일에도 미유리에게 '아이니썸 헬프(도와주실래요)' 하고 자주 부탁했고, 미유리는 무슨 일이나 '아이드비글래 투(기꺼이 하죠)' 를 스스럼없이 말할 수 있었다. 언제 어떤 경우나 그의 곁에 있는 것이 미유리가 바라는 일이었다. 그날도 미유리는 이동후의 전화를 받고 급히 그의 아파트를 찾아갔다. 늘 닫혀있던 아파트 철문은 비스듬히 열려있었다. 아파트의 거실은 어두웠지만 클래식 음악이 제법 크게 울리면서 벽면에는 촛불 그림자가 일렁거렸다. 웬 촛불이 켜 있을까. 미유리가 멈칫거리며 안으로 들어섰을 때 이동후가 다가와 미유리를 식탁으로 안내했다. 테이블 위에는 케익이 놓여있었고, 작은 촛불들이 켜 있었다.

"해피 버스 데이 투 유."

이동후의 목소리는 약간 들떠있다.

"져스트 리쓴 투 미 훠러미닛(잠깐 제 말 들어보세요)."

미유리는 무슨 영문인지 몰라 잠시 어리둥절했다. 혹시 이동후의 생일인가 보다 생각했는데 오히려 그가 미유리에게 생일축하를 해주는 것이었다. 미유리는 가슴이 철렁 내려앉았다. 그녀는 순간 미유리 쿠로사키의 생일이라는 것을 깨달았다. 한동안 까맣게 잊고 있었던 날짜였다. 홍순이의 본래 생일은 5월이지만 미유리가 여섯 달이 빠른 27살 동갑내기였다. 하지만 그가 어떻게 미유리의 생일을 알고 축하파티를 해주는 것인지 의문이었다. 이어서 이동후가 생일축가를 불러주었다. 미유리는 눈을 감고 그의 노래를 들으며 속으로 혼자 자신에게 다짐을 했다.

'나는 가족과 조국을 지킬 것이다. 나에게 맡겨진 임무를 성공적으로 수행하고 반드시 어머니 곁으로 돌아갈 것이다. 이 남자는 나를 사랑하고 나는 이 남자를 사랑해야할 의무와 책임이 있다. 내게는 지금 남자를 선택할 권리가 없다. 나는 이 남자에게 거짓 사랑을 위장해서는 안 된다. 이 남자를 진실로 사랑하는 것만이 가족과 공화국을 사랑하는 일이다. 작전에 성공

하기 위해서는 수단과 방법은 선택이 아니라 집중이다.'

미유리가 기도를 끝내고 촛불을 끄자 그가 박수를 쳤다. 이어 미유리는 이동후의 선물을 받았다. 목걸이었다. 선물 케이스 안의 목걸이에 달린 나비문양 속에서 다이아몬드가 번쩍거렸다. 미유리는 크게 놀랐다. 비싼 목걸이 때문이 아니라 그의 섬세한 사랑과 배려 때문이었다. 그가 미유리에게 목걸이를 걸어주었다. 미유리씨를 볼 때마다 늘 목이 허전해보였는데 정말 좋습니다. 작은 정성이니 부담 갖지 마십시오. 그의 말에 미유리의 눈은 촉촉이 젖는다. 그의 생일축하 파티와 선물은 정말 눈물 나게 고맙다. 그는 손수건을 꺼내 미유리의 눈물을 닦아준다. 그 동안 겪은 고통과 외로움이 눈물과 함께 눈 녹듯 사라지는 것 같았다. 비록 모든 일이 연극이라 할지라도 배우는 주인공의 역할에 집중하면 현실처럼 빠져들 수 있다.

미유리는 얼굴이 화끈거리고 숨이 차오른다. 테이블 위에는 생크림으로 하트를 마블링한 케이크와 호텔 레스토랑에서 마신 샤토와인과 크리스털 잔이 놓여있다. 클래식 음악이 흐르는 가운데 그가 잔에 샤토와인을 따라주면서 전원 스위치를 내린다. 실내 전체가 아늑한 조명등 불빛으로 바뀐다. 두 사람은 불빛 그림자 속에 동그랗게 갇힌다.

"누구나 생일은 기억해주는 사람이 있어야 축하 받을 자격도 있다고 생각했어요. 이 박사님께서 제 생일파티를 차려준 첫 남자가 되셨네요. 이렇게 멋진 생일선물을 받아본 것도 처음이에요. 이런 축하를 받으리라고는 한 번도 상상해본 적이 없었어요. 뭐라 감사의 말씀을 드려야 할지 모르겠어요. 아임 워너드(영광입니다)."

그들은 유리잔을 부딪치며 샤토와인을 여러 차례 비운다. 두 사람은 얘기가 깊어지면서 서로의 과거를 조금씩 드러내기 시작했다. 미유리는 이동후에게 어머니는 세상을 떠났고, 아버지는 일본 니가타현의 불교스님으로 수행중이며, 자신은 대학 때부터 도쿄에서만 혼자 살았다고 말했다. 이동후는 코넬대 교수를 휴직 중이며, 지금은 한국에서 연구생활을 계속하고 있고, 오래 전에 이혼해서 지금은 독신생활에 익숙하다고 말했다.

"우린 우연히 남산의 까치집에 함께 둥지를 틀게 되었군요."

이동후의 말에 미유리는 깜짝 놀란다. 그녀 역시 이동후처럼 남산외인아파트 11층 꼭대기를 남산의 까치둥지로 여기고 있었다. 아침 일찍 아파트 뒤쪽에서 까치 짖는 소리에 잠을 깨긴 해도 두 사람이 동시에 그곳을 까치둥지로 연상한 것은 놀라운 우연의 일치였다. 미유리는 이동후로부터 까치둥지라는 말을 듣는 순간, 사랑의 정령이 두 사람을 교묘하게도 악연으로 얽어매고 있다는 느낌을 받았다.

나는 홍순이의 파일을 읽으면서 우리가 지니의 뉴욕 방을 닭장으로 비유했던 사실을 떠올리면서 묘한 느낌이 들었다. 닭장과 까치방은 뉴욕과 서울이 다르고 비유만 달랐을 뿐 놀라운 우연의 일치로 대비되고 있었다.

"서울에는 앞으로 얼마나 근무하게 되죠?"

"앞으로 2년이지만 원하는 경우 연장근무가 가능합니다."

"이 교수님은 언제까지 서울에 머물게 되죠?"

"지금 제가 하고 있는 연구가 끝날 때까집니다."

"연구가 언제 끝나죠?"

"글쎄, 여기 오기 전에 미국에서도 수년째 계속 해오던 일

이긴 하지만 앞으로 6개월 안에 끝날 수 있고, 아무리 늦어
도 1년 이내로 예상하고 있지만 그보다 더 걸릴 가능성도
있습니다."

미유리는 그 말을 듣고 가슴이 덜컥 내려앉는다. 이 박사
의 말에 의하면 연구는 이미 오래 전부터 시작되었고, 한국
에 온 후로는 그 연구가 막바지에 이르렀다는 뜻이다. 이동
후는 미국 코넬대를 휴직하고 국내의 표기룡 박사와 팀을 이
루면서 연구진척이 빨라진 것 같았다. 이동후는 모든 남자들
이 여자 앞에서 무용담을 과시하고 싶어 하는 것처럼 미유리
에게 자신의 연구 성과를 뽐내고 싶은 강한 유혹에 빠졌다.

"박사님께서 연구에 몰두하시는 걸 곁에서 지켜보면서 돌
봐 주는 가족도 없이 얼마나 힘드실까 하는 생각이 가끔씩
들었어요."

이동후는 그 한 마디에 큰 위로와 감동을 받았다. 지금까
지는 오직 연구를 성공시키기 위해 고통을 참고 견디어 왔지
만 성공을 눈앞에 둔 지금 미유리의 등장은 자신에게 새로운
인생의 미래를 예고해주는 행운의 기회처럼 느껴졌다. 그래
서 이동후는 더욱 미유리에게 연구 성과를 앞당겨 들려주고
싶은 충동에 사로잡혔다. 이윽고 이동후는 마치 꿈꾸는 소년
처럼 밤하늘의 별들을 가리키며 말했다.

"이번 연구가 성공하면 우주선은 더 빨리 더 멀리 우주의
혹성을 향해 날아갈 것입니다."

"그럼 박사님이 연구하시는 것은 우주로켓인가요?"

"그게 제 어린 시절의 꿈이기도 합니다."

이동후는 만화 같은 어린 시절의 꿈에 상상의 날개를 달
고 있는 중이었다. 그의 눈빛을 보면 이동후는 분명 우주로

켓 추진력을 연구하고 있는 꿈꾸는 과학자였다. 그런데도 미유리는 그의 위대한 꿈과 공상을 훼방하고 좌절시키기 위해 파견된 악마가 천사로 위장하고 뒤에서 음흉한 웃음을 흘리고 있다는 생각이 들었다.

"그런 멋진 일을 하시고 계신 줄 미처 몰랐어요."

"제 꿈은 나노기술을 통해 동화의 세계를 실현하는 것입니다."

동화의 세상을 창조하려는 그가 왜 신무기개발의 타깃이 된 것일까. 미유리의 의문은 계속되었다. 이동후는 미유리에게 그런 말을 거리낌 없이 하면서도 자신이 군사기밀이나 정보를 누설하고 있다고 여기지 않았다. 그것은 마치 피아노를 바이엘도 못 쳐본 사람에게 현악 5중주의 화성학이나 작곡가의 대위법이 비밀이 될 수 없는 것처럼 은행직원에게는 어떤 나노과학도 비밀이 될 수가 없었다.

그날 밤 생일파티를 마치고 늦게 집으로 돌아온 미유리는 한동안 깊은 고민에 사로잡혔다. 둘 사이가 너무 빨리 가까워졌기 때문이 아니었다. 이동후와 헤어져 집으로 돌아오면 더 그립고 외로움을 느끼는 것이 문제였다. 미유리는 조금 전에 겪었던 일들이 꿈처럼 느껴졌다. 그의 거실에 있던 크고 포근한 담홍색 소파, 하트를 마블링 한 생일 케이크, 샤토와인과 촛불, 그리고 알 수 없는 클래식 음악과 작은 나비 문양 속의 다이아몬드 목걸이. 아무리 눈을 다시 떠 봐도 모든 것들은 꿈이 아니라 현실이었다.

26

세계적으로 유명한 박물관에 가보면 대부분 약탈한 문화재들을 전시해놓고 있다. 하지만 그것은 문화적인 자긍심이라기보다 침략국가의 수치를 드러내는 일이다. 그런 박물관의 전시품목들을 보면 빼앗은 자의 탐욕과 빼앗긴 자의 슬픔을 떠올리게 한다. 인간은 강탈해서 옮길 수만 있다면 히말라야나 킬리만자로도 지금 그 자리를 지키고 있지 못했을 것이다.

뉴욕 이스트 맨해튼 81번가의 자연사박물관은 지배와 약탈의 문화를 전시해놓은 것이 아니라 지금까지 지구에서 살았던 동식물들의 생존과 멸망의 역사를 한 눈에 볼 수 있게 모아놓았다. 나도 전에 그림이나 사진으로만 보았던 동물들이 박제되어 있는 것을 보면서 저절로 감탄이 나왔다. 지금도 살아있는 기린, 코끼리, 코뿔소, 버펄로와 거대한 산양들은 물론 이미 지구에서 멸종된 선사시대의 쉬라이히 매머드의 형상이나 공룡 트리케라톱스, 티라노사우루스며, 스테고사우루스 등 읽기도 어려운 공룡들의 모습은 내 상상력을 훨씬 뛰어넘는 것들이었다.

하지만 선사시대의 동물들은 인간처럼 국경선을 만들고 땅을 뺏는 야만적인 전쟁은 하지 않았다. 대략 1억5천만 년이나 지구를 지배하고 살았던 공룡들이 갑자기 전멸하기 시작한 것은 기후변화에 적응하지 못했기 때문이다. 공룡의 시대가 끝난 후에는 거대한 새들이 7천만 년 동안이나 지구를 지배하고 살았다. 하지만 새들도 사는 동안 땅이나 하늘을 갈라놓거나 경계선을 만들지 않았다. 조상새들이 퇴화한 후에 인류가 지구상에 모습을 드러낸 것은 불과 2백만 년 전에 불과하다. 그런 세월은 공룡이나 새들이 지구를 지배하던 시간에 비하면 초창기에 해당된다. 그런데도 인류는 벌써 기후변화나 핵전쟁으로 인류의 멸망을 얘기하고 있다.

"우리는 지구를 인류의 공동묘지로 만들어서는 안 돼. 지금보다 강력한 로켓추진 연료를 만들어 제2의 태양계를 찾아서 이주해야 해. 모든 나라들이 좁은 지구촌에 오밀조밀 모여 국경을 만들고, 서로 땅뺏기나 하고 무기를 만들고 전쟁을 하는 일은 그만둬야 해. 지금 인류는 첨단 과학문명에 살고 있는데 내가 지구상에 살아 있는 엄마를 만날 수 없다는 것이 말이나 되는 얘기아? 어떻게 수십만 명의 가족들이 고향에도 못 가고 헤어진 혈육들을 그리워하며 울고 있는데 유엔이라는 곳은 도대체 뭘 하는 곳인데 인간의 기본인권이 무시되는 세상을 가만히 지켜만 보고만 있는지 모르겠어. 정말 인간들의 세상이 너무 한심하지 않아?"

지니의 말은 절규에 가깝다. 하지만 누가 유엔총장이 된다고 해도 지구상의 이산가족이나 기아와 질병과 평화문제는 해결되지 않을 것이다. 어쩌면 그 문제는 외계인이 유엔총장이 되어도 어려울 것이다. 그런 점에서 지구는 여전히 야만과 원시의 시대에 살고 있고 유엔은 빛 좋은 개살구가 되어 인류를 효과적으로 관리하고 통제할 능력을 갖지 못할 것이다. 그 말은 곧 인류는 양심과 진리를 지킬 수 있는 능력이 없는 존재라는 뜻이기도 하다. 결국 인류종족도 언젠가는 멸종하게 될지도 모른다. 혹시 인류 다음으로 지구를 지배하고 살게 될 어떤 존재가 자연사박물관을 갖게 된다고 가정하면 박물관에 인류종족들의 뼈들을 맞추어 전시해놓고 관람객들을 위해 이런 해설문을 써놓을지도 모른다.

'당대에 지구를 지배하고 살던 인류는 공룡처럼 크지도 않았고, 시조새처럼 날개도 없었다. 그들은 잘 뛰지도 못해서 1백 미터를 9초대로 뛰는 자들이 아주 드물었다. 그들은 2백여 미터 앞의 물체를 식별하지 못하는 시력을 가졌고, 날개가 없어서 장대를 들고 2미터만 높이 뛰어도 인간새라는 이름을 붙여주고 영웅으로 칭송했다. 소리는 2만 헤르츠 이하의 소리만 들을 수 있는 청각 장애를 가졌고, 후각기능도 보잘 것 없어서 경찰들이 맹견에게 끌려 다니며 마약을 탐지했다는 기록이 남아있다. 인간은 무척 탐욕적이고 호전적이어서 서로 다투어 강력한 폭약을 만들기 시작하더니 어느 날 홧김에 터뜨린 핵폭탄으로 공멸하고 말았다. 지금 인간의 문화유적으로는 피라미드가 유일하게 남아있을 뿐이다. 인류는 이집트라 불렀던 땅에 왜 그런 돌더미를 쌓았는지 모른다. 그 미스터리는 그들도 밝혀내지 못한 것을 보면 인류종족 이전의 문명이 아니었나 하는 추측이 간다. 인류시대에는 지구의 화산들이 대부분 휴식기여서 폭발이나 지진이 적었던 시기였다. 그 시기를 틈타 열등동물에 불과한 인류가 지구에서 잠시 번성기를 누렸을 것으로 추정된다. 그런 인류도 과학문명을 누렸다는 기록이 있지만 우리들은 그 증거는 단 한 가지도 찾지 못했다. 인류가 지구를 지배할 수 있었던 것은 지극히 우연한 행운의 결과였다. 아마 그런 생물학적인 존재는 어차피 항성들의 패권전쟁에서 살아남을 수 없었을 것이다. 인류의 조기 멸망은 너무나 필연적이었다.'

지니는 타임머신을 타고 수천만 년 후의 미래로 날아가 지구를 둘러보고 돌아온 것처럼 말했다. 나는 지니의 그런 상상력이 단지 기우이기를 빌 뿐이다. 인류는 공룡이나 시조새보다 더 오래 지구를 지배하고 살아야 하기 때문이다. 그래야만 인류는 공룡이나 시조새의 뼈를 박물관에 진열해놓고 그들의 멸종을 비웃을 자격이 있기 때문이다. 지니의 상상력은 때때로 작가의 추리력을 능가할 때가 있다. 그 힘이 친모를 찾게 된 원동력이 되기도 했지만. 어쩌면 지니가 나노 생명과학 연구팀에 끼어든 것도 그녀의 상상력에 대한 도전과 무관하다고는 볼 수 없다.

과학자들은 뛰어난 몽상가이자 예술가이다. 작가는 상상력과 꿈을 제시할 뿐이지만 과학자들은 상상과 꿈의 실현자라는 점에서 다르다. 나는 그 당시 이동후 박사가 나노 연구를 통해서 아름다운 꿈과 동화의 세계를 창조하고 싶은 순수한 열망을 가진 것인지 가공할 전쟁무기를 개발하려는 욕망에 사로잡힌 야심가였는지 판단할 수가 없다. 어쩌면 북한의 홍소위도 그 점을 쉽게 판단하기는 어려웠을 것이다. 하지만 한 가지 사실은 분명하다. 칼은 요리에 유용한 도구지만 동시에 위험한 살인무기도 될 수 있다. 핵도 먼저 전쟁무기로 개발된 후에야 평화적인 목적으로 사용되었지만 지금도 여전히 가공할 무기인 것처럼 나노기술도 인류가 원하는 목적에 따라 얼마든지 용도가 달라질 것이다.

우주과학자들은 나노의 에너지로 우주선 로켓추진력을 얻고 싶어 할 것이고, 의사들은 나노박테리아로 몸속의 바이러스를 잡는 로봇을 만들고 싶을 것이며, 군사 전략가들은 나노의 고주파로 휴대용 스마트폭탄을 만들고 싶은 유혹에 빠질 것이다. 어쩌면 이동후 박사도 그 문제로 현실과 이상에서 큰 갈등을 겪었을 것이 틀림없다. 그런 가운데 이동후 박사는 본의 아니게 자기 곁에 위험한 적을 두게 되었다. 더구나 그 적은 사랑이라는 이름의 위험한 향기를 품고 있다. 힐탑아파트의 담홍색 소파는 우리들 데이지타워의 자두색 소파처럼 점차 두 사람을 위한 사랑과 추억의 까치둥지가 되어가고 있었지만 그와 동시에 파멸의 시한폭탄은 시시각각 초침을 앞당기고 있었던 점을 부인할 수 없었다.

두 사람은 밤이면 별빛을 바라보며 많은 얘기를 주고받았지만 속마음은 서로 달랐다. 이동후가 사랑의 부푼 꿈에 부풀어 오르고 있을 때 미유리의 독약은 점차 강한 향기를 내품으며 그의 목숨을 노리고 있었다. 이동후가 속삭이는 사랑의 대화들은 미유리에게는 모두 독침의 재료들이 되고 있었기 때문이다. 이동후 박사가 꿈에 부풀어 얘기하는 나노 우주선 로켓엔진 추진력에 관한 얘기들은 전문가들이 들으면 그대로 신형 미사일의 개발을 위한 비밀자료가 될 수 있었다. 그가 군사무기라고 말하지 않아도 나노기술은 치명적인 파괴력을 지닌 나노 스마트폭탄이 된다.

이동후의 말 한 마디 한 마디가 나노와 관련된 극비정보라는 사실을 미유리는 알지 못했다. 그런 가운데 이동후는 힐탑아파트의 까치둥지에 머무는 횟수가 점차 줄어들었다. 처음에는 주 2회였지만 차츰 주 1회로 줄어들었고, 나중에는 한 달에 한 두 번이 되더니 그 후에는 두 달이고 석 달이고 소식이 끊어졌다. 물론 미유리에게 하던 전화횟수도 현저히 줄어들었다. 그런 징후들을 보면 이동후의 연구작업이 점차 성공의 목표에 다다르고 있다는 징후였다. 비록 이동후는 모든 사실을 미유리에게 비밀에 부쳤지만 미유리는 그것을 알고 있었다. 그러다가 어느 날 늦은 밤 10시에 미유리는 이동후의 전화를 받았다. 그는 힐탑아파트의 까치둥지에 날아들자마자 미유리에게 전화로 귀가를 알렸다. 그의 소식이 오기를 애타게 기다리고 있던 미유리는 서둘러 그의 아파트로 달려갔다. 뜻밖에도 까치방 거실 한 구석에 늘 닫혀있던 비밀의 작은 금고문은 활짝 열려있었고, 책상 위에는 연구 자료와 서류파일들이 수북이 쌓여있었다. 미유리가 방에 들어가자 이동후는 넋이 빠진 듯 앉아 있다가 반갑게 미유리를 맞았다.

"무슨 일 있었어요? 너무 기운이 없어 보이세요."

이동후는 평소와 달리 피곤해보이면서도 얼굴빛은 다소 상기되고 목소리는 한껏 격앙되어 있었다. 평소에 볼 수 없었던 들뜬 표정이었다. 미유리는 그의 겉모습을 보는 순간 연구가 큰 성과를 거두었다는 것을 알았다.

"미유리씨, 마침내 연구논문이 끝났습니다."

그 말에 미유리는 짐짓 놀란 표정을 지었다.

"연구가 끝났다는 것은 무슨 뜻이죠?"

미유리가 물었지만 그는 선뜻 대답을 못한다. 그는 연구를 마쳤다는 것을 미유리에게 한 마디로 어떻게 설명해야 할지 알 수가 없다.

"왓 슈다이 푸릿(뭐랄까)?"

그가 망설이자 미유리가 재빨리 말했다.

"애니웨이, 굿 잡(아무튼 잘 된 일이에요)."

이동후가 소파에서 일어나 미유리를 향해 두 팔을 크게 벌린다. 그는 자신의 성공을 미유리에게 가장 먼저 축하 받고 싶었다. 미유리는 속으로 크게 놀랐지만 내색하지 않고 그를 덥석 안아준다. 세계 최초로 획기적인 우주선 로켓추진력을 개발한 위대한 과학자와 함께 그 기쁨을 누리기에는 미유리의 가슴은 너무 벅차고 두려웠다. 그가 연구를 끝냈다는 것은 둘 사이의 이별의 순간이 앞당겨졌다는 뜻이기도 했다. 그는 격앙된 상태로 한참 동안 미유리을 껴안고 있었다. 미유리는 그 순간 대업을 마친 후에 온 남자의 허탈감을 보았다. 이윽고 그는 책상 위에 쌓인 연구파일을 가리키며 말했다.

"이제 저 놈들은 꼴도 보기 싫습니다."

"그 동안 박사님을 괴롭힌 놈들이 저렇게 많아요?"

"어디 저 놈들 뿐이겠소? 동서울대학연구소에도 저만한 분량의 놈들이 또 있습니다."

그 말에 미유리는 움찔 놀란다. 그의 거실에 오래 전부터 있던 금고 속에 든 자료들이 전부가 아니라는 사실은 독말풀 작전에 중요한 변수가 된다. 그의 연구논문과 자료들을 모두 탈취하거나 폐기해야 할 그녀의 작전도 달라져야 한다.

"박사님, 어쨌든 성공을 축하해요. 이제 머잖아 박사님의 뜻대로 인류는 우주여행을 더 빨리 떠날 수 있게 되겠군요. 저는 인류의 지혜를 언급하기에 앞서 박사님에게 경의를 표하고 싶습니다."

"미유리, 그대가 내 곁에 있었기에 성공할 수 있었어요. 내가 오늘 서둘러 달려온 것은 가장 먼저 미유리씨에게 소식을 전하고 기쁨을 함께 나누고 싶었기 때문입니다."

이동후는 무척 겸손한 사람이었다. 그는 단지 밭을 일구고 씨앗을 뿌리는 역할을 했을 뿐, 앞으로 싹을 키우고 결실을 거두는 일은 후대 과학자들의 몫이라고 말했다. 그는 불과 몇 시간 전에 한국의 연구 파트너인 동서울대 표기룡과 함께 그 동안 가능성만 제기되었을 뿐 이론적으로 정리가 안 되었던 나노기술의 기본 틀을 완성시켜놓은 것이다. 이제부터 두 박사가 정립한 이론은 어느 분야에 어떻게 먼저 적용시키느냐가 핵심과제로 남았을 뿐이다. 하지만 어떤 과학원리든 모든 국가는 그 기술을 가장 먼저 전쟁무기로 전용해왔다. 두 사람은 성공을 축하하는 와인 잔을 들었다. 공식기록은 아니지만 그날 밤 까치둥지에서의 성공축배는 훗날 인류의 미래를 위한 두 사람만의 최초의 축하연이 되었다. 그때 지니는 자기도 지금 하고 있는 나노와 세포를 결합하는 연구가 성공을 거두면 가장 먼저 나한테 달려와서 그 사실을 알리고 까치둥지에서 이동후와 미유리가 자축했던 것처럼 우리들의 자두색 소파에서 자축의 기쁨을 함께 누리고 싶다고 말했다.

27

우리들의 자연사박물관 탐사는 그 이후에도 여러 차례 계속되었다. 모든 여행이나 탐방이 그렇지만 자연사박물관은 그저 한두 번쯤 눈요기로 훑어보고 지나칠 일이 아니다. 우리는 언제 노획되고 박제되어 유리관 속에 안치되었는지 모르는 수많은 생명체의 표본들을 하나하나 관찰해가는 동안 깊은 문학적 상상력과 통찰력에 빠져들었으며, 그와 함께 새삼스럽게 존재와 무에 관한 깊은 명상에 잠기기도 했다. 얼마 전에 브로드웨이 더플레이 극장에서 본 뮤지컬 아이다의 주제도 역시 박물관을 관람하던 한 관객의 상상력이 이집트의 역사를 플롯 속에 끌어들였다.

"듄, 우리도 돌무덤에 들어가 껴안고 죽어볼까?"

아이다를 본 후에 지니가 나한테 한 말이다. 나도 뮤지컬을 보면서 갖가지 상상의 날개를 펼쳤지만 지니처럼 자신을 극중의 주인공으로 패러디시켜 끌어들이지는 않았다. 뮤지컬 아이다는 잘 알려진 대로 이집트 박물관을 찾아간 한 남자가 천 년 전에 죽은 여인의 미라를 보고 첫사랑을 떠올리면서 얘기가 시작된다.

이집트 장군 람피스는 엠네리스 공주의 노예였던 아이다를 사랑했고, 그로 인해 그는 끝내 역적으로 몰려 두 사람은 돌무덤에 갇혀 사형을 당한다. 먼 훗날 사원의 제단에서 발견된 두 사람의 뼈는 박물관에서 실제모습으로 복원되어 전시되고, 그들의 복원된 모습을 보게 된 두 남녀는 우연히 각자 전생의 기억을 떠올리며 첫눈에 사랑에 빠진다. 지니는 우리도 돌무덤에서 껴안고 죽으면 먼 훗날 발굴되어 박물관에 전시될지도 모르고, 다시 태어난 우리 둘이 전생의 기억이 떠올리며 다시 사랑하게 될 수도 있다고 말했다. 그러면 우리도 뮤지컬의 주인공이 되는 셈이지만 우리 둘은 그들처럼 절박한 비극적 주인공이 되어야 할 이유가 없었다.

"그럼 난 장군이어야 하고 지니는 적장의 보좌관이 되어 서로 사랑에 빠져야 한다. 지니는 내게 군사 비밀작전 정보를 넘겨준 것이 발각되어 구속되고, 나는 지니를 탈옥시키기 위해 특공대를 이끌고 적진을 습격했다가 작전에 실패하고 붙들려 지니와 함께 처형되어야 한다, 어때? 우리가 만화에서 수없이 보았던 슬픈 사랑의 전사라도 되어야 직성이 풀리겠어?"

"그건 싫다. 역시 슬픈 사랑은 소설이나 영화처럼 독자나 관객으로 남아야지 우리가 실제 주인공이 되어선 안 돼."

지니는 우리들 사이에 행여 그런 일이 있어서는 절대로 안 된다는 듯이 두 팔을 크게 벌려 나를 끌어안았다. 지니는 우리의 사랑을 더 오래 간직하고 싶은 열망을 표현했을 뿐이었지만 만일 세상에서 인류가 가진 가장 소중한 가치를 딱 하나만 골라보라고 한다면 나 역시 사랑을 꼽을 것이다. 비록 사랑의 깃털 속에 숨은 칼이 나를 벨지라도 우리는 사랑을 회피할 수가 없다. 그 사랑이 인류의 종족유지를 위한 신의 전략이라고 해도 우리는 어쩔 수 없이 사랑을 포기할 수가 없기 때문이다.

세상에서는 어머니의 사랑이 가장 위대하고 그 다음은 연인의 사랑을 꼽을 수 있지만 그보다 더 큰 사랑은 신의 인간에 대한 사랑이다. 그 사랑을 능가할 힘은 지상에 없다. 하지만 자연사박물관을 보면서 신은 인간에게만 사랑을 베풀지 않았다는 것을 알 수 있다. 신은 공룡과 시조새도 인간처럼 사랑했기에 생명을 주고 그 오랜 세월 동안 지구를 지배하고 살게 했을 것이다. 성서에는 하느님의 사랑을 독점하고 싶어하는 인간의 욕망이 드러난다. 자연은 인간만을 위해 존재하고 있는 것은 아니다. 우리는 단지 그들을 이용하고 의지해서 살고 있을 뿐이다. 사람이 지구와 자연에 붙어살게 된 것이지 지구와 자연이 인간을 위해 존재하는 것은 아니다. 지구와 자연이 사람을 위해 창조되었다고 믿는 것은 마치 숲속의 개미가 숲이 자기를 위해 만들어졌다고 믿는 것과 다름이 없다는 것을 자연사박물관을 보면 깨닫게 된다. 그리고 문명이란 인간이 만든 허망한 가치에 불과하다는 것도 자연사박물관를 보면 깨닫게 된다. 동물들은 우주선이나 항공모함도 만들지 않았고, 컴퓨터나 텔레비전도 만들지 않았고, 올림픽이나 월드컵도 만들지 않았다. 동물들은 인간이 얼마나 할 일이 없고 시간이 넘쳐나면 그런 것들을 만드는데 골몰하는지 의아해 하고, 탁구공이니 농구공이니 크고 작은 공들을 수없이 만들어 차고 던지고 넣으며 지구를 떠들썩하게 열광하는지 이해가 안 될 것이다.

"새들이 인간을 보면서 얼마나 한심해할까?"

지니가 헛웃음 치며 말했다.

"한심할 이유도 없어. 새들은 인간에게 조금도 관심이 없으니까."

지니와 나는 센트럴파크 입구에서 샌드위치와 콜라를 사들고 공원벤치로 가서 먹으며 그런 실없는 농담을 주고받았지만 우리들은 그런 얘기들이 너무 재미있었다. 도대체 연인들에게 실없는 얘기가 아니라면 무슨 얘기가 재미있겠는가. 둘이 만나서 쿡쿡 웃다보면 시간 가는 줄 모른다. 이 세상에서 둘이 만나면 시간 가는 줄 모르게 웃을 수 있는 것처럼 행복한 일이 또 무엇인지 아무리 생각해도 떠오르지 않는다. 우리는 자연사박물관에 박제된 동물들이 세상에 실재했던 것들이 아니라 박물관 기획자들이 구경꾼들을 끌어들이기 위해 꾸며낸 가상의 공간이 아닌가 싶은 생각도 들었다.

"할 수만 있다면 박물관 유리관 속에 있는 짐승들을 모두 센트럴파크에 풀어놓고 싶어. 박제된 새들에게 생명을 불어넣어주고 뉴욕의 하늘 위로 훨훨 날아다니게 하고 싶기도 하고……."

나는 지니의 말을 듣는 순간, 박물관에 갇힌 동물들이 살아나서 뉴욕의 거리를 떼 지어 뛰어다니는 장면들을 영상처럼 떠올렸다. 저 동물 집단들이 만일 피켓을 들고 타임스퀘어에서 데모를 벌인다면 '인간은 약탈한 우리 땅에서 당장 철수하라! 우리에게 땅을 되돌려 달라!' 그런 구호부터 외칠 것이다. 야수와 모든 동물들이 단합해서 인터넷에 글을 올리고 우둔한 짐승들의 머리를 깨우친다면 어쩌면 뉴욕은 하루아침에 야생동물들의 시위로 점령당할지도 모른다.

"우리 마미도 지금은 조롱에 갇힌 새와 무엇이 다르겠어."

이윽고 지니의 탄식소리가 깊게 새어나온다. 나는 지니의 말에 문득 홍순이가 황량한 무산 탄광촌에서 아이들을 가르치고 있는 모습을 머리에 떠올려보았다. 참으로 슬픈 영상의 한 장면이다. 홍순이는 지금 세상을 체념해버렸거나 모든 과거를 잊고, 영혼도 비워버린 수도승의 모습으로 그 빈자리에 어머니와 딸의 사랑만 가득 채우고 살고 있을 것이다. 홍순이의 파일은 그녀가 어머니와 딸에게 쓴 사랑의 메신저와 다름이 없다. 지니는 내 말을 듣고 나와 똑같은 생각을 하고 있었다고 말했다.

"이제 마미를 사랑하는 내 마음을 어쩌지?"

그것은 지니가 혼자 해결할 수 없는 고통이 되고 말았다. 우리가 사는 세상에는 미워하는 사람을 용서할 수 없는 운명처럼 사랑하는 사람을 사랑할 수 없는 슬픈 운명들이 존재한다. 우리는 센트럴파크의 남쪽 끝까지 천천히 걸어 59번가에서 지하철을 타고 웨스트 다운타운 10번가 51번지까지 걸었다. 우리는 그 주소지의 빌딩 주위를 잠시 맴돌았다. 그곳은 백 년 전 레바논의 시인 칼릴 지브란이 시집 '예언자'를 집필했던 유서 깊은 시인의 삶의 현장이다. 우리는 혹시 시인이 거닐었을 집 주위를 오가며 그의 영혼의 울림 한 마디를 전해 듣고 위로받고 싶었다.

'비록 사랑의 깃털 속에 숨은 칼이 너희를 벨지라도 너희는 사랑을 따라야 한다. 사랑은 저 자신밖에는 아무 것도 주는 것이 없고, 저 자신밖에는 아무 것도 받지 않는 것'

도대체 신령이 불러주지 않고서야 그런 놀랍고 영성적인 언어를 어떻게 써낼 수 있을까. 내 책상 위에 꽂혀있던 '예언자'를 보고 지니가 칼릴 지브란이 젊은 시절에 시를 썼던 맨해튼의 거주지가 있다고 일러주었기 때문에 나는 그 현장을 찾아갈 수가 있었다. 칼릴 지브란은 눈 내린 겨울밤의 센트럴파크를 거닐며 깊은 명상에 빠지기도 했다. 비록 그는 지금 없지만 그가 남긴 시의 감동이 내 가슴에 싱싱하게 살아있는 한, 그는 내 마음에 여전히 실재하는 현존인물이다. 시가 시간과 공간을 초월해서 영원히 살아있다는 것은 그 시로 인해서 지금도 내가 영감을 받고 가슴이 뛰고 있기 때문이 아닌가 싶다.

"혹시 알아요? 듄도 훗날 훌륭한 작가가 되면 백 년 후에도 독자들이 한국 작가가 글을 쓰던 집이라고 데이지타워를 찾을지도?"

나는 그 말을 듣고 피식 웃었다. 칼릴 지브란이 25년 동안이나 연인 메리 헤스켈과 나눈 사랑의 편지에 썼던 유명한 말이 떠올랐다.

'때때로 그대가 말을 꺼내기도 전에 나는 이미 그대의 마지막 말을 듣곤 했습니다.'

그런 놀랍고 신선한 말을 쓸 수 있는 재능은 신이 아니면 누가 줄 것인가. 칼릴 지브란의 예언처럼 남파 비밀요원 홍소위와 천재 과학자 이동후와 사랑도 그 깃털 속에 숨은 칼에 서로가 베어 큰 상처를 입었고, 홍순이와 리병두의 슬픈 사랑 속에도 날카로운 칼날이 숨어있었지만 지브란의 예언처럼 그들은 사랑에 목숨을 베이면서도 순순히 사랑을 따랐던 사랑의 순교자였다. 그들은 사랑으로 깊은 상처를 받았지만 끝내 사랑에 굴복하지 않았다. 비록 내일은 찬 북풍이 그들의 꿈을 폐허로 만들지라도.

28

미유리의 독말풀작전이 본격적으로 시작된 것은 그 즈음이었다. 그 동안은 긴 관망과 탐색의 시간이었지만 이동후가 연구논문을 성공적으로 마친 이후부터 시계바늘은 더 빨라지기 시작했다. 더 이상 시간을 끌어서는 안 된다. 이제는 치밀한 계획을 수립하고 일사불란하고 전광석화 같은 작전을 펼쳐야 할 때가 왔다. 하지만 작전의 최선봉에 서 있는 미유리는 아직도 공격시점을 서두르지 않고 지켜보고만 있었다. 그날도 미유리가 평소처럼 저녁조깅을 마치고 집으로 돌아왔을 때 이동후의 전화가 기다리고 있었다. 미유리는 사워를 마치고 까치둥지를 찾아갔다.

그는 담홍색 가죽소파에 앉아서 창밖을 바라보고 있었다. 그녀의 얼굴표정은 밝은 가운데 약간 긴장을 띠고 있었다. 미유리가 다가가자 그는 손으로 소파의 옆자리를 다독거리면서 앉으라고 말했다. 밤하늘에는 구름이 끼어 별들이 보이지 않았다. 그날은 미유리에게 놀라운 이벤트가 기다리고 있었다. 이런저런 얘기를 나눈 끝에 이동후는 정색을 하더니 주머니에서 미리 준비해온 반지를 꺼내어 미유리에게 불쑥 내밀었다. 미유리가 전혀 예상치도 못했던 일에 깜짝 놀라 반지 케이스를 손에 잡았다.

“이게 뭐죠?”

“열어보십시오.”

미유리가 케이스를 열자 눈앞에는 3캐럿쯤 되는 다이아몬드 반지가 번쩍거렸다. 청혼반지였다. 곧이어 이동후의 말이 들린다. '윌 유 비 마이 와이프(제 아내가 되어주십시오).' 그녀는 입을 다물지 못했다. 너무 전격적인 청혼이어서 마음의 준비가 전혀 없었기 때문이었다. 이윽고 미유리는 '노 웨이(말도 안돼요)!' 라고 말하고 이동후를 쳐다보았다.

"오래 전부터 연구가 끝나면 곧바로 내 마음을 전할 생각이었습니다. 제 청혼을 받아주시겠지요?"

미유리는 그때 눈을 감고 깊은 숨을 몰아쉬고 있었다. 어머니, 이 일을 어떡해야 할지 모르겠어요. 이 남자는 제 예감을 너무 빨리 앞당기고 있습니다. 누구나 사랑하는 남자로부터 기습청혼을 받았다면 축복받아 마땅하지만 제가 얼굴에 검은 가면을 쓰고 가슴에 독말의 향기를 품고 있으면서 어떻게 천사의 영혼을 가진 남자의 프러포즈를 덥석 받을 수 있겠습니까. 그렇다고 제가 어찌 단호하게 거절해서 착하고 여린 그의 마음에 잔인한 상처를 줄 수 있겠습니까. 참으로 난감한 순간입니다. 어머니.

미유리는 수락할 수도 거절할 수도 없는 어려운 기로에 섰다. 그 순간 미유리의 눈에서는 뜨거운 눈물이 흘러내려 볼을 적신다. 미유리로서는 순수한 남자를 속이고 있는 죄책감의 눈물이었지만 이동후에게는 남자의 프러포즈를 받은 감격과 기쁨의 눈물이었다. 이동후는 눈물을 손수건으로 다독거려 닦아준다. 그녀의 표정에는 체념과 절망이 동시에 서린다. 미유리는 잠깐 마음의 소리에 귀를 기울인다. 물이 거슬러 흐를 수 없듯이 마음의 흐름도 거슬러 흐르지 못한다. 물은 늘 제 몸을 흐름에 맡겨두는 지혜를 발휘한다. 그것이 가장 자연스러운 순리다. 지금 이 남자의 순수하고 애절한 마음을 거절하는 것은 자연스러운 일이 아니다.

순간 미유리의 결정은 빨랐다. 지금 이 남자의 프러포즈를 방어하는 일은 지혜로운 일이 아니다. 그의 진실을 숨겨진 발톱으로 꺾어서는 안 된다. 미유리는 눈을 감은 채 고개를 끄덕이며 그에게 손을 내밀었다. 차마 눈을 뜨고 청혼반지를 껴주는 그를 똑바로 바라볼 수가 없다. 이동후는 반지를 꺼내어 미유리의 손가락에 끼어준다. 그리고 바짝 다가와 여자의 목을 두 팔로 감아 안는다. 그 순간 미유리는 온 몸에 힘이 쭉 빠지면서 남자의 힘에 눌려 마침내 소파에 지긋이 등을 대고 만다. 미유리는 그것이 물의 흐름처럼 자연스럽게 지혜로운 일이라고 생각할 뿐이었다. 그것이 마음의 소리이기 때문에 거절이 안 된 것이다. 그를 밀쳐내고 완강하게 거절하고 몸을 일으키는 일은 물의 흐름을 거스르는 일이었다.

그의 간절한 구애를 거절할 수 없는 마음과 공작원으로서의 임무에 최선을 다 하는 두 가지 뜻이 너무 잘 어울리는 대답이라고 그녀는 생각한다. 남자의 사랑을 얻지 않고는 아무 것도 얻을 수 없다는 다카하시 총책의 말이 떠오른다. 모든 일은 먼저 그의 사랑을 얻는데 집중한다. 그리고 다음 일은 다음날에 맡긴다. 그 순간 미유리의 귀에는 다카하시 총책의 명령이 환청처럼 들린다.

'지금 당장 그의 머리에 발터권총의 방아쇠를 당기고 신무기 설계도와 연구논문 자료들을 모조리 챙기고 아파트에서 철수하라!'

그러나 한편 어머니의 목소리도 들린다.

'순이야, 지금 이 남자의 운명 속에 너 자신을 숨겨야 한다. 너 자신의 운명을 혜화동의 친모에게 맡길 수 없다면 이 남자의 운명의 등 뒤로 숨어야 한다. 그것이 하늘의 뜻이고 엄마의 뜻이다.'

순간 지금까지 캄캄하던 밤하늘에 가장 굵게 빛나는 북극성이 나타났다. 미유리가 눈을 감은 순간, 모든 체념도 절망도 단숨에 사라지고 말았다. 모든 것이 끝난 절망의 순간이 시작이라는 말도 떠오른다. 미유리의 갈등이 씻은 듯 사라졌다. 지금 그녀에게 가장 지혜로운 일은 사랑에 집중하는 일이다. 그런 생각들도 남자의 미묘하고 섬세한 욕망의 감촉에 의해 모두 사라졌다. 미유리의 몸 여기저기에서 예민한 감각들이 벌레처럼 거칠게 살아나고 있었다. 늘 호통만 치던 냉정이나 이성도 맥 한번 못 추고 어디론지 모습을 감추고 없다. 담홍색 가죽소파에서는 현실이 동화의 판타지 세계로 쉽게 바뀌어버린다.

나 역시 외롭고 황량하던 뉴욕의 닭장에서 처음 홰를 치던 날의 기억들이 필름처럼 생생하게 떠올랐다. 지니의 닭장에는 자두색 가죽소파가 있었지만 미유리의 까치집에는 담홍색 둥지가 있었다. 그 둥지는 빛깔과 크기와 위치만 달랐을 뿐 지니의 닭장 속의 무대장치와 배경과 다르지 않다. 내가 닭장에서 홰를 치던 날, 지니의 눈빛이 젖어있었던 것처럼 까치둥지에서 미유리의 눈도 젖어있다. 그 눈물은 연민도 사랑도 갈망도 아니고, 굴종의 슬픔이나 분노나 용서도 아니었다. 왜 사랑은 늘 사슴벌레들처럼 음험한 곳에 깃들어 난폭하게 야합을 해야 하는지 미유리는 알 수 없었다. 사랑에는 늘 두 사람만이 누릴 수 있는 환락과 축제의 절정이 따로 마련되어 있었다. '오늘을 오래 기다려 왔어요.' 닭장에서는 지니의 대사가 까치둥지에서는 이동후의 대사로 바뀌었다.

지니가 내가 나타나기를 오랫동안 기다렸던 것처럼 이동후 역시 미유리가 나타나기를 너무 오랫동안 기다려왔다. 우리들은 기다림의 보상을 받는 순간, 그렇게 말한다. 오늘 같은 날을 오래 기다렸다고. 그런 말을 할 수 있는 사람은 행복하다. 대부분의 사람들에게 그런 날은 오지 않기 때문이다. 우리가 닭장에서 홰를 치면서 꼬꼬댁 꼬옥 하고 외치는 것처럼 까치둥지에서도 까까악끽 까아악깍 하고 외쳤을 것이다. 나는 닭과 까치의 발성이 어떻게 다른지 알 수 없지만 그 의미는 같다고 생각했다.

마침내 과학자 이동후 박사는 성처녀 미유리 쿠로사키를 사로잡고 말았다. 여자가 청혼을 받아들이는 순간 이동후 박사는 일과 사랑이라는 두 마리의 토끼를 한꺼번에 잡은 행운아가 되었다. 그날 밤 이동후는 담홍색 까치둥지에서 사랑의 축제를 나눈 후에 깊은 잠의 계곡에 떨어졌지만 미유리는 온전히 깨어 작전수행에 들어갔다. 미유리는 먼저 비밀금고의 세이프 락 시크릿 코드넘버를 확보했다. 미유리의 동작은 민첩하고 빨랐다. 귀에서는 다카하시 총책의 명령이 계속 환청처럼 들렸다. 수칙대로라면 지금쯤 미유리는 표적의 머리에 소음기를 장착한 발터 소형권총의 방아쇠를 당기거나 독침을 꽂고, 금고 속의 설계도와 연구데이터들을 가방에 쓸어 담고 뛰쳐나가야 한다. 그것이 노신사 다카하시 총책과 중앙당 해외정보국이 원하는 일이다. 미유리가 당장 다카하시 총책에게 현장상황을 보고하면 즉각 그런 명령이 떨어질 것이다. 그러나 미유리는 서두르지 않고, 자신에게 명령을 내렸다. 비밀금고는 시크릿 넘버만 알아두면 언제나 열 수 있다.

미유리는 자기 아파트로 돌아와 불을 끄고 어둠속에서 가부좌를 틀고 앉아서 눈을 감고 깊은 숨을 쉬었다. 서두르면 안 된다. 모든 일은 서두르기 시작하면서 실패가 시작된다. 작전은 중앙당의 지령에 의해서 움직이지만 공작원은 자신만의 작전방식과 룰에 따라 자신의 호흡과 리듬을 지켜야 한다. 나는 오직 나에게 명령하고 내가 지시한 작전을 수행한다. 그것이 나만의 법칙이다. 미유리는 다카하시에게 해야 할 보고를 계속 유예시켰다. 미유리가 다카하시에게 상황보고를 하는 순간 어떤 작전명령을 내릴 것인지 잘 알고 있었다. 그런 명령이라면 다카하시한테 듣지 않아도 미유리가 스스로 내릴 수 있다.

다카하시의 그 다음 명령은 전중혁, 리병두 두 공작대기조를 동시에 동서울대학 연구소에 투입시킬 것이다. 그들은 동서울대학 연구실에 있는 또 다른 비밀 설계도와 연구 자료를 손에 넣고, 표기륭 박사를 타격하게 된다. 그것으로 독말풀 작전은 끝이다. 그 다음은 공작원들의 서울 탈출과 귀대가 시작될 것이다. 물론 귀대는 작전의 성공을 가정한 상황이다. 미유리는 어두운 방에서 독일제 발터 소형권총을 바짝 움켜잡고 벽을 향해 방아쇠를 당겨본다. 철컥 하는 금속성 음향이 굉음처럼 울린다.

'넌 그에게 발터권총의 방아쇠를 당길 수가 없다. 그에게 독물을 투여하여 심장 폐색증을 유발시킬 수도 없다. 그는 죽어서는 안 된다. 이번 작전에서는 나노무기 설계도를 확보하는 것만으로도 성공이다. 그를 타격하는 일은 실패로 보고해야 한다. 그것은 하늘의 뜻이고 어머니의 뜻이다.'

미유리는 스스로 자신에게 명령한다. 그것은 중앙당의 명령이 아니라 내가 나에게 내리는 명령이다. 내 양심의 명령은 중앙당의 명령보다 더 확실하고 무섭다. 나는 중앙당의 지령을 수행하기 위해 오랜 시간 동안 준비해왔고 충성을 맹서했다. 내가 죽이지 않으면 내가 죽는다. 나는 늘 상대와 목숨을 바꾸는 훈련을 해왔다. 나는 바로 그 대목에서 홍 소위가 쓴 파일을 떠올린다.

"특히 사랑이라는 불법무기를 가슴에 소지하고 있는 남자는 잔인한 짐승처럼 숨통을 끊어야 한다고 들었습니다. 여자 공작원은 사랑을 무기로 써야 할 경우가 많기 때문에 그 말을 너무 많이 들어서 이제는 세뇌가 되었습니다. 그러나 나는 그 말을 들을 때마다 그 말을 거부해왔습니다. 나는 로봇이 아닙니다. 그래서 명령이 매뉴얼에 입력되면 바꿀 수 없는 로봇이 아니어서 세뇌되지 않았습니다."

미유리는 단전호흡을 하는 동안 마음이 무중력상태가 되면서 모든 생각이 멈추고 행동도 정지되었다. 미유리는 조금 전 까치둥지에서 일어난 일들이 계속 뇌리에서 떠나지 않고 맴돌았다. 그 남자는 나에게 위대한 거인이었고, 나는 슬픈 꼭두각시 인형이었을 뿐이다. 아니다. 그는 거인이 아니었고 나 역시 인형도 아니었다. 나는 그 남자를 사랑했고 그 남자 역시 나를 진심으로 사랑했다. 그 순간 그는 위대한 남자가 되었고, 여자 역시 위대한 여자가 되어버렸다. 로봇이나 인형이 아닌 한, 인간은 모두 창조주의 위대한 아들과 딸이 될 수 있다. 모든 남자는 사랑하면서 자신이 태어난 태초의 자궁으로 회귀하려는 강한 본능을 갖는다. 그리고 여자는 결국 남자를 사랑할 수밖에 없다는 사실을 깨닫는다. 그것이 여자가 남자를 통해서 깨닫는 모성애다. 모성은 위대하다. 그래서 나는 위대하다. 미유리는 누군가를 향해 계속 나는 그렇다, 나는 아니다 라고 말했다. 하지만 그렇다고 그 말이 위로가 되지는 않았다. 가장 무서운 적은 나 자신 속에 있다. 내 속에는 나를 의지대로 할 수 없는 또 다른 의지가 있다. 그것도 나다. 마침내 미유리는 발터권총을 내던지고 한참 동안 엎드린 채 흐느껴 울었다. 새벽 몇 시쯤인지 전화벨이 울렸지만 미유리는 받지 않았다. 그 시간에 미유리에게 전화할 수 있는 사람은 다카하시 총책뿐이다. 독말풀작전은 미유리가 작전개시를 지시하지 않는 한, 계속 유예될 수밖에 없다. 최전선의 정찰 척후병이 공격신호를 보내지 않는 한, 병력의 전진이동 명령이 유예될 수밖에 없는 것처럼 미유리가 입을 다물고 있는 한 공격조들의 대기는 계속된다. 곧이어 새벽 5시가 되자 미유리 아파트에서 초인종이 울렸다. 도어뷰의 어안렌즈에는 이동후가 서 있는 모습이 눈에 들어왔다. 그의 몸은 어안렌즈를 통해 몹시 일그러져 보였다. 그는 새벽에 외출준비를 끝낸 차림새였다. 어젯밤 담홍색 소파에서 쓰러져 자고 있던 그의 모습은 찾아볼 수가 없을 만큼 활기차 보였다. 미유리는 그를 다시 볼 수 없을 것이라는 것을 알고 있었다. 아파트를 열자 이동후가 현관 안으로 성큼 들어와 미유리를 두 팔로 꼬옥 끌어안았다. 미유리도 그의 허리를 감고 얼굴을 그의 가슴에 묻었다. 그녀는 두려움과 부끄러움과 연민의 감정이 복잡하게 얽혀서 그를 똑바로 바라볼 수가 없었다.

"내 결혼반지를 낀 순간 당신은 내 아내가 되었습니다, 맞습니까?"

미유리가 대답 대신 고개를 끄덕거렸다. 계속해서 그의 말이 들린다. 이동후는 연구 설계도를 마쳤기 때문에 나노개발의 기술 실사가 끝나는 대로 미국 코넬대학에 가서 세계적인 과학전문지 <네이처>에 자신의 연구논문을 발표할 계획이었다. 그의 논문주제는 나노에너지가 미래의 우주과학에 미치는 영향이 될 것이라고 말했다. 이동후는 곧이어 세계 각국의 과학기자들과 회견이 따로 준비되어 있고, 그 행사가 끝나면 그는 미국의 어느 조용한 시골성당에 가서 결혼식을 올리고 신혼여행을 떠나고 싶다고 말했다. 그 말에도 미유리는 다시 고개를 끄덕거렸다.

"이 새벽에 어딜 가시죠?"

"급한 출장입니다. 일본 홋카이도의 하코다테입니다. 미유리씨는 내가 돌아올 때까지 기다릴 수 있겠죠?"

미유리는 고개를 끄덕거렸지만 언제쯤 돌아오느냐고 묻지 않았다. 그가 까치집을 비우는 동안 독말풀작전은 사실상 종료되기 때문이다. 그의 홋카이도 출장은 미유리에게 좋은 기회가 될 것이다. 그가 집을 지키고 있는 한, 작전은 계속 유예된다. 미유리는 그의 청혼을 받아들인 순간 그를 표적에서 지웠다. 이제 미유리에게 이동후는 적이 아니다. 그가 연구한 설계도는 가질 수 있어도 그의 목숨은 가질 수 없다. 그것이 미유리가 내린 결론이었다. 모든 비밀요원은 자신이 내린 작전명령만 잘 수행하면 된다.

"미유리, 내가 당신을 얼마나 사랑하는지 잘 알고 있죠?"

미유리는 그 말에 울컥 눈물이 나왔다. 그녀는 대답 대신 고개를 다시 끄덕거리며 말했다.

"당신에게 사랑한다고 말해도 되나요?"

그 말에 이동후는 미유리를 힘차게 껴안고 키스를 퍼부었다. 미유리는 마음속으로 '굿바이 닥터' 하고 크게 외쳤다. 미유리의 눈에서는 지금까지 참았던 눈물이 계속 흘렀다. 그리고 이동후는 엘리베이터에 탔고, 미유리는 그녀에게 손을 흔들었다. 마침내 승강기의 철문 두 개가 미유리의 눈앞에서 이동후의 모습을 지웠다. 그녀는 한참 동안 그 자리에 서 있었다. 그것으로 미유리는 인생에서 이동후와의 추억이 지워졌다.

29

미유리는 다음날 뉴욕뱅크에 일주일 휴가를 냈다. 이제 그녀가 서울에 머무를 수 있는 날은 단 이틀밖에 없다. 그 짧고 긴박한 일정 중에 정덕귀 박사와의 친견이 포함되어 있었다. 딸의 자격이 아니라면 정덕귀를 얼마든지 만날 수 있는 자유가 있다. 지금 친모의 얼굴을 볼 수 있는 기회를 놓치면 평생을 두고 후회하리라는 것을 미유리는 잘 알고 있었다.

미유리에게 서울은 이웃나라의 낯선 도시였다. 정덕귀 박사는 엄마의 언니이며 이모에 불과하다. 누구나 세상에서 친모는 둘이 될 수 없다. 더구나 서울의 친모를 선택하는 순간 미유리는 공화국의 배신자가 되고, 가족들에게 처형의 앙갚음으로 되돌아올 뿐이다. 그것은 서울의 엄마와 개성의 엄마에게도 큰 고통과 불행을 주는 일이다. 미유리는 두 어머니가 지금까지 개성과 서울에서 각자가 삶의 틀을 유지하고 살았던 그대로 사는 길이 최선이라고 생각했다. 더 이상 선택의 여지는 없었다. 그것이 홍순이의 마음의 소리였다.

"먼저 물의 흐름을 거스르지 않기로 했습니다. 저는 먼저 개성의 가족들을 참혹한 처형의 땅으로 쫓아내서는 안 된다고 생각했습니다. 그러기 위해서는 공화국을 배신해서는 안 됩니다. 그것은 나 자신에게 큰 죄를 짓는 일입니다. 그리고 나는 또 서울에서 생모를 만나보지 않는 것도 옳은 일은 아니라고 생각했습니다. 나를 낳아준 생명의 은인에 대한 도리가 아니기에 평생을 후회하게 될 것입니다. 그래서 저는 정덕귀 박사와의 친견을 결심했습니다. 그것이 제 마음의 소리였기 때문입니다."

　서울의 다카하시 총책은 미유리의 작전을 지휘하는 직속 상관이지만 모든 작전명령은 사실상 미유리로부터 시작되어야 한다. 미유리는 독말풀작전을 이동후가 일본에서 귀국하기 전에 끝낼 생각이었다. 이동후가 연구한 설계도와 연구데이터가 완성되었다는 극비정보를 알고 있는 사람은 세상에 미유리 밖에 없었다. 그래서 미유리는 작전을 서둘러야 할 이유가 없었다. 이미 까치둥지 금고에 있는 이동후의 설계도와 연구데이터는 미유리의 손아귀에 들어온 것이나 다름없었다. 이동후가 집에 없는 동안 금고의 세이프 락 시크릿 코드 넘버를 돌리는 절차만 남았을 뿐이었다. 그와 동시에 동서울대 연구실의 기습작전은 순식간에 끝날 수 있다. 그 정보를 미유리가 다카하시 총책에게 보고하지 않는 한 작전권 역시 그녀의 권한에 속해 있어서 서두를 이유가 없었다.

　미유리는 신촌에 있는 이대 법학대학에 찾아가서 강의시간표를 열람했다. 정덕귀 박사의 민사소송법 강의는 10시부터 12시까지 예정되어 있었다. 미유리는 강의시간이 되기 전에 캠퍼스 안에 있는 공중전화 부스에서 다카하시 서울총책에게 전화로 상황을 간략하게 보고하고 모든 작전은 내일 밤 자정까지 완료하라는 지시가 내려졌다. 다카하시는 최전선에 투입된 요원의 정보를 수행해야 한다. 미유리는 지금 이동후 박사의 행방을 뒤쫓고 있는 중이며 상황이 바뀌는 대로 연락하겠다고 보고를 마친다. 다카하시는 미유리와의 접선시간을 밤 3시 남산 17번째 계단으로 정한다. 다카하시는 미유리의 전화를 받은 즉시 전중혁과 리병두에게 동서울대학연구소를 급습하여 금고 안의 연구데이터를 탈취하라는 명령을 내릴 것이다. 미유리는 너무 긴장된 탓으로 발이 약간 휘청거렸다. 그녀는 계속 심호흡을 하면서 긴장을 누그러뜨리며 법대 강의실을 향해 천천히 걸었다. 그녀는 강의실 복도에서 정덕귀 교수가 오기를 기다렸다. 막상 친모를 만난다고 생각하자 갑자기 얼굴이 홍당무처럼 붉어지고, 심장과 맥박이 불규칙하게 뛰기 시작했다. 그와 함께 눈물도 가득 고였다.

이윽고 강의실의 꺾인 복도에서 정덕귀 교수가 나타난다. 미유리는 행색을 가다듬는다. 첫 눈에 친모와 개성엄마는 너무 닮았다. 두 살 차이지만 겉보기에는 일란성 쌍둥이처럼 보인다. 외모에서 풍기는 분위기며 걸음걸이도 개성 엄마와 똑같다. 피는 못 속인다. 미유리는 당장 친모에게 달려가 와락 안기고 싶은 강한 충동이 일어났지만 냉정을 유지한다. 이제 정덕귀 박사가 이모라거나 친모라거나 따지는 것은 무의미하다. 그녀는 엄마의 자매이자 핏줄을 함께 나눈 어머니기 때문에 더욱 그렇다. 피가 당긴다는 어른들의 말이 무슨 뜻인지 미유리는 처음 깨닫는다. 이윽고 미유리의 담력이 되살아난다. 그녀는 정덕귀 교수 앞으로 바짝 다가가 허리를 90도로 깊이 숙여 인사를 한다. 미유리로서는 태어나서 처음 어머니에게 한 첫 인사였다. 정덕귀는 지금까지 어떤 제자도 그처럼 정중하게 예를 갖추어 인사를 한 학생을 본 적이 없었다.

"자넨 누군데 이처럼 예의를 갖추어 인사하는가?"

정덕귀 교수는 깜짝 놀라 미유리에게 묻는다.

"저는 교수님의 강의를 들으러 아주 먼 곳에서 온 청강생입니다. 평소에 교수님의 강의를 꼭 한번 듣고 싶었습니다."

미유리는 갑자기 눈시울이 붉어진다.

'어머니, 제가 당신의 딸 홍순이입니다. 이제야 겨우 어머니 앞에 나타나서 처음 인사를 올리게 되었습니다. 하지만 엄마를 만나고도 엄마라고 부를 수 없는 점을 이해하고 용서해 주십시오. 마음속으로는 천만번도 더 어머니를 불렀습니다.'

미유리는 정말 그렇게 말하고 싶었다. 말하고 싶은 마음은 말해서는 안 된다는 또 다른 의지 앞에서 힘을 쓰지 못한다. 미유리는 끝내 눈물을 흘렸고, 정덕귀는 깜짝 놀라서 재빨리 손수건을 꺼내 청강생의 눈물을 닦아준다. 그 순간 정덕귀는 가슴 한 구석이 철렁 내려앉는다. 웬일인지 처음 보는 청강생이 젊은 날 자신의 모습을 보는 느낌이 든다. 두 사람은 더 오래 시간을 지체할 수가 없다. 복도에서 잠깐 오간 대화는 비록 한 마디씩이었지만 모녀가 세상에서 처음 나눈 대화이자 마지막 대화가 되었다. 수업이 시작되자 미유리는 뒷줄 끝에 자리를 잡고 앉는다. 정덕귀의 강의가 미유리의 귀에는 또렷또렷하고 힘차게 들린다. 미유리는 친모의 강의를 감동적으로 듣다가 마침내 몸을 일으킨다. 친모의 목소리는 마음에 깊은 여운을 남겼지만 더 이상 들을 수 없다. 미유리는 수업 도중에 그 자리에서 일어나 아까 복도에서 했던 것처럼 허리를 굽혀 깊은 절을 한다.

'어머니, 저는 다시 공화국으로 돌아갑니다. 이것으로 마지막 작별인사를 대신하겠습니다.'

미유리는 속으로 그렇게 말한다. 그 순간 수업 중인 학생들도 정덕귀 교수도 모두 그런 미유리의 모습을 놀라운 눈으로 지켜본다. 지금까지 강의 도중에 나가면서 그처럼 정중하게 예의를 갖추어 인사를 한 학생은 없었다. 정덕귀는 강의를 멈추고 큰 소리로 말한다.

"여러분, 잘 보셨죠? 지금 저 학생은 불가피하게 강의 도중에 나가야 하는 학생들이 교수에게 어떻게 예의를 갖추어야 하는지를 모범적인 사례를 보여주었습니다. 잘 알겠습니까?"

그러자 학생들이 일제히 미유리를 향해 고개를 돌리고 박수를 친다. 순간 미유리는 멈칫 그 자리에 다시 선 채 고개를 숙이며 말한다.

"수업을 방해해서 죄송합니다, 교수님."

미유리는 학생들의 박수를 뒤로 하고 강의실에서 빠져나온다. 수업을 방해했지만 그녀는 어머니에게 공개적으로 작별인사를 하고 나온 것이 잘했다는 생각이 든다. 미유리는 그 길로 택시를 잡아타고 아침에 예약한 프라자호텔로 향한다. 이제 미유리가 서울에 머무를 곳은 더 이상 없다. 뉴욕뱅크도 남산외인아파트도 그녀가 갈 곳이 아니다. 이미 다카하시의 공격명령을 받은 작전조들은 까치방을 점령하고 금고에서 연구 설계도와 자료 및 데이터를 모조리 탈취한 후 철수를 마쳤을 것이다. 그들이 실패한 것은 이동후의 목숨을 거두지 못한 것뿐이리라.

프라자호텔로 돌아온 미유리는 침대에 엎드려서 한동안 죽은 듯 침묵을 지킨다. 잠시 후에 가방에서 항공티켓을 꺼낸다. 이미 평양으로 귀대하는 항공스케줄이 잡혀 있다. 다음 날 오후에 출발하는 도쿄행 항공편이다. 도쿄에서 파리를 거쳐 체코의 프라하와 중국의 베이징, 거기서 다시 평양행 항공편이 연결된다. 미유리에게는 하늘길이 자유롭게 열려 있다. 지금 일본인 미유리 쿠로사키의 여권으로 갈 수 없는 곳은 세상에 없다.

나는 그 순간 지니를 생각했다. 나와 지니도 돈과 시간이 있는 한, 지구상의 어느 곳이든 갈 수 없는 곳이 없지만 딱 한 곳은 갈 수 없다. 그곳이 바로 국경의 북쪽 지니의 친어머니 홍순이가 살고 있는 북한 땅이다. 세상에 어머니가 살고 있는 곳에 딸이 갈 수 없는 나라가 지금도 존재하고 있다니. 홍순이가 미유리라는 이름으로 서울에서 살았던 시절에는 새처럼 지구촌 어디든지 자유롭게 날 수가 있었다. 마음만 바꾸면 개성이든 서울이든 일본이든 미국이든 어디서든지 갈 수 있는 선택의 기회가 주어졌다. 그런데 홍순이는 한번 들어가면 다시는 나올 수 없는 금지된 땅을 선택했다. 그렇다면 자유란 무엇인가. 그것은 선택하는 자의 몫이라는 결론이 나온다. 행복을 선택하느냐 불행을 선택하느냐는 별개의 문제다.

"듄, 지난번에 서울 갔을 때 혜화동 할머니께서 나한테 그 말씀을 해주셨어. 그 날 법대 복도에서 허리를 90도로 꺾어 정중하게 인사한 참으로 예의 바른 학생의 얘기. 할머니는 그 학생을 분명히 기억하고 계셨어. 할머니는 나중에 파일에서 그 대목을 읽고 나서야 그 날 할머니가 누구를 만났는지 깨달으셨던 거야. 참으로 딸과 극적으로 만날 수 있는 기회를 놓치신 것을 무척 안타깝게 여겼어. 북한의 엄마는 친모를 만났지만 할머니는 딸을 알아보지 못했으니까 결과적으로는 못 만난 거나 다름없어."

그때 홍 소위가 쓴 글 중에 내 마음을 울린 말은 물의 흐름을 거스르지 않겠다는 것이었다. 그녀는 까치 방에서 이동후의 사랑을 받아들였을 때도 그런 자신의 마음의 소리에 귀를 열었다. 순이는 외롭고 힘든 서울생활 중 중요한 결단을 내릴 때마다 판단의 중심이 되어 준 것은 한 스님이 쓴 글이었다. 그 스

님은 어느 날 계곡에 앉아서 물이 흐르는 것을 보고 수류거(水
流去)라는 법문을 떠올렸다. 물은 흘러간다는 단순한 말이다.
진리는 평범한 말속에 교묘하게 숨어서 깨닫는 자의 나침반이
되어준다. 대자연은 시간을 단 한 치도 거스르지 않는다. 대자
연의 하나인 인간도 마음을 거슬러서는 살 수 없다. 홍순이의
화두가 그것이다. 나는 순이가 모든 일을 마음의 소리를 통해
서 결정하고 선택했다는 것을 알고 큰 감동을 받았다. 그것은
순이가 어머니의 말을 통해서 터득한 삶의 지혜였다.

　미유리가 예상한대로 다카히시의 작전명령은 그날 밤 전광
석화처럼 전개되었다. 그 다음날 새벽 2시에 동서울대학 과학
연구소는 화염에 휩싸여 완전히 전소된다. 화재 직후 공작조
들이 탈출하는 과정에서 동서울대 연구실의 특수경비를 맡고
있던 경찰특공대와 총격전이 있었다. 그 과정에서 표기룡 박
사와 함께 경찰 세 명이 숨지고, 공화국 특수공작조 한 명도
현장에서 사살된다. 그러나 그 날 TV뉴스는 동서울대 연구실
의 화재 소식과 함께 표기룡 박사의 죽음을 전했을 뿐, 총격
전 소식은 한 마디도 하지 않았다. 한편 공화국의 공작조 제2
진은 힐탑아파트에 침투, 이동후의 집을 부수고 들어갔고, 미
유리가 일러준 대로 금고의 세이프 락 시크릿 코드넘버를 돌
렸다. 그러나 그 시간에 금고는 텅 비어 있었다. 공작조들은
힐탑아파트에서 이동후의 목숨과 연구파일을 확보하는데 완벽
하게 실패하고 말았다. 그 사실은 미유리도 몰랐던 사실이었
다. 다카하시 총책은 그 작전의 책임을 미유리에게 돌렸다.

　미유리는 밤 10시가 되자 다카하시와 약속대로 남산계단
을 향해 올랐다. 그녀는 다카하시를 만나면 작전실패의 문책
을 각오하고 있었다. 그 책임은 모두 미유리의 몫이었다. 불

여우 다카하시에게 거짓을 납득시키기 위해 미유리는 고도의 치밀한 위장이 필요하고, 그것이 통하지 않을 때는 그를 제거할 수밖에 없다고 생각했다. 작전에는 이해와 용서는 없다. 무조건 공훈과 죽음 둘 중의 하나를 선택해야 한다. 미유리는 약속한 10시가 가까워지면서 왠지 불길한 예감에 사로잡혔다. 미유리가 17번째 계단에 도착했을 때 다카하시 총책은 그 자리에 있었다. 미유리는 점퍼 주머니에 든 발터권총을 다시 확인한다. 미유리는 다카하시의 눈빛에서 긴장과 초조감이 감돌고 있다는 것을 느낀다. 미유리가 먼저 입을 연다.

"오쯔리와 도우 데시다카(낚시는 어땠습니까)."

그 순간 그의 음산한 말투가 낮게 흘러나온다.

"<u>오오모노오 쯔리노카시타</u>(큰 놈을 놓쳤다)."

미유리는 그 순간 가슴이 철렁 내려앉는다.

"추격했지만 실패했습니다."

"아니다. 넌 그 놈을 살려 보냈고, 우릴 함정에 빠뜨렸다."

"함정이라니요?"

미유리가 외친다.

"넌 이미 남측에 미행당하고 있었다. 우린 어젯밤에 저쪽에 모두 노출되었다. 앞으로 5분만 더 리병두를 기다려 본다. 그가 이 자리에 나타나는 것만이 우리가 살 수 있는 마지막 희망이다."

"마지막 희망이라니요?"

"네 점퍼 속에는 발터권총이 있고, 내 주머니에도 총이 있다. 만약 리병두가 오지 않으면 남은 방법은 단 하나다."

"무슨 말이죠?"

"이제부터 우리는 한 배를 타야한다."

미유리는 다카하시의 한 배라는 말뜻을 이해할 수 없었다. 우리는 이미 한 배를 타고 있는데 또 무슨 배를 갈아타야 한단 말인가. 미유리가 그를 향해 다시 물으려고 하는 순간, 퍽 하는 소리와 함께 다카하시의 이마에 피가 흐르고, 그는 갑자기 계단에서 폭 고꾸라지며 몇 번 굴러 떨어진다. 미유리는 본능적으로 바닥에 엎드린다. 어디서 소음총소리가 얼핏 들렸던 것 같다. 미유리는 계단 밑으로 굴러서 옆 숲길로 뛰어든다. 불과 몇 초 사이에 벌어진 상황이다. 바로 그 순간 누가 기다리고 있었던 것처럼 미유리를 향해 와락 덮친다. 그녀는 순발력을 발휘해서 남자의 공격을 저지한다. 미유리의 귀에 익은 목소리가 얼핏 들린다.

"홍 소위, 나다. 리병두! 어서 나를 따라붙어!"

그는 마치 노련한 사슴처럼 숲속을 가로지르며 번쩍번쩍 뛴다. 리병두였구나. 미유리는 리병두의 뒤를 쫓아 무조건 뛴다. 지금 상황에서 믿을 수 있는 사람은 리병두 밖에 없다. 누군가 추격하는 기미는 전혀 보이지 않는다. 체력훈련 시절에 속도훈련은 많이 하지 않았지만 산악훈련 중 줄기차게 뛰던 실력이 발휘되었다. 남산타워에서 북부 순환코스를 달려서 국립극장까지 미유리가 다니던 조깅코스다. 리병두는 그 길로 전력을 다해 질주하면서 뒤를 힐긋힐긋 돌아보며 미유리를 확인한다. 두 사람은 국립극장 앞 큰길에서 택시를 잡아타고 신림동을 향해 질주했다. 택시의 뒷자리에서 리병두는 미유리의 어깨를 감싸 안고 두 손을 꼭 쥐어준다. 그들은 내릴 때까지 숨을 몰아쉬며 한 마디도 하지 않았다.

30

맨해튼에 첫 눈이 내린 날 아침 나는 창밖을 내려다보고 있었다. 흰 눈을 뒤집어 쓴 정원의 전나무에 꼬마전구와 장식들만 갖다 붙이면 그대로 크리스마스트리가 될 수 있을 것 같았다. 창밖의 풍경이 한 장의 멋진 크리스마스카드처럼 바뀐 줄도 모르고 겨울잠에 빠져있었다니. 지니는 내가 잠든 사이에 출근길에서 '첫눈 내리는 날의 늦잠'이라는 휴대폰 문자를 보냈다. 나는 침대에서 눈을 뜨면서 첫눈 소식을 들었다. 기온이 영하로 떨어진 날의 추위가 이불속까지 썰렁하게 냉각시킨다. 데이지타워는 난방 파이프가 폭삭 삭았는지 좀 과장해서 표현하면 난방기의 온기가 입김 수순이다. 그래도 난방비는 꼬박꼬박 내야 한다. 욕실샤워는 엄두도 못 내고 실내에서도 점퍼를 입거나 가스난로나 온풍기를 써야 견딜 수 있다. 데이지타워의 입주자들이 모두 북극곰들도 아닐 터인데 사태를 두 손 놓고 지켜보고만 있는 것이 신기하다. 이런 일이 서울의 공동주택에서 일어났다면 벌써 난방대책위원회가 결성되었을 것이다.

"그래서 여기 방세가 싼 거야. 집이 깨끗하고 난방이 잘 터지면 방세가 천장까지 뛸 걸? 절이 싫으면 중이 떠나야지 절이 떠나는 법이 없지. 방 옮길 돈 없으면 찍 소리 말고 살아."

지니는 한국의 그런 고급 속담들을 어디서 주워들었는지 적절한 비유들을 핀셋처럼 쏙쏙 뽑아 쓰는 바람에 나를 깜짝 깜짝 놀라게 한다. 내가 영어공부를 손 놓고 있는 것에 비하면 지니의 한국어 공부는 쇠 힘줄처럼 끈질기게 계속되고 있다. 나는 토스트와 계란찜으로 아침을 때우고 커피를 타 마시면서 어제 도착한 우편물들을 뜯어보았다. 내가 본사 자료조사실에 부탁한 자료가 우체국 택배로 도착했다. 1980년도 동서울대학 물리학 실험연구실의 화재사건을 참고하기 위해 동양신문 자료조사실에 부탁한 자료들이다. 그 당시 경찰이 발표한 수사기록에는 신원미상의 무장 강도들이 동서울대 물리학 연구실의 금고를 노리고 침입, 범행증거를 없애려고 화재로 위장했던 사건이 게재되어 있었다. 화재로 긴급 출동한 경찰과 무장 강도 사이에 십여 분간의 총격전이 벌어졌으며, 그 과정에서 범인들 가운데 한 명이 경찰의 총격으로 현장에서 사살되었고, 세 명의 경찰이 중상을 입었다. 그것이 전부였다. 도대체 무장 강도가 은행도 아닌 대학연구소의 금고를 노리다니. 그러나 그런 어처구니없는 일은 실제 사건이었다. 신문자료만 보면 그 사건은 강도들의 단순한 연구실 금고 탈취가 목적이었다. 그 후 그 사건은 후속기사도 없었고, 사건 자체가 유야무야되고 말았다.

특히 동서울대학교 표기룡 박사는 그 사건과 별도로 며칠 후 신문의 부고난에 사망소식이 간략하게 게재되었을 뿐이었다. 동양신문을 비롯한 모든 뉴스는 경찰이 발표한 수사결과를 고스란히 받아썼기 때문에 다른 신문기사도 다르지 않았다. 우리 주변에는 수많은 사건들이 발생하고 있지만 어떤 사건이나 진실의 내막은 안개처럼 실체를 감추고 세월과 역사 속에 물거품처럼 소멸되어버리는 예가 많다. 동서울대 연구실의 화재사건도 그 중 하나였다. 만일 내가 홍 소위의 파일을 읽지 않았다면 그 사건 역시 신무기 개발을 둘러싼 남북 간의 무장첩보전이었다는 사실을 까맣게 몰랐을 것이다. 홍 소위의 파일에는 그 날 동서울대 연구실 화재사건에서 총격전으로 희생된 무장괴한은 공화국의 해외정보국정보원 상위 전중혁이라고 밝혔다. 그 말은 훗날 홍순이가 리병두로부터 전해 들어서 알게 된 사실이었다.

공화국 중앙당의 작전국 서울총책 다카하시가 남산계단에서 피격된 후, 현장에서 탈출했던 리병두와 홍순이는 그날 밤 신림동의 한 여인숙에 피신한 후에 꽃집에서 사온 하얀 국화꽃 한 다발을 방바닥에 내려놓고 소주잔을 기울이며 희생된 작전조장 전중혁 상위의 명복을 빌었다. 두 사람은 그날 밤 눈이 퉁퉁 붓도록 울었다. 전사한 동지의 뼛조각 하나 묻어줄 수 없었던 슬픔은 컸지만 오랫동안 소식도 모른 채 고립되었다가 만난 두 사람의 감회는 컸다. 결국 공화국의 해외정보국이 기나긴 세월 동안 공들였던 작전은 막판에 서울총책 다카하시의 이중간첩 행위가 드러나면서 성공 직전에 좌절되고 말았다. 그러나 독말풀작전으로 공화국은 남조선의 나노고주파 신무기개발을 저지하는데 성공했으며, 서울총책 다카하시의 배신을 알게 된 두 가지 수확이 있었다. 물론 당시 이동후 박사의 나노기술 설계도가 신무기개발설계도였는지 우주로켓 추진력을 위한 개발설계도였는지는 확인할 길은 없었다.

그 날 이동후는 미유리와 작별하고 힐탑아파트에서 빠져나온 후, 한국 측 보안요원의 철저한 보호를 받으며 무사히 출국할 수 있었다. 바로 그 시간에 동서울대학은 전중혁이 지휘하는 독말풀작전의 특공대가 대학연구소를 파괴한 후에 무장경찰과 교전 중이었고, 리병두는 다카하시총책으로부터 힐탑아파트를 습격한 후에 남산계단에서 홍순이와 합류하라는 지시를 받았다. 리병두는 그 순간까지도 홍순이의 정보와 행적을 전혀 모르고 있었다. 리병두는 그 동안 전중혁과 함께 약수동 달동네 숙소에 은거하고 있다가 전중혁이 동서울대학 작전수행을 위해 떠난 새벽 3시에 중앙당 해외정보국으로부터 긴급연락을 받았다. 서울의 고정 조직망 진달래는 속사포처럼 말이 빨랐지만 리병두는 그 내용을 정확히 듣고 크게 놀랐다. 진달래의 말에 의하면 다카하시 총책이 이중첩자로 밝혀졌으며 힐탑공격을 즉각 중단하고 다카하시를 제거하라는 명령을 받았던 것이다. 다카하시의 배반으로 한국의 정보당국은 신속하게 이동후를 새벽에 힐탑아파트에서 도피시켰고, 동서울대 연구소에 경찰특공대를 재빨리 투입시킬 수 있었다.

"다카하시는 우리 둘을 남조선 정보당국에 넘겨주기 위해 남산으로 유인한 거야. 그 늙은 여우는 은퇴 직전의 마지막 공훈을 포기하고 우리를 굴비처럼 엮어서 도매금으로 저쪽에 넘길 작정이었다."

홍순이는 리병두를 통해서 그 날 작전상황을 전해 들었다. 다카하시의 배신이 가져온 후유증은 너무 컸다. 중앙당 대남선전부와 인민무력부의 작전국과 해외정보국이 연계된 대남 지하조직은 하룻밤 사이에 거의 붕괴되고 말았다. 그 동안 서울에 구축되었던 거미줄 같은 고정첩보망들이 일시에 와해되었고, 공작원의 상당수가 체포되고 추적당한 것은 물론 모두 뿔뿔이 헤어져서 자취를 감추고 말았다. 진달래는 대남지하조직이 복원되기 위해서는 앞으로 상당한 시일이 걸릴 것이며, 중앙당에서 새 지령을 하달할 때까지 리병두와 홍순이는 각자의 위치에서 대기하라는 명령이 떨어졌다. 대기명령은 신분을 위장하고 은폐하면서 자급자족으로 살아남아서 다음 명령을 기다리는 것이다. 최악의 경우에는 진달래의 연락망조차 붕괴될 것을 대비해서 다음과 같은 지령이 떨어졌다.

'이후 진달래와 전화가 불통되더라도 전화가 폐쇄되지 않고 신호가 계속 울리는 한, 언젠가는 진달래 대신 개나리와 통화가 이루어지는 그날까지 대기명령을 결코 포기하지 말라. 암호 개나리만이 전사들이 귀대할 수 있는 유일한 희망이며 생명의 밧줄이다. 벨이 울리는 한, 포기하거나, 자살하거나, 자수하지 말고 1년이고 10년이고 개나리가 전화를 받는 그날까지 영원히 살아남아서 조국의 산천으로 돌아오라. 위대한 전사들이여!'

진달래가 그들에게 마지막 말을 남긴 그 다음날 그 상황이 실제로 발생했다. 진달래와의 비밀전화는 신호음만 계속 들릴 뿐 불통이었다. 진달래가 임무수행을 못하면 개나리가 그 역할을 계속 이어가겠지만 그 시기가 언제가 될지는 알 수 없었다. 두 사람은 남조선의 지하조직이 복구될 때까지 무한 대기명령을 받게 된 것이다. 이제 서울은 그들에게 사실상 무인도가 되고 말았다. 교신은 두절되었고, 그들은 소외되고 고립되었으며, 지원은커녕 명령도 끊어지고, 각자 자력갱생의 임무가 주어졌다. 그날부터 끝없는 도피생활이 시작되었다. 홍순이와 리병두는 남조선 정보원들의 추적을 피하면서 그들 나름대로의 생존전략을 세웠다. 먼저 두 사람에게는 숨어 있을 아지트가 필요했다. 그들은 남은 공작금을 털어 서울에 숨어서 버틸 수 있는 베이스캠프로 신림동에 사글세 단칸방을 마련했다. 나와 지니에게는 뉴욕의 데이지타워가 닭장이었고, 미유리와 이동후에게는 서울의 남산 힐탑아파트가 까치방이었다면, 홍순이와 리병두의 신림동 지하방은 두더지 캠프가 되었다. 나와 지니의 사랑이 피할 수 없는 운명이었던 것처럼 이동후와 미유리의 사랑도, 리병두와 홍순이의 사랑 역시 선택의 여지가 없는 절박한 사랑이었다. 홍 소위의 파일에 들어 있는 그 해 신림동 지하 단칸셋방에서 두더지 생활을 하던 홍순이 일기가 머릿속에서 지워지지 않았다.

'두더지 방은 고향 개성의 방과 크기가 비슷합니다. 개성 집에서는 방문을 열면 뒤뜰이 바로 복숭아밭이었습니다. 밭에는 고라니, 비단털쥐들이 많이 살았고, 특히 두더지들의 천국이었죠. 밤에는 복숭아 서리를 하러 오는 아이들이 몰래 숨어들어오는 발자국 소리와 숨소리도 들을 수 있고, 저는 크낙새, 박새들이 우짖는 소리에 귀를 기울이면서 잠이 들곤 했습니다. 박새는 머리와 목은 검은데 뺨은 하얗고 뒷목은 푸른빛의 프로코트를 입은 것처럼 멋진 새들입니다. 어쩌면 지금도 우리 엄마는 내 방에서 주무시면서 내 고단한 꿈을 꾸고 있을지도 모릅니다.'

홍순이와 리병두는 나란히 누웠다. 리병두는 팔을 뻗어 그녀를 바짝 끌어안는다. 그러자 그녀는 남자의 품을 두더지처럼 깊이 파고든다. 너무 무섭고 슬프고 외롭다. 엊그제는 남산 위의 소나무에 둥지를 튼 까치였는데 바로 그 다음날은 갑자기 땅속의 두더지 신세가 되고 말았다. 엊그제는 이동후와 살을 맞대고 누웠지만 그 다음날은 리병두와 살을 맞대고 눕게 되었다. 불과 하루 사이에 바뀐 운명의 엇갈림이다. 정말 인생은 한 치의 앞도 예측할 수 없다. 하룻밤에 만리장성을 쌓는다는 말이 그래서 나왔는지 모른다. 어떤 사랑이 진실이고 어떤 사랑이 거짓인지 그리고 어떤 삶이 행복이고 어떤 삶이 불행인지 모른다. 홍순이에게는 어제의 까치방은 꿈이었고, 지금 두더지 방에서 살을 맞댄 리병두가 현실이 된 상황을 받아들이기 힘들었다.

순이는 한때 북한 중앙당의 비밀요원이라는 현실을 과감히 포기하고 이동후라는 현실의 등 뒤에 꽁꽁 숨어버리고 싶은 충동을 느낀 적이 있었다. 동시에 자신의 과거는 갑자기 환상일 뿐이고, 이동후와 까치 방이 현실로 뒤바뀌면서 그의 등 뒤에 숨겨진 동화처럼 아름다운 미래를 꿈꾸어보기도 했다. 하지만 지금 리병두의 등 뒤로는 숨을 곳이 없는 천둥벌거숭이의 앞날밖에 보이는 것이 없었다. 그 세상에는 미래가 보이지 않았다. 그 당시 순이에게는 첫 남자 이동후의 목숨을 살려둠으로써 한때 그를 사랑했던 죄책감에서 벗어날 수 있었던 위로가 전부였다. 그것도 다카하시의 배신이 아니었더라면 홍순이도 그를 살려내지 못했을 것이다. 그가 만일 일찍 힐탑아파트에서 빠져나가지 않았더라면 리병두의 기습 공격을 받았을 것이며, 그로 인해 사랑하는 이동후는 사랑하는 리병두의 손에서 죽는 슬픈 사건이 발생했을 것이다. 그리고 이동후의 평생 꿈은 공화국의 손에 고스란히 넘어가고 말았을 것이다. 다카하시의 배신이 뜻밖에도 그를 살렸고, 동시에 미유리를 큰 죄책감으로부터 구한 것이다.

나는 지니와 그 부분을 얘기하면서 처음에 힐탑아파트의 까치 방이 등장할 때는 지니의 아버지가 이동후라고 믿었지만 다시 신림동의 두더지 방이 등장하면서 지니의 아버지가 리병두일지도 모른다는 생각을 했다. 지니도 내 생각과 똑같았다. 하지만 까치 방이냐 두더지 방이냐는 중요하지 않았다. 이동후도 성이 이씨였고, 리병두도 성이 리였기 때문에 지니의 혈통문제에 혼란이 온 것은 사실이었다. 홍순이가 지니에게 지어준 이름은 이진희였지만 리병두도 충분히 친부의 조건이 될 수가 있었다. 왜냐하면 홍순이는 까치 방에서 이동후와 깊은 사랑을 나누었고 둘은 결혼을 약속한 사이였을 뿐만 아니라, 리병두 역시 두더지 방에서 실제로 함께 동거한 사실혼의 관계였기 때문이었다.

"듄, 한국에서는 이와 리를 영어로 똑같이 Lee로 쓰잖아? 우리 맘은 남자 복이 많아서 까치 방에서도 사셨고, 두더지 방에서도 사셨으니까. 내가 조상이 까치였는지 두더지였는지 핏줄은 분명히 짚고 넘어가야 할 필요가 있다고 생각해."

지니의 말이 맞다. 까치와 두더지는 같을 수가 없다. 홍순이 파일에는 지니의 친부에 대한 언급이 없었다. 나는 우선 그 미스터리를 풀기 위해서는 확인할 근거가 전혀 없는 리병두보다 먼저 이동후의 사진을 통해서 확인해볼 수 있는 방법이 있다는 점을 지니에게 제안했다. 이동후의 사진은 코넬대학에 가면 찾을 수 있을 것 같았다. 지니는 무릎을 치며 내 목을 끌어안고 기뻐했다.

"대쯔 잇(바로 그거야)!"

31

그 해 겨울이 끝나고 새 학기가 시작되자 나는 지니와 함께 뉴욕 주 시러큐스에서 남쪽으로 90여 킬로미터쯤 떨어진 이타카의 코넬대학을 찾아갔다. 미국 동부 아이비리그 중에서 가장 아름다운 캠퍼스를 가진 코넬대학은 호수를 끼고 있는 옛 유럽의 성곽이나 수도원 같은 고풍의 석조 건축물들이 독특하게 아름다웠다. 코넬대학에는 나노 연구로 명성이 높은 한국인 박사 데이브 김이 있다. 그는 워낙 바빠서 나와의 인터뷰 약속을 겨울방학 이후로 잡았다. 우리는 데이브 김과의 약속시간보다 먼저 코넬대학에 도착해서 총무과를 찾아갔다. 우리가 이동후 박사의 신상기록을 조회하자 개인 프로파일이 화면에 쪼르륵 떴다. 그 동안 홍순이의 글에 등장했던 픽션의 가공인물처럼 느껴지기만 했던 이동후 박사의 실존을 확인한 순간, 지니와 나는 벅찬 감동을 맛볼 수 있었다. 특히 이동후의 프로파일에 나온 흑백사진을 보는 순간 우리는 놀라서 입을 다물지 못했다. 그의 얼굴 속에는 놀랍게도 지니의 인상이 판박이처럼 나타났다. 지니는 엄마의 눈을 닮았지만 코 아래쪽 하관과 전체의 윤곽은 이동후를 빼박은 듯싶었다.

사진 속의 이동후는 꿈꾸는 듯 해맑고 총명한 학구풍의 인상을 지니고 있었다. 나는 그의 눈빛을 보는 순간 그가 정말 나노기술로 우주선을 만드는 동화속의 꿈에 빠져있었던 과학자였다는 것을 알았다. 그가 과학을 통해 이루려고 했던 꿈이 전쟁무기가 아니었다는 것은 물론 내 편견일 수도 있지만 적어도 내 판단으로는 그랬다.

"아무래도 예감이 심상치 않아. 둔이 다시 한 번 잘 봐."

지니는 이동후가 아버지라는 사실을 쉽게 실감하지 못했다. 하지만 나는 이동후가 지니의 아버지라는 과학적인 데이터를 가진 것은 아니지만 부모자식 간에는 심증이라는 유전자가 있다. 두 사람이 부녀지간이라는 것은 다른 사람이 보면 더 확실해진다. 코넬대학 총무과 직원들이 사진을 대조해 본 후에 모두들 아버지를 찾은 지니에게 박수를 치며 축하해 준 것으로 검증은 끝났다. 그때서야 지니는 조금 실감이 나는지 눈물을 글썽거렸다. 지금 코넬대학에는 수십 년 전의 이동후 교수를 기억할 수 있는 사람은 아무도 없었지만 두 사람이 부녀가 아니라고 말하는 사람도 없었다.

우리는 코넬대학에 찾아온 보람이 있었다. 우리는 그 충격을 가라앉히려고 캠퍼스의 햇빛 속을 잠시 걸었다. 나는 아버지의 존재를 확인한 지니가 좀 더 기쁨을 만끽할 수 있기를 바랐다. 그래서 나는 지니에게 엄마의 모습이 보이는 것은 물론 아빠의 모습도 보인다고 말해주고 한국말에는 유유상종이라는 말이 있다고 말해주었다.

"유유상종이 뭔데?"

지니는 그 말을 처음 듣는 모양이었다.

"같은 무리끼리 통한다. 까치는 까치끼리, 두더지는 두더지끼리."

"아! 그런 거야? 우리가 토종닭인 것처럼?"

이동후는 코넬대학에서 재료공학을 전공하고 본교의 교수가 된 후에는 초미세 반도체기술 관련 연구와 나노 연구논문

을 다수 발표한 다채로운 연구경력자였다. 하지만 그 당시에
는 나노가 학문적 가설로만 존재하고 있었을 뿐, 이론과 기술
적 뒷받침이 없어서 학계에서도 그다지 큰 주목을 받지 못했
다. 이동후가 한국 동서울대학의 표기륭 박사를 나노 연구의
파트너로 정하고 코넬대학의 교수직을 휴직한 후에 한국으로
건너간 것은 바로 그 시기였다. 새 과학이론이 발표되면 각
산학협동 분야에서는 그 기술을 상용화하려는 시도가 이루어
진다. 나노이론의 연구논문이 발표되면서 각 분야의 전문가들
가운데 기술지원투자가 시작되었다. 그 가운데 나노에 가장
먼저 눈독을 들인 분야는 투자 순위가 가장 높은 군수업체들
이었다. 그들은 나노의 군사무기화를 위해 대규모 투자 상담
을 벌이면서 나노를 전쟁무기와 연계시키려고 노력했다.

　　나노기술 개발로 우주선 로켓발사 추진력을 꿈꾸어 왔던
이동후가 한국의 표기륭과 손을 잡은 것은 그 시기였다. 그
과정에서 나노의 기술정보는 각국의 과학 첩보원들에게 노출
되면서 나노연구팀의 소속 과학자 명단도 각국에 은밀하게
새어나가기 시작했다. 내가 코넬대학 데이브 김과 인터뷰 과
정에서 나온 말도 그와 다르지 않았다. 지금 코넬대학은 세
계 나노연구의 중심대학이 되었고, 데이브 김은 이동후 박사
를 잘 알고 있었다.

　　"저는 그 분을 뵌 적은 없지만 제 판단으로는 그 분이 코
넬대학을 떠나면서 미국의 나노 기술개발은 적어도 30년 간
거의 제자리걸음만 하고 있었다고 볼 수 있습니다."

　　"혹시 이 박사님의 행적에 관해서 아시는 것이 있습니까?"

　　"당시 동료 교수님들이 모두 은퇴하셨고, 작고하신 분들도
많아서 알 수는 없습니다만, 한때 일본이 나노기술에서 상당

히 앞서 나가니까 혹시 그 쪽에서 연구 활동을 하시고 계실 지도 모른다는 소문도 났습니다. 하지만 그분은 공식적으로 연구 활동을 중단하신 걸로 알고 있습니다."

그 이유는 그가 한국에서 받는 충격이 너무 컸기 때문이었다. 그가 미유리로부터 받은 사랑의 배신감과 함께 표기륭 박사를 잃은 절망감을 극복하기는 무척 어려웠을 것이다. 지니는 아버지가 나노기술의 권위자였다는 사실에 한층 고무되어 있었다. 분야는 다르지만 지니 역시 신생 나노 테크놀로지 연구소 수석연구원이라는 사실을 보면 역시 피는 속일 수 없고, 재능도 부전자전이라는 말이 실감난다. 그래서 나는 지니가 아버지로부터 과학적 두뇌를 유산으로 받았다는 점을 강조했다.

"듄, 내가 다시 아빠를 찾아나서야 할 팔자인가 봐."

지니는 한때 어머니를 찾아 헤맸지만 이제는 다시 아버지도 찾아야 하는 운명을 그런 식으로 말하고 있었다. 우리는 코넬대학의 상징인 맥그로타워까지 161개의 계단을 천천히 밟아 올라갔다. 누가 먼저 종탑에 올라가자고 말한 적도 없었는데 우리는 사람들의 뒤를 따라 꾸역꾸역 올라갔다. 나는 탑을 오르는 동안 서울의 힐탑아파트 까치방에 실재했던 이 동후의 적과의 동침을 떠올리고 있었고, 지니는 어떻게 하면 아버지를 찾을 수 있는 단서를 얻을 수 있을까 골똘한 생각에 빠져있는 것 같았다. 맥그로타워에서 본 캠퍼스의 전경은 한 장의 큰 화폭처럼 아름답다. 내가 이런 누각 위에 서재가 있다면 얼마나 글이 잘 써지겠느냐고 말했더니, 지니는 전망이 좋은 곳에서는 뇌가 경치를 감상하는 기능만 갖고 싶어 하기 때문에 창조적인 발상을 할 수가 없다고 말했다. 비록 이동후 박사는 자신의 과학적 이상을 코넬대학에서 이루지 못했지만 그가 품었던 꿈들은 지금 하나씩 서서히 이루어지고 있는 중이었다. 현재 코넬대학의 나노 연구팀은 인체 내부에서 세균을 퇴치하고 투약을 담당하는 바이러스 크기의 나노헬기를 개발했고, 한국에서도 머리카락 굵기의 2천 분의 1에 해당하는 트랜지스터 개발에 성공했다. 그것을 계기로 한국은 초미세회로의 D램 분야 반도체기술은 세계 정상이다. 특히 이동후 박사가 그 당시 많은 국가들의 의심과 견제를 받았던 나노기술을 응용한 고주파 무기개발은 그 후 30년이나 늦게 각국이 경쟁적으로 연구하고 있는 첨단 군수산업 분야의 하나가 되었다. 아마 머지않아 이동후 박사가 원했거나 원하지 않았거나 나노의 군사무기화가 실용화될 날이 올 것이며 우주선 로켓추진연료의 나노에너지 활용이 이루어질 것이다. 우리는 맥그로타워에서 내려다보이는 광활한 호수와 숲을 바라보면서 깊은 생각에 잠겨있었다.

32

마침내 베이징의 강준 변호사로부터 연락이 왔다. 북한 고위층과 친분이 깊은 지린성 옌지의 고위관리를 통해서 중국인 연락책 꾸엥첸을 소개받았다는 것이다. 꾸엥첸은 함남지역의 군당 간부들과 친분이 깊고, 무역을 통해 조중 간의 다리 역할을 하는 실력자 중의 한 사람이다.

"북한관리가 먼저 무산의 인민학교에 있는 네 엄마의 신원을 찾아서 알려주면 꾸엥첸이 엄마를 만난단다. 넌 엄마에게 보낼 편지와 사진을 준비하도록 해라."

정덕귀 박사는 그 사실을 지니에게 알려주었다. 혜화동 할머니가 포기하지 않고 끈질긴 노력 끝에 이뤄낸 결실이었다. 지니는 곧 어머니에게 편지를 쓰기 시작했다. 밤새워 쓴 편지는 여러 번 찢고 찢으면서 고쳐 쓴 끝에 마무리 되었다. 지니는 내게 엄마에게 쓴 편지를 공개했다.

'엄마, 처음 불러보는 엄마. 편지를 쓰면서 기쁨과 슬픔이 한꺼번에 밀려와서 무슨 말을 먼저 해야 할지 모르겠습니다. 제가 엄마에게 편지를 쓸 수 있는 날이 오리라고는 꿈에도 상상하지 못했던 행운입니다. 정말 제게도 이런 기적이 찾아오다니! 너무 기쁘고 행복하고 감사합니다. 그것은 할머니가 엄마를 지극히 사랑하신 것처럼 엄마 역시 저를 지극히 사랑하셨기에 하늘이 감동하여 제게 주신 선물이라고 생각하겠습니다. 그토록 힘든 고통과 시련을 끝내 이겨내시고 지금 제 편지를 읽을 수 있는 날까지 살아주신 엄마에게 감사드립니다. 저는 엄마가 살아온 모든 날들을 이해하고 사랑합니다. 저는 세상의 모든 딸들이 엄마를 사랑하듯이 저 역시 엄마를 누구보다 사랑한다는 말밖에는 드릴 말이 없습니다. 저 역시 언젠가 다른 애들처럼 엄마랑 손을 잡고 평양의 어느 공원이라도 좋고 서울의 남산이라도 좋고 뉴욕의 센트럴파크를 거닐면서 허심탄회하게 웃을 수 있는 날이 오기를 간절히 바랍니다. 그리고 정말 엄마를 한번만이라도 안아볼 수 있다면 세상에서 더 이상 무엇을 바라겠습니까. 엄마! 할머니와 이모할머니가 약속했던 것처럼 우리도 매일 밤 잠들기 전에 서로에게 기도하도록 해요. 그 기도의 시간이 우리가 함께 만나는 시간이 되었으면 싶어요. 아무쪼록 건강하시고 행복하셔야 해요. 엄마의 딸 이진희 올림'

　나는 지니의 편지를 읽고 울었다. 지니의 편지는 세상에 살아있는 어머니를 만날 수 없는 딸이 쓴 편지라는 점에서 내가 읽은 편지 중에서 가장 슬픈 편지가 되었다. 지니는 혜화동 한옥 툇마루에서 할머니와 함께 찍은 사진을 동봉했다. 지니가 북한의 어머니로부터 답장을 받은 것은 지니가 편지를 보낸 후 한 달이 훨씬 지난 후였다. 꾸엥첸은 홍순이가 무산의 폐광촌에 있는 인민학교 교사로 재직 중이라는 사실을 확인한 즉시 무산으로 들어가서 그녀를 만난 것이다. 홍순이는 어머니와 딸의 편지를 받고 읽는 동안 내내 울기만 했다고 말한다. 홍순이의 가족은 무산으로 추방된 후 정덕순 여사는 그 충격으로 세상을 떠났고, 아버지는 1년쯤 후에 무산군 새골리의 노동현장에서 작업 도중 낙반사고로 숨졌으며, 남동생은 입대한 후로 연락이 끊겨서 지금은 어디 있는

지 알 수도 없다.

홍순이는 너무 굶주린 탓인지 낡고 꾀죄죄한 털 스웨터가 헐렁해 보일 정도로 삐쭉 말랐으며 몰골이 크게 상한 것 같다고 꾸엥첸은 전했다. 한때 공화국을 위해 젊음과 열정을 바쳤던 그녀가 왜 50대 후반의 나이에 그 공훈은 모래성처럼 헛되이 사라지고, 먼 폐광촌 국경지대 산속으로 쫓겨나서 가족들을 잃고 슬픈 목숨을 연명하고 있는 것일까. 그녀가 근무하는 인민학교는 명색이 학교일뿐이지 전교생이 모두 다섯 명이고, 교사는 홍순이 한 명이다. 인민학교는 전에 광부들의 숙소를 쓰고 있었고, 그녀의 거처도 숙직실이었다. 이미 몇 년째 월급이 없고 배급도 끊긴 지 오래여서 당국으로부터 방치된 가운데 홍순이 혼자 교사자격을 유지하며 학교를 지키고 있었다고 꾸엥첸은 전해주었다.

중앙당 출신이 무산 같은 시골벽지로 추방되었다는 것은 범법자로 강제징역살이를 하는 사례에 해당된다. 꾸엥첸이 홍순이를 만난 후에 편지를 전해 주고 답장을 쓰면 남측에 전해주겠다고 하자 그녀는 노트에 연필로 간단히 썼다.

'저는 어머니에게 딸의 자격이 없으며 진희에게도 어머니의 자격이 없으니 할 말이 없습니다. 저는 제 어머니에게는 딸이어서 미안하고, 진희에게는 엄마여서 너무 미안할 뿐입니다. 부디 만수무강하시기를 빌 뿐입니다.'

그것이 홍순이가 쓴 답장의 전부였다. 홍순이는 의외로 담담하고 냉정했다. 그리고 혜화동 할머니와 지니가 알고 싶어 했던 지니의 아버지에 대해서는 한 마디의 언급도 없었다. 지니는 홍순이를 만나고 온 꾸엥첸의 말을 할머니로부터 전해 듣고 큰 충격을 받았다. 어쩌면 그런 기회에 따뜻한 말한 마디 없이 어머니의 딸이어서 미안하고 진희의 엄마여서 미안하다는 말만 할 수 있을까. 참으로 독한 딸이고 독한 엄마였다. 그러나 순이는 엄마의 편지를 읽고 애증의 갈등으로 깊은 슬픔을 느껴야 했지만 역시 미움보다는 사랑이 앞섰을 것이다. 그날부터 지니는 아예 북한지도를 복사해서 벽에 걸어놓고 엄마가 살고 있는 함경북도 무산 일대와 관련된 모든 정보들을 샅샅이 탐색하기 시작했다. 그리고 잘 모르는 내용들이 나오면 내게 계속 질문을 던졌다. 하지만 나 역시 북한의 무산에 관해서는 지니와 다를 바 없는 백지상태였다. 나는 한국에서도 지도를 보면 휴전선 위쪽으로는 관심이 거의 없었다. 내 머릿속의 한반도 지도에는 군사분계선 북쪽은 늘 흰색이었다. 그곳에는 지명도 없고 길도 없고 사람도 없다. 오히려 북한의 지명보다 미국과 일본의 지명을 더 많이 알고 있었다. 그러나 지니는 타고난 과학적 탐구정신으로 북한에 대한 끈질긴 연구로 이어졌다. 지니는 그것을 친모에 대한 사랑과 그리움의 표현으로 여겼다.

 "듄, 고마리풀, 산도토리, 송이, 칡뿌리, 돌배, 통강냉이 같은 그런 한국의 토속식품들이 무엇인지 전혀 모르겠어. 그런 말들도 영어로 표기가 가능하긴 할까?" 어느 날 지니가 작은 메모지에 적어둔 단어들을 보여주면서 갑자기 처연한 목소리로 읽어주었다. 지니가 말한 것들은 대부분 한국의 함경도의 깊은 두메산골에서 나는 먹을거리들이다. 그것들은 산악지대에 자생하는 것들을 뽑거나 캐낸 식품들이었다. 나는 지니가 왜 갑자기 그런 먹을거리들에 관심이 깊은지 잘 안다. 그런 어려운 식물명은 영어실력보다 그 분야에 전문지식을 갖추어야 알 수 있는 것들이다. 고마리풀은 풀의 종류니까 그냥 그래스라고 하면 되겠고, 도토리는 에이컨, 송이는 머쉬룸, 칡뿌리는 뿌리니까 루트라고 말할 수 있다. 돌배는 배 종류지만 야생이니까 와일드 피어라고 표기하면 되고, 통강냉이는 그냥 콘이지만 통째니까 호올콘이라고 해도 될 것 같았다. 지니는 그것들이 모두 함경도 산악지대 주민들이 식량난으로 먹고 사는 평소의 식사 수준이라고 말하면서 친모도 무산에서 그런 수준의 식사를 할 것이라고 말했다.

지니는 그것을 북한 함경도 지역에 살다가 탈북한 후에 미국 이민국으로부터 영주권을 받은 탈북자들의 단체가 만든 팸플릿에서 내용의 일부를 발췌했다. 팸플릿에는 북한의 식량 사정에 관한 구체적인 내용들도 실려 있다. 평양이나 개성 같은 큰 도시는 잘 모르지만 지금 홍순이가 살고 있는 지역의 식량 사정은 아사자가 속출할 정도로 상황이 심각하다. 친엄마는 개성에 살 때도 끼니는 강냉이 죽에 된장과 김치가 전부였고, 도시락은 반합에 노랑 강냉이밥을 싸갈 수 있을 정도였다. 식량 배급은 가족 한 사람 당 하루 1백여 그램이어서 하루 세 끼를 먹을 형편이 못 된다. 그나마도 무산의 형편은 개성과는 비교할 수도 없을 만큼 열악하다. 거리에는 쓰레기통에서 음식을 주어먹는 꽃제비 아이들이 쏘다닌다. 이제는 그 꽃제비를 잡아먹는 식인들이 등장했다는 흉측한 소문들도 전해지고 있어서 공포마저 느껴진다. 하지만 당국은 속수무책이다.

혜화동 정덕귀 박사는 베이징의 강킨 변호사에게 혹시라도 홍순이가 남쪽에서 보낸 연락관을 만나거나 남측 친지와 편지를 내통한 사실이 발각되면 불이익을 받지 않을까 걱정했다. 그러자 꾸엥첸은 그럴 염려는 없다고 안심시켰다. 중국인 꾸엥첸은 두만강 백금 일대와 무산 접경지역에서 북한의 군수품을 조달하는 무역상이자 막강한 로비스트였다. 그는 거래처들과의 신뢰도가 깊고 성공률도 아주 높았다. 그래서 꾸엥첸 같은 브로커와 거래를 하기 위해서는 막대한 로비자금이 필요했다.

물론 혜화동 할머니가 막강한 로비력을 가진 꾸엥첸을 고용한 것은 단순히 편지와 사진을 전하기 위해서만은 아니었다. 정덕귀는 지니에게 말은 하지 않았지만 홍순이를 경제적으로 돕고 싶었던 것도 있었고 내심으로는 이미 북한당국이 버린 홍순이를 남쪽으로 데려오고 싶은 깊은 열망도 있었다. 혜화동 할머니는 꾸엥첸의 힘을 이용하여 홍순이를 서울로 데려와 여생을 딸과 함께 살고 싶은 꿈을 이루고 싶었다. 꾸엥첸의 말로는 그 일이 꿈이 아니라 현실적으로 가능하다고 몇 번이나 강조했기 때문에 할머니는 희망에 부풀어 있었다. 이미 지난 2000년경만 해도 국경의 북쪽 접경지대에서는 수천여 명의 탈북자들이 두만강을 자유자재로 드나들었다. 그들 중에는 감시를 뚫고 중국으로 건너가 돈벌이를 하고 돌아온 북한 주민들도 있었다. 그러나 탈북자들이 점차 늘어나자 북한당국은 국경지역에 대한 경비를 강화하기 시작했다. 그런데도 탈북자들은 줄어들지 않고 여전히 한 해 3천여 명을 육박할 정도에 이르렀다.

탈북자 중에 중국의 공안당국에 체포되어 이송된 수가 7천여 명이 넘었고, 아무리 국경 감시를 강화해도 철조망은 계속 뚫렸다. 그러자 두만강 접경지역에는 감시망이 3중으로 구축되었다. 제1선은 북한 공작부대가 맡고, 제2선은 국가안전보위부가 맡았으며, 제3선은 군부대가 맡고 있어서 월경하려면 3중망의 방어벽을 돌파해야 한다. 그럼에도 불구하고 탈북자들은 놀라운 돌파력을 과시했다. 달러의 위력은 철조망을 무기력하게 만들었다. 꾸엥첸은 홍순이에게 당신만 결심하면 자신이 직접 서울까지 안전하게 모시겠다고 약속했다. 그러나 탈북 의지를 묻는 꾸엥첸에게 홍순이는 완강하게 고개를 가로저으며 힘주어 말했다.

"남쪽에서 보내주신 돈은 인민학교 어린이들을 위해 요긴하게 쓰겠습니다만 저는 공화국을 떠나지 않습니다. 저는 남조선에 큰 죄를 지어 갈 자격도 없습니다. 특별히 어머님께 전할 말은 없습니다만 제가 이곳에서 잘 살고 있다고 전해주시고 어머님과 진희에게는 볼 수 없어도 세상 마칠 때까지 사랑한다는 말씀을 전해주십시오."

홍순이는 더 이상 말을 맺지 못하고 고개를 돌렸다고 전했다. 그것이 꾸엥첸으로부터 들은 마지막 전언이었다. 혜화동 할머니와 지니가 꾸엥첸의 말을 듣고 크게 낙담했다. 나는 홍순이가 정덕귀 박사를 닮았다면 매사에 올 곧고 강직한 성격상 탈북 권유를 받아들이지 않았을 것이라는 생각이 들었다. 그런 강직성 때문에 홍순이는 서울에 있을 때도 중앙당 서울총책 다카하시의 배신으로 조직이 모두 붕괴되는 순간에도 흔들리지 않고 끝내 자신과의 약속을 지키며 공화국으로 귀대하지 않았던가. 더구나 남산의 힐탑아파트에서 이동후와 적과의 동침이 계속되는 상황에서도 그의 사랑을 단호하게 배반하지 못하고 이동후를 살려 보낸 것을 보면 그런 강직성 속에서도 얼마나 연약한 감성을 가진 여자였는가를 짐작할 수가 있다.

"할머니가 꾸엥첸의 말을 전해 들으신 후로는 가뜩이나 병으로 심약해진 분이 침식도 거르시고 누워버리셨대. 이젠 기력도 없어서 내가 전화를 해도 말씀을 잘 못하시는 것 같았어. 저러다 할머니에게 갑자기 흉한 일이라도 생기면 내가 그 한을 어떻게 풀겠어."

나는 지니의 말을 충분히 이해하고도 남았다. 지니의 성격으로 보면 혜화동 할머니가 고통으로 불면의 밤을 지새우는 것을 그대로 지켜보고만 있을 것 같지 않았다. 나는 조만간에 지니가 어떤 결단을 내릴 것이라는 예감이 들었다. 바로 그때 지니가 물었다.

"듄, 엄마와 개성가족들은 왜 중앙당의 미움을 받아 무산으로 추방당했을까?"

나는 지니가 이해할 수 없는 대목을 대강 짐작해본다. 하나는 홍 소위에게 독말풀작전의 실패와 이동후를 제거하지 못한 책임을 물은 것이고, 또 하나는 남북이산가족상봉 당시 북한 중앙당이 싫어한 남측 정덕귀와 개성의 정덕순 자매의 상봉을 저지할 수 없었던 상황에 대한 보복성 조치였을 것이다. 물론 북한 당국은 개성에 남쪽의 거물급 인사의 동생이 살아있다는 사실을 두고만 볼 수 없었을 것이다. 나는 지니에게 내 생각을 전하지 않고 그저 모른다고 고개를 가로저으며 침묵을 지켰다.

33

　뉴욕의 3월은 봄이라고 하기에는 아직 이르다. 사람들은 뉴욕을 여름과 겨울을 위한 도시라고 말하지만 더위가 좀 가셨다 싶으면 금세 혹독한 추위가 개선장군처럼 덮치고 추위가 좀 가셨다 싶으면 어느새 찜통더위가 염장군을 몰고 덤벼든다. 나는 뉴욕에 온 후로 마파람처럼 짧은 뉴욕의 가을과 아쉬운 결별을 하고 지금은 혹한의 겨울을 견뎌내고 있는 중이었다. 아마 지니의 따뜻한 체온과 사랑이 아니었더라면 나 같은 이방인에게 뉴욕의 겨울은 가혹한 형벌의 땅이 되었을 것이다.

　나는 뉴욕에 임시 체류 중이어서 납세의 의무가 없는 대신 뉴욕시민으로서의 법적 지위를 누릴 수 없고, 미국 시민으로서의 보호와 혜택을 받을 수 없다. 그 말은 곧 의료비나 학비혜택도 없고 은행융자도 받을 수 없고 투표권도 없으며 취업도 할 수 없으니 시청의 청소부조차도 될 수 없다는 뜻이다. 나는 비자 허용기간이 끝나면 연장은 할 수 있어도 체류기간이 1초만 지나도 불법체류자로 낙인찍혀 가차 없이 추방당해야 한다. 지금도 뉴욕에는 수많은 불법 체류자들이 고양이에게 쫓기는 생쥐처럼 숨어서 살고 있다. 뉴욕 지하철 승강장에서 본 커다란 검은 쥐떼들도 모두 비자날짜를 넘긴 불법체류자들이어선지 사람들을 보기만 하면 단속경찰인줄 알고 죽자 사자 내뺀다. 그런 일은 비단 뉴욕뿐만 아니라 세상에 국경이 존재하는 한 피할 수 없는 현실이다. 그런 생각을 하다 보니 문득 카프카의 '성'이라는 소설이 떠올랐다. '성'에서 토지 측량사로 나오는 K는 성 당국의 초청을 받아 겨울밤 늦게 성의 아랫마을에 도착하지만 K는 체류허가증이 없다는 이유로 마을에서 단 하룻밤도 머무를 수 없는 불법체류자 신세가 된다. 성에는 들어갈 수도 없고 마을에는 머무를 수도 없어서 오도 가도 못 하던 K는 할 수 없이 사랑하지도 않는 마을 여인숙의 여자 프리다와 동거하며 임시 체류허가를 받는다.

하지만 여전히 그의 입성은 불가능하다. 성은 단지 안개와 어둠의 장막에 깊이 싸여있을 뿐, 그가 성에 다가가면 갈수록 성은 더 멀어지기만 한다. 성에 들어가서 자신이 살아야 할 땅을 측량하고 싶었던 그의 희망과 의지는 끝내 꺾이고, 그는 마을에서 고립되어 버려진 채 쓸쓸하게 생애를 마감한다. K는 죽음을 통해 그가 그토록 지상에서 원했던 법적 사회적 생존권이 소멸되면서 모든 문제가 해결된다.

인간 역시 K처럼 신의 초청을 받고 이 세상에 왔지만 지상의 마을에서는 영원한 생명을 보장받지 못하고 끝내는 세상에서 풀지 못했던 숙제를 죽음으로써 해결할 뿐이다. 신은 인간이 짧은 생애 동안 세상에서 도대체 무슨 꿈을 이루게 하려고 계획했던 것일까. 왜 신은 인간에게 목숨을 주고 꿈과 희망도 함께 주면서도 왜 신의 마을에 편입되고 싶어 하는 사람들의 목숨을 여지없이 박탈하는 것일까. 신은 소설 '성'의 K처럼 모든 사람들이 자기가 살고 싶은 땅을 측량도 해보기도 전에 목숨을 거두어 간다.

카프카의 '성'은 인간의 절망을 소설을 통해서 대신 절규하고 있다. 내가 여기서 카프카의 말을 인용한 것은 인간이 갖고 있는 절망과 슬픔이 단지 지니의 친모 홍순이 뿐만 아니라 형식은 조금씩 달라도 모든 인류가 무차별하게 당하는 공통적인 부조리에 해당된다는 점을 내세워 지니가 조금은 위로를 받았으면 하는 생각 때문이다.

신림동 지하 단칸 두더지방에서 신혼살림을 차린 홍순이와 리병두 역시 남조선에서는 허가받지 않은 불법체류자들이었다. 게다가 그들은 서울에 적군으로 침투한 비밀요원들이라는 점에서 생존권 자체가 인정되지 않는 퇴치대상 제1호의 바이러스들이다. 그래서 저들 위험한 테러리스트들은 그 땅에서 완전히 고립되어 고사 직전에 이르게 되었다.

그들이 적진 한 가운데 고립되었다는 것은 항해하던 배가 칠흑의 바다에서 난파되어 표류하다가 무인도에서 목숨을 겨우 건졌다는 것과 다를 바 없다. 하지만 두 사람이 살아남을 수 있는 마지막 비상구는 있다. 그들이 단지 목숨을 유지하는 것만이 삶의 목적이라면 경찰서에 찾아가 자수하면 된다. 하지만 그들에게 목숨이란 단순한 삶의 연명이 아니라 목적을 이루기 위한 수단이기 때문에 변절이란 죽음을 뜻한다. 그래서 수단이 삶의 조건과 신념이 되어버린 이데올로기의 종복들은 목숨을 구걸하지 않는다. 그 당시 홍순이와 리병두도 그와 똑같은 운명을 가진 전사들이었다. 두 사람의 뼛속 깊은 곳에는 인민공화국에 대한 순정과 충성이 자리 잡고 있을 뿐이다. 그들은 조국과 가족을 위해 기꺼이 목숨을 바친다. 그런 죽음은 그들에게 무한한 명예와 기쁨을 준다. 모든 자살폭탄테러는 신앙이 목숨보다 위대하다는 신념에서 나온다.

리병두와 홍순이는 공화국도 가족도 버릴 수 없고, 버려서도 안 되는 절대 절명의 신앙이다. 두 사람은 아직 귀대할 수 있는 한 가닥의 희망이 남아 있었다. 리병두가 마지막 교신 접촉자였던 암호명 진달래의 전화기에서 '없는 전화번호입니다' 라는 말 대신 신호음이 계속 울리고 있기 때문이었다. 어느 날 신호음이 떨어지고 개나리가 전화를 받으면 귀대가 가능해진다. 그 믿음이 그들에게 삶의 의지가 되고 희망과 용기가 되었다. 그러나 세월이 갈수록 희망은 점차 사라지고 삶의 의욕도 점차 지쳐갔다.

봄은 왔지만 아직 개나리꽃은 피지 않았다. 개나리가 피지 않은 한 그들에게는 봄이 아니다. 개나리가 필 때까지 악착같이 살아남아야 한다. 더구나 남의 땅도 아닌 친엄마가 살고 있는 제 땅에서 악착같이 살아 있다는 것 때문에 죽을죄를 지게 된 죄책감이 홍순이에게는 남아있었다. 비록 당장 죽더라도 죄책감이 남아있는 이 땅에서 벗어나야 한다. 그들은 봄이 되자 남쪽 서식지를 떠나 북의 번식지로 떠나야 하는 여름철새 두 마리가 제 날짜에 떠나지 못하고 남아서 시시각각 죽음의 공포 속에 사로잡혀 있는 셈이다. 철새들이 비상을 하는 이유는 오직 살아남기 위해서다. 여름새가 사는 땅에 겨울이 오지 않으면 여름새는 떠날 수가 없다. 나는 홍순이와 리병두가 떠날 시기를 놓친 습지의 도요새처럼 죽음의 덫에 사로잡혀있다고 생각했다.

"이제 우리가 해야 할 일은 개나리꽃이 피는 그 날까지 고지를 사수하고 살아남아 있는 것이다. 견딜 수 있겠지. 홍 소위!"

"네, 할 수 있습니다. 리 소위님."

리병두의 말을 들으면서 홍순이는 자신이 여전히 중앙당 해외정보국 소속이라는 사실을 확인할 수 있었다. 그녀는 한때 자신이 끈 떨어진 연처럼 어디로 추락할지 모르는 불안과 공포에 휩싸였다. 그러나 지금은 더 강해졌다. 우리는 아직 패배하고 퇴각한 것이 아니다. 우리의 작전은 계속되고 있다. 그렇다. 무사히 귀대할 수 있을 때까지 강하게 버텨야 한다. 우리는 아직 죽지 않았고 포로도 되지 않았으며 부상도 당하지 않았다. 마음은 큰 중상을 입었지만 몸은 건강하다. 비록 우리는 국군정보사령부 요원들과 미 국무성 동아시아정보국 요원들에게 쫓기고 있지만 우리는 남조선 신무기 개발계획을 저지한 전사들이다. 우리는 작전초소가 신림동 단칸방으로 옮겨졌을 뿐, 아직 건재하다. 살아있는 한, 모든 것은 건재하다. 둘은 신림동 단칸방 사수작전에 들어갔다.

리병두는 새벽 4시에 영등포 인력시장에 나가서 일용 잡역부 생활을 하며 일당을 벌기 시작했다. 작업은 대부분 건설현장의 막노동이다. 때로는 농사일에 동원되기도 하고 농가의 비닐하우스 설치나 폐부속품 분류, 혹은 조립건물을 해체하는 일도 했다. 때로는 위험하긴 했지만 불법거주자들의 강제철거에 동원되어 주민들과 집단싸움을 벌이는 일에 행동대원으로 투입된 적도 있었다. 어떤 일이나 머리보다는 힘을 쓰는 일을 해야 했다. 또한 깨끗하고 품위 있는 일보다 더럽고 추하고 힘든 음지의 노동을 찾아야 했다. 홍순이는 남자와 달리 잡부나 막노동을 할 수 없었다. 웬만한 일도 고용자가 신분 확인을 하기 때문이다. 한때 일어와 영어강사를 해볼 생각이었지만 강사료도 적고 신분 노출의 위험이 커서 포기했다.

그들이 신림동 단칸방에 두더지처럼 둥지를 튼 지 석 달이 지난 그 해 6월초에 마침내 순이에게 사건 하나가 터졌다. 순이는 점차 식성이 까다로워졌고 입덧을 시작했다. 임신 증세가 확실했다. 날짜를 꼽아 봐도 틀림없었다. 홍순이는 감

정에 지우치지 않고 냉정과 이성을 지키자고 혼자 다짐하고
또 다짐했다. 그녀는 처음에는 리병두에게 임신사실을 감추
었다. 그러나 그는 현실적으로 동지이자 선배였고 연인이자
남편이었으며 몸과 영혼을 맡겨야 하는 목숨 같은 존재였다.
둘은 온갖 흉허물도 다 털어놓았고 마음의 벽도 감정의 경계
선도 허물고 살았다. 그러나 그녀는 자궁속의 비밀만은 마지
막 보루처럼 지킬 수밖에 없었다.

　비밀작전에 투입된 모든 공작원들은 이성교제나 사랑의
행위가 금지된다. 단순히 금기나 권고사항이 아니라 군법 위
반이나 적대행위와 똑같은 위법사항이다. 특히 여자 비밀요
원에게 임신은 위험한 작전수행에 큰 걸림돌이 될 수밖에 없
다. 그러니 제 땅에서 악착같이 살아남으려면 죽을죄를 지어
서는 안 된다. 언젠가 순이는 리병두가 인력시장에서 겪었던
무서운 말을 떠올리며 소름이 돋았다.

　'중앙시장 뒷골목에는 무면허 가짜의사들이 미혼모를 낙태
시켜주는 싸구려 불법시술소가 있어. 수술 도중에 산모가 죽
어도 책임을 안 진다는 서약을 미리 받고 낙태수술을 하는
곳이래. 하루는 무슨 일인지도 모르고 인부로 뽑혀갔다가 지
하실에서 죽어나온 태아의 유기물과 함께 마취가 잘못되어
수술 도중에 죽은 산모의 시신을 매장해준 적이 있었어.'

　홍순이는 그때 그 말을 남의 일처럼 무심히 들은 적이 있
었다. 하지만 지금 그 말은 무서운 현실이 되었다. 만일 리병
두에게 임신사실을 밝히면 그는 낙태를 권할 것이다. 정식
산부인과병원에서 낙태를 하려면 돈도 들지만 신분이 드러날
수 있어서 그녀에게 정식병원은 발도 디밀 수 없는 금단지역
이기 때문이다. 그렇다고 리병두에게 임신 사실을 고백해도

끔찍한 지옥의 현장을 경험한 그가 불법낙태를 권할 리가 없다. 아기를 지우면 목숨도 위태롭지만 낳아도 키울 수가 없다. 그런 상황에서 방법은 하나밖에 없다. 막판에 독침을 물고 자결하는 일이다. 독침에 들어있는 극소량의 방사능 물질 폴로늄210이 몸속에 퍼지면 그 순간 내장과 백혈구는 급속히 파괴된다. 결국 홍순이도 카프카의 소설 '성'에 나오는 주인공 K처럼 죽음만이 지상에서 필요한 모든 법적 사회적 생존권을 해결할 수 있는 유일한 방법인지도 몰랐다. 홍순이는 힘든 결단의 순간이 닥칠 때마다 어머니의 말에서 판단과 지혜를 빌렸다.

'흐르는 물을 거스르지 말라. 물의 흐름을 거스르는 순간 사람은 자연의 이치와 하늘의 뜻을 거스르는 일이 된다. 여자의 태내에 아기가 들어섰다면 순리대로 낳는 것이 하늘의 뜻이다. 아기를 낳지 않고 지우는 것은 물의 흐름을 거스르는 일처럼 대자연의 순리와 하늘의 이치를 그르치는 일이다. 그로 인해 받아야 할 죄업은 참혹하다. 이미 현행법도 태아에 대한 살인행위는 존속직계 살인죄라는 별도의 법으로 엄벌한다. 아기를 낳은 후에 아기의 운명은 아기에게 맡기면 된다. 네 운명과 아기의 운명은 전혀 별개다. 제발 네 운명 속에 아기를 한 발짝도 들여놓지 말고, 너 역시 아기의 운명 속에 한 발짝도 들여 놓을 생각을 하지 말라. 사람은 하늘의 자식이니 하늘이 거둘 것이다.'

홍순이는 어머니의 말씀을 마음으로 들었다. 무슨 일이나 자연의 순리와 운명에 맡기면 된다. 그러자 순이의 마음에는 번뇌와 갈등이 사라졌다. 진리는 늘 단순하고 명료하다. 마침내 홍순이는 4개월째 되는 날 리병두에게 임신사실을 털어놓았다. 그 말을 듣는 순간 리병두는 크게 놀랐으나 깊은 숙고 끝에 홍순이의 마음에 드는 대답을 내놓는다.

"아기는 우리 둘이 맺은 사랑의 결실이다. 우리는 공화국의 운명에 따라야 하지만 아기는 공화국의 운명을 따를 의무가 없다. 지금은 아기를 잘 낳는 것이 중요하다. 그 후의 일은 낳은 후에 생각하자."

순이는 리병두의 말을 듣고 흐느껴 울었다. 그의 말이 너무 고맙고 대견해서 그녀는 마음속으로 몇 번이나 고맙다고 말했다. 만일 그로부터 악마의 음성을 들었다면 순이는 다른 결정을 내렸을 것이다. 어머니를 믿고 사랑했던 순이에게 마침내 하늘이 리병두의 마음을 달래 구원의 빛을 던져준 것이라는 생각이 들었다.

34

세월은 어떤 사람에게는 황소걸음처럼 느리고 더디지만 어떤 사람에게는 마파람에 게 눈 감추듯 빠르게 흐른다. 신림동 지하방의 홍순이의 세월은 화살처럼 빨라서 어느덧 임신 6개월 차로 접어들었다. 더구나 놀라운 일은 리병두가 매일 두 차례씩 교신을 시도해 왔던 진달래로부터 신호음이 떨어진 일이다. 리병두는 그날도 아무런 기대도 없이 습관대로 공중전화를 걸었는데 전화기의 신호음이 서너 차례 가더니 철컥하고 신호음이 떨어졌다. 리병두의 심장이 철렁 주저앉는 순간이었다.

"개나리화원입니다."

전화를 받은 사람은 남자였다. 갑자기 리병두는 피가 거꾸로 솟았다. 여러 차례 확인한 결과 진달래화원이 개나리화원으로 바뀐 것이 분명했다. 그렇다면 재접선이 성공한 것이다. 만일 그게 아니라면 접선지가 뿌리째 남반부의 손에 넘어갔을 수도 있고, 접선은 오히려 함정이 될 수도 있다. 그는 즉각 피아간에 정해둔 두 번째 암호로 또박또박 확인절차를 다시 밟아 나갔다. 그는 암호 8개의 숫자를 불러주고 나서 개나리꽃이 정말 피었습니까? 라고 물었다. 곧이어 응답 상대방이 응답암호를 불러준다. 개나리꽃이 피었습니다. 안심해도 됩니다. 곧이어 중앙당으로부터 개나리를 통해 지시사항이 전달되었다. 공화국은 애국동지에게 이제 귀대명령을 내립니다. 순간 리병두는 공화국의 중앙당 해외공작부와 접선에 성공했다는 것을 알았다. 암호의 응답을 들으면 개나리의 귀환이 분명했다. 마침내 홍순이도 역시 리병두와 별도로 전화수신에 성공한다. 그들은 중앙당 해외정보국으로부터 작전지시를 받았다.

리병두에게는 10월 초순 동해바다를 통해 휴전선을 돌파하라는 귀대 명령이 떨어졌고, 홍순이에게는 12월 중 일본 항공편 루트를 이용하여 귀대하라는 명령이 하달되었다. 놀랍게도 미유리 쿠로사키의 비밀신원이 남쪽 정보기관에 아직 노출되지 않은 채 고스란히 살아 있어서 여권의 효력도 그대로였던 것이다. 홍순이는 너무 놀랐다.

"리 선배, 내가 어떻게 남측에 노출되지 않았죠?"

리병두는 홍순이에게 자신의 추리력을 동원하여 설명해주었다. 중앙당 대남 서울총책 다카하시가 배신과정에서 미유리를 남측 정보기관과의 협상카드로 쓰기 위해 노출하지 않고 마지막까지 움켜쥐고 있다가 죽었을 것이라는 해석이었다. 그 외에 다른 상상은 불가능했다. 리병두의 추리는 정확했다. 남측 정보요원들이 이동후를 힐탑아파트에서 긴급히 피신시킨 후에 곧바로 미유리를 습격하지 않았다. 남측은 이동후가 한국에 체류하는 동안 접촉한 인적사항들을 세심하게 체크하는 과정에서 미유리 쿠로사키가 누락되었다. 그 이유는 이동후가 남측 정보원에게 미유리와의 접촉관계를 비밀로 남겨두었기 때문이었다. 결국 다카하시와 이동후 두 사람이 누락시킨 미유리는 남측 정보기관의 추적 블랙리스트에서 교묘하게 빠질 수 있었다. 그것이 미유리가 지금까지 신원이 완벽하게 살아남아 있게 된 이유였다.

"이동후 박사는 남쪽 정보기관에 왜 미유리 쿠로사키와의 관계를 누락시켰을까?"

지니는 그 사실을 대강 짐작하면서도 내 의견을 듣고 싶어 했다.

"때때로 그대가 말을 꺼내기도 전에 나는 이미 그대의 마지막 말을 들었습니다."

내가 적절한 순간에 시인 칼릴 지브란이 연인 헤스겔에게 쓴 편지의 한 구절을 인용하자 지니는 천천히 내 앞으로 다가와 늘 그렇듯이 내 목을 두 손으로 끌어안고 팔 길이만큼의 간격을 유지하면서 내 눈빛을 바라보았다. 지니의 눈과 내 눈이 가장 가깝게 바라볼 수 있는 가장 좋은 사랑의 간격이 만들어졌다. 나는 그때 지니에게 다시 지브란의 시를 속삭여주었다.

'너희는 같이 서 있으되 너무 가까이 서 있지 말라. 신전의 돌기둥은 서로 떨어져 있고, 참나무와 잣나무는 서로가 서로의 그늘 아래서는 자라지 않는 법이다. 너희는 서로가 서로의 빈 잔을 채워주되 한 잔에서 같이 마시지는 말지어다.'

칼릴 지브란은 시를 통해서 우리에게 사랑하는 사람과 가장 오래 사랑할 수 있는 방법을 그렇게 일러주고 있다. 우리들의 예상대로 이동후는 미유리를 진심으로 사랑했다. 결과적으로 이동후는 미유리를 위기로부터 구해주었지만 미유리역시 이동후를 보호하기 위해 멀리 일본으로 피신할 수 있도록 해주었다. 그들은 서로가 서로에게 본의 아니게 겨누게 된 칼날의 빛을 감추고 아름다운 사랑의 이별을 나누게 된 것이다. 사랑하는 사람을 안전하게 지켜주고 싶은 마음이 두 사람의 목숨을 구했다.

그 해 10월 초, 중앙당은 리병두에게 울진부두에서 출항하는 어선 남방호에 승선하라는 지령을 내렸다. 그때 홍순이는 임신 8개월째였다. 마지막 날 밤 리병두와 홍순이가 나눈 대화기록은 눈물겹도록 슬펐다. 리병두는 이미 결심하고 있었던 것처럼 사랑하는 아기를 남조선에 두고 올 것을 지니에게 당부했다. 시인 칼릴 지브란은 이미 시에서 리병두가 한 말을 대신했다.

'네 아기는 네 아기가 아니다. 너로부터 왔지만 너로부터 온 것이 아니며, 너와 함께 있지만 너의 것이 아니다. 아기의 영혼은 너희가 꿈속에서조차 갈 수 없는 내일의 집에 살고 있기에.'

그들은 칼릴 지브란의 시를 읽지 않았지만 인간이 가야 할 길을 이미 잘 알고 있었다. 그래서 그들은 지니가 가야 할 험난한 인생의 여정도 이미 꿰뚫고 있었다. 두 사람이 선택할 수 있는 길은 하나밖에 없었다. 리병두는 중앙당 지령대로 먼저 귀대하고 지니는 혼자 남아서 아기를 출산한 후에 서울의 한 보육원에 아기를 은밀히 맡기고 귀대하는 것이다. 그것이 그들이 부모로서 사랑하는 아기에게 해줄 수 있는 최선의 방법이었다. 비록 내일을 기약할 수 없는 절망적인 상황에서 하루하루를 힘든 막노동꾼으로 살았지만 그들은 신림동에서의 8개월이 너무 행복했다. 훗날 각자가 따로따로 공화국으로 귀대한 후에는 어떻게 될 것인지는 생각하지 않기로 했다. 그 일은 먼 훗날의 일이었으므로 약속이나 계획은 아무 의미가 없었다.

그들은 지난 8개월의 신림동 지하방이 그들이 지상에서 누렸던 가장 행복한 시절이었다는 것을 서로 부인하지 않았

다. 리병두는 부풀어 오른 홍순이의 둥근 배를 쓰다듬으며
태내에서 숨 쉬는 아기의 규칙적인 호흡에 귀를 기울였다.
홍순이는 서점에서 육아일기책을 사서 읽었다. 8개월의 태아
는 키가 40센티쯤이며 체중도 1.5킬로그램이다. 태아의 뇌가
호두처럼 주름이 잡혀있고, 어느 정도의 시력을 갖추고 있
고, 청각기능도 완성되어 엄마의 말에 예민하게 반응하기도
한다. 리병두는 아기에게도 말한다.

"아기야. 너 지금 듣고 있지? 오늘 밤이 아빠와는 마지막
밤이다. 앞으로 나는 널 쓰다듬어줄 수도 없고, 볼 수도 없
고, 너와는 얘기도 할 수 없게 된다. 그런 생각을 하면 슬프
지만 남조선에서 좋은 부모를 만나 건강하고 행복하게 산다
면 아빠는 더 이상 너한테 바라는 것이 없다."

리병두의 눈은 어느새 젖어있다. 홍순이는 그의 손을 꼭 붙
든 채 메어지는 슬픔을 겨우 참아냈다. 그들 앞에는 세 가족이
동시에 뿔뿔이 헤어질 수밖에 없는 슬픈 이별의 운명이 예정되
어 있었다. 전생에 어떤 천벌의 죄를 지었기에 죄업이 그리 무
거운 것일까. 리병두는 홍순이에게 하고 싶은 말도 다 해야 했
다. 다시는 그 말을 할 기회가 없을지도 모르고, 말 못한 후에
평생 못이 되어 가슴에 남을지도 모르기 때문이었다.

"…그리고 홍 소위, 너한테는 내가 너무 미안하고 사랑한
다는 말밖에는 할 말이 없다. 너 혼자 너무 힘들겠지만 아기
는 이 방에서 너 혼자 낳아야 한다. 우리 특수대원은 무슨
일이든지 혼자 해낼 수 있으니 널 믿고 가겠다. 귀대 후에
다시 만나자. 우리 앞날은 아무도 알 수 없지만 우리의 사랑
만은 아기와 함께 영원히 간직하고 떠난다. 그리고 우리들에
게는 비록 이 방이 땅속의 두더지방이긴 했지만 너와 함께

살았던 8개월은 너무 행복한 천국이었다. 이제 내 생애에서 다시는 그런 천국의 날이 올 것인지는 하늘의 뜻에 맡길 뿐이다. 널 정말 사랑한다."

다음날 홍순이가 잠결에 눈을 떴을 때 리병두는 이미 곁에 없었다. 깜짝 놀라서 방문을 밀쳤지만 현관에는 그의 너덜너덜한 운동화 한 켤레만 남아있었다. 그는 홍순이가 전날 새로 사준 운동화를 신고 떠났다. 누군가에게 새 신발을 사주면 헤어지게 된다는 말이 있지만 홍순이는 그의 헤어진 운동화가 마음에 걸려서 어쩔 수 없이 사줄 수밖에 없었다. 리병두는 홍순이와 차마 이별의 시간을 마주할 자신이 없어서 동이 트기 전에 훌쩍 떠나버리고 말았다. 떠날 때는 말없이. 그렇다. 그것이 리병두가 홍순이를 위해 해줄 수 있는 전부였다. 그녀는 신림동시장의 버스정류장까지 마구 달려갔지만 그의 모습은 보이지 않았다. 허망한 마음으로 집에 돌아온 후에 홍순이는 그가 남기고 간 너덜너덜한 운동화를 끌어안고 한참 동안 울었다. 웬일인지 그녀는 리병두를 다시는 만날 수 없을 것 같은 불길한 예감에 사로잡혔다. 힐탑아파트의 까치둥지에서 이동후를 떠나보내던 새벽에도 미유리는 그와 똑같은 예감이 들었던 적이 있었다. 그의 귀대 길은 저승길처럼 멀고 까마득했다. 슬픈 하루가 지난 그 다음 다음날지니는 예상대로 슬픈 뉴스를 듣게 된다. 그 날 울진 앞바다에서 출항한 남방호는 동해의 휴전선 가까이에서 조업하던 중 통신도 두절된 채 거센 파도에 휩쓸려 점차 북으로 흘러가고 있었다. 한국 해양경찰이 어선을 향해 방향을 돌리라는 경고방송을 수차례 했지만 남방호는 기관고장을 일으킨 것처럼 계속 제 방향만 고집했다. 바로 그때 어디서 나타났는지 북한의 경비선 한 척이 빠른 속도로 남방호를 향해 접근해오는 모습이 한국 해양경찰에 의해 포착된다. 북한 경비선은 무서운 속도로 휴전선 남쪽을 돌파하면서 남방호 쪽 가까이 접근을 시도한다. 물론 그 배는 리병두를 구하기 위한 위장작전이다. 한국 해군경비선의 경고방송 이후에도 북한 경비선은 아랑곳도 하지 않고 휴전선 돌파를 시도하자 양쪽에서 총격전이 벌어진다. 한국 해양경찰은 망원경으로 남방호에 3명의 어부가 탄 것으로 추정한다. 남방호는 파도에 휩쓸리면서 북행을 계속하고, 북한 경비선은 필사적으로 어선에 접근하는 중이다. 누가 봐도 어선 납치 상황이다. 그러자 이번에는 양측 경비선에서 포격전이 시작되었다. 곧이어 남방호는 어느 쪽에서 쏜 포탄에 맞았는지 큰 폭파음과 함께 물기둥이 솟구치면서 순식간에 가라앉았다. 북한 경비선은 기수를 돌려 북으로 사라졌다. 북한 측의 어선 피랍미수사건은 불발로 끝나고, 남방호는 동해바다에서 격침되었다. 남방호가 북한 경비선에 의해서 폭침되었는지 한국 해양경찰에 의해 폭침되었는지는 확인되지 않았다. 어선 남방호가 울진포구에서 새벽에 탈취 당했다는 사실을 알게 된 것은 어선이 침몰된 후였다.

　12월이 되자 임신 9개월째로 접어든 홍순이는 중앙당이 연말로 지시했던 귀대날짜가 출산일정과 맞물리면서 어려웠는데, 다행히 출발날짜가 계속 연기되자 그녀는 안도의 숨을 내쉰다. 중앙당 대남조직이 다카하시의 배신으로 폭탄을 맞아 파괴된 후에 복구시간이 꽤 오래 걸린 탓이다. 홍순이는 어차피 중앙당에서 정해준 날짜를 지킬 수가 없기 때문에 미유리의 일본여권이 살아 있는 한 출국날짜를 스스로 정하기로 했다. 아기의 안전한 출산이 우선순위이기 때문이다. 순이는 아기도 혼자 낳을 작정이었지만 그 고집도 바꾸었다.

　그녀는 셋집 안주인의 소개로 조산원 경험자인 60대의 할머니를 미리 확보해 두었다. 순이는 그 동안 아기용품들을 하나둘씩 사들였다. 아기와는 얼마 동안 함께 살 수 있을지 모르지만 단 하루라도 정성껏 사랑을 베풀고 싶었다. 배냇저고리도 사두고, 우유병과 기저귀, 가제손수건이며 파우더에 포대기와 빨간 신생아 모자에 딸랑이까지 사놓는다. 아기의 비품을 하나하나씩 사서 쓰다듬고 매만지는 동안 그것들은 모두 애틋한 슬픔이 깃든 도구로 느껴진다. 그때는 아기를 낳게 된 기쁜 마음을 아기와 헤어지게 될 슬픈 마음에게 이렇게 타일렀다.

　'아가야, 이것들은 모두 네 것이다. 네가 세상에 태어나서 처음 갖게 되는 것들, 엄마가 사준 처음이자 마지막 선물이다.'

순이가 울먹이면서 배를 쓰다듬어주면 아기는 잘 알았다는 듯이 툭툭 발길질을 한다. 엄마는 왜 날 혼자 두고 떠날 생각만 하지? 그러면서 또 발길질을 한다. 그래 엄마를 실컷 차라. 나는 네 원망과 슬픔과 괴로움을 다 받아도 속죄할 수 없을 만큼 나쁜 엄마가 될 수밖에 없다. 엄마가 왜 너를 혼자 두고 떠나야하는지 네가 알게 될 날이 언젠가 있을지 모르겠다. 먼 훗날 네가 어른이 되어도 엄마가 너와 헤어질 수밖에 없는 이유를 모른다는 것이 더 마음이 아프다. 그런 생각을 하면 순이는 개성 엄마의 말대로 당장 혜화동 친모에게 달려가서 무릎을 꿇고 아기를 낳아서 할머니 품에 안겨주고 자수하고 싶었다. 어쩌면 그것이 순리일지도 모른다. 개성 엄마가 선각자처럼 이런 일들을 겪게 될 줄 알고 그 방법을 일러준 것이다. 하지만 순이는 개성가족들을 떠올리면 정신이 번쩍 든다.

나는 지니에게 북조선에서 일어난 어느 비극적인 일화 한 토막을 들려주었다. 평양의 인민학교 부부교사가 공화국을 비방했다는 이유로 두 자녀와 함께 평양에서 추방되고 강제수용소에 끌려갔다. 그 후 1년이 채 못 되어 아버지는 죽고 엄마와 딸은 혹독한 성폭행과 질병에 시달리다가 죽은 후에 막내아들만 살아남아서 탈북에 성공했고, 그 죄악들이 낱낱이 폭로되었다. 내가 그 얘기를 들려주는 동안 지니는 훌쩍훌쩍 운다.

"도대체 그런 끔찍한 일들이 이 지구상에서 버젓이 자행되다니!"

나는 그때 내 영혼보다 조국 피렌체 공화국을 더 사랑했다고 말했던 5백 년 전 이탈리아의 사상가 마키아벨리의 말을 떠올렸다. 그는 이탈리아가 외국세력들의 지배에서 벗어나 강력한 군주 아래 통일되기를 열망하던 사람이었다. 관직에 진출했던 그는 권력에서 밀려나 투옥되었지만 다시 풀려난 후에는 은둔생활을 하면서 불후의 명작 '군주론' 을 남겼다. 나는 그 저서에서 읽은 구절을 지금도 잊지 못한다.

'절대 권력의 독재국가에서 국민들이란 모두 독재자에 예속된 노예들에 불과하다. 그 노예들은 독재 권력자에게 감히 저항할 수 있는 생각을 하기 참으로 어렵다. 혹시 그들 중의 일부가 저항할 마음을 품는다 해도 다른 사람들을 설득시킬 방법이 없기 때문에 독재타도에 나선다 해도 성공할 가망은 거의 없다고 보는 것이 옳다.'

나는 그때 한국이 민주화를 이루게 된 4·19 때 젊은이들이 독재정권을 무너뜨렸던 사건이 얼마나 크고 고귀한 혁명인가를 깨달았다. 그렇다면 그런 독재국가의 침략에 저항하는 이웃국가들은 어떤가. 마키아벨리는 역사의 경험을 통해서 배운 진리를 말해주고 있다. 모든 국가들은 독재 국가와 전쟁을 피하기 위해서 분쟁의 불씨가 커지는 것을 방치해서는 안 된다. 또한 불가피한 전쟁을 두려워한다면 침략자의 노예로 살 각오를 해야 한다. 왜냐하면 전쟁이란 피하고 싶다고 해서 피할 수 있는 것이 아니고 대결을 미룬다고 해서 저절로 평화가 해결되는 법이 없기 때문이다. 대결을 미룰수록 적에게 유리한 빌미를 줄 뿐이다. 그럼 어떻게 할 것인가. 답은 이미 나와 있다.

1962년 미국과 소련이 핵전쟁의 일촉즉발에서 위기를 넘긴 역사적인 기록이 있다. 냉전시대에 미국과 소련의 패권다툼이 한창이었을 때 소련은 쿠바의 지지를 받으며 미국의 턱밑에 탄도미사일 기지를 건설할 계획을 세운다. 당시 미국의 존 F 케네디 대통령은 소련의 미사일부품을 싣고 쿠바로 향하는 소련선박을 봉쇄하고 무력대결을 선언했다. 그러자 세계는 핵전쟁의 공포 직전까지 갔지만 결국 소련은 미국에 굴복하고 16척의 소련 선단을 철수시킴으로써 카리브 해안의 위기를 모면하게 된다. 만일 그 당시 케네디가 전쟁이 두려워 소련의 미사일기지 건설을 방치했더라면 마키아벨리의 말처럼 미국은 소련의 미사일 앞에서 지금도 노예처럼 계속 굽실거려야 했을 것이다.

내가 그런 생각을 하고 있을 때 지니는 어느새 빨간 신생아 모자와 딸랑이를 찾아가지고 나왔다. 그것은 지니의 아기 포대기 안에 있었던 친엄마의 유일한 선물이다. 그것은 혜화동 할머니가 보관하고 있던 것을 입양 때 캐서린 양엄마에게 전해준 것이다. 지니는 신생아 모자를 머리에 얹고 딸랑이를 흔들었다. 나는 빨간 신생아 모자를 보자 기록으로만 남아있던 홍순이의 역사적 유물을 직접 본 감격에 사로잡혔다. 홍순이가 지니를 위해 사둔 것들을 지니가 지금까지 보관하고 있었던 것이다.

홍순이가 진통을 시작한 것은 임신 9개월 중반쯤이었다. 그녀는 미리 부탁한 조산원 할머니의 도움을 받아 딸을 순산한다. 순이는 딸의 이름을 이진희로 지었다. 지금의 지니 리는 신림동 지하셋방이 고향집이 된 것이다. 순이가 진희를 낳았을 때 그녀는 개나리로부터 12월 말까지 출국하라는 명령이 떨어진 후였다. 다행히 순이는 지니를 12월 중순에 출산했다. 순이에게 남은 시간은 두 주일밖에 없었다. 순이는 개나리로부터 미유리 쿠로사키의 일본여권이 살아 있다는 것을 알았기 때문에 뉴욕뱅크에 예치해둔 공작금의 출금도 가능했다. 순이는 아기를 주인집 여자에게 맡기고 뉴욕뱅크로 가서 미유리의 예금 잔고를 모두 개나리가 지정해준 은행으로 이체했다. 일본 도쿄행 항공권을 알아보니 연말연시의 항공권은 모두 매진되고 없었다. 그녀는 그 다음 해인 1981년 1월20일치 도쿄행 항공권 한 장을 예약한다. 홍순이가 진희의 엄마노릇을 할 수 있는 시간은 고작 한 달 남짓이다. 홍순이는 그 시기가 생애에서 가장 행복하면서도 불행한 시기였다고 훗날 고백하고 있다. 그녀는 생애에 처음으로 엄마가 된 행복감에 빠져 살았다. 해가 지면 저문 날이 너무 아깝고 아쉬워서 비감에 빠져들었다. 홍순이는 그때의 심경을 이렇게 써놓았다 .

'어떻게 이런 아기가 내 뱃속에서 자라고 있었을까. 참으로 놀랍고 신비로웠습니다. 도대체 이 핏줄의 인연은 누가 탯줄로 이어서 내게 내려준 것일까요. 내가 믿고 있고 어머니가 믿고 있는 하늘의 오묘한 계시가 깃들지 않고서는 이런 기적 같은 생명이 탄생할 수 없었을 것입니다. 내가 하늘의 이치를 받아들여 진희를 낳은 것은 축복이지만 엄마가 될 수 없는 운명도 역시 하늘의 뜻이니 받아들일 것입니다. 제발 진희가 나보다 더 좋은 엄마를 만나 행복하게 살기를 눈물로 기도드릴 뿐입니다.'

순이는 마침내 리병두와의 사랑과 추억의 눈물로만 가득 찬 신림동 지하 단칸방 생활을 접고 진희를 품에 안고 두더지 캠프에서 나온다. 그 날은 겨울이었지만 하늘이 도왔는지 찬바람을 잠시 거두어주었다. 그녀가 택시로 도착한 곳은 혜화동 어머니의 집이었다.

'어머니, 당신이 예전에 헤어질 수밖에 없었던 딸을 낳았던 것처럼 저 역시 지금 헤어질 수밖에 없는 딸을 낳아 당신과 똑같은 운명의 길을 걷게 됩니다. 당신은 저를 이모에게 맡겼지만 저는 진희를 엄마에게 맡깁니다. 무슨 운명이 이토록 기구하여 어머니의 운명을 제가 똑같은 업보로 이어받게 되었는지 모릅니다. 제가 진희를 보육원에 맡기지 않고 어머니에게 맡길 수 있도록 허락해주신 하느님에게 감사드립니다. 저는 이 말을 어머니에게 글로 남길 수 없지만 당신이 옛날 잃었던 딸이 지금 돌아온 것으로 여기시고 당신의 손녀 이진희를 훌륭하게 길러주기길 바랍니다. 어머니, 부디 저를 용서하시고 건강하고 행복하십시오.'

홍순이는 골목길을 걸으면서 혜화동 어머니에게 그런 말을 쪽지에 써서 남기고 싶었지만 참았다. 비록 어머니는 들을 수 없지만 그 의미를 이해하리라고 믿는다. 순이는 그 날 절대로 울지 않을 것이라고 스스로 맹서했고, 끝내 그 약속을 지켰다. 왜냐하면 그녀는 딸을 버리는 것이 아니라 어머니에게 맡기는 것이며 딸과 헤어지는 것이 아니라 할머니와의 만남을 통해서 더 좋은 세상에서 살 수 있도록 진희의 길을 열어주는 일이라고 생각했다. 그래서 홍순이는 가벼운 마음으로 딸과 헤어질 수가 있었다.

그 해 정월 아침 7시, 서울의 골목길은 가로등이 켜 있을 뿐, 아직도 깊은 어둠에 잠겨 있다. 혜화동 골목길은 보안등으로 밝았지만 순이의 발길을 깊은 어둠속이다. 이미 마음으로 다짐했듯이 홍순이는 단 한 발자국도 머뭇거림 없이 혜화동 골목길을 돌아서 정덕귀라고 쓰인 한옥대문 앞에 붙어있는 문패를 확인한다. 그녀는 조금도 주저하지 않고 대문 옆에 달린 벨을 눌렀다. 벨 소리가 침묵에 잠긴 한옥집안에 크게 울린다. 곧이어 한옥마루에 불이 켜지면서 누군가 나오는 인기척이 들린다. 순이는 아기를 대문 앞에 가만히 내려놓고 그 자리를 재빨리 피한다. 순이는 이십여 미터 떨어진 남의 집 대문 앞에 몸을 숨기고 숨을 죽이고 기다린다. 잠시 후에 문이 열리면서 가정부 아주머니가 포대기에 싸인 아기를 발견하고 깜짝 놀라 주위를 휘휘 둘러본다. 아주머니는 당황해서 어쩔 줄 모르다가 이내 아기를 안고 대문 안으로 황급히 사라진다. 순이는 정덕귀 박사의 한옥 창에 불빛들이 환하게 켜지는 것을 지켜본 후에야 골목길에서 빠져나왔다. 그 다음 행선지는 공항이었다.

36

　뉴욕은 4월 초에도 이상기온 탓인지 꽃샘추위로 밤에는 섣불리 창을 열어놓을 수가 없다. 화단의 옥잠화 긴 잎자루는 아직도 꽃을 피워낼 엄두도 못 내고 잔뜩 웅크리고만 있었다. 나는 지니의 방 자두색 가죽소파에서 파울로 코엘류의 소설 '연금술사'를 영역본으로 읽고 있었다. 양치기가 꿈의 계시를 찾아 떠나는 여정에서 겪는 관념과 잠언들이 작가의 심미안적인 문체를 통해 잘 묘사된 소설이다. 행복의 파랑새를 찾아 떠난 사람이 세상을 헤맨 끝에 집으로 돌아와 보니 행복의 파랑새는 집에 있었다. 왜 그때 안 보였던 행복의 파랑새는 먼 훗날 세월이 흐른 후에야 보인 것일까. 세월은 우리들의 정신적 눈을 조금씩 뜨게 만든다. 아주 조금씩 조금씩 자신의 시야가 깊고 넓어진다는 사실을 알아차리지 못할 만큼 아주 조금씩 마음의 눈이 밝아지고 커진다. 젊었을 때는 가치 없이 여기던 것들이 나이가 들면서 소중해지고 전에 소중했던 것들이 세월이 가면서 무의미해진다. 소년 시절을 거쳐 20대에는 보이지 않던 행복이 보이고 절망의 무게도 더 크게 깨닫게 된다. 뉴욕에서 읽은 책들이 많아지고 사숙도 깊어지면서 점차 나는 글을 쓰고 싶은 마음이 간절해지기 시작했다. 내가 신문사 임시 특파원으로 뉴욕까지 오게 된 것은 행복의 파랑새를 찾으러 온 것은 아니었다. 그러나 지니를 만남으로써 결과적으로는 나는 행복의 파랑새를 찾게 되었다. 이제 지니의 방이 닭장이 되면서 내 방은 집필실로 기능이 바뀌었다. 지니는 귀가 후에 내가 원고를 쓰지 않는 한, 한 방에 같이 있기를 원했다. 나도 지니와 잠시도 떨어지고 싶지 않았다. 우리는 잠시도 눈앞에 안 보이면 보고 싶어서 안달이 난다. 내가 지니만 보면 그냥 놔두고 싶지 않는 것처럼 지니도 나를 그냥 놔두지 않았다. 그것이 우리가 방을 따로 쓸 수 없는 가장 큰 이유가 되었다. 우리는 서로 고개만 돌리면 언제든지 바라볼 수 있는 가까운 거리에 있기를 원했고, 서로의 이름을 부르면 들릴 수 있는 반경 안에서 살기를 원했으며, 서로 원하면 언제든지 달려가서 자신을 먹이로 내어 줄 수 있는 곳에 머물러 있어야 했다. 그것은 마치 수탉이 암탉의 주변에서 서성거리다가 갑자기 깃털을 세우고 달려드는 것처럼 언제 어디서나 깃털을 세우고 달려들 수 있는 곳에 있어야 한다. 그래선지 우리는 밍크가 부럽지 않은 커플이라는 것을 인정할 수밖에 없었다. 그것은 칼릴 지브란의 시처럼 사랑하는 사람과는 같이 서 있되 신전의 기둥처럼 서로 떨어져 있어야 한다는 말에 정면으로 위배되는 일이었다. 참나무와 잣나무는 서로의 그늘에서는 자라지 않는 것처럼 사람도 자신의 그늘로 사랑하는 사람을 가려서는 안 된다는 것을 알면서도 우리는 서로에게 서로의 그늘이 되었다.

세상에는 엄연히 진리가 존재하지만 진리에는 정해진 공식이 없다. 하나에 하나를 더 하면 둘이 되는 것은 공식이지 진리는 아니다. 진리는 자유로워야 한다. 진리는 틀에 갇히는 순간 진리는 없다. 우리는 칼릴 지브란의 시에 나오는 사랑의 진리나 공식에 조금도 구애받지 않고 닭장의 경계선을 계속 무너뜨렸다. 지금 우리는 서로의 영혼의 경계선까지 무너뜨리고 있는 중이었다. 어쩌면 둘이 하나가 될 때까지 그 작업은 계속 될 것이다. 그게 정말 가능한 일인지 모르지만. 아무튼 그 이유를 합리화시키기 위해 우리는 서로에게 말한다. 정말 이상적인 사랑은 매일 헤어지지 않기로 약속한 두 사람이 한 지붕에서 살기 시작하면서 진정한 사랑은 시작된다는 것. 내가 그 말을 했더니 지니가 대뜸 내 말을 확대해석했는지 한 발 멀찌감치 앞질러 나갔다.

"그 말은 지금 내게 청혼한 것으로 해석해도 되겠어?"

내가 한 그 말을 청혼으로 해석한 지니의 의도가 더욱 놀라웠다. 나는 지니의 말을 부추겨 주기 위해 장미꽃 사들고 무릎 꿇지 않아도 괜찮다면 그 말을 인정한다고 말했다.

"오 마이 갓! 억지로 절 받는 기분이지만 그런대로 난 너무 행복하니까 됐어. 나는 결혼 프러포즈를 염두에 두고 한 말이 아니었지만 지니가 농담을 빌미삼아 결혼으로 밀어붙이면 받아들일 각오가 되어 있어."

나는 이미 뉴욕 체류 이후 첫 한 달을 빼면 사실상 지니와 6개월째 동거 중이었다. 지니는 그 동안 내 정식청혼을 몹시 기다리고 있었던 것 같았다. 지니의 열정과 기질로 보면 내가 사랑을 고백하기도 전에 어느 날 예고도 없이 먼저 나한테 청혼을 할지도 모른다는 생각이 들었다. 그래서 나는 그 날을 대비하기 위해 맨해튼 57번가에 있는 티파니에 들려서 지니 스타일에 맞게 디자인이 된 다이아몬드 반지를 겁도 없이 덜컥 사놓았었다. 청혼의 기회가 왔다 싶으면 내가 먼저 전격적으로 청혼하기 위해서다. 그런데 분위기를 보니 내가 예감했던 그 순간이 너무 갑자기 닥친 것 같았다. 나는 예쁘게 포장된 티파니 반지상자를 지니에게 거침없이 불쑥 내밀었다. 왓더 헬 이스 디쓰(도대체 이게 무슨 일이지)! 지니는 갑자기 반지를 받아들고 너무 놀라서 입을 다물지 못했다. 지니는 반지 값이 문제가 아니라 나의 치밀하고 깜찍한 프러포즈작전에 넋을 잃고 말았다. 나는 반지를 그녀의 손에 끼워주면서 말했다.

"윌 유 메리 미(나와 결혼해주시겠어요)?"

그 순간 지니는 격정의 순간이 끓어오를 때 늘 그랬듯이 팔을 활짝 벌리고 내 목을 바짝 끌어안았다. 내 청혼을 받아들인다는 뜻이었다. 그 순간 우리는 두말없는 예비신랑신부가 되어버렸다. 그것은 마치 1980년 서울 남산의 까치둥지에서 이동후와 홍순이 사이에 벌어진 기습 청혼사건과 다를 바가 없었다. 지니는 반지 낀 팔을 쭉 뻗어보면서 결심이 선 듯 입을 열었다.

"나도 듄에게 줄 선물을 미리 준비해두고 있었어."

지니는 그렇게 말하더니 내 손을 바짝 끌어당겨 자기 아랫배로 가져갔다. 전에 없던 파격적인 행동이었다. 나는 잠시 무슨 뜻인지 몰라 어리둥절했다가 금세 감을 잡았다. 지니가 내 청혼반지를 보고 놀란 것보다 내 충격은 훨씬 메가톤급이었다. 나는 갑자기 머리가 멍해지면서 가슴이 크게 뛰고 숨이 가빠졌다. 지니는 역시 나보다 늘 한 단계 멀리 바라보고 한 계단 높이 뛰고 있었다. 이번에는 내가 그녀를 와락 끌어안았다.

"이제 나이가 3개월이 된 당신 아기야."

지니의 말이 내 귓속을 파고들어 왔다. 지니는 일찍이 병원에서 수태를 확인했지만 청혼도 받지 않은 상태에서는 내게 부담을 주는 일이라고 생각해서 언젠가 고백할 기회를 노리고 있었다고 말했다. 이제 우리는 청혼을 통해 신랑과 각시가 되기로 마음을 정했기 때문에 아주 편한 마음으로 아기 얘기를 꺼낼 수 있었다. 지니는 이렇게 기쁨이 파도처럼 한꺼번에 밀어닥친 날에는 특별한 디너파티를 열어야 한다고 주방으로 달려갔다. 지니는 금빛 치즈를 녹여 바른 빵에 붉은 오디 쨈을 곁들여 접시에 담고, 조갯살 맛이 든 따끈한 스프 한 그릇과 잘 구운 스테이크와 샐러드, 그리고 캔 맥주를 식탁 위에 올려놓았다.

그 순간 내 맞은편에는 믿어지지 않을 만큼 아름다운 지니와 엄마를 닮은 꼬마 아이가 나란히 앉아 있었다. 내가 십년 후에나 볼 수 있는 미래의 영상이 갑자기 나타난 것이다. 게다가 아기가 아들일 수도 있는데 딸의 모습으로 보인 것도 이상했다. 조금 전에 흥분으로 들떠 있던 지니의 모습은 놀랍게 달라져 있었다. 지니는 냉정해지고 세련되었다.

"오늘 점심 때 셔리한테 전화를 받았어."

지니는 빅뉴스를 너무 담담하게 전했다.

"무슨 일인데. 야브가 셔리의 청혼을 거절했어?"

"그 반대야."

"뭐라고? 야브가 결혼한다고……."

"야브가 끝내 파계하고 셔리와 결혼을 전격적으로 선언했어. 결혼식은 캔자스 파크랜드에 있는 교회에서 다음 달로 예정을 잡았대."

나는 셔리의 결혼소식보다 야브 스님의 파계가 더 놀라웠다. 셔리의 유혹이 야브의 신앙심을 꺾지 못할 것이라는 믿음이 깨진 실망도 있었다. 지니와 정신적 연인관계를 끝내 포기하지 않던 그가 왜 그런 결단을 내렸는지 알 수 없었다.

하지만 야브에게는 결혼도 수행의 일부가 될 수 있을 것이라는 생각이 들었다. 셔리는 목적을 이루었고, 야브 역시 지니에 대한 집념을 포기했다면 표적을 잃은 두 사람은 당분간 얼마나 방황할 것인지 알 수 없었다. 지니의 생각도 나와 같았다. 우리가 야브의 결혼 애기에 빠져있을 때 캔자스의 캐서린으로부터 전화가 왔다.

"야브 소식은 셔리한테 들어서 저도 알고 있어요, 엄마."

순간 지니가 잠시 휴대폰을 막더니 내게 손가락에 낀 티파니 반지를 가리키며 '엄마한테 말해도 되겠지?' 하고 내 동의를 구했다. 내가 고개를 끄덕거리자 지니는 의외로 침착하게 말을 이었다.

"엄마! 나 조금 전에 듄의 청혼을 받았어."

지니의 말이 얼마나 담담했는지 내가 들어도 민망할 정도였다. 연이어 전화기에서 캐서린의 외치는 소리가 내 귀까지 들렸다.

'웁쓰, 아임 업 인디 에어(어마! 너무 기쁘다).'

캐서린의 축하를 받으면서 지니의 뺨에는 눈물이 흘렀다.

"엄마, 내 손가락에는 지금 세상에서 가장 예쁜 반지가 끼어있어요. 그건 내가 진짜 한국인의 각시가 된다는 뜻이에요. 각시가 뭔지 알죠? 엄마의 장식장에 놓여있는 한국 신랑신부 목각인형. 홍색비단옷에 양 볼에는 연지 곤지를 찍고, 머리에 칠보화관을 쓴 예쁜 신부. 이제 캔자스 내 친구들 만나면 지니가 멋진 한국 서방님을 만나서 곧 결혼하게 될 거라고 말해주세요. 야브의 결혼식에는 듄도 함께 참석할 거예요. 그럼 엄마, 내 기도 많이 해주고, 그리고 사랑해요, 엄마."

나는 지니가 행복해하는 모습을 보자 갑자기 서글퍼졌다.

지니의 마음에 동화된 탓이라면 기뻐야 될 터인데 왜 우울한 기분이 드는 것일까. 지니는 말하지 않았지만 한국남자와 결혼하고 싶은 간절한 소망을 드디어 이룬 셈이다. 나는 언제 어떻게 결혼식을 하고 싶다거나 결혼 후에는 어떻게 살겠다거나, 혹은 아기의 양육은 어떻게 할 것이며 앞으로 어떤 아빠가 될 것인지 한 번도 생각해본 적이 없었다. 너무 갑자기 결혼약속이 이루어졌고, 너무 뜻밖에 아기를 갖게 된 현실이 너무 황당해서 실감이 나지 않았다. 그러나 과학자인 지니는 달랐다. 내가 데이지타워라는 삶의 현장을 동화처럼 추상적인 공간으로 관조하고 사는 동안, 지니는 그와 반대로 현실을 냉철하게 직시하고 앞날을 예측하면서 어려운 퍼즐문제를 하나하나씩 해결하고 있었다. 지니는 나와의 우연한 만남을 필연적인 운명으로 둔갑시킨 것이다. 혜화동 정덕귀는 홍순이를 낳고, 홍순이가 지니를 낳았던 것처럼 지니는 다시 새로운 혈통을 이어가고 있었다. 우리는 저녁 식사를 마친 후에 소파로 자리를 옮기고 얘기를 다시 이어갔다.

"듄, 휴가 내서 한국에 다녀와야겠어. 할머니에게 내 결혼 얘기도 말씀드리고 중국인 연락책이 다음 달에 북한에 들어간다니까 그 기회에 나도 그 분을 따라 무산까지 동행할 수 있는지 알아볼까 해."

"북한에 들어가겠다고?"

나는 지니의 말에 깜짝 놀랐다.

"북한까지는 못가더라도 옌지까지야 못 갈 것도 없지."

혜화동 할머니도 중국에 가서 직접 꾸엥첸을 만나고 싶었지만 지병이 깊고 휠체어에 의지해서 먼 여행은 엄두를 낼 수 없었다. 중국인 꾸엥첸이 유능한 브로커라고는 하지만 지니를 대동하고 입북할 수 있을 만큼 실력이 막강한지는 의문이었다. 물론 연락책을 지렛대로 움직이는 것은 뒷돈의 힘이 더 크지만 그런 일은 무조건 돈만으로 해결되는 것은 아니다. 게다가 만에 하나라도 일이 잘못되어 북한관리들이 파놓은 함정에 빠지면 치명적인 실수를 자초할 수도 있는 일이어서 나는 지니의 입북만은 절대 반대하는 입장이었다.

"여러 가능성을 열어 두겠다는 거야. 나는 영국 '사이언스 저널' 지 뉴욕지부 과학기자의 신분으로 중국에 입국하는 거고, 베이징에 가면 중국정부가 나를 합법적으로 입북할 수 있게 도와줄 수도 있지 않을까?"

물론 지니의 말은 맞다. 하지만 어떤 기자가 정당하게 입북해도 통행과 활동에 제한을 받게 되고, 취재활동 중에 의심을 받고 불리한 누명을 뒤집어쓸 수도 있는 것이 현실이다. 그렇다고 나는 지니의 뜻을 거절할 수가 없었다. 어떤 일이나 상상력이 중요하지만 현실적 조건의 뒷받침이 없는 상상은 성공할 수 없다. 지니는 우선 혜화동 할머니를 만난 후에 얘기를 듣고 중국에 가서 꾸엥첸을 만나는 것까지만 계획을 추진하기로 했다. 그 이후의 문제는 현지사정에 따를 수밖에 없었다.

　지니가 한국으로 떠난 것은 그 해 4월 중순, 우리가 뉴욕의 성 패트릭성당에 가서 약혼미사를 한 지 두 주일이 지난 후였다. 중국인 꾸엥첸이 5월 말에 무산에 들어갈 일정이 잡혀 있어서 무산의 어머니에게 편지를 전해주려면 편지가 그 전에 중국 옌지에 도착해 있어야 한다. 지니는 서울에서 베이징 항공편을 사흘 후로 예약해두었다. 혜화동 할머니의 건강은 그 전보다 더 나빠진 상태였다. 심부전증이 계속 악화되면서 간, 신장, 폐 기능의 저하가 나타났고, 호흡 곤란과 기침도 계속 악화되고 있었다. 의사는 고령자가 심부전증이 발병하면 위험부담이 커지고, 때때로 예측할 수 없는 뇌졸중이 올 수도 있어서 보호자의 세심한 긴장이 필요하다고 말한다. 그런 악조건에서도 할머니는 지니가 오자 너무 기뻐서 금세 건강이 회복되는 듯 얼굴에 화색이 돌았다.

　할머니는 지니의 머리를 쓰다듬고 뺨을 어루만지면서 잠시도 곁에서 떠나려고 하지 않았다. 평생을 가족도 없이 독신으로 외롭게 살아온 정덕귀는 유일한 피붙이와 함께 있는 것만으로도 가슴 벅찬 일이었다. 할머니는 가족들이 모두 모여 살면서 집이 늘 웅성웅성하고 시끌벅적하기를 원했다. 지니 하나만 있어도 온 집안이 꽉 찬 느낌이 든다고 할머니는 말했다. 지니는 할머니에게 미국에서 한국남자의 청혼을 받았다는 말을 전했더니 크게 기뻐하면서 신랑감이 누군지 꼬치꼬치 캐물었다.

"동양신문 뉴욕특파원이에요."

순간 할머니의 표정이 갑자기 밝아졌다.

"참, 잘 됐다. 한국남자여서 정말 다행이다."

혜화동 할머니의 얼굴에는 안도의 기색이 뚜렷했다.

"제 신랑감이 양코배기였다면 말도 못 꺼냈겠네요."

"난 본래 그런 거 따지진 않지만 초록이 동색이란 말이 있다. 왠지 너만은 한국남자와 맺어졌으면 싶었다. 아무튼 내가 말은 안 했지만 할머니는 죽기 전에 네가 면사포 쓴 모습을 보고 싶다. 네 말을 듣고 보니 그래도 손자까지는 보고 죽어야겠다는 욕심까지 생기는구나."

"저도 할머니께 빨리 손자를 안겨드리고 싶어요."

"그래야지. 신랑은 결혼하고도 미국에 계속 살 작정이냐?"

그러자 지니는 이미 결심했던 말을 서슴없이 꺼냈다.

"할머니, 저 결혼하면 한국에 들어와 살 거예요."

할머니는 지니의 말에 깜짝 놀란다. 어려서부터 미국에서 자라고 공부하고 직장까지 가진 지니가 그런 결심을 하기란 쉽지 않은 일이다. 더구나 한국인들은 미국에 이민가면 잘 적응하고 살지만 미국인들은 한국적인 문화와 생활습성을 적응하기가 너무 어렵다. 정덕귀 박사는 미국의 유학경험을 통해 그 사실을 너무 잘 알고 있었다.

"지니야, 네가 어떻게 그런 생각을 했지?"

"저는 다시 한국으로 돌아와 사는 것이 오랜 꿈이었어요. 본래의 제 자리로 돌아오는 것이 너무 당연한 일이 아닌가요?"

할머니의 그 말을 들으면서 조용히 웃으며 말한다.

"모든 것은 나부터 어긋나기 시작한 것 같다. 내가 네 엄마를 서울에서 낳았을 때 죽으나 사나 옆에 끼고 살았어야 했는데 개성 친정에 보낸 것부터가 첫 단추를 잘못 끼운 셈이 되고 말았다. 네 엄마도 서울에 와 있다가 월북하면서 제 핏줄이라는 한 마디 귀뜸이라도 해주었더라면 에미도 너도 그 모진 세월 동안 한을 품지 않아도 되었을 것이 아니냐. 너를 한 달 동안 돌보면서 많은 생각을 했었다. 제 핏줄도 못 거둔 주제에 남의 귀한 집 아기를 애비도 없이 내가 무슨 재주로 키우겠다는 욕심을 부릴 수 있었겠느냐. 그래서 널 부모가 있는 좋은 가정에서 행복하게 살기를 바라는 마음으로 내 욕심을 버렸다. 역시 넌 내가 바라던 대로 훌륭하게 컸지만 나는 결과적으로는 내 집안에 들어온 너를 다시 미국으로 내쫓는 죄를 짓고 말았다. 내가 그 죄를 어찌 갚겠느냐.”

“그건 할머니 탓이 아니에요. 모든 게 타고난 제 운명이 기구했던 거죠. 하지만 결국 전 지금 할머니 곁으로 돌아왔잖아요.”

“내가 잘못했던 일을 네가 바르게 돌려놓은 것이다.”

이어 지니는 할머니에게 하고 싶은 말을 했다.

“할머니, 저는 무산 엄마에 대한 마음의 정리를 끝냈어요. 처음에 꾸엥첸의 탈북 권유를 엄마가 거절했다는 말을 듣고 크게 절망했고, 어머니가 원망스러웠어요. 저는 어머니의 탈북을 정당한 권리로 여겼지만 어머니의 입장은 달랐던 것 같아요. 엄마는 당신이 한국에서 저지른 죄를 속죄하기 위해서라도 서울에는 다시 올 수 없다고 생각하셨던 것 같아요. 어쩌면 제가 엄마였더라도 똑같은 선택을 했을지도 몰라요. 이제 저는 엄마의 자존심과 명예를 지켜드리는 것이 옳다고 생각했어요. 엄마를 더 이상 원망하지 않기로 했어요.”

　"네 말이 맞다. 우리 지니는 할머니보다 더 훌륭한 생각을 하고 있었구나. 우린 네 엄마의 결정을 존중해주고, 자존심과 명예를 지켜주기로 하자. 하지만 그런 생각을 할수록 더 큰 슬픔이 가슴을 짓누르는구나."

　지니는 흐느끼는 할머니를 꼭 끌어안고 다독거려주면서 말했다.

　"그래서 저는 어느 누구보다 한국인의 핏줄을 잇는 것이 중요하다고 생각했어요. 제가 한국남자와 결혼해서 한국에 와서 떳떳하게 아기를 낳는 것이 제 슬픈 과거를 보상 받을 수 있는 길이라고 생각했어요. 그 분도 그런 제 생각을 기꺼이 받아주었어요."

　"그렇다. 그게 할머니의 잘못된 운명도 네가 바로 잡아주는 길이기도 하다. 우리의 지난 운명과 책임을 아기에게까지 짊어지게 해서는 안 된다. 하지만 네가 미국을 떠나면 지금까지 혼신을 다해서 애써 온 연구생활은 혹시 허사가 되는 것이 아닌가 걱정이 된다."

　"그건 아니에요. 한국은 나노기술 강국이에요. 제가 마음만 먹으면 한국의 생명공학 연구소들이 서로 스카우트하려 들걸요? 한국에 와서도 연구생활은 계속할 수 있어요."

　할머니는 그 말을 듣자 고개를 끄덕이며 만족스러운 표정을 짓는다.

　"그래, 잘 됐다. 네가 과학적인 재능을 타고난 것을 보면 아빠가 누군지 심중이 가고도 남는다. 이동후 박사가 네 아버지일지도 모른다는 확신을 갖게 된 것은 그 분의 사진을 본 후부터였다."

　할머니의 이야기는 뜻밖에 지니의 아버지 얘기로 비약하

기 시작했다. 할머니는 지니에게 책상서랍에 든 스크랩 파일을 꺼내오도록 했다. 그 파일 속에는 놀랍게도 동서울대 물리연구실에서 이동후 박사와 표기륭 박사가 나란히 서서 찍은 흑백사진 한 장이 있었다. 할머니가 무산 엄마의 파일을 읽은 후에 동서울대학에 요청해서 얻은 귀중한 사진이다. 지니가 코넬대학에서 본 이동후 교수의 프로필 사진은 젊은 시절의 사진이었지만 할머니가 찾아낸 사진은 한국에서 연구 활동을 하던 시기에 찍은 사진으로 얼굴의 윤곽과 분위기도 또렷해서 판독이 훨씬 수월했다.

할머니는 그 동안 지니의 아버지가 누군지 의문을 풀기 위해서 이동후 박사의 사진까지 수소문해서 확보해두고 있었다. 지니는 사진을 본 순간 할머니가 확신을 갖는 이유를 알 수 있었다. 물론 눈에 보이는 직감도 중요하지만 이동후 박사가 아버지라는 것을 공식적으로 증명하기 위해서는 심증보다 과학적인 검증이 더 필요하다. 할머니는 자금과 인력을 동원해서 일본에서 나노기술과 관련된 대학이나 연구소에서 이동후 박사의 흔적과 행방을 수소문하고 있는 중이었다. 혹시 그가 살아있다면 지금은 은퇴한 후에 70대 후반의 고적한 삶을 살고 있을 것이라고 생각했기 때문이다.

할머니는 마지막까지 이동후 박사를 꼭 찾아내고 말겠다는 희망을 포기하지 않고 있었다. 할머니는 이미 죽음을 앞둔 준비단계를 밟고 있는 것 같았다. 세상을 언제 하직하게 될지 기약할 수 없지만 매일 아침에 눈을 뜨면 오늘도 하느님께서 하루를 더 허락하시는구나. 그렇게 하루를 남은 생애의 첫날로 여기고 감사했으며, 밤의 불면 중에도 잠이 들면 다시는 깨어나지 않게 해달라고 기도하곤 했다. 이제 할머니는 지니 편에 보낼 편지를 써야 했다. 어쩌면 그 편지가 마지막이 될지도 몰랐다.

'순이야, 진희가 널 만날 수는 없지만 엄마가 사는 가장 가까운 곳까지 가서 편지를 전하고 싶다고 하기에 여기 몇 자 적는다. 네가 탈북의사가 없다는 말을 듣고 우리들은 크게 낙담했지만 나와 진희는 네 결정을 존중해주기로 했다. 하지만 마음은 몹시 슬프고 아프다. 네가 결정한 운명에 책임을 지는 모습이 좋긴 하지만 핏줄과 얽힌 정은 이 세상 어느 것으로도 끊을 수 없는 것이기에 그것이 우리들에게 지옥이 되고 천당도 된다. 네가 지난 번 편지에 진희에게 엄마여서 미안하다고 말했듯이 나 역시 네 엄마여서 미안하다는 말밖에는 할 말이 없다. 부디 건강하게 살고 우리가 서로 애타게 그리워하는 마음은 서리서리 잘 접어두었다가 훗날 저 세상에서라도 다시 만날 수만 있다면 두루두루 한을 풀 수 있게 되기를 이 엄마는 바랄 뿐이다.'

지니는 편지를 잘 포개서 어머니에게 줄 시계선물과 함께 넣었다. 지니의 이번 편지는 할머니처럼 애절한 내용이 아니라 엄마가 읽으면서 가볍게 웃을 수 있도록 썼다. 이번 지니의 한국방문은 혜화동 할머니의 모든 근심들을 말끔히 씻어준 계기가 되었다. 지니가 한국남자와 결혼을 발표했고, 더구나 한국에 들어와 살겠다는 선언을 들은 것만으로도 할머니에게는 기대 밖의 큰 선물이 되었다. 더구나 지니가 비록 엄마를 만날 수 없더라도 연락책 꾸엥첸을 통해 선물과 편지를 전하러 머나 먼 국경의 북쪽까지 가까이 가고 싶다는 말들 들었을 때 할머니의 마음은 너무 기뻤다. 할머니가 해야할 일들을 지니가 너무 잘 정리해주고 있었다.

38

중국 베이징공항에서 12시 50분에 출발한 북방항공편이 지린성 옌지에 도착한 것은 오후 2시 경이었다. 지니가 입국 수속을 마치고 게이트를 빠져나오자 입국자 대기실에는 꾸엥첸이 아내와 함께 마중 나와 있었다. 쿠엥첸은 체격이 크고 콧수염이 인상적이었으며 카리스마가 강한 전형적인 중국인이었다. 조선족 아내 강선화는 옌지 조선족 예술단 무용수 출신다운 미모를 지니고 있었다. 꾸엥첸은 본래 북경 출신으로 옌지의 고위관직에 있다가 퇴직한 후에는 북조선 고위관리들과 두터운 친분관계를 이용해서 소규모 무역업을 하고 있는 중이다. 그런 가운데 그는 한국인들의 부탁을 받아 북조선에 사는 가족친지들의 편지나 물품을 은밀히 전달해주는 중간 브로커로 자연스럽게 직업이 바뀌었다. 지금 그는 그 일로 큰돈을 벌어서 옌지에 레스토랑을 둘이나 갖고 있는 사업가가 되었다.

"강 변호사님의 말씀을 들어서 잘 알고 있습니다. 그 동안 너무 수고해주셔서 뭐라고 감사의 말씀을 드려야 할지 모르겠습니다."

지니의 인사말에 꾸엥첸은 만족스러운 웃음을 짓는다.

"천만의 말씀입니다. 저 역시 사업상 강 변호사님 신세를 많이 지고 있습니다. 이번에는 정덕귀 박사님이 직접 오시나 했는데 결국 못 오셨군요. 몇 해 전만해도 남쪽에서 이산가족들이 오시면 제 차로 직접 모시고 국경을 건너 입북해서 하루 이틀쯤 헤어진 가족들과 함께 보낼 수 있게 해드리곤 했습니다만 잘 아시다시피 요즘은 형편이 나빠져서 그런 일은 옛날 얘기가 되었습니다. 이번에도 제가 힘을 썼지만 직접 모시고 들어가기가 어렵게 됐습니다."

지니는 이미 이곳 형편을 잘 알고 있어서 입북은 기대조차 하지 않았다. 단지 무산 가까운 곳에서 꾸엥첸에게 편지와 선물을 전달하는 것만으로도 어머니에 대한 최선의 예의라고 생각했다. 비록 만날 수는 없지만 공간적으로 어머니와 가까이 있는 것만으로도 만족해야 했다. 꾸엥첸은 한국산 구형 소나타에 지니를 태우고 옌지의 대우호텔로 안내했다. 옌지는 의외로 크고 번화한 도시였다. 지린성은 연변조선족 자치주로 조선족인구가 80여만 명에 이르고, 동북쪽은 러시아와 국경을 맞대고 있으며, 남서쪽은 중국과 두만강을 사이에 두고 천백 킬로미터의 긴 국경선을 맞대고 있다. 옌지의 룽징, 훈춘, 투먼 등에는 일송정을 비롯한 독립운동 유적지가 많은데다가 5월 초에는 룽징의 사과배꽃 관광축제가 열리기도 하고, 옌지국제공항에서 4시간 거리에 있는 백두산관광으로 옌지는 한국인 단체관광객들로 늘 붐비고 있었다. 지니가 타고 온 여객기에는 한국과 중국에서 온 백두산 관광객들이 대부분이었지만 지니에게 백두산관광은 안중에도 없다. 창밖의 거리에는 사람들이 퍽 자유스러워 보였지만 두만강은 통행이 차단된 살벌한 국경선이 이어져 있었다. 이번 일은 베이징의 강민 변호사와 꾸엥첸 사이에 지니의 옌지 방문과 관련된 공식적인 계약관계가 모두 끝난 상태여서 지니가 꾸엥첸에게 부탁해야 할 말은 따로 없었다. 꾸엥첸은 지니가 옌지에 있는 동안 최대한 지니의 방문 목적에 협조하기만 하면 되었다.

"저는 내일 아침 일찍 무산으로 들어갑니다. 무산에서는 늦어도 오후 1시쯤 인민학교를 찾아가 홍 선생을 만나 편지와 선물을 전달하겠습니다. 지니씨는 그 동안 제 아내와 함께 승용차로 국경 일대를 한번 둘러보십시오. 제가 홍 선생님과 만나는 시간에는 호곡에서 무산시를 내려다보실 수 있게 될 것입니다. 지금은 저도 저쪽 형편이 어떤지 전혀 모르기 때문에 어떤 예상이나 약속을 할 수 없는 형편입니다."

지니는 꾸엥첸이 엄마를 만나고 있는 동안 호곡에서 무산시를 내려다볼 수 있게 된다. 그 말을 듣는 것만으로 가슴이 설레었다. 처음 옌지에 올 때는 어머니에게 편지와 선물을 가장 가까운 거리에서 전달 해줄 수 있다는 것만으로도 가슴이 설레었다. 그런데 어머니가 사는 무산시를 내려다 볼 수 있게 된 것만으로도 뜻밖의 행운이었다. 지니가 어머니한테 전해줄 사진은 혜화동 한옥마루에서 할머니와 나란히 앉아서 함께 찍은 사진, 또 한 장은 이동후 박사와 표기룡 박사가 연구실에서 함께 찍은 흑백사진의 복사판이다. 그 사진은 홍순이에게 서울 체류 당시의 악몽을 불러일으킬 수도 있지만 한편으로는 이동후 박사가 지니의 아버지라는 사실여부를 확인시켜줄 수 있는 좋은 기회가 될 수 있었다.

지니는 다음날 아침 꾸엥첸의 아내가 호텔로 찾아올 때까지 한숨도 잠을 잘 수 없었다. 지척의 거리에서 어머니를 만날 수 없는 슬픔은 너무 컸다. 꾸엥첸은 예정대로 아침 일찍 두만강을 넘어 무산에 들어가고, 지니는 꾸엥첸의 아내 강선화를 따라나섰다. 두만강 상류지역에 있는 승선은 북한 땅과 가장 가깝게 위치한 마을이다. 지린성의 지도를 보면 숭선은 고성리로 표기되어 있다. 두만강 강변길을 따라가다 서쪽으로 내려가면 강폭은 시냇물처럼 점차 좁아지면서 물길이 얕아진다. 옛날의 두만강은 물길이 넓고 깊었지만 지금은 한강이나 캔자스의 미주리 강에 비하면 강이라기보다 시냇물 정도로밖에는 보이지 않았다.

중국과 북한의 국경선은 두만강의 중간을 중심으로 경계선이 나뉜다. 강의 남쪽지역에서 밭일을 하는 북한농부들의 모습이 불과 5미터 전방에서 아주 가깝게 보이는 곳도 있었다. 두만강의 상류는 식수로 쓸 수 있을 만큼 수질이 맑고 깨끗한 1급수여서 산천어가 많이 잡힌다. 숭선에서 서쪽으로 두만강 하류 쪽으로 계속 내려가면 남평이다. 남평은 강을 끼고 앉은 조용한 시골이고 바로 그 맞은편이 무산이다. 지금 무산 광산에서 캐낸 광석들은 남평 공장에서 가공되어 수출한다. 그 때문에 남평에서는 기계 소리가 요란하고 공장의 일꾼들이 몰려들어서 옛 분위가 많이 바뀌었다. 남평에서 가공된 광석들은 트럭에 실려 화룡으로 떠난다. 지니는 남평에서 무산 쪽을 향해 가로놓인 허술하고 초라한 시멘트다리를 본다. 북한으로 가는 길이다. 다리 위에는 사람들의 인기척도 없고, 트럭들만 먼지를 일으키며 다니고 있었다. 강에는 철배들이 엮인 채 물건을 실어와 남평 해관(세관)에 부려놓고 있다.

"전에는 다리에서 이산가족 상봉이 많이 이루어졌어요. 하지만 북한당국이 상봉허가를 금지하면서 지금은 개미새끼 한 마리도 얼씬할 수 없게 됐습니다. 가족들도 만날 수 있고 외화도 벌고 참 좋았었죠."

지니는 강선화의 말을 듣고 고개를 끄덕인다. 이곳 접경지역에서는 법과 상식이 안 통하고 돈으로 안 되는 일이 없다.
한동안 국경지역의 경계가 느슨해지면서 가족면회와 탈북자
들로 벌집처럼 북적였지만 지금은 한적하고 썰렁해진 채 무
서운 긴장감이 감돌고 있다. 본래 북한의 국경수비는 국경경
비대가 맡았다. 그러나 그 동안 국경경비대의 묵인 하에 탈
북자들이 수십만 명에 이르자 북한당국에서는 함북 회령, 온
성, 무산 등 북중 국경선에 강력한 탈북 저지선을 만들어 노
동당 민방위부 소속 노동적위대가 탈북자들의 이동통로를 철
저히 차단하고 나섰다. 그들은 반경 4킬로미터에서 통화가
가능한 대공 전화를 휴대하고 순찰을 돌기 시작하면서 탈북
은 눈에 띄게 줄어들었다.

"그 후로는 탈북자가 없어졌어요?"

"그럴 리가 있겠어요? 아무리 무서운 순찰대들이라도 쥐약
한 방이면 끝납니다. 돈 앞에 당할 자는 아무도 없죠. 물론
전처럼 공개적으로 대놓고는 못하게 된 것은 사실이지만요."

강선화는 고개를 절레절레 흔든다. 승용차는 남평을 돌아
서 다시 숭산 쪽으로 향해 달린다. 도중에 강변 중국도로변
에 있는 조선족 민속마을 식당에서 지니는 처음으로 말로만
듣던 강냉이밥을 먹어볼 수 있었다. 밥은 찰기가 없어서 입
으로 불면 풀풀 날아갈 듯 했다. 지니는 어머니가 이런 밥이
나마 끼니때마다 제대로 챙겨 잡수시는지 모르겠다고 말하자
강선화는 어림도 없다는 듯이 고개를 가로저었다.

"무산의 형편은 상상도 못하실 거예요."

그녀는 그 말만 하고 입을 다물어버렸다. 그런 강냉이밥을
두 끼만 잘 먹어도 살만하다면 어느 정도일까. 지니는 식당
창밖으로 두만강을 바라본다. 강은 바지만 걷어도 건널 수

있을 만큼 폭이 좁고 얕다. 강 건너 비포장도로에는 트럭 한 대가 큰 먼지를 일으키며 달리고 있고, 그 뒤로는 풀 한 포기 없는 민둥산이 펼쳐져 있다. 햇살은 밝았지만 바람 속에는 냉기가 스며있었다. 승용차가 호곡의 산중턱에 도착하자 지니는 멀리 눈앞에 펼쳐진 한 장의 그림 같은 무산시 풍경을 내려다보았다.

험한 산들이 겹을 이룬 그 아래 평지에는 초라하고 낡은 기와지붕들이 촘촘히 겹을 이루며 구릉지에 궁색하게 납작납작 엎드려 있는 모습이 눈에 들어왔다. 시가지는 마치 수십 여 년의 세월에도 변하지 않고 시간이 그대로 멈추어 있는 듯 했다. 멀리 보이는 집들 중의 하나가 어머니의 집일까, 그런 생각을 하고 있을 때 갑자기 어디선가 전화 벨소리가 따르륵따르륵 울렸다. 지니는 소스라치게 놀랐다. 강선화가 주머니에서 휴대폰을 번쩍 꺼내들더니 누군가와 열심히 통화를 하고 있었다. 이 삭막한 두만강 강변에서 휴대폰이 통하다니. 지니는 신기하기만 하다. 나중에 안 일이지만 두만강 접경지역은 중국 측 송수신 탑으로 무산에서도 휴대폰 통화가 가능하다는 것을 알았다.

"지니씨, 지금 우리 바같어른이 인민학교에서 홍 선생님을 만나시고 계시다는 전화가 왔습니다. 지니씨의 편지와 선물은 홍 선생님에게 잘 전했답니다. 지금 홍 선생님께서 지니씨와 통화하기 위해 교실에서 나오고 계신다는 군요. 너무 잘 되었네요. 자아, 저는 차 밖에 나가 있을 터이니 맘 푹 놓고 말씀 나누세요."

강선화는 그렇게 말하고는 갑자기 휴대폰을 지니에게 불쑥 건네주고 승용차 밖으로 나갔다. 지니는 너무 갑자기 당한 일이어서 당황한 가운데 얼떨결에 휴대폰을 손에 들었다. 어머니와 통화를 할 수 있게 되다니, 꿈인가 생시인가. 지니는 몸이 화끈 달아오르고 가슴이 뛰기 시작했다. 예기치 못했던 일이었기에 더욱 황당했다. 곧이어 꾸엥첸의 말이 들렸다.

"지니씨, 듣고 계시죠. 제가 잠깐 말씀을 전하겠습니다. 오늘 제가 이곳 고위층과 얘기가 잘 되어 두 분이 두만강 국경선에서 서로 잠깐 멀리서나마 얼굴을 마주할 수 있도록 주선할 수 있게 되었습니다. 저는 두 분이 잠시라도 만나서 얘기를 나눌 수 있도록 노력했지만 그 일은 성사되지 못했습니다. 하지만 두 분께서는 지금 휴대폰으로 잠깐 통화할 수 있지만 두만강에서는 저 사람들이 정해준 곳에서 말씀들은 나누지 못하고 강 너머로 잠깐 얼굴만 마주보고 인사만 드릴 수 있게 했으니 그런 줄 아십시오. 그럼 전화를 바꾸겠습니다. 자아, 말씀 나누십시오."

그 순간 지니는 깜짝 놀랐다. 어머니와의 통화는 전혀 예기치 않았던 일이었다. 잠깐 동안의 침묵과 긴장이 흘렀다. 지니는 너무 떨려서 숨도 제대로 쉴 수가 없다. 어쩌면 홍순이도 갑자기 당한 일이어서 말을 잇지 못했을 것이다. 이윽고 지니가 먼저 입을 열었다.

"어머니, 저예요. 지니에요. 지니가 왔어요. 듣고 계시죠?"
지니의 목소리는 흐느낌 속에서 간신히 새어나왔다. 그나마도 무슨 말이든 하지 않으면 어머니의 목소리를 들어볼 수 있는 천금의 기회를 놓치게 된다. 지니는 아무리 냉정을 유지하고 이성을 지키려고 했지만 감정이 북받쳐 울음을 참을 수가 없었다. 어쩌면 이런 시간이 미리 예고되었고 준비되었더라도 형편은 마찬가지였을 것이다. 전화기에서는 여전히 흐느끼는 소리만 날 뿐이었다. 품속에서 갓난아이로만 만났던 딸과 통화를 하게 된 홍순이 역시 눈물로 대신할 수 있는 말이 없었을 것이다. 잠시 후에야 지니가 다시 어머니를 독촉하자 홍순이는 겨우 입을 열었다.

"네가 정말 내 딸 진희란 말이지?"

"그래요. 엄마, 지니가 맞아요. 엄마 딸 지니가 왔어요. 지금 제가 호곡의 산 중턱에서 무산을 바라보면서 전화하고 있어요."

"세상에 어떻게 이럴 수가…여기가 어딘데 네가 여기까지 왔어. 진희야, 엄마가 널 낳고…제대로 돌보지도 못하고…한 달도 못되어 너와 헤어졌다. 진희야, 이 엄마를 용서해다오. 난 너한테 용서받을 일밖에는 아무 것도 없다. 긴 세월 동안 엄마는 하루도 널 잊은 날이 없었다."

"엄마! 엄마가 너무 보고 싶고, 엄마를 목청이 터지도록 불러보고 싶었어요. 엄마가 써 보내신 글 다 읽고, 살아오신 얘기 다 알고 있어요. 이제 저와 할머니도 엄마를 이해하고 더 이상 원망하지 않아요. 제가 엄마를 용서하다니요. 그런 말이 어디 있어요. 제가 얼마나 엄마를 그리워하고 만나기를 원했는데 원망이라니요."

"그래, 그렇게나마 말해주니 정말 고맙다. 나도 널 너무 보고 싶고, 안아주고 싶고, 네 이름을 큰소리로 맘껏 불러보고 싶었다. 진희야, 나도 너한테 사랑한다는 말밖에는 할 말이 없다. 할머니는 건강이 어떠시냐."

"건강하시니 걱정하지 마세요. 할머니도 평생 엄마 생각만 하면서 사셨어요. 엄마가 절 하루도 잊은 적이 없었던 것처럼 할머니도 엄마를 지금까지 단 하루도 잊은 적이 없으셨어

요. 사진을 보세요. 할머니와 엄마와 저, 셋이 너무 닮지 않
았어요? 이제 저도 곧 결혼하게 될 거에요. 엄마의 손주도
지금 배안에서 자라고 있어요. 엄마도 이젠 할머니가 되는
거예요. 훌륭하게 기르겠어요. 엄마, 할머니가 이동후 박사
님 사진도 찾아냈어요. 할머니는 사진만 보고도 그 분이 제
아버지라고 말씀하셨어요."

그 순간 홍순이는 잠시 멈칫 하더니 이내 말했다. 다시는
딸과 통화를 할 수 있는 기회가 없다는 생각이 들었는지 하
고 싶은 말을 서둘렀다.

"그래 맞다. 지니야, 이동후 박사가 네 아버지시다. 서울에
서 네 아버지가 나를 살려주셨다. 네 아버지가 살아 계시다
면 꼭 찾아서 나 대신 고맙고 사랑했다는 말을 전해주기 바
란다. 내가 살았기에 너도 살았다. 네 아버지는 어쩌면 일본
하코다테로 가신 것으로 알고 있다."

"알겠어요. 아버지를 찾은 후에 여길 꼭 다시 올게요."

"고맙다. 진희야, 결혼 축하하고 예쁜 아기를 낳아서 훌륭
하게 기르기를 바란다. 엄마는 네가 이렇게 외쳐서 고맙다.
이제는 죽어도 여한이 없다. 진희야, 내가 네 엄마여서 너무
죄송하고 미안하다. 우리 다음 세상에서 꼭 다시 만나서 이
세상에서 맺힌 한을 풀도록 하자. 너만 약속해준다면 그것이
백년 후의 약속이든 천년 후의 약속이든 엄마는 꼭 지키겠
다, 진희야."

"엄마! 약속해요. 천년의 약속인들 왜 못 지키겠어요."

"고맙다. 진희야. 그럼, 그때 다시 만나자."

"엄마, 사랑해요!"

그때 차창 밖에서 강선화가 창문을 노크했다. 지니는 휴대

전화를 강선화에게 넘긴 후에도 두 손으로 얼굴을 가린 채 한참 동안을 흐느껴 울었다. 지니는 훗날 그 날이 세상에 태어나서 가장 기쁜 날이면서 가장 슬픈 날이었다고 말했다. 어머니와 애기를 나눈 기쁨과 다시는 애기를 나눌 수 없는 슬픔이 한꺼번에 닥쳤기 때문이다.

"지니씨, 우리 바깥어른이 홍 선생님과 지니씨를 두만강 국경선에서 잠시 서로 얼굴을 볼 수 있도록 허락을 받았다고 하네요. 비록 애기는 못 나누지만 잠깐 얼굴을 볼 수 있게 허락해준 것만도 저 사람들이 큰 선심을 쓴 것이니 고마운 일이죠. 제가 장소를 알았으니 서둘러 출발해야겠어요."

지니에게는 어머니와의 통화로 예기치 못했던 행운을 얻었다 싶었는데 평생 한 번 엄마의 얼굴을 직접 볼 수 있는 행운이 또 하나 덤으로 주어진 것이 말할 수 없이 기뻤다. 지니는 강선화에게 중국제 새 휴대폰을 사서 무산 어머니에게 전해주고 국제전화로 통화를 할 수 있는지 여부를 상의했지만 곧 포기하고 말았다. 최근 북중 국경지대 일대는 중국 내의 탈북자와 북한주민의 휴대전화 통화량이 증가되면서 북한당국의 수색작업이 강화되고 있었다. 북한의 인민보안성과 국가안전보위부는 내부적으로 중국 휴대전화로 탈북자와 연락하는 사람을 색출해서 총살하라는 지시가 떨어졌고, 이미 몇 사람이 공개총살로 희생을 당한 사실이 밝혀졌다.

중국 측 두만강 강변을 보면 알 수 있지만 북한 쪽 도로에는 차도 사람도 보이지 않는다. 특히 백금에서 용화 구간은 삭막하고 을씨년스럽기만 했다. 그 이유는 두만강 주변 일대에 일정한 간격을 두고 감시하는 경계초소에서 경비병들의 총구가 탈북자들을 노리고 있기 때문이다. 경계초소라고는 하지만 막사가 따로 지어져 있는 것이 아니라 국경 경비대들이 강가에 웅덩이를 반쯤 파놓고 이엉만 얹은 반 땅굴이다. 그곳에는 국경경비대들이 총격자세를 취하고 탈북자들이 나타나면 무조건 방아쇠를 당긴다.

처음에는 영문도 모르고 월경했던 북한주민들이 수없이 희생된 후로는 급속하게 소문이 퍼져 그곳은 지옥의 사선이라 불리면서 지금은 개미새끼 한 마리도 얼씬하지 못하는 지옥의 사각지대가 되고 말았다. 강선화가 승용차를 몰고 간 곳은 바로 그런 곳 중의 한 곳이었다. 꾸엥첸이 지시해준 곳은 승용차로 한 시간도 더 걸리는 두만강 상류지역의 이름 모를 한 지점이었다. 그곳 국경 경비대장이 꾸엥첸의 부탁을 받아들여 경비대원들에게 5분 간 사격중지 명령을 내렸다. 꾸엥첸이 지니를 위해 마련해준 가장 큰 선물이었다. 강선화가 약속한 곳에서 지니를 데리고 두만강 국경선을 향해서 내려갔을 때, 두만강 물길 국경 건너편 북한 측 도로에 멈춘 봉고차에서 꾸엥첸과 홍순이가 함께 두만강 국경선까지 다가왔다.

꾸엥첸이 약속한 두만강 국경선은 강폭이 50여 미터도 안 되는 좁은 지역이었다. 중국 측 국경선에서 강선화와 지니가 물길 가까이 다가가 섰고, 북한 측 국경선에서 꾸엥첸과 홍순이가 나란히 물길로 바짝 다가섰다. 두 사람이 서로 얼굴을 마주친 후에는 곧 되돌아가도록 사전에 약속이 되어 있었다. 지니는 강물 저쪽 50미터 전방에 서 있는 어머니를 볼 수 있었다. 홍순이는 머리를 단정히 뒤로 묶은 채, 바지차림에 회색 블라우스를 입고 있었다. 얼굴은 멀리서 보아도 무척 야위었고 초췌해보였지만 홍순이의 모습은 여전히 아름다움과 기품을 잃지 않고 있었다. 홍순이는 지니를 보자 환한 표정으로 웃었다. 아까 전화통화를 하면서 너무 운 탓인지 눈자위가 부어있었다. 두 사람은 눈물이 앞을 가렸지만 단 한 순간밖에 허락되지 않은 시간을 눈물로 보낼 수 없었다.

지니 역시 냉정을 지키고 어머니를 똑바로 쳐다보았다. 지니는 가슴이 애잔하게 쓰리고 아팠다. 비극적인 생애를 사신 어머니, 제발 만수무강하십시오. 지니는 어머니를 향해 천천히 엎드려 한국식 큰 절을 올렸다. 태어나서 처음으로 어머니에게 드리는 인사이자 이별의 인사이기도 했다. 홍순이는 지니가 절을 마치고 일어서자 고개를 끄덕이며 조용히 웃었다. 지니도 고개를 끄덕이며 웃었다. 서로가 서로에게 울지 않고 마지막 웃는 얼굴을 보여주기로 약속한 것처럼 두 사람의 웃음은 정겨워보였지만 그 웃음 속에는 큰 슬픔이 감추어져 있었다. 면담시간은 순식간에 끝났다. 그리고 그 다음 둘이는 서로 마주 바라보고 웃으며 서로에게 허리를 나직이 굽히고 되돌아섰다. 얼마쯤 걷다가 지니는 갑자기 되돌아서서 큰 소리로 외쳤다.

"마미! 아일러뷰!"

39

　지니는 옌지에 다녀온 후에 나와 함께 캔자스의 캐서린을 찾아갔다. 무산의 친모를 만난 자세한 얘기를 전하고, 결혼과 출산문제나 한국으로 귀화할 계획도 상의해야 하고, 야브의 결혼식에도 참석해야 해서다. 지니는 옌지에 다녀온 후로 그 동안 열정적이고 패기 넘치던 모습들이 눈에 띄게 줄어든 것은 물론 유머나 위트도 사라지고 훨씬 차분하고 조용해졌다. 나는 말은 안했지만 지니가 슬픔이 담긴 침묵에 빠져있다는 생각이 들었다. 지니는 무산의 엄마가 꾸엥첸을 통해 전해준 옥드리개를 걸어놓고 한참 동안 거울을 멍하게 바라보는 일도 잦았다. 물론 뱃속에 아기가 자라고 있다는 점도 지니의 변화에 크게 영향을 끼쳤다. 나는 지니의 그런 변화들이 어머니가 되는 심리적인 준비단계로 해석했지만 그보다는 무산의 친모를 만나고 온 후에 받은 심리적 충격 탓이라는 생각이 앞섰다. 지니는 두만강에서 본 친엄마의 마지막 표정이 뇌리에 지문처럼 각인되어 한 순간도 지워지지 않고 매순간 생생하게 되살아난다고 고백했다.

　'엄마와 난 눈 감는 그날까지 마지막 모습을 잊지 못할 거예요.'

　지니가 한 말이다. 나도 그 말을 들은 순간 당시의 장면이 한 장의 슬픈 영상으로 뇌리 속에 박혀 지니의 슬픔은 이미 내 눈물이 되어버리고 말았다. 그 이후로 혜화동 할머니도 깊은 침묵 속에 빠져버렸다. 이제는 어느 누구도 그 순간의 장면을 머릿속에 떠올리는 것 자체가 슬픔이 슬픔에게 위로하는 것처럼 의미 없는 일이 되고 말았다. 게다가 정덕귀 여사는 지니와 함께 옌지에 따라가지 못한 한을 또 한 번 남겼다고 탄식했다.

'나도 널 따라 옌지에 갔더라면 순이의 얼굴을 한번이라도 보았을 걸 그랬구나.'

캐서린 여사도 지니의 말을 듣고 눈물을 글썽거렸다.

"참 슬픈 일이지만 이제는 네가 네 아기를 잘 키우고 행복한 가정을 이루고 사는 길만이 네가 할머니와 친엄마에게 보답하는 길이다. 지니야, 비록 짧은 시간이었지만 친엄마를 만나본 것만으로도 큰 행운으로 여겨야 한다. 혜화동 할머니와 무산 엄마가 너에게 바라는 일을 네가 이루는 길만이 그분들을 사랑하는 일이다."

나는 지니가 캔자스의 캐서린 여사처럼 사려 깊은 양모를 만난 것이 얼마나 행복한 일인가 생각했다. 남편의 입양 반대를 무릅쓰고 끝내는 이혼을 강행하면서까지 독신을 고수하며 지니를 훌륭하게 키워 낸 캐서린 여사야 말로 지니에게는 친모 이상의 소중한 어머니였다.

"맘, 나 한국 가서 자리 잡으면 엄마 모시고 함께 살게요."

지니의 말에 캐서린은 웃으면서 말했다.

"하긴 나도 우리 손자 보고 싶을 테니까 자주 보러 가야지?"

캐서린은 지난번처럼 우리를 차에 태우고 큰 호수가 한눈에 내려다보이는 레이크파크의 캠핑지역으로 데려갔다. 전에 그랬던 것처럼 우리들은 불판에 차콜을 넣어 불을 지피고 석쇠를 올려놓았다. 야외 바비큐 파티를 위해서였다. 쇠고기 등심이 석쇠 위에서 연기를 피워 올리기 시작했을 때, 셔리가 신형 포셰에 야브를 태우고 나타났다. 야브는 승복 대신

청바지에 점퍼를 걸치고 있었다. 한국에 가서 친모를 만났다면서? 굿잡(아주 잘 된 일이야). 그들은 이미 지니의 소식을 전해 들었는지 축하하며 기뻐해주었다. 야브는 지니와 나를 격의 없이 끌어안았다. 야브와 셔리의 결혼 선언, 지니와 나의 결혼 축하가 이번 모임의 주제였다. 그때 셔리가 갑자기 나와 지니를 가리키며 큰 소리로 얼레리꼴레리를 외쳤다. 그러자 나와 지니도 질세라 그들을 가리키면서 얼레리꼴레리로 맞장구쳤다. 그렇다. 그 순간 우리들은 서로가 얼레리꼴레리가 되고 말았다. 셔리는 여전히 재킷 코디가 잘 어울렸고 눈가의 스모커 퍼플도 여전했다. 야브는 탈속한 스님의 죄의식 탓인지 입이 무거워졌지만 영화배우 브래드 피트를 닮은 카리스마는 여전히 남아있었다. 그는 더 이상 합장은 하지 않았다.

"무야(無耶) 씨와 셔리 양, 결혼 진심으로 축하해. 내년 이 맘때는 너희들도 대디 마미가 되어 있겠지?"

캐서린 여사의 말에 셔리가 깜짝 놀란 듯 자기 아랫배를 두 손으로 감쳤다. 캐서린 여사는 그저 의례적으로 한 말이었고 셔리의 배는 조금도 부풀어 보이지도 않았는데 도둑이 제 그림자를 보고 놀란 격이 되고 말았다. 그 바람에 어쩔 수 없이 셔리가 임신 사실을 고백하게 되었고 쁘띠 역시 임신 비밀을 털어놓을 수밖에 없었다. 그들은 서로에게 다시 얼레리꼴레리를 외치며 한참 동안 웃었다.

"인생은 빈손으로 왔다가 빈손으로 돌아갑니다. 인생은 남는 장사가 아닙니다. 자아, 어서 축배를 듭시다."

야브가 약간 기분이 풀렸는지 농담을 시작했다. 우리들은 서로의 결혼과 임신을 축하했다. 식사를 마친 후에 나는 야브와 함께 호숫가로 산책을 나갔다. 그가 그때 나한테 한 말은 '인생은 짧고 사랑은 더 짧다. 부디 행복하게 살기를 바란다.' 그 한 마디였다. 나는 이제 뉴욕생활을 청산하고 지니와 함께 귀국할 것이라고 말해주었다. 야브는 셔리와 캔자스에서 결혼식을 올린 후에는 보스톤에 가서 동양철학을 계속 공부할 것이고, 셔리는 패션 디자이너의 꿈을 이룰 것이라고 말했다. 지니와 친구들은 각자 방황하던 젊은 시절을 끝내고 결혼을 발표하면서 삶의 무대가 결혼과 가정생활로 바뀌는 시기로 접어들었다.

야브와 셔리는 작은 교회에서 결혼식을 조출하게 치른 후에 그날로 신혼여행을 떠났다. 우리가 캔자스 방문을 마치고 뉴욕으로 돌아온 후에 혜화동 할머니로부터 전화를 받았다. 일본에서 이동후 박사의 행적이 밝혀졌다는 소식이었다. 일본에 입국한 이동후는 처음에는 홋카이도의 삿포로 대학에서 초빙강사로 몇 년 동안 강단에 섰다. 하지만 그것도 곧 포기하고 대학 강의는 물론 모든 연구계획을 포기하고 홋카이도의 하코다테로 이사해서 현지에서 만난 일본인 이혼녀와 동거하면서 세상을 등지고 살았다. 혜화동 할머니로부터 행방을 찾아달라는 의뢰를 받은 일본인이 그가 살던 하코다테 집을 찾아갔을 때 그는 이미 7년 전에 지병으로 세상을 떠난 후였다.

지니가 연구소에 사표를 미리 제출하고 임시휴가를 낸 것은 혜화동 할머니의 병세가 더욱 악화되었기 때문이었다. 지니는 할머니가 살아 있는 동안 하루라도 더 할머니 곁에 머무르기를 원했다. 할머니에게 남은 것은 시간뿐이었고, 지니와 함께 있고 싶은 것이 전부였다. 나는 신문사의 취재기사를 좀 더 써야 했기 때문에 뉴욕에 남아 있기로 하고 지니만 서둘러 서울로 떠났다. 그 즈음 나는 다시 지니의 닭장에 혼자 남은 수탉이 되어 일에만 몰두했다. 그리고 시간의 여유가 있으면 나는 노트북을 들고 센트럴파크나 브라이언트파크에 가서 책도 읽고 기사도 쓰면서 작가 흉내를 내보곤 했지만 지니가 없는 뉴욕은 어떤 일도 집중이 안 되어 나중에는 모두 포기하고 말았다.

내 귀에는 지니가 뉴욕을 떠나면서 한 말이 귀에 계속 맴돌았다. 듄, 귀국하면 기자생활 접고 본격적으로 소설을 써보는 게 어때? 정식으로 데뷔해서 책 나오고 인세 받게 될 때까지 내가 스폰서가 되어 줄게, 어때? 배고픈 작가 지망생에게는 거절할 수 없는 유혹이지? 맞는 말이다. 작가 지망생에게 투자하겠다는 사람이 세상에 어디 있겠는가. 나는 지니의 제안을 진지하게 검토해보기로 했다. 늦으면 후회한다. 기회는 왔을 때 잡아야 한다. 그런 생각이 들자 나는 마음이 급해져서 내가 지금까지 소설을 쓰기 위해 수첩에 메모해두었던 자료들을 하나둘 검토하기 시작했다. 당장이라도 집필에 들어갈 것처럼 말이다.

그러나 지니가 서울에 간 지 한 달이 채 못 되어 나는 지니의 긴급호출을 받았다. 아무리 바빠도 시간을 내어 서울에 다녀가라는 지니의 간곡한 부탁이었다. 내가 뉴욕에서 약속한 인터뷰 약속을 일주일 후로 미루고 왕복 항공기 시간을 맞추면 시일은 충분하긴 했다. 항공편 예약은 꽉 찼고 웨이팅 티켓은 불안했다. 시간이 없으면 돈을 써야 하고, 돈이 없으면 시간을 써야 한다. 급할 때 택시를 타야하는 기본원칙이 그것이다. 나는 서슴없이 남아 있는 1등석 왕복항공권을 샀다. 항공티켓을 얻기 위해 돈과 시간을 등가가치로 물물교환한 것은 택시 말고는 처음이었다. 당분간 뉴욕은 비어두기로 했다. 지니도 없고 나도 없는 뉴욕은 무인도가 되고 말 것이다.

나는 인천공항에 도착하자마자 택시로 혜화동 정덕귀 박사의 집까지 서둘러 갔다. 지니가 뉴욕에서 전화할 때 최대한 빠른 시간에 혜화동까지 도착해줄 것을 주문했기 때문에 나는 그 약속을 지키고 싶었다. 내가 지니와 결혼을 약속했고, 지니의 뱃속에 우리들의 아기가 자라고 있는 한, 나는 사실상 결혼식만 안 올렸을 뿐, 이미 정덕귀 박사의 혜화동 가족이나 다름없었다. 할머니의 병세가 위독해지면서 지니가 나의 귀국을 서두른 것은 당연한 일이었다. 앞으로 혜화동 가족이 될 나 역시 할머니가 살아 있는 동안 손주 사위로서 빨리 문안을 드리는 것이 도리였다. 정덕귀 박사는 침대 위에 누운 채 내 인사를 받았다. 그녀는 야윈 두 손으로 내 손을 꼭 잡고 잠시 기도하는 듯 눈을 감았다.

"내가 지니에게 자네를 한번 보고 싶다고 말했더니 바쁜 사람을 멀리서 불러들였군. 미안하네. 하지만 자넨 이제 내 집 식구가 되었으니 내가 살아 있는 동안 얼굴이라도 보고 손이라도 잡아보는 것이 도리가 아니겠는가. 이제 나는 자네를 보고나니 한결 안심할 수 있을 것 같네…자네가 믿음직스럽고 아주 마음에 들어. 참 잘 왔고…정말 고맙네."

정덕귀 박사는 숨이 차서 그 말도 겨우겨우 했다. 할머니는 나와 지니의 손을 동시에 잡고 두 사람이 아이를 낳기 전에 결혼해서 서로 사랑하고 행복하게 살아야한다고 몇 번이나 다짐했다. 그리고 나에게는 본인이 못 다한 사랑을 대신해서 진희를 더 많이 사랑해줄 것을 여러 번 당부했다. 그 다음날부터 할머니는 숨이 차서 더 이상 말을 하지 못했다. 병원에서 전담의사와 간호사들이 계속 자리를 지켰다. 정덕귀 박사는 병원 중환자실에서 죽고 싶지 않다고 해서 의사도 집으로 가고 싶다는 할머니의 소원을 들어주었다. 할머니가 성당에서 초청한 신부로부터 종부성사를 받은 후에 지니와 나는 할머니와 좀 더 오래 가까이 있기 위해 침대 곁에 계속 붙어있었다. 그러나 그 시간은 너무 짧았다. 우리가 하룻밤을 꼬박 새운 그 다음날 새벽에 할머니는 지니와 나를 꼭 붙잡고 있던 손을 끝내 놓고 말았다. 할머니의 손에서 체온이 사라지자 지니와 나는 할머니의 이마에 십자가 성호를 긋고 이 땅에서 풀지 못한 한을 천국에서 풀 수 있게 해달라고 기도하며 할머니를 영원 속으로 떠나보냈다.

할머니는 우리들에게 마지막으로 사랑스러운 눈빛을 남기고 눈을 감았다. 나와 지니는 할머니의 마지막 웃음을 가슴속 깊이 영원히 간직하기로 했다. 정덕귀 박사의 장례식은 정부기관이나 사회단체와 법조계와 대학에서도 서로 맡겠다고 나섰지만 우리는 고인의 유언대로 간소하게 가족장으로 치른 후에 화장하기로 했다. 우리는 할머니가 이 지상에 한 줌의 유골도 무덤도 남기지 말아달라는 약속을 지키기로 했다. 모든 무덤은 묘비명보다 살아 있는 사람의 마음속에 아름다운 추억의 묘비명으로 남아있어야 한다는 할머니의 유언에 따른 것이다. 할머니는 변호사를 통해 유산의 대부분을 대학의 장학금재단에 기부했지만 혜화동 한옥만은 지니에게 남겨주어 모계의 가문을 승계할 수 있는 법적절차를 미리 마련해놓았다. 한국으로 귀화하여 한국인으로 살겠다는 지니를 위해 자신의 보금자리를 내어준 셈이다. 그래서 지니는 정덕귀 박사의 뒤를 이어 혜화동 한옥을 지키는 안주인이 되어야 했다.

40

홋카이도의 하코다테는 일본이 최초로 개항한 항구도시로 시가지가 유럽풍으로 설계된 이국적인 도시다. 하코다테에는 지금도 거리에 전차가 댕댕댕 종을 치며 달리고 있고, 옛날 항만에 지은 붉은 벽돌의 가네모리 창고들을 그대로 둔 채 뉴욕의 백화점들처럼 쇼핑몰로 바꾸어놓았다. 특히 버스정류장에는 24시간 온천물로 족탕을 만들어 행인들이 맨발을 담구고 오밀조밀 앉아 있는 모습이 정겨워 보인다. 지니와 내가 하코다테를 찾은 것은 혜화동 할머니의 장례식을 마치고 뉴욕으로 돌아온 후 한 달쯤 지나서였다. 지니는 그 동안 무산여행과 할머니의 죽음으로 겪은 정신적 충격으로 거의 한 달 이상 혼수상태에서 살았다. 지니가 그 후유증을 견디는 동안 나는 곁에서 아무런 도움도 줄 수 없었다. 그나마 지니는 뱃속의 아기가 엄마의 충격으로 나쁜 영향을 받지 않을까 싶어선지 눈물겨운 모성애를 발휘하여 안정을 되찾으려고 애를 썼다. 이동후 박사는 왜 이런 한적한 북방의 작은 도시에서 평생을 숨어 살 생각을 한 것일까. 우리는 하코다테에 도착한 날 밤 오오누마 프린스호텔에서 하룻밤을 묵었다. 할머니가 생전에 이동후 박사의 수색을 의뢰했던 일본인 유스케씨가 우리를 안내하기 위해 호텔로 찾아오기로 약속이 되어 있었다. 아침에 잠에서 깨자 지니는 산책을 나갔는지 침대에서 보이지 않았다. 죽은 아버지의 혼령을 찾아 먼 섬까지 달려온 지니의 속내는 어쩌면 지금쯤 호텔에서 가까운 노보리베츠 지옥의 계곡에서 뿜어내고 있는 온천의 유황연기처럼 황량한 슬픔으로 끓어오르고 있을지도 모른다. 호텔방의 커튼을 걷어내자 눈앞에는 푸른 잔디와 함께 자작나무와 신갈나무가 어우러진 울창한 숲이 한 폭의 액자에 담긴 풍경화처럼 펼쳐져 있었다. 간밤에 옥외 온천욕을 한 후에 마신 삿뽀로 맥주에 취해서 지고쿠다니 입구에 세워진 염라대왕에 쫓기던 악몽에서 빠져나온 기분치고는 놀랍게도 조용한 피아노곡을 듣는 듯 정감어린 풍경이 눈앞에 전개되고 있었다. 나는 지니의 아침산책을 방해하지 않기로 했다. 문득 동방신기가 부른 하사이시 조의 곡 '천년연가'의 한 구절이 입속에서 맴돈다.

'마른 풀꽃처럼 야윈 슬픔이 엉킨 세월에 잠 못들 때/가슴속을 깊이 파고드는 거친 한숨에 매달리네/천년의 그리움 다 모으면 이 맘 대신할까/가을이 떠난 저 하늘 끝에 오늘도 서성거리네…'

지니는 어머니에 대한 그리움은 천년의 눈물을 다 모아도 마음을 대신할 수 없을 것이라는 생각이 들었다. 의뢰자 노스케씨는 일본의 법률회사 사무관으로 주로 흥신업을 도맡아 하고 있는 중개인이다. 노스케씨가 우리를 데려간 곳은 쓰가루해협이 보이는 도센가의 양옥집이었다. 작고 아담한 집 대문의 초인종을 누르자 집 주인여자인 듯싶은 할머니 한 분이 나와서 문을 열어주었다. 할머니가 바로 이동후 박사와 노후를 함께 했던 노기쿠 여사다. 예순 일곱의 나이에도 불구하고 노기쿠는 이름 그대로 깨끗하고 청초한 들국화처럼 곱게 늙은 자태를 보여주었다. 이동후 박사와 노기쿠 여사 사이에는 아이가 없고, 양녀 하나가 지금은 도쿄에서 대학에 다니고 있어서 집에는 노기쿠 여사가 혼자 살고 있었다. 노스케씨가 노기쿠 여사에게 미리 얘기를 해두었는지 그녀는 우리들의 방문 목적을 잘 알고 있었다. 그들은 물론 정식결혼은 안하고 평생 동거만 했다고 하지만 노기쿠 여사는 노후의 아버지를 돌보았던 은인이었기 때문에 지니는 최대한의 예의를 갖추었다. 우리는 다다미방에 앉아서 노기쿠 여사가 내놓은 녹차를 마셨다. 그녀의 방 수납장 위에는 이동후 박사와 노기쿠 여사가 하코다테의 가톨릭성당 앞에서 함께 찍은 액자사진이 놓여있었다. 노기쿠 여사가 액자를 지니에게 보여주면서 7년 전에 찍은 사진이라고 말한다. 이 박사가 돌아가시기 직전인 7년 전 벚꽃 필 무렵에 찍은 마지막 사진이다. 사진 속에서 천진하게 웃고 있는 두 사람의 모습은 행복해 보이고, 이 박사의 모습 속에는 지니의 인상도 함께 엿보였다. 노기쿠 여사도 지니를 보더니 '아마리 니테이루(아빠와 많이 닮았다)!' 하고 고개를 끄덕거린다.

지니는 옆방에 가서 미리 사온 검은 한복으로 갈아입고 머리를 단정하게 묶고 무명상장도 꽂았다. 노스케씨는 노기쿠 여사와 우리를 승용차에 태우고 하코다테에서 동해가 보이는 외국인묘지로 안내해주었다. 생전에는 쓰가루해협을 바라보면서 살았던 이동후 박사는 죽은 후에는 동해 쪽을 향하고 누워있었다. 외국인 묘지는 주위에 작은 기와지붕을 얹은 흙담장이 둘러 있고, 잔디와 흰 꽃들이 피어있었다. 이동후 박사의 묘지는 십자형 돌비석에 한자로 '李東侯忠敬記念碑(이동후 충경기념비)' 라고 씌어 있었다. 홋가이도 대학의 제자들이 그를 추모하기 위해 세운 것이다. 나는 지니와 함께 꽃을 내려놓고 예식대로 정종 잔을 올리고 큰 절을 두 번 했다.

'아버지! 이 세상에 당신의 딸이 태어난 줄도 모르고 먼 이역 땅에서 쓸쓸한 생애를 마치신 아버지! 코넬대학 시절의 연구업적을 통해 한국의 우주선 로켓추진력 발전에 기여하시려고 했던 당신의 야망이 엄마로 인해 평생의 꿈이 좌절당하고 사랑도 우정도 잃은 채, 낯선 땅에서 결국은 이렇게 묻히고 마셨군요. 이제 당신이 남긴 유일한 혈육인 저는 당신이 세상에서 이루지 못한 것들을 대신 이루어 아버지의 한을 풀어드리겠습니다. 아버지, 이젠 모든 것 다 잊으시고 부디 편안하시옵소서.'

지니는 젖은 눈을 감은 채 내 옆에 서서 마치 주문을 외우는 듯 속삭였다. 나는 지니가 아버지께 드리는 헌사를 듣고 깊은 감동에 사로잡혔다. 지니의 애도가 진행되는 동안 노기쿠 여사 역시 다소곳이 서서 손수건을 눈가에 가져갔다. 나는 하코다테에 와서 천년의 그리움을 떠올리고 있었지만 항구라는 것이 본래 이별의 슬픔을 대신하는 무대가 아닌가. 지니는 하코다테에 와서 죽은 아버지의 영혼과 다시 이별하는 예식을 마친 것이다. 산 자는 죽은 자의 영혼을 기억하고 있는데 죽은 자는 과연 산자의 영혼을 기억하기나 하는 것일까. 저들은 정녕 우리들에게 작별의 인사 한 마디도 없이 떠났지만 우리는 겨우 어제의 꿈속에서 그들과 잠깐 만났을 뿐이라고 말해도 되는지 알 수 없다. 노기쿠 여사는 예절이 끝난 지니에게 두 손을 모아 합장을 하고 고인의 딸에 대해 깊고 정중한 애도를 표시했다. 우리는 그 날 묘소 참배를 끝으로 노스케씨와 노기쿠 여사와 작별하고 다시 호텔로 돌아왔다. 지니와 나는 하코다테 항구와 가로등 불빛이 비치는 작은 아무르 카페의 창가에 앉아서 생맥주 잔을 기울이며 앉아 있었다. 마음은 항구의 불빛처럼 처연하게 가라앉는다. 그때 카페의 조명불빛이 내린 무대에 한 젊은 여가수가 기타를 들고 슬픈 노래를 부르기 시작했다. 하코다테 항구의 이별을 테마로 한 노래였다.

'내 마음도 모르고 울지 말기를. 내 사랑 눈 속에 묻어둔 채, 하코다테 항구의 작은 등불처럼 홀로 마음에 불을 켜고 있나니…'

여가수의 노래가 끝날 때까지 지니의 손수건은 계속 눈가에서 떠나지 않았다. 지금 지니는 고인이 된 할머니와 아버지의 영혼을 애도하고 있지만 그 위에 또 다른 슬픔 하나를 또 하나 더 얹어놓았다. 뉴욕을 떠나기 전에 베이징의 강민 변호사로부터 받은 한 통의 전화 때문이었다.

'옌지의 중국인 꾸엥첸으로부터 연락이 왔습니다. 무산의 어머님께서는 폐광촌의 인민학교에서 파직되었고, 어디로 갔는지 행방을 확인할 수 없게 되었다고 합니다. 연락관 꾸엥첸과 접촉했던 무산지역 북한군 국경경비대 고위층들은 모두 숙청되었고, 꾸엥첸도 북한당국에 체포되었다가 중국 공안부의 개입으로 겨우 목숨을 구하고 추방되어 다시는 북한 땅에 발도 디딜 수 없게 되었습니다. 지니씨가 어머니를 만난 직후에 그 사실이 상부에 알려지면서 두만강 국경수비는 더욱 강화되었습니다. 정말 안타까운 일입니다. 정 박사님께서 저한테 유언처럼 그토록 간곡하게 당부하셨는데……'

지니는 그 말을 듣고 혹시 엄마가 강제수용소로 끌려갔을지도 모른다는 죄책감에 깊이 시달렸다. 하지만 그런 소식을 듣고도 우리가 속수무책이라는 사실이 더 슬펐다. 지니는 내 어깨에 가만히 머리를 얹고 울음 섞인 낮은 목소리로 내 귀에 노래를 불렀다.

‘엄마가 섬 그늘에 굴 따러 가면/아기가 혼자 남아 집을 보다가/바다가 불러주는 자장노래에/팔 베고 스르르 잠이 듭니다’

사랑하는 나의 지니는 거기까지 부르고는 눈을 감더니 깊은 한숨을 멈추고 잠이 들었는지 꼼짝도 하지 않았다. 이윽고 지니의 뺨으로는 눈물 한 줄기가 스르르 흘러내렸다.

2007년 초가을, 나는 지니와 하코다테 국제공항을 떠나면서 우리들의 모든 과거는 어젯밤의 꿈속에서 잠깐 만났을 뿐이며 하루가 끝난 곳에서 또 다른 하루가 시작되는 것이 아니라 해 지는 곳에서 다시 해 뜨는 것을 볼 수 없는 것처럼 하루는 끝없이 윤회한다는 사실을 잊지 않았다. 그리고 우리들의 슬픈 추억들이 뇌리에서 사라지지 않는 한, 그 기억들은 언젠가는 반드시 우리가 겪었던 추억의 땅으로 다시 되돌아오고 말 것이라는 사실을 믿었다. 그리고 우리들이 살면서 갈망했으나 만나지 못했던 슬픈 영혼들은 또 다시 바람과 흙과 물로 빚어진 몸에서 똑같은 영혼을 닮아 다시 태어날 것이다. 내가 그 몸이라면 그 몸의 영혼이 바로 지니인 것처럼.